MATEMĀTISKAIS STĀVOKLIS OF GRACE PILNĀ SĒRIJA

GRĀMATAS 1 UN 2 FRAGMENTI; FINĀLA FŪZIJA

Cathy McGough

Stratford Living Publishing

KO SAKA LASĪTĀJI

ASV:

"Brīnišķīgi! Šī ir ļoti radoša jauniešu romāna. Tas ir stāsts par neierobežotu iztēli, fantastiskiem piedzīvojumiem un prātu satraucošiem jēdzieniem par visuma būtību."

"Grace ir citāda varone, un šis ir citāds jauniešu distopiskais stāsts. No pirmā acu uzmetiena Grace ir diezgan neievērojama, izņemot to, ka viņa ir matemātikas ģēnijs. Pēc negadījuma sāk kļūt skaidrs, ka lietas varbūt nav tādas, kādas šķiet no pirmā acu uzmetiena. Man patika šī stāsta daudzslāņainie aspekti. Unikāls stāsts, ko lasīt ir patiess prieks."

"Pirmā daļa lasās kā detektīvromāns, kas liek gribēt turpināt lappuses pāršķirt. Tajā ir daudz romantikas ainu. Man patika arī visā grāmatā izkaisītais humors. Kopumā grāmatā ir daudz ko baudīt, tostarp lieliskas rakstura figūras, forši fantāzijas elementi un lielisks aprakstošais stils."

"Stāstam ir peldoša kvalitāte, kas liek prātam atvērties jaunām iespējām."

Apvienotā Karaliste

"Lielisks rakstīšanas stils un aizraujošs sižets nodrošina šim romānam lielisku tempu."

"Geeky meitene, sportisks zēns – iemesti haotiskā pasaulē, kurā valda dīvaini vēji, zemestrīces un kurā viņi ir vienīgie dzīvie cilvēki. Stāsts par izdzīvošanu un mīlestību."

SATURA RĀDĪTĀJS

CITĀTS

"Es domāju, ka, kamēr mēs vēl tuvojāmies,
pirms mēs sazinājāmies,
mēs bijām matemātiskā žēlastības stāvoklī."
Ian McEwan, ENDLESS LOVE

MABEL UN MICHAEL AR MĪLESTĪBU

PIRMĀ GRĀMATA:

FRAGMENTI

1. NODAĻA

Sešpadsmit gadus vecā Grace Grīnveja mīlēja gulēt, īpaši skolas dienās.

Viņas māte, Helēn Grīnveja, atvēra durvis un iegāja istabā. Divas galvas uz viņas koalas čībām rādīja ceļu. Galvas klusināja, kad tās čukstēja, ejot pāri vēsajam koka grīdas segumam.

Kad Helen sasniedza istabas otru pusi, viņa atlaidās. Viņa noņēma smaržu piepildīto kabatlakatiņu, ar ko bija aizklājusi degunu. Istabas gaiss bija piesātināts ar vakardienas eksperimentu smaržu, kas, spriežot pēc smaržas, bija saistīta ar sēru.

Kad Helen nonāca pie loga, viņa plaši atvēra stiklu. Viņa izlika galvu ārā, piepildot plaušas ar tīru āra skābekli. Atjaunojusies, viņa atvilka aizkarus. Helēn vērsa sevi un savas čības gultas pusi, kurā gulēja viņas meita Grace.

Telpas otrā galā Grace dators paziņoja par savu klātbūtni, atskanot trauksmei. Ekrānā sāka mirgot nejauši skaitļi. Tie tika nolasīti skaļi ar balsi, kas atgādināja Stīvena Hokinga balsi.

Helen apsvēra minēto skaitļu nozīmi. Tie viņas matemātiski neorientētajai smadzenēm nelikās saprotami. Viņas koalas galvas čības noliecās, izliekoties, ka saprot. Helen šķērsoja istabu, kamēr koalas galvas pamāja un čukstēja viena otrai. Helen pati nebija zinoša matemātikas jautājumos. Viņai nebija ne jausmas, no kā meita bija mantojusi savas matemātiskās dotības. Helen apsvēra šo ģenētisko pārmantošanu, vērojot meitas kokona formu.

"Laiks mosties, mīļā!" teica Helēn.

Grace nedaudz pakustējās un atmetās segas. Vilcinoties, viņa izstiepās un nožāvājās, neatraujot acis.

"Labrīt, miega galva," teica Helēn, noskūpstot meitu uz pieres.

"Labrīt, mamma," atbildēja Grace, beidzot atverot acis.

"Autobuss būs šeit pēc piecpadsmit minūtēm! Tev jādodas ceļā. Es sagatavoju tev ko ēst ceļā."

"Labi, mamma," teica Grace, izkāpjot no segas. Viņa sēdās, bet tūlīt atkal atkrita uz spilvena. Viņa tik ļoti gribēja atgriezties sapņu valstībā — atgriezties Vincente Marino prāta stāvoklī.

"Nāc, Grace!" atkārtoja Helēn, dodoties uz durvīm. "Piecas minūtes, un esi lejā!"

Grace klusi, maigi, gandrīz kā iedomājoties, ka viņš varētu to dzirdēt, izsūdzēja Vincente vārdu. Viņa iedomājās, kā viņš kāpj pa loga restēm. Tap-tap-tapping.

Viņas datora skaņa pamodināja viņu. Viņa noberza miegu no acīm. Viņa paskatījās uz naktskreklu, ko valkāja. Viņa ienīda šo apģērbu ar balto mežģīni un sarkano lenti. Tas bija absolūti nevainīgs.

Grace ar pirkstu pārbrauca pāri sarkanajai lentiņai, un tā iegriezās viņas ādā. Tas sāpēja kā elles uguns, kā papīra griezums, bet lente bija no auduma. Viņa to atraisīja no naktskrekla. Vēroja, kā tā krīt uz grīdas, un pēc dažām sekundēm sekoja sarkanas asins lāses.

Grace sūkāja savu asiņojošo pirkstu, bet asinis turpināja pilēt uz grīdas. Tās sajuka ar sarkano lenti, kas vijās kā čūska. Viņa aizvēra acis un atkrita uz spilvena. Viņa domāja par Vincente Marino. Viņa nevarēja gaidīt, kad šodien viņu redzēs.

Grace pārvietojās uz gultas malu, kur bija asins pilieni, bet tagad tie bija pazuduši. Pametusi plecus, viņa pacēla sarkano lenti. Grace to atkal piestiprināja pie naktskrekla mežģīnes apkakles un devās uz vannas istabu.

Helen no apakšas atkal skaļi atgādināja, bet Grace to neievēroja. Tā vietā viņa aizvēra durvis aiz sevis un, nožāvājusies, ļāva savam baltajam naktskreklam nokrist uz aukstajām flīzēm.

Grace noliecās dušas kabīnē un ieslēdza karsto ūdeni ar pilnu jaudu. Viņa ļāva tvaikam pacelties, vienlaikus atskatīdamās pār plecu. Viņas naktskrekls, kas bija sakrauts uz grīdas, izskatījās gandrīz kā gars, kas bija atnācis un aizgājis.

Tad viņa iegāja karstā ūdenī. Tikai karsts, nekad auksts. Viņa mazgāja matus, seju un pārējo ķermeni, tad ļāva karstam ūdenim tecēt pār sevi.

Kad viņa bija karsta kā sviestmaize, viņa izslēdza ūdeni un atkāpās. Viņa ieslēdza aukstu ūdeni ar pilnu spēku, skaitīja līdz trīs un iegāja tajā. Šoks viņas organismam bija kā ķīmiska reakcija, elektrisks trieciens. Šajā brīdī viņa jutās visvairāk dzīva. Visi viņas maņi bija saskaņoti. Tas bija gandrīz kā atdzimšana.

Grace vēroja ūdeni, kas plūda pa notekcauruli. Viņa pamanīja, ka sarkanais lencis kādā veidā bija iekritis notekcaurulē. Iekļūstot virpulī, tas grieza un grieza un grieza.

Viņa iebāza roku un noķēra sarkano lenci, saspiežot to bumbiņā plaukstā, lai izspiestu lieko ūdeni. Kad viņa atvēra dūri, lencis atdzīvojās un izveidoja formu.

Intriģēta, viņa atkārtoja šo procesu: saburzīja lenti, salika dūri, atvēra dūri. Atkal redzēja rezultātu. Un atkal. Un atkal.

Tas notika vienmēr.

Atkal un atkal tā veidoja vienu un to pašu formu: sirds formu.

2. NODAĻA

Grace iemeta naktskreklu netīro veļas grozā. Viņa sāka ģērbties skolas uniformā, paceldama svārkus tik augstu, cik vien varēja. Visas meitenes skolā tā darīja, lai svārki būtu īsāki, nekā paredzēts. Kad viņas forma bija pieņemama, viņa atgriezās savā istabā un sāka žāvēt un ķemmēt savus garos, rudmatainos matus.

Viņa paskatījās pāri plecam uz datora ekrānu: joprojām meklē. Grace cerēja, ka tas atradīs atbildi nakts laikā. Viņa bija to programmējusi ar vienu mērķi: atrast nākamo Fibonači sekvenci. Ja tas izdotos, Grace's Grīnuvejas vārds tiktu ierakstīts vēstures grāmatās. Viņas atklājums varētu sacensties ar Zelta vidusceļu.

Grace pasmaidīja un sakārtoja matus. Viņa atcerējās savu iesauku Vincente Marino. Viņa viņu sauca par savu Zelta vidusceļu. Tas bija viņas mazais noslēpums.

Lai pabeigtu, viņa aizsniedza tālu atvilktnē, kur slēpa savu kosmētiku un otu. Viņa uzklāja nedaudz tonālo krēmu un nedaudz sārtuma. Grace uzsmidzināja nedaudz smaržu uz kakla, pirms devās uz leju. Viņa cerēja, ka izdosies garām mammai. Cerēja, ka mamma nepamanīs saīsināto svārku vai kādu citu viņas izcelšanu šajā rītā. Pretējā gadījumā būtu drāma.

Autobusa šoferis piebremzēja pie ietves, un Grace sāka skriet. Viņa paķēra grāmatas un gabalu grauzdiņa, garām skrienot savai mammai. Viņa izgāja pa durvīm, garām savas mammas uzmanīgajām acīm, uzkāpa pa kāpnēm un iekāpa autobusā.

Helen vēroja, kā viņas meita iekāpj autobusā, labi zinot, ka viņas svārki ir īsāki, nekā vajadzētu.

Helen turpināja skatīties, kā meita lēnām dodas uz autobusa aizmuguri. Viņa atcerējās pirmo reizi, kad stāvēja tur un skatījās, kā meita kāpj autobusā. Helen gribēja iet līdz autobusam kopā ar meitu. Grace bija tik satraukta un apņēmības pilna būt liela meitene, ka gribēja to darīt pati. Helen atcerējās to kā vakar: kā meita bija gatava pārgriezt saiti. Helen nebija gatava pārvarēt sirdī valdošo sāpīgo sāpi. Viņa ar acīm sekoja autobusa ceļam, līdz vairs neredzēja to. Asara ritēja pa vaigu. Helen to noslaucīja.

Autobusā Grace atrada savu ierasto vietu un atvēra grāmatu. Viņa slēpās aiz mācību grāmatas, it kā tā būtu siena, maskēšanās. Tur viņa varēja gaidīt Vincente Marino ierašanos, paliekot neatpazīta.

Kad autobuss rēca pa ceļu, Grace uz brīdi zaudēja orientāciju. Viņa atgriezās realitātē, kad Vincente Marino iekāpa autobusā.

Grace sēdēja taisni, it kā viņu būtu pārņēmis adrenalīna lādiņš. Viņa turēja mācību grāmatu priekšā kā vairogu. Viņas sirds dauzījās tik stipri, it kā tai būtu izaugušas spārnas un tā grasītos pacelties lidojumā. Viņas pulss sita strauji, un viņai bija jādomā par katru elpas vilcienu.

Vincente pārvietojās no sēdvietas uz sēdvietu, sveicinājās un sasveicinājās, līdz autobusa šoferis lika viņam apsēsties. Pēc tam, kad Vincente svilpa tik skaļi, ka to noteikti dzirdēja visi kaimiņos esošie suņi, viņš apsēdās blakus savai draudzenei Missy Malone.

Grace bija iemīlējusies Vincente Marino, bet viņa mīlēja viņu tikai no attāluma. Viņa zināja, ka viņš ir pilnīgi nepieejams, bet tajā pašā laikā viņai bija cerība. Viņa ticēja, ka mīlestība ir matemātiska vienādojuma. Viņa ticēja, ka patiesa mīlestība ir iepriekš noteikta.

Tas bija kā jebkura cita matemātiska formula: vienkārši bija jāmeklē. Jāmeklē, līdz atrod perfektu zelta vidusceļu. Kad visi skaitļi no pareizās secības būtu savā vietā, visums sazvērētos, lai divi cilvēki iemīlētos. Grace Greenway gaidīja, kad viņas zelta viduspunkts ievietosies secībā. Tad viņa un Vincente Marino būtu ideālā mīlestības stāvoklī.

Grace pacēla acis no mācību grāmatas. Vincente balss peldēja viņai pretī. Viņa vēroja, kā viņa blondie mati mirdz, atspoguļojot saules gaismu. Viņa zelta cirtas slīdēja pāri pleciem. Viņš pasmējās un kaut ko čukstēja Misijas ausī, tad pagriezās autobusa aizmugures virzienā.

Grace sirds apstājās, kad viņu acis uz mirkli sastapās. Viņas vaigi kļuva sarkanas. Viņa atkal nosegāja seju ar mācību grāmatu, it kā ar aizkaru. Grace joprojām varēja redzēt savas kājas, savas kurpes. Tad sportiskās skriešanas kurpes, Vincente Marino kurpes, pieskārās viņas kurpēm. Viņa nolaida grāmatu, un viņa kobalta acis sastapās ar viņas riekstkoka krāsas acīm. Viņa klepoja, kad beidzot atcerējās elpot.

"Sveiks, Grace," teica Vincente. "Es domāju, vai tu varētu glābt manu dzīvību?"

Viņa pamāja ar galvu.

"Vakar spēle beidzās vēlu, un tad mums bija jāiet svinēt, es domāju, mēs uzvarējām! Tu zini, kā tas ir."

"Jā, es zinu," viņa čukstēja.

"Un tad šorīt es sapratu, ka neesmu izdarījis matemātikas mājasdarbu, un tu zini, ka vecais Dense kungs man to nevar piedot. Viņš labprāt mani izmestu no komandas."

"Jā, es zinu."

"Grace?" Viņa ieelpoja dziļi, kad viņš nosauca viņas vārdu, un viņš turpināja. "Ja tu varētu atrast savā sirdī spēku aizdot man savu mājasdarbu, es būtu tev mūžīgi pateicīgs. Tu pilnīgi noteikti glābtu man dzīvību."

Viņa bez vilcināšanās ielika roku somā.

„Es tev to atdošu atpakaļ pirms stundas." Tad viņš izdarīja kustību, krustojot savu sirdi un cerot uz nāvi. Viņš smaidīja viņas virzienā. „Paldies, mīļā," viņš teica, noskūpstot viņai, kamēr viņš iebāza viņas grāmatu savā mugursomā. Vincente atgriezās savā vietā, kur Missy Malone uzmanīgi vēroja viņu mijiedarbību.

Grace's un Missy acis uz sekundi sastapās pāri Vincente plecam. Abas nebija sāncenses. Missy zināja, ka Grace nav drauds, bet viņa redzēja, ka nabaga idiote ir iemīlējusies viņas Vincente. Visi zināja, ka viņa seko viņam kā klaiņojošs kucēns.

Grace atkal pacēla grāmatu barjeru un pasmaidīja sev. Patiesībā viņa uzlika vislielāko un visstulbāko smaidu, kāds vien iespējams. Viņa bija tik satraukta, ka atkal runās ar Vincente. Pat doma par Fibonači nevarēja novērst viņas uzmanību.

Tad viņa saprata, ka autobuss ir apstājies un visi pasažieri drūzmējas ejā. Arī viņa pievienojās viņiem, iespiežoties, līdz nonāca tieši aiz Vincente. Viņš ļāva

Missy izkāpt pirms viņa. Vincente kolonnas smarža plūda viņas virzienā. Grace to ieelpoja, ieelpoja viņu.

Kad viņš izkāpa saulē, saules stari skāra zelta gredzenu viņa pirkstā un uz brīdi apžilbināja viņu. Viņa uzskrēja uz viņu, bet viņš nešķita apbēdināts. Viņš pasmējās un uzsmaidīja viņai ar zobiem.

Grace aizmirsa elpot.

Missy Malone iesaucās, apķēra Vincente roku un aizveda viņu prom.

Grace nonāca pie sava skapīša. Viņa ieelpoja dziļi un iemeta tajā savu mugursomu. Viņa pārskatīja savu rīta grafiku: aborigēnu pamatiedzīvotāju studijas, matemātika, māksla, tad pusdienas, pēc tam vēl māksla, angļu valoda, brīvais laiks. Viņa varēja iet skatīties spēli. Skanēja zvans. Viņa aizcirta skapīti. Viņa skrēja pa koridoru un ieņēma savu vietu pie loga.

Viņas skolotāja Miss Smart pārbaudīja klātbūtni un tad iepazīstināja klasi ar īpašo viesi. Vieslektore bija sieviete no nozagtajās paaudzes.

Viņa pastāstīja klasei, kā viņu aizveda. Tad adoptēja balto ģimene. Kā viņai neļāva praktizēt vai sekot Gadigal tautas tradīcijām.

Grace viņa bija žēl. Galu galā, nevienu bērnu nedrīkst pamest, nemaz nerunājot par nolaupīšanu. Nevienu bērnu nedrīkst izslēgt no viņa paša vēstures. Tas bija absurds.

Grace nevarēja saprast, kāpēc sievietes vecāki bija ļāvuši tam notikt. Grace iedomājās, kā šāda situācija attīstītos viņas mājās. Parādās sveši cilvēki. Pieprasa viņu aizvest. Grace's vecāki būtu nolīguši visus pilsētas advokātus un apturējuši notikumus, pirms tie pat sākušies. Viņa domāja uzdot sievietei šo jautājumu. Cits klasesbiedrs to izdarīja pirms viņas.

Sieviete atcerējās, kā baltais vīrietis bija atnesis līdzi ieročus, tostarp pistoles. Viņas vecāki zināja, ka, ja viņi pretojas, tiks izlieta asinis, tāpēc viņi to nedarīja. Viņa teica, ka cīnīties nav jēgas, jo bērnu aizvešana bija sankcionēta ar likumu.

"Tas notika ne tikai Austrālijā," sieviete paskaidroja klasei. "Tas notika ar Kanādas aborigēniem un Amerikas pamatiedzīvotājiem, ar Jaunzēlandes pamatiedzīvotājiem un daudziem citiem cilvēkiem dažādās vietās visā pasaulē. Katrs gadījums bija atšķirīgs, bet šīs briesmīgās lietas mūsu ģimenes mainīja uz visiem laikiem."

Lai gan Grace izjuta empātiju, viņa uzskatīja, ka sievietei vajadzētu aizmirst pagātni un iet uz priekšu. Viņa uzskatīja, ka dzīve ir kā matemātiska formula. Vienmēr ir jāturpina meklēt un virzīties uz priekšu. Pārveidot. Panākt progresu.

Grace devās uz matemātikas stundu, kur Vincente viņai pasniedza mājasdarbu tieši laikā, lai to iesniegtu. Mr. Dense bija tāds skolotājs, kurš visu darīja pēc grāmatas. Viņš šķita apmierināts, kad Vincente Marino bija pirmais rindā, kurš iesniedza savu mājasdarbu.

Šodien klasē tika pārskatīts Fibonači. Tā kā sešpadsmit gadus vecā Grace Greenway bija atzīta par bērnu ģēniju, viņas skolotājs atbrīvoja viņu agrāk. Grace brīvo laiku pavadīja, mācoties bibliotēkā. Viņa devās uz citām stundām, pusdienām, angļu valodas stundu. Pēc tam atgriezās bibliotēkā, lai pavadītu brīvo laiku līdz spēles sākumam.

Pēc tam, kad bija izlasījusi un izvēlējusies virkni mācību grāmatu, ko aizņemties, viņa devās uz laukumu, lai noskatītos kriketa spēli. Tieši tajā brīdī Vincente Marino piegāja pie bāta. Vidusskolas pūlis uzgavilēja.

Grace, novērsta uzmanība no Vincente baltā kriketa tērpa, kas atspoguļoja vēlu pēcpusdienas saules gaismu, zaudēja kontroli pār savu grāmatu kaudzi. Viņa satvēra grāmatas un žonglēja ar tām, kā jūs darāt, cerot uz veiksmīgu atgūšanu. Tomēr viņas stingrā apņēmība palikt stāvus, satverot matemātikas paraugu pilnīgos darbus: Sophie Germain, Hypatia, Lise Meitner un Mary Somerville, nebija lemta. Kad grāmatas nokrita uz zemes, arī viņa tika nogāzta vairāk nekā vienā nozīmē.

Kad Grace atguvās, viss bija miglains un neskaidrs. Viņai bija reibonis un gribējās vemt. Galva sāpēja briesmīgi. Tas bija tā, it kā viņas smadzenes mēģinātu atrast izeju no galvas. „Visi atkāpieties!" kāds iesaucās. „Grace? Grace! Vai tu esi dzīva? Runā ar mani, Grace! Tu mani dzirdi?"

Kad viņa atvēra acis un paskatījās uz debesīm, eņģelis sauca viņas vārdu. Grace domāja, vai viņa ir mirusi. Vai viņa varēja būt mirusi un pārcēlusies uz citu dimensiju? Nevēloties ticēt, ka tas ir taisnība, viņa cieši aizvēra acis un atkal tās atvēra. Virs viņas peldēja zēns ar halo, kas bija liels kā saule.

„Man ir ļoti, ļoti žēl, Grace," viņš teica, ņemot vienu no viņas rokām savā.

Ap viņiem bija sapulcējusies pūlis, kas stumdījās, grūstījās un kliegāja. Radot vispārēju pusaudžu haosu.

Grace redzēja, kā viņi noliecas pār viņu — daži ar apgrieztām, smieklīgām sejām. Viņas galvā bija pastāvīga dūkoņa. Ja nebūtu viena pazīstama seja, jaunieša seja, viņa būtu jutusies nobijusies.

Viņa centās būt drosmīga un piecelties. Kājas neklausīja. Tās trīcēja un šūpojās kā pārvārīti spageti. Ausīs dominēja okeāna skaņa.

Viņa atkal apsēdās un atbalstīja galvu pret jaunieša krūtīm. Viņam tas nešķita traucēt.

3. NODAĻA

Zēna seja tuvojās Grace's sejai, tā ka saules stari izkliedēja viņa halo. Viņa varēja just viņa saldo, kanēļa smaržu elpu uz savas kaklas. Grace zināja, ko viņš grib. Viņa pagriezās ar kailu kaklu pret viņu. Dodot viņam atļauju viņu sakost. Nogaršot.

"Kāds izsauciet ātro palīdzību!" zēns iesaucās, paceldams Grace un turēdams viņas ķermeni.

Grace jutās slikti. Viņa bija plānojusi sākt svara zaudēšanas programmu. Viņa nebija tieši kā spalva. Viņa noliecās ar galvu uz viņa krūtīm, gaidot dzirdēt viņa sirdsdarbību. Viss, ko viņa dzirdēja, bija okeāna rūkoņa.

Grace paskatījās uz viņa skaisto seju. Viņš izskatījās tik noraizējies.

Kopā viņi pārvietojās starp pūļa čukstiem un čalošanu. Uz klusu vietu. Beidzot, pa kāpnēm uz augšu un caur šūpojošām durvīm. Tad Grace Greenway tika nolikta uz mīksta gultiņa telpā, kas smaržoja pēc antiseptiska līdzekļa un sporta zeķēm. Viņa atkal piespieda savu seju pie viņa, mēģinot atgūt viņa kanēļa smaržu.

"Šī ir medmāsu posteņa telpa. Gaidiet šeit. Es piezvanīšu pēc palīdzības."

"Neatstājiet mani," viņa teica. "Lūdzu, neatstājiet mani."

"Viņa nespēj elpot!" kāds iesaucās, laicīgi atgādinot viņai par to.

Drīz Grace atkal sajuta sevi. Viņa tikai vēlējās, lai viļņi beigtu šķīst pret viņas prāta krastiem.

"Vai tu mani dzirdi?" jautāja sieviete. Grace pamāja ar galvu. "Es esmu medmāsa Hands."

"Medmāsa, 5. Hands, 5 — lieliski!" iesaucās Grace.

"Viņa murmina!" Teica medmāsa Hands. Viņa pārbaudīja Grace's pulsu un pieri, tad paskatījās uz Vincente un papurināja galvu.

"Nē, viņa domā par matemātikas stundu. Mr. Dense ļāva viņai iet agrāk. Mēs mācījāmies Fibonači," paskaidroja Vincente.

"Vai tu zini viņas vārdu?"

"Jā, viņa ir Grace. Grace Greenway."

Grace saspiestā Vincente kreklu savā plaukstā.

"Man patiešām jāatgriežas spēlē."

"Grace," teica medmāsa Hands, "mēs gaidām ātro palīdzību. Vincentei jāatgriežas spēlē. Lūdzu, atlaid viņa kreklu."

Grace kliedza: "Neatstāj mani!"

Vincente atkal nometās ceļos pie viņas un paskatījās viņai acīs.

Viņš palika.

Viņa nopūtās.

Un tad viss kļuva melns.

4. NODAĻA

Slimnīcā medmāsa apstājās pie Grace's gultas un pārbaudīja viņas dzīvības rādītājus. Pašlaik viņas stāvoklis bija stabils. Medmāsa pārklāja Grace's rokas ar segumu. Viņa paņēma paplāti ar neizmantotajiem ūdens glāzēm, uz brīdi apstājoties, lai paskatītos uz jauno vīrieti kriketa formā. Viņš bija dziļā miegā uz krēsla pie loga.

Vincente nebija pametis Grace's gultas malu kopš viņas bezsamaņā ierašanās. Izietot no telpas, medmāsa paskatījās uz pulksteni un aprēķināja, ka viņai vēl ir sešas stundas līdz maiņas beigām. Viņa mīlēja savu darbu, bet šī diena solījās būt gara.

Atgriežoties Grace's palātā, paciente sāka kustēties un grozīties. Drīz viņa atklāja, ka ir piesieta pie gultas ar virkni trokšņainu aparātu.

Viņa bija slimnīcas palātā. Kāpēc viņa bija šeit? Kā viņa bija šeit nokļuvusi? Viņa aizvēra acis un centās koncentrēties. Viņa centās atcerēties, bet atmiņas neatnāca.

Nerimstoši vēloties atbrīvoties no bip-bip-bip un pil-pil-pil, Grace mēģināja sēdēt. Kad viņa nevarēja izpildīt šo vienkāršo vēlmi, viņa atkal atkrita uz spilvenu. Viņai bija spēcīga vēlme aizbēgt.

Kāpēc es esmu šeit? domāja Grace. Un kāpēc visi mani ir pametuši?

Grace ievēroja zēnu, kurš mierīgi gulēja krēslā pie viņas gultas. Viņa tomēr nebija viena, un viņa apskaidroja sevi, cik vien labi varēja, ņemot vērā pie viņas ķermeņa piestiprinātās mašīnas.

Tagad, zinot, ka tur ir kāds, viņa jutās laimīgāka. Ka kādam ir svarīgi.

Lai gan viņa neredzēja viņa seju, viņa vēroja, kā viņa blondie mati kustējās katrā elpas vilcienā. Viņš gulēja dziļā miegā. Grace turpināja skatīties uz viņu un uz balto formu, ko viņš valkāja. Viņa domāja, vai viņš strādā slimnīcā. Šķita dīvaini, ka slimnīcas darbinieks aizmieg pie pacienta gultas.

Grace jutās dīvaini, skatoties uz zēna saliktām rokām un brīvi krītošajiem blondajiem matiem.

Pagāja brīdis, un viņa turpināja skatīties. Tad, gandrīz kā sajūtot viņas skatienu, zēns pēkšņi pamodās. Viņš atmetās atpakaļ matus, atklājot eņģeļa seju.

Grace ar roku aizklāja muti. Viņš bija apburošs. Zēns piecēlās un devās viņai pretim.

Grace nespēja elpot. Kad viņš tuvojās, viņa tumši zilie acis lika viņas sirdij sākt pukstēt arvien ātrāk un ātrāk. Viņa domāja, ka zaudēs samaņu. Un tad viņš runāja. "Tu esi pamodusies, Gracie! Paldies Dievam! Es tik ļoti uztraucos. Mēs visi tik ļoti uztraucos."

"Jā," viņa teica, nezinot, ko vēl teikt. Viņš nebija darbinieks. Viņš viņai nozīmēja kaut ko vairāk, viņa to sajuta savā sirdī un zināja to savā prātā. Bet kas viņš bija?

Viņa izstiepa roku pret viņu, gaidot, ka viņš to paņems. Viņš to nepaņēma. Tā vietā viņš atkāpās par soli atpakaļ. Viņa nedaudz negribīgi atvilka roku.

Zēns turpināja skatīties uz Grace, it kā gaidot kaut ko. Pēc neveiksmīgā mēģinājuma paņemt viņas roku, viņš aizsargāja sevi. Viņš iedzina rokas dziļi kabatās. Pēc dažām sekundēm viņš tās atkal izvilka.

Grace vienlaikus jutās karsta un aukstā.

"Vai tu esi kārtībā?" viņš jautāja. "Vai tev kaut kur sāp?"

Grace pagaidīja un padomāja, pirms atbildēja. Viņa gribēja, lai viņas atbilde būtu īsa, bet ne asa. Tas, kā viņa jūtas, nav svarīgi! Viņa gribēja zināt, kāpēc viņa ir šeit? Viņa gribēja zināt, kas viņš ir?

"Man visvairāk sāp galva. Tas ir kā viss sāp vienlaikus, ja tu saproti. Un tev?"

Viņš uzsmaidīja, atklājot acīmredzami perfektus baltus zobus. Grace domāja, ka viņa zobiem vajadzētu būt brīdinājumam: NEIEVĒROJAMAS SAULESBRILLES. Viņš pārbrauca ar pirkstiem caur matiem, un viņu acis satikās.

Grace sajuta no viņa enerģiju, kas vispirms trāpīja viņai tieši krūtīs, un tad šķita atsitoties pret sienām. Ja viņa jau nebūtu guļus, tas būtu viņu nogāzis no kājām. Viņa bija iemīlējusies. Par to viņa bija pārliecināta. Bet viņš rīkojās dīvaini. It kā nezinātu, ko teikt vai darīt. Tas bija tā, it kā viņš gribētu izstiept roku, bet nezinātu, kā to darīt. "Man viss ir labi, paldies," viņš teica. Viņš izskatījās kā Vinnijs Pūks, kura roka bija iestrēgusi medus podā.

Grace atkal atkrita uz spilvenu, nepārtraucot acu kontaktu ar zēnu. Viņa gribēja viņam uzdot jautājumus, daudz jautājumu, bet ar ko sākt? Vai viņai vajadzētu tos izspļaut? Viņš izskatījās tik neērti. Kāpēc?

Viņa pielāgoja savu pozīciju gultā. Tagad viņa nedaudz noliecās uz viņu, galvu atbalstot uz vienas rokas — cik vien iespējams, ja esi pieslēgts pie aparātiem — un pamāja viņam, lai viņš nāk tuvāk.

Viņš apstājās un paskatījās uz savām kurpēm. Tad viņš pavirzījās uz priekšu. Viņa zināja, ka viņš nesniegs nekādu informāciju, viņa to sajuta, izjuta, bet viņai bija jāzina. Laiks iet. "Kas ar mani notika?" viņa beidzot izspruka.

Zēns nedaudz atkāpās, sāka kaut ko teikt, bet tad apklusa. Viņš atvēra muti, bet tad atkal aizvēra, kā zivs.

Grace mēģināja palīdzēt ar vairāk tiešiem jautājumiem. "Ko es daru šajā slimnīcā? Kā es šeit nokļuvu?"

Viņš klusēja, ar pirkstiem izķemmējot matus.

Grace turpināja, nezaudējot drosmi: "Un kas tu esi?"

5. NODAĻA

Zēns izskatījās satraukts par pirmo jautājumu un noraizējies par otro un trešo. Ceturtais jautājums izraisīja visvairāk pārsteidzošo reakciju.

Visi zināja, kas ir Vincente Marino, un Grace Greenway to zināja īpaši labi. Viņš redzēja, kā viņa skatās uz viņu ar kucēna acīm. Dažreiz, kad viņa domāja, ka viņš neredz, viņa sekoja viņam pa skolu. Viņa to darīja pat tad, kad viņš bija kopā ar savu draudzeni Missy Malone. Tātad, vai viņa viņu izjokoja? Vincente bija diezgan pārliecināts, ka viņa viņu mulsina.

Viņš piegāja pie viņas un skatījās viņas riekstkoka krāsas acīs, skatīdamies dziļi viņas dvēselē. Viņam bija jāzina, ko viņa dara. Lai redzētu, vai viņa ar viņu spēlē spēli vai izmanto triku, bet Grace nemirkšķināja acis un neko neatklāja.

Grace nebija ne jausmas, kas viņš ir.

Kad puisis skatījās viņai acīs, Grace domāja, vai viņa nav kļūdījusies. Varbūt arī viņš nezina, kas viņš ir? Galu galā, viņš bija blondīns.

"Es esmu Vincente," viņš teica, visu laiku skatīdamies Grace's sejā, meklējot pazīšanas pazīmes. Kad tās neparādījās, viņš atkārtoja savu vārdu vēlreiz. Faktiski, viņš to gandrīz nodziedāja: "Vincente Marino."

Grace pa rokām pārskrēja zosāda, un viņa nodrebēja. Viņa neatpazina viņa vārdu, bet kaut kas dziļi viņas iekšienē sakustējās. Varbūt tas bija viņa balss tonis.

Viņa atkārtoja viņa vārdu skaļi. Nekas neatsauca atmiņā nekādas atmiņas. Zosāda sāka pazust. Viņa mēģināja izrunāt viņa vārdu, katru burtu pārcilājot uz mēles, it kā meklējot ceļu tumsā:

„V- I-N-C-E-N-T."

„Es savu vārdu izrunāju ar e beigās," teica Vincente. Viņš paskaidroja, ka viņu nosauca par godu vienam no Kristofora Kolumba navigatoriem. Viņa vecāki sākotnēji gribēja nosaukt viņu par Kristoforu. Kad viņa mamma to pastāstīja tētiņai, nezinot, ka arī viņa ir stāvoklī, tētiņa nozaga šo vārdu. Viņa vecāki izvēlējās viņam citu vārdu, Vicente, par godu Vicente Pinzonam.

Kad viņi ieraudzīja viņu, viņi pārdomāja un nosauca viņu par Vincente.

„Tas ir interesanti," viņa teica. „Bet patiesi, kas tu man esi?"

„Tu ne joko?" Vincente jautāja. „Tu patiešām mani neatceries?"

„Es neesmu droša. Es jūtu kaut ko par tevi, bet... es pat neatceros savu vārdu."

"Tavs vārds ir Grace. Tu esi Grace."

"Bet pirms brīža tu mani sauci par Gracie."

"Jā, tā ir."

"Kāpēc? Ja mans vārds ir Grace..., kāpēc tu mani sauci par Gracie? Man tas nepatīk."

"Ak, labi, es tevi vairs nekad nesaucu par Gracie."

Viņš atkāpās, atkal pārvelkot pirkstus caur saviem gaišajiem matiem. Viņš turpināja to darīt. Visticamāk, nervu ieradums. Grace arī gribēja ar pirkstiem izķemmēt viņa matus. Kāpēc viņai radās tādas domas? Viņa centās saprast, ko jūt. Karstuma un aukstuma uzplūdus. Centās to visu saprast. Atrast atmiņu, kas glabājas kaut kur viņas galvā. Taču katru reizi, kad viņš to darīja, izķemmēja matus, tas novērsa viņas uzmanību, lika viņas ceļgaliem trīcēt kā želejai.

"Nāc, Grace! Tu noteikti atceries mani! Ja neatceries, lai to pierādītu, krustojies uz sirds un ceri uz nāvi."

"Man šķiet, ka tas ir dīvains vārdu izvēle. Ņemot vērā, ka esmu slimnīcā un viss."

"Ah, atvaino. Nepārdomāju. Lūdzu, mēģini atcerēties, kas es esmu, labi? Tu mani satrauc. Varbūt man vajadzētu iziet un kādu atvest?"

"Tu esi satraukts? Es esmu nobijusies! Ja tu saki, ka man tevi vajadzētu pazīt, tad kaut kur šeit, atmiņā, noteikti ir saglabājusies atmiņa par tevi." Viņa ar dūri pieklauvēja sev pa galvu. "Kāpēc es tevi šeit nevaru atrast?"

Viņš satvēra viņas roku, neļaujot viņai atkal sevi sist. Viņš pievilka krēslu pie gultas un apsēdās. Viņš bija nolēmis viņai visu pastāstīt. Izskaidrot, kāpēc viņa ir šeit, kāpēc tas viss ir noticis viņa dēļ. Kā viņš viņu ievainoja un pēc tam nogādāja slimnīcā.

Kā viņš sēdēja pie viņas gultas dienām ilgi, kamēr viņa bija bezsamaņā. Gaidot. Lūdzot. "Es esmu iemesls, kāpēc tu esi šeit."

"Tu mani ievainoji?"

"Jā, es tevi ievainoju."

Viņa izdarīja grimasu. "Tu mani ievainoji!"

"Jā, bet tas bija negadījums. Es spēlēju kriketu. Tu biji uz spēli.

Pirms trim dienām."

"Pirms trim dienām?"

"Jā. Pirms trim dienām es sita bumbu, un tā trāpīja tev galvā. Kopš tā laika tu esi šeit. Es esmu bijis pie tavas gultas. Gaidījis."

"Tu sita man? Galvā? Un tagad es esmu zaudējusi atmiņu?"

"Šķiet, ka tā."

"Un tad kas notika?"

"Es nesa tevi uz skolas medmāsu posteni. Ātrā palīdzība tevi atveda šeit."

Grace apskatīja savu ķermeni. Ņemot vērā viņas figūru, viņa nevarēja iedomāties, ka viņš varētu viņu nest. Viņš bija labi fiziskā formā, valkāja uniformu, jā, bet nest viņu? Tas nav iespējams. "Tu mani nesi?"

"Jā."

Viņai bija nevaldāma vēlme vienlaikus viņu sist un apskāvienot. Bet galva sāpēja vēl vairāk.

"Man ir ļoti, ļoti žēl," viņš teica.

Apsēstības vēlme uzvarēja vēlmi sist. "Tas bija negadījums, tāpēc tev nav par ko atvainoties."

"Paldies," viņš teica, noliecot galvu. Grace izstiepa roku, lai viņu paglaustu kā labu suni.

Sveša sieviete kā viesulis iebāzās telpā caur šūpojošajām durvīm. Viņa metās uz viņiem. Mazā auguma, bet enerģiska, viņa virzījās uz viņiem. Viņas ādas cieši pieguļošie zilie džinsi čīkstēja, un viņas zābaku papēži klakstēja uz antiseptiskajām slimnīcas grīdām.

Sieviete skatījās uz Vincente kā uz čūlu, kas gaida, lai to izgrieztu.

Viņš runāja ievērojami klusā balsī. Piedāvāja atstāt abus vienus. Pirms viņi paspēja atbildēt, viņš piecēlās un izgāja.

"Neaizej," lūdza Grace, bet bija jau par vēlu. Grace uz brīdi skatījās uz durvīm, cerot, ka viņš varbūt atgriezīsies. Viņš neatgriezās. Viņa pievērsās dīvainajai sievietei. Viņa domāja, kādā slimnīcā viņa atrodas, ja tā ļauj saviem darbiniekiem valkāt džinsus un zābakus.

"Kā tev klājas, mīļā?" sieviete jautāja, tad noliecās un pieskārās ar lūpām Grace's pieri.

Grace uzskatīja, ka šis ir pārāk familiārs žests, un to arī pateica. "Nedari tā!" viņa iesaucās, "Kas tu domā, ka esi?" viņa jautāja, sākot noslaucīt baktērijas no vietas, kur sieviete bija pieskārusies ar lūpām.

"Ko tu domā, kas es esmu?"

"Tu arī nezini?" Grace jautāja, aizvainota par sievietes nepieklājību un neprofesionalitāti.

"Kas es esmu?"

"Vai šeit ir atbalsis?" Grace jautāja.

"Tad tu patiešām, patiesi nezini, kas es esmu?"

Grace paraustīja plecus. Sieviete pagriezās un izskrēja no istabas. Viņa varēja ātri skriet, ņemot vērā, ka bija neliela auguma sieviete, kas valkāja augstpapēžu zābakus.

Kad viņa izgāja, Vincente ienāca. Viņa gandrīz viņu nogāza. Grace bija šokēta, dzirdot sievieti koridorā kliedzot kā bānše.

Grace domāja, ka durvīm vajadzētu būt rotējošām, un to arī pateica.

Vincente viņai smaidīja, kas atkal lika viņas sirdij sāpināties.

Grace domāja, kādā slimnīcā viņa atrodas. Psihoneiroloģiskajā nodaļā?

"Kas bija tā trakā sieviete?"

"Tā nebija trakā sieviete. Tā bija tava mamma."

"Mana mamma? Kā tas var būt?" Grace apstājās un skatījās uz savām rokām. Viņa nevarēja beigt tās skatīt. Kas tas bija? Tur kaut kas slēpās. Kaut kas svarīgs. Viņai bija jāatceras, kas tas bija, jo viņa sajuta, ka tas ir ļoti nopietni.

Tad tas notika. Viņa lidoja gaisā, ātri virzoties eņģeļa rokās. Viņa paskatījās uz augšu, uz seju virs viņas, un saule spīdēja aiz eņģeļa, radot dabisku halo. Viņa sasprindzināja acis, lai atklātu tā identitāti, bet seja bija neskaidra. Viņa domāja, vai ir iespējams noteikt eņģeļa sejas iezīmes. Viņa domāja, ka eņģeļa sejas iezīmes varbūt nav atšķiramas dzīvajiem. Tas bija tas! Grace nolēma, ka viņai noteikti bija bijusi tuvu nāves pieredze.

Viņa turēja kaut ko dūri, lidojot uz priekšu, un viņi iebrauca tunelī. Uz brīdi bija tumšs, vai arī viņa bija aizvērtusi acis. Tad viņa paskatījās uz augšu, un atklājās viņas eņģeļa identitāte. Patiesībā tas vispār nebija eņģelis — tas bija zēns, kas stāvēja blakus viņai. Viņa atkārtoti čukstēja viņa vārdu. Tas bija kā mūzika, dziedāšana. Ritms, kas skanēja viņas galvā.

"Vai tu esi kārtībā?" Vincente jautāja.

Grace pasmaidīja.

Viņš atkārtoja: "Vai tu esi kārtībā, Grace? Vai tu gribi, lai es kādu izsaukšu?"

"Es esmu pateicīga," viņa teica. "Par ko?"

"Nu, par tevi, protams. Par tevi, mans eņģelis."

Vincente paskatījās uz savām kājām. Tad iebāza rokas kabatās. Viņš izskatījās ļoti noraizējies, it kā domātu, ka viņa tagad patiešām ir zaudējusi prātu.

Viņš domāja, ka jau iepriekš bija redzējis, kā viņa viņu pamet — ne tieši fiziski, bet garīgi. Viņa bija aizceļojusi tālu prom savās domās. Varēja pateikt, kad kāds bija "prom", jo acis kļuva stiklainas un sapņainas.

Vincente vēlējās, lai atgrieztos Grace's Grīnuijas mamma, lai viņš varētu tikt prom no turienes. Viņa sāka viņam radīt nepatīkamas sajūtas.

Tad, pilnīgi negaidīti, Grace izsaucās: „Vincente, vai tu esi mans draugs?"

„Nē!" viņš iesaucās tādā tonī, ko nevarēja pārprast. Gadījumam, ja tomēr varētu pārprast, viņš atkāpās vēl tālāk, līdz viņa mugura pieskārās sienai.

Viņš izskatījās absolūti, pilnīgi pazemots. Grace bija sajukusi. Viņa noliegums, šis viens vārds, trāpīja viņai ar pilnu spēku krūtīs. Izsaukuma zīme bija kā vārnu knābis, kas caurdūra viņas sirdi. Viņa jutās ievainota, bet viņas sajukums bija pārāk liels. Viņa skatījās uz viņu un gaidīja, kad viņš kaut ko darīs, kaut ko teiks. Jebko.

"Klausies, Grace, tu esi jāzina, ka es neesmu tavs draugs. Es tevi atvedu šeit tikai tāpēc, ka es biju tas, kurš tevi ievainoja."

"Tātad tu parasti esi pārāk foršs, lai ar mani runātu?"

"Grace, tu man palīdzēji ar matemātikas mājasdarbu un palīdzēji man palikt komandā. Es esmu pateicīgs par tavu palīdzību, bet..."

„Pateicīgs..." Viņa atgāzās uz spilvena un aizvēra acis.

Viņa gribēja pazust pūkainajā spilvenā.

Viņš gribēja pazust no istabas.

Viņi palika kopā, dalot vienu telpu, lai gan katrs no viņiem jutās kā uz salas.

„Es iešu pakaļ tavai mammai, labi? Es domāju, ka tev vajadzētu būt kopā ar ģimeni." Viņš pagriezās un izgāja no istabas.

Grace jutās kā muļķe. Viņa nezināja, kas viņš ir, bet kaut kur sirdī viņa zināja, ka viņu mīl. Cik muļķīgi no viņas puses bija tā izpausties. Varbūt viņa viņu mīlēja no attāluma? Varbūt viņš mīlēja kādu citu, un tagad viņa bija aizgājusi un apkaunojusi sevi, izpaudot savas jūtas.

Viņa pagriezās ar seju pret spilvenu un raudāja.

Grace gribēja skriet pakaļ Vincente Marino. Viņa velkāja pie aparātiem, veltīgi mēģinot tos atvienot, kad ieradās kavalērija.

"Ko tu, pie velna, dari, Grace?" Helen Greenway jautāja.

"Tu gandrīz tos norāvi, tu muļķīte, muļķīte," medmāsa norāja.

Vincente, atgriežoties, neko neteica. Viņš pārvietoja kājas un iebāza un izbāza rokas no kabatām, it kā meklējot sīknaudu.

„Es biju…" Grace sāka.

Viņa nespēja pabeigt, jo medmāsa sāka slīpēt un regulēt gultu. Grace zaudēja līdzsvaru un nokrita uz sāniem, gandrīz atsitoties pret grīdu. Būtu atsitusi pret grīdu, ja Vincente nebūtu izvilcis rokas no kabatām un viņu noķēris.

Viņš atkal turēja viņu savās rokās, tāpat kā viņas atmiņās. Viņš bija dāvana, dāvana no kaut kurienes augšā, un atkal Grace's atmiņas atgriezās. Atmiņas plūda kā atmiņu uzplaiksnījumi. Vincente skolas autobusā. Vincente spēlējot kriketu laukumā. Vincente smaidot viņai, ņemot no viņas savus mājasdarbus. Vincente, Vincente, Vincente. Atmiņu plūdi pārpludināja viņu, un no tiem Grace zināja divas lietas.

Pirmkārt, viņa mīlēja Vincente Marino. Otrkārt, viņš nemīlēja viņu.

Viņa paskatījās viņam acīs. Tās bija tukšas gaismas pūles, kas liecās uz viņu, vēloties glābt viņu no briesmām, būt varonis. Bet aiz tām tumši zilajām acīm nebija mīlestības. Nebija mīlestības pret viņu.

Grace bija saule, kas izstiepa savus starus, meklējot mēnesi: mēness tumšo pusi. Viņi bija pretījos pusēs, griežoties viens no otra prom.

"Ehm," Helēna noskaidrojās, liekot Grace un Vincentei pamirkšķināt acis.

"Redzi, medmāsa, viņa ir pilnīgi nekontrolējama. Viņa nesaprot, cik nopietna ir viņas situācija. Cik slima viņa patiesībā ir." Helēna sāka raudāt. Ne mazās asaras. Nē, gandrīz strauja plūdu straume, kas satricināja ķermeni.

"Viss ir labi, mamma," teica Grace, izstiepdama roku, lai paņemtu mammas roku.

"Tu atceries mani?"

"Protams," teica Grace, melojot. Viņa nezināja, kas viņa ir, un neko par viņu neatcerējās, tāpat kā par medmāsu, kas joprojām stāvēja ar plaši atvērtu muti.

"Ārsts jau ir ceļā," paziņoja medmāsa. Viņa pacēla Grace's roku un sāka mērīt viņas pulsu. "Tavi dzīvības rādītāji ir lieliski, bet tev ir nepieciešams atpūsties. Varbūt tavai draudzenei ir laiks doties mājās. Viņam arī ir nepieciešams atpūsties."

Viņa paskatījās uz Vincente.

Viņas bažas nepalika nepamanītas.

"Jā, es domāju, ka man vajadzētu iet," teica Vincente. Viņš attālinājās no gultas. Viņš ar pirkstiem izķemmēja matus. Viņš atgriezās pie gultas, it kā gaidot Grace's apstiprinājumu. "Vai arī es varētu palikt, ja tu to vēlies."

"Tikai tad, ja tu to vēlies," teica Grace ar cerības dzirksti balsī. Viņa saprata, ka viņš paliek tikai vainas dēļ, bet nolēma, ka pieņems jebkuru viņa piekrišanu. "Varbūt tikai līdz brīdim, kad es aizmigšu?"

Helen sarunājās ar medmāsu, it kā viņas būtu sen zaudētas draudzenes, kad viņas izgāja no istabas.

"Viņa aizmigs pēc dažām minūtēm," teica medmāsa. "Es devu viņai pietiekami daudz sedatīvu, lai nodrošinātu, ka viņa labi izgulēsies."

Helen paskatījās uz abiem un tad noskūpstīja meitu.

Grace domāja, ka viņas mammai ir grūti atstāt viņu tur vienu ar gandrīz svešu cilvēku. Viņas mamma nesūdzējās. Viņa to uztvēra kā kaujas rētu.

Gracei neilgi bija nepieciešams, lai aizmigtu.

Vincente izmantoja izdevību, lai ieslēgtu savu mobilo tālruni un piezvanītu savai mammai. Viņš bija viņai sūtījis īsziņas ar jaunāko informāciju par Grace stāvokli. Viņš atteicās atstāt viņu, kamēr nebija pārliecināts, ka viņa ir ārpus briesmām. Viņam bija nepieciešams doties mājās un nomazgāties, nemaz nerunājot par to, ka beidzot bija nepieciešams nomainīt savu kriketa formu.

Drīz Grace iegrima dziļā, dziļā miegā, kurā viņa iedomājās balsis visapkārt. Skaļas balsis. Tad balsis kļuva arvien skaļākas. Tās piepildīja viņas prātu ar smiekliem. Velnišķīgi skaļi smiekli, kam sekoja kliedzieni un skrāpēšana, it kā kāds būtu aprakts dzīvs. Balsis bija ieslodzītas. Tās kliedza un skrāpēja, kliedza un skrāpēja.

Grace pamodās ar satraukumu, sviedri plūstot pa pieri. Viņas gultasveļa bija mitra un auksta. Viņa bija dezorientēta. Pārāk nobijusies, lai atvērtu acis. Viņa domāja, vai tas, ko viņa dzirdēja sapņos, tagad atrodas kopā ar viņu istabā. Ja viņa atvērtu acis, viņa to redzētu, un, ja viņa to redzētu, viņai būtu jābēg. Viņa uzmanīgi klausījās. Vienīgās skaņas bija tiktakšķēšana un medicīnisko ierīču šļakstēšana.

Viņa atvēra acis, visu laiku atkārtojot sev: viens šļaksts, divi šļaksti, trīs tik, četri tak. Grace bija viena. Viņa sāka drebēt aukstajā telpā. Viņai bija jāmaina apģērbs. Viņa nevarēja nokļūt tur, kur vajadzēja, tāpēc nospieda trauksmes pogu. Pēc dažām sekundēm ieradās medmāsa un palīdzēja viņai pārģērbties tīrā halātā.

"Vai jums ir jāiet?" jautāja medmāsa. Šī medmāsa bija mazāka un draudzīgāka nekā iepriekšējā, un viņa smaidīja laipni. Grace sarktēja, kad medmāsa novietoja viņai zem gultas podu.

Pēc tam Grace jautāja, vai varētu pārvietoties tuvāk logam. Medmāsa pabīdīja gultu uz priekšu, saglabājot aprīkojumu neskartu. Viņa atvilka aizkarus, ielaižot dienasgaismu. Tā apžilbināja Grace ar savu pēkšņo intensitāti. Viņa skatījās uz plānajām zālītēm, kas liecās vējā. Viņa paskatījās uz augšu, uz dziļi zilo, bezmākoņu debesi. Pēc tik ilga laika slimnīcā viņa jutās dzīva.

"Ja jums kaut kas vajadzīgs, dodiet man ziņu," teica medmāsa.

Grace paņēma viņas roku savējā un teica: "Paldies."

Atkal viņa bija viena, bet šoreiz viņa paskatījās tālāk pa celiņu. Viņa ieraudzīja nelielu ziedu dārzu, un tieši aiz tā – koku. Blakus tam viņa redzēja papīra gabaliņu, kas lidoja uz augšu, it kā izsmējīgi. Garām nekustīgiem ziediem, it kā sakot: "Paskaties uz mani! Tev varbūt ir skaisti ziedlapiņas un košas krāsas, bet es varu darīt to, ko tu nevar. Tu esi sasaistīts, bet es varu lidot. Paskaties, kā es lidoju!"

Papīra gabaliņš turpināja savu ceļojumu. Grace sekoja tam, kā tas lidoja augstu, augstāk un vēl augstāk, līdz vairs neredzēja. Grace pasmējās. Tas bija kā skatīties burvju triku.

„Ko tu dari?" Grace's mamma iesaucās, redzot meitu gandrīz stāvošā pozā. Helēna Greenway atgrūda meitu atpakaļ uz spilvenu un piespieda gultu pie sienas. Tad viņa ietina meitu gultā. Grace novērtēja šo lutināšanu. Viņa domāja, ka tas varētu atsaukt atmiņā kādu atmiņu — atmiņu par šo sievieti, kas stāvēja viņas priekšā. Bet atkal nekas neatnāca atmiņā.

6. NODAĻA

„Es ceru, ka jūs esat gatava Dr. Christiansson apmeklējumam," teica Helen. "Viņš drīz ieradīsies, lai pārrunātu jūsu veselības stāvokli."

"Man ir veselības problēmas?" teica Grace.

"Jā, Grace."

Grace bija noraizējusies, kad ārsts ienāca telpā. Viņš sveicināja viņus un pievilka krēslu. Viņš uz brīdi apsēdās, bet tad piecēlās. Viņš pārbaudīja Grace's pulsu. Viņš aptaustīja Grace's pieri. "Hmmm. Kā jūs jūtaties, Gracie?"

"Lūdzu, sauciet mani par Grace."

"Oh, atvainojiet. Tad Grace. Kā jūs jūtaties šodien?"

"Es jūtos labāk. Galvassāpes vairs nav tik stipras, bet, dakter, es neko neatceros."

„Nekas?"

Grace izskatījās apmulsi. Viņa nevēlējās, lai mamma uzzinātu, ka viņa neatceras viņu. Viņa vilcinājās. „Man ir atmiņu uzplaiksnījumi."

„Uzplaiksnījumi?"

„Jā."

„Stāstiet vairāk," viņš teica, rakstot piezīmes uz klipbordu.

„Uzplaiksnījumi, galvenokārt par zēnu. Vincente Marino," teica Grace.

Ārsts paskatījās uz Helen, paceldams uzacis.

"Zēns. Tas, kurš viņu sita ar bumbu," teica Helen.

"Ak, jā. Tas ir normāli, jo viņš bija pēdējais cilvēks, ko tu redzēji, pirms zaudēji samaņu." Viņš vilcinājās, kaut ko uzrakstīja. Tad tu atceries savu mammu, vai ne?"

Grace cerēja un lūdza, lai viņš to nejautātu. Vai viņai vajadzētu turpināt melot, lai mamma būtu laimīga? Viņa zināja, ka ārstam ir jāstāsta patiesība, visa patiesība un nekas cits kā patiesība, lai viņš varētu viņai palīdzēt. Viņa papurināja galvu. Helēna sāka raudāt.

Ārsts uzsitēja Helēnai uz rokas, tad pievērsās pacientei. "Grace, jums ir traumātisks smadzeņu bojājums. Ko, jūsuprāt, tas nozīmē?"

"Es nezinu."

"Nu, tad ļaujiet man to jums izskaidrot," teica ārsts. "Jūs tika trāpīta ar kriketa bumbu." Viņš vilcinājās un tad paskatījās uz Helen. Viņa raudāja tik stipri, ka viņas krūtis trīcēja. Bija skaidrs, ka viņa mēģināja savaldīt savas emocijas.

Grace gribēja, lai viņš nonāktu pie būtības.

„Sākotnējais trieciens, kad bumba tevi sita, tās milzīgais spēks bija pietiekams, lai izraisītu traumu. Ir komplikācijas. Nopietnas komplikācijas."

Vispirms slimība. Tagad komplikācijas. Kas vēl notiek? Vai viņas dzīvība ir apdraudēta?

„Jā, komplikācijas asins recekļu vai aneirismu veidā pie smadzenēm. Spiediens no aneirismiem var izraisīt atmiņas zudumu. Mēs ceram, ka tas būs tikai pagaidu stāvoklis."

„Pagaidu?"

„Jā. Ja mēs tos izņemtu, mēs ceram, ka visas jūsu atmiņas atgrieztos. Bet operācija ir ārkārtīgi bīstama."

„Jūs domājat, ka es varētu mirt?"

Helen's raudāšana kļuva skaļāka.

„Runājot atklāti, jā. Jūs varētu mirt, ja mēs operētu, Grace. Bet lieta ir tāda: jūs varētu mirt arī tad, ja mēs neoperētu."

„Hā?"

„Asins recekļi aug, radot tev sāpes un atmiņas zudumu. Tie ir bīstami. Var veidoties vēl vairāk, lai gan mēs nezinām, kad. Diemžēl tie neizzudīs, ja vien tie neplīst, nesadalās un nenokļūst tavā asinsritē."

„Tad kā es varu no tiem atbrīvoties?" Grace jautāja, cenšoties neraudāt.

„Mēs tev dosim asins šķidrinātājus. Galu galā mēs operēsim. Šodien. Vai rīt. Tiklīdz tu dosi piekrišanu. Mēs darīsim visu iespējamo, lai atbrīvotos no visiem.

Mums ir eksperti, kas ir jūsu rīcībā. Operācija ir jūsu labākā izredze izdzīvot un pilnībā atveseļoties."

"Un ja es atteikšos?"

"Jums ir sešpadsmit gadi, tāpēc jūsu mamma var parakstīt dokumentus jūsu vietā. Mēs patiešām uzskatām, ka jums ir jāpieņem lēmums un jāsamierinās ar to. Tas būs labāk visiem. Tāpēc es jums saku patiesību, bez aplinkiem. "

"Man tiešām ir izvēle?"

"Ja tu atteiksies, asins recekļi joprojām sadalīsies, kad būs pienācis laiks. Rezultāts var būt letāls, un bez brīdinājuma."

"Kāpēc mēs nevaram pagaidīt un operēt vēlāk? Ja būs nepieciešams."

"Mēs varam. Tas ir atkarīgs no tevis. Tu vari pagaidīt. Tu, visticamāk, katru dienu kļūsi spēcīgāka, veselīgāka. Bet mēs riskētu. Ja jums būs atkārtota slimības recidīva, jūs kļūsiet vājāka, un jūsu izredzes pilnībā atveseļoties var samazināties."

"Tātad, jo ātrāk, jo labāk?"

"Grace, tu to uztver ļoti mierīgi," teica Helēna, joprojām raudot. "Mana stiprā meitiņa. Tik drosmīga." Viņa apskaidroja meitu.

"Es negribu mirt. Man ir tikai sešpadsmit gadi."

„Mēs darīsim visu, kas ir mūsu spēkos, lai palīdzētu tev to pārvarēt," teica ārsts.

„Kā mēs zināsim, kad situācija kļūs steidzamāka?" jautāja Grace.

„Kad asins recekļi pārsprāgs, tu nonāksi mūsu kritisko pacientu sarakstā. Mēs tevi nekavējoties nogādāsim operāciju zālē. Tajā brīdī tas kļūs par dzīvības vai nāves jautājumu."

Grace cīnījās ar asarām. Viņa gribēja dzīvot. Viņa negribēja mirt, ne šādi. Viņai bija vajadzīgs laiks, bet laiks nebija viņas pusē. Viņa gribēja būt viena. Viņa gribēja laiku sev. Laiku pārdomām. Laiku domāšanai.

„Es esmu tev devis daudz pārdomu vielas, Grace. Tas ir daudz, ar ko jātiek galā pieaugušajam, nemaz nerunājot par pusaudzi. Pārrunā to ar savu ģimeni un draugiem. Tev būs vajadzīgs viņu atbalsts un mīlestība. Ak, un vēl viena lieta. Tavs stāvoklis, asins recekļi, varbūt ir bijuši jau kādu laiku. Varbūt mēnešiem, pat gadiem ilgi. Tie varbūt ir ietekmējuši tavas emocijas. Radījuši nogurumu, galvassāpes. Līdz brīdim, kad zēns tevi trāpīja ar bumbu, mēs par to nezinājām. Tagad, kad mēs to zinām, mums jāuzskata šis negadījums par laimīgu katalizatoru, kas palīdzēs tev atkal kļūt vesela."

Grace par to tā nebija domājusi. Viņa pamāja ar galvu.

„Tu saproti, ka rīkoties ir obligāti?"

„Jūs to skaidri pateicāt, dakter."

„Laba meitene," viņš teica. „Pārrunā to ar savu mammu. Viņa tevi ļoti mīl. Tad atpūties. Padomā par to. Es atgriezīšos rīt, lai atbildētu uz jebkuriem taviem jautājumiem."

Grace pamāja ar galvu. Helēn piegāja tuvāk meitai. „Un tu, Helēn, atpūties. Grace būs vajadzīga tava spēka. Kad tu pēdējo reizi gulēji?"

„Pēdējā laikā es neguļu ļoti labi," atzina Helēn.

„Es palūgšu kādu no medmāsām dot tev kaut ko, kas palīdzēs gulēt. Tev ir jāatpūšas, jāēd un jārūpējas par sevi, ne tikai savas labklājības dēļ, bet arī Grace's labklājības dēļ."

„Jā, es saprotu. Paldies, doktore Kristiansone," teica Helēn.

Viņš pagriezās un aizgāja. Grace's mamma stāvēja pie gultas, iegrimusi savās domās.

„Mamma, es gribētu palikt viena uz brīdi, lai varētu padomāt."

„Bet tu neesi viena. Tev nav jāpieņem šis lēmums vienai pašai."

„Es zinu, mamma, un paldies."

Helen noskūpstīja meitu uz pieres un izgāja no istabas.

Beidzot palikusi viena, Grace's asaras sāka plūst. Viņa cieši apņēma sevi. Ļāva sev izraudāties.

Nakts gaiss bija auksts kā ledus. Tas plosījās ap viņu. Tas pārgrieza viņas naktskreklu, kas plīvoja aiz viņas kā plīvurs. Grace paslēpa seju Vincente krūtīs. Viņi turpināja lidot uz augšu. Augstāk un augstāk. Tumsā. Atstājot visu aiz sevis.

Grace nodrebēja.

Vincente pievilka viņu sev klāt. Viņš apņēma viņu ar rokām. Viņš turēja viņu. Viņa jutās droša.

Tagad bija īstais brīdis. Tagad vai nekad.

Viņa atvilka augsta apkakles naktskreklu no kakla un atraisīja sarkano mežģīņu saiti. Viņa atliecās atpakaļ un gaidīja viņu. Gaidīja sāpes un baudu.

Vincente atklāja zobus, un tad viņa sāka krist. Driftēt.

Lejup. Sadurties. Lejup.

Viņa varēja just viņu dziļi, dziļi zem savas ādas, kad viņa krīt uz gaidošo bruģi.

Viņa atvēra acis un kliedza.

7. NODAĻA

Kad Grace atguvās, kāds viņai apklāja kaklu ar segas malu. Viņa sajuta, kā vēsa roka pieskārās viņas vaigam. Vīrietis jautāja: „Tu esi nomodā?"

Grace pamirkšķināja acis, mēģinot saskatīt. Viņa varēja saskatīt viņa acis — dziļas, riekstkoka krāsas. Viņas uzmanību piesaistīja viņa vaigi, jo, kad viņš smaidīja, tie izpletās kā bērnam. Viņa mēģināja berzēt acis, bet vīrietis bija apklājis viņas rokas. Viņa nevarēja tās izvilkt no segas. Viņa jutās ieslodzīta. Viņa nejuta bailes.

„Grace," viņš teica.

„Uh, es nevaru izvilkt rokas."

„Oh, man ļoti žēl. Es tevi pārāk cieši apklāju," viņš teica, atvelkot segas, ļaujot Grace berzēt acis un saskatīt. Tagad viņa pamanīja, ka otrs jaunākais vīrietis piegājis viņai tuvāk. Viņš bija sakrustojis rokas uz krūtīm.

"Paldies."

"Grace, vai tu gribi dzert ūdeni?"

"Jā, tas būtu jauki," viņa teica, kad vīrietis ielēja ūdeni un ielika glāzi viņas trīcošajā rokā. Viņš turēja to, kā vecāks tur bērna roku, kad tas pirmo reizi mācās dzert pats. Kad viņa izdzēra ūdeni, vīrietis paņēma glāzi un nolika to uz naktsgaldiņa. Viņš gaidīja.

Grace paskatījās apkārt pa istabu, labi apzinoties, ka viņai vajadzētu zināt, kas ir šie divi cilvēki. Viņi gaidīja, ka viņa to zina.

„Es esmu tavs tētis," smaidīja vīrietis, „un šis ir tavs lielais brālis Darils."

Grace tagad to redzēja: ģimenes līdzību, riekstkoka krāsas acis.

Jā, viņai bija tēva acis.

"Tava mamma minēja, ka tu mūs varbūt neatceries," viņš teica. Viņš paglaudīja meitas roku. Daryls piegāja tuvāk, gar gultas malu. Viņš izstiepa roku pret Grace.

"Tu izskaties labi, meitene," teica Benjamin Greenway.

Grace jutās gan neērti, gan mierināta vienlaikus. "Paldies."

"Mēs tik ļoti uztraucāmies par tevi, kad uzzinājām." Viņas tēvs noslaucīja asaru. "Atvaino, ka nevarēju ierasties ātrāk. Bija darījumi, tu zini."

"Es saprotu."

"Tomēr nekas nav pārāk labs manai mazajai meitenei, un mēs uzaicināsim labākos ekspertus. Mēs darīsim visu, kas mūsu spēkos, lai tu atkal kļūtu normāla."

"Normālu?"

"Tādu, kāda tu biji... pirms tam."

"Uh, paldies," teica Grace, un tad viņa sakustēja kājas zem segas, pamodinot tās no dziļā miega. Pēdējā laikā tas bija tā. Daļa no viņas ķermeņa bija nomodā, bet citas daļas bija dziļā miegā.

"Mēs gribam, lai tu atkal kļūtu tāda, kāda biji iepriekš," teica viņas brālis. Viņš noliecās un noskūpstīja viņu uz pieres. Viņa lūpas bija vēsas, it kā viņš tikko būtu izdzēris bezalkoholisko dzērienu.

"Man viss ir labi," teica Grace. "Esmu tikai nogurusi... un, protams, ir arī tā lieta ar atmiņas zudumu."

"Jā, tas ir briesmīgi, nevarēt atcerēties nevienu un neko," atbildēja Darils. Tad viņš nedaudz nopurināja un pasmējās.

Neērti.

Grace uz brīdi aizvēra acis un tad atkal tās atvēra.

Viņas tēvs un brālis izskatījās nedaudz piesardzīgi. Viņa atkal mēģināja atsaukt atmiņā kādu atmiņu, jebkuru atmiņu, bet tas neizdevās.

"Tad tu esi nolēmusi veikt operāciju?" jautāja tēvs.

"Es vēl neesmu par neko nolēmusi."

"Viss savā laikā, mīļā, viss savā laikā," viņš teica. Viņš pagriezās, lai pieskartos Grace's rokai. Kad viņu āda saskārās, viņa gaidīja sajust siltumu, bet viņa āda bija vēsa.

"Es vakar runāju ar ārstu," teica tēvs. "Es teicu viņam, lai izmanto visas iespējas. Es teicu, ka nauda nav šķērslis. Es teicu, lai viņš izmanto visus līdzekļus. Lai dara visu, lai atgūtu manu mazo meitiņu."

"Es esmu tepat, tēt," viņa teica, kad Vincente iebāza galvu viņas istabas durvīs.

"Nāc iekšā, Vincente," viņa aicināja, "tu netraucē."

Viņš paskatījās pa istabu un devās uz viņu. Pabrauca ar pirkstiem pa matiem. Ielika rokas dziļi melnajās Levi's kabatās.

"Es gribētu tevi iepazīstināt ar savu tēvu un brāli Darylu."

"Tavu tēvu un brāli?"

"Jā."

"Uh, tāpēc es neiegāju uzreiz. Es, uh, man šķita, ka dzirdēju tevi runājam ar kādu."

Grace domāja, ka viņš rīkojas ļoti dīvaini, gandrīz nepieklājīgi.

"Vai tu gribi, lai es, uh, piezvanītu kādam? Tavai ārstei? Kādai no medmāsām? Vai tev vajag palīdzību?"

"Ko tu domā?" Grace bija ļoti dusmīga uz viņu, bet smaidīja. "Tēti, šis ir Vincente Marino, puisis, kas mani atveda uz slimnīcu. Daryl, šis ir Vincente Marino. Vincente, mans tēvs un mans brālis."

Vincente paskatījās apkārt. Telpā neviena nebija. Neviena dvēsele. Bet nabaga maldīgā Grace domāja, ka tur kāds ir. Vai viņam vajadzētu piekrist viņas maldībām? Izlikties? Pasniegt roku? Paspiedu viņai iedomāto roku? Vincente nebija medicīnas darbinieks. Viņam nebija ne jausmas, kur skatīties un ko darīt. Viņš negribēja uzņemties atbildību par to, ka Grace Greenway ir zaudējusi prātu. Viņš jau bija viņai nodarījis pietiekami daudz.

"Es iešu un atvedīšu ārstu, labi?" Vincente teica, pārbraucot ar pirkstiem pa matiem.

"Kāpēc? Tāpēc, ka es tevi iepazīstinu ar savu ģimeni? Es taču nelūdzu tevi precēties ar mani vai kaut ko tamlīdzīgu!"

"Grace? Kas notiktu, ja es tev teiktu…"

"Jā?"

"Kas notiktu, ja es tev teiktu, ka šajā telpā nav neviena cita kā tu un es?"

Grace paskatījās tēva acīs, tad brāļa. Viņi pamāja ar galvu, apliecinot, ka saprot.

"Ko tu domā? Viņi taču stāv tepat!"

„Grace, tagad klausies mani. Lūdzu. Tavs tēvs un brālis gāja bojā autoavārijā. Tā bija frontāla sadursme. Skolā notika piemiņas ceremonija."

„Viņi nevarēja būt miruši," teica Grace. „Ja vien, ja vien… es neredzu mirušos!"

„Esmu pārliecināts, ka tam ir pilnīgi nevainīgs izskaidrojums, Grace. Iespējams, tas ir tikai sāpes remdējošo zāļu blakusefekts. Lūdzu, ļauj man izsaukt palīdzību."

Grace pagriezās pret tēvu. Viņš atkāpās. Viņa pagriezās pret Darilu. Arī viņš atkāpās.

"Mīļā, mums tagad patiešām jāiet... tagad, kad Vincente ir šeit. Mēs atgriezīsimies citreiz. Citreiz, kad tu būsi viena," teica tēvs. Viņš un Darils atkāpās pret sienu. Viņi pazuda.

Grace aizsedza acis un sāka kliegt. Un kliegt, un kliegt.

Kad beidzot ieradās medicīnas personāls, bija jau par vēlu. Grace jau bija izvilkusi dažas caurules.

Pēc tam, kad viņai deva nomierinošos līdzekļus, viņa nomierinājās. Drīz vien viņa aizmiga.

Vincente palika pie Grace's, līdz ieradās Helēn. Viņš izskaidroja, kas noticis.

Helēn bija satraukta, jo nebija bijusi klāt. Viņa domāja, ko tas viss nozīmē. Vai viņas meita zaudē prātu? Vai viņai vajadzētu runāt ar ārstu par to, lai meitu ievietotu citā slimnīcā? Tādā, kur viņu novērotu 24 stundas diennaktī? Viņa nodrebēja no šīs domas.

Vincente mēģināja viņu pārliecināt, ka Grace nav traka. Tajā pašā laikā viņš mēģināja pārliecināt arī sevi.

Viņš paskatījās pa logu uz plastmasas maisiņu, kas peldēja vējā kā dienas spoku. Viņš domāja par grāmatām, kuras bija lasījis par mirušajiem, kas atgriežas, lai atgūtu dzīvos. Vai varētu būt kāds pārdabisks izskaidrojums?

Helen skatījās uz savas meitas guļošo ķermeni. Viņa izskatījās kā nevainīga dvēsele, kas tur atpūšas. Helen apņēma sevi ar rokām. Bija pagājis tik ilgs laiks, kopš viņas bija runājušas, patiesi runājušas. Viņa paskatījās uz zēnu, kas stāvēja blakus, un domāja, vai viņš varbūt pazīst viņas meitu labāk nekā viņa pati. Viņai nepatika doma, ka kādu dienu viņa un meita varētu attālināties viena no otras.

Grace pamodās. Tad viņa sāka skaitīt skaļi.

Helen klausījās, līdz Grace bija gandrīz saskaitījusi līdz simt. Tad meita pārtrauca skaitīt. Viņa vienmēr apstājās pie skaitļa simts. Grace visu savu dzīvi bija mīlējusi skaitļus. Skaitļi viņai sniedza mierinājumu.

Helen par to padomāja. Lai gan meita bija zaudējusi atmiņu, viņa joprojām darīja normālas lietas, piemēram, skaitīja miegā. Helen uzskatīja, ka tas ir labs zīme. Viņa gandrīz dalījās ar to ar Marino zēnu. Viņš bija aizņemts, skatoties pa logu, tāpēc viņa nolēma iet pēc tases tējas.

Vincente apgalvoja Helen, ka paliks istabā, līdz viņa atgriezīsies. Helen bija pateicīga par viņa palīdzību.

Vincente pārlapoja žurnālu un turpināja skatīties pa logu.

Grace sauca: "Lūdzu, neved mani prom. Lūdzu, neved!"

Vincente pacēla viņu un turēja rokās. Viņa joprojām gulēja dziļā miegā, vienkārši redzēja murgi. Kad viņas ķermenis atslāba, viņš nolika viņas galvu uz spilvena.

„Lūdzu, nemirsti," Vincente čukstēja. Viņš atvēra durvis un paskatījās ārā, meklējot Helen. Viņš patiešām gribēja tikt izglābts no šīs situācijas. Kur bija Helen Greenway? Viņš paskatījās atpakaļ uz Greisu, kas atkal kustējās miegā. Nopūtās, aizvēra durvis un atgriezās savā vietā.

8. NODAĻA

Grace pamodās, jūtoties pilnīgi dezorientēta. Viņai bija bijusi nakts, pilna ar biedējošiem sapņiem.

Viņa sapņoja, ka viņai bija divi apmeklētāji: viņas mirušais tēvs un brālis. Istaba bija pilnīgi tumša, un, kad viņa atvēra acis, gaisā bija jūtama izteikta ziepju un antiseptiskā līdzekļa smarža. Viņa domāja, cik ilgi viņa bija gulējusi.

Grace aptaustīja savu pieri, un tā bija ārkārtīgi karsta. Viņai bija augsta temperatūra, un viņai atkal bija jāmaina naktsveļa. Viņa pārliecās pāri gultai, nospieda zvana pogu un gaidīja. Nekas.

Viņa mēģināja ieliet sev glāzi ūdens, bet atklāja, ka krūka ir tukša. Viņa gaidīja, kad medmāsa ienāks istabā, bet neviens neatnāca. Viņa atkal nospieda zvana pogu. Viņas slāpes pieauga. Viņa atkal aptaustīja pieri un nospieda zvana pogu.

Viņa sēdēja taisni un ieraudzīja Vincente. Viņš bija dziļā miegā, atgūlies uz divām krēsliem tieši zem loga. Viņa kājas un pēdas bija uz viena krēsla. Viņa ķermeņa augšdaļa bija uz otra krēsla. Problēma bija tā, ka viņa viduklis bija noslīdējis uz leju, nokarājies. Viņš drīz vien būtu uzkritis uz grīdas. Vienīgais veids, kā to apturēt, bija viņu pamodināt.

Grace sauca viņa vārdu. Pārsteigts, viņš atgrūda krēslus. Viņa viduklis uzkrita uz grīdas.

Viņš piecēlās. "Kas? Kur?"

Grace nevarēja atturēties no smiekliem.

Viņš uz brīdi paskatījās viņas virzienā, tad ar rokām noslaucīja drēbes. Beidzot, viņš ar pirkstiem izķemmēja matus. Viņš vēl pāris sekundes paskatījās uz viņu, tad berzēja acis un saprata, kur atrodas. Viņš vēlreiz pārbrauca ar rokām pa matiem, tad piegāja pie Grace's un teica: "Oi, atvaino. Es droši vien aizsnaudājos."

"Nekas, es cerēju tevi noķert, bet diemžēl es tikai padarīju situāciju vēl sliktāku."

"Nekas, nav nekādas vainas," teica Vincente. Viņš izdarīja dažus lēcienus, mēģinot sevi pamodināt.

"Ir jau ļoti vēls! Kāpēc viņi mani neaizveda? Tava mamma bija paredzējusi pārņemt pienākumus. Pēc desmitiem vakarā drīkst ienākt tikai ģimenes locekļi. Tādi ir slimnīcas noteikumi."

„Es jau kādu laiku zvanīju medmāsu," teica Grace, „bet līdz šim nekā. Lūk, ļauj man pamēģināt vēlreiz." Viņa nospieda zvana pogu un turēja to nospiestu.

Vincente varēja dzirdēt, kā skaņa atbalsojas visā koridorā. Dīvaini. Viņš nolēma iet un paskatīties. Kur, pie velna, bija Helēn? Vincente bija īpaši pieminējis Helēn Greenway ka viņam ir jābūt prom no turienes precīzi desmitos. Viņa bija apsolījusi viņu pamodināt. Viņa mamma bija nolēmusi viņu aizvest, un nākamajā dienā viņam bija kriketa spēle. Viņam bija nepieciešams labi izgulēties. Viņa uzskatīja to par pašsaprotamu. Izturējās pret viņu kā pret ģimenes locekli. Kas, pie velna...?

Vincente kļuva arvien vairāk un vairāk aizkaitināts, klīstot apkārt. Sākumā viss šķita normāls, bet slimnīcas personāla prombūtne viņu satrauca. Viņš ielika roku kabatā un izvilka mobilo tālruni. Viņš to ieslēdza un gaidīja, kad iedarbosies 4G, bet signāls bija vājš, tikai viena josla. Viņš pārbaudīja īsziņas un e-pastus, bet tur nekas nebija. Viņš paskatījās uz pulksteni koridora galā. Bija 2:30 naktī. Kas, pie velna?

Ziņkārīgs, viņš atvēra vienu no slimnīcas palātām, gatavs atvainoties par traucējumu, bet tā bija tukša. Viņš turpināja atvērt durvis pēc durvīm, un rezultāts katru reizi bija viens un tas pats: tukša.

Viņš iegāja liftā. Nolaidās vienu stāvu zemāk: tas pats, kas iepriekš. Kur visi bija pazuduši? Tas sāka kļūt dīvaini. Viņš ar liftu nolaidās līdz pirmajam stāvam. Tur bija tas pats stāsts. Pat reģistratūras galda bija tukšs. Ne uzgaidāmajā telpā, ne neatliekamās palīdzības telpā nebija ne pacientu, ne viņu ģimenes locekļu.

Viņš izgāja ārā un dziļi ieelpoja. Gaisā bija dīvaina smarža, kas bija automašīnu izplūdes gāzu un eikalipta maisījums. Viņš dzirdēja tikai nepārtrauktu dūkoņu.

Tālākā attālumā viņa acis sastapās ar pilnmēness gaismu, kas izgaismoja nakts debesis. Zvaigznes spīdēja pilnā spēkā. Viņš uz brīdi apstājās pie šīm lietām, jo tās bija tādas, kādas viņš gaidīja redzēt, t. i., normālas.

Pēc dažām sekundēm dūkoņa atgrieza viņu realitātē, un viņš pārskatīja autostāvvietu. Viņš klepoja, virzoties uz tuvāko automašīnu, no kuras izpūtēja izplūda izplūdes gāzes.

Automašīnas priekšējā vadītāja puses durvis bija plaši atvērtas, tāpēc viņš noliecās iekšā, bet atklāja, ka automašīna ir tukša. Viņš pārbaudīja aizmugurējo sēdekli un atklāja, ka arī tas ir tukšs. Viņš izslēdza aizdedzi, bet tā uzreiz atkal iedarbojās. Beidzot viņš izņēma atslēgu, un tas, šķiet, palīdzēja.

Viņš devās pie nākamās automašīnas, kas arī bija tukša, bet dzinējs joprojām darbojās. Viņš stāvēja autostāvvietas vidū. Katra automašīna darbojās, bet redzeslokā nebija ne vadītāju, ne pasažieru. Vincente nodrebēja un skrēja atpakaļ iekšā, lai meklētu Greisu.

Grace joprojām sēdēja tur, kur viņš viņu bija atstājis. Viņš nekad dzīvē nebija bijis tik laimīgs kādu redzot. Ienākot telpā, viņš sakoda augšējo lūpu, domājot, vai viņai vajadzētu pastāstīt, kas notiek. Taču, no otras puses, viņš pats arī nezināja, kas notiek. Viņš pārskatīja faktus savā prātā:

Fakts: slimnīca bija pamesta.

Fakts: autostāvvieta bija pamesta.

Tie bija aukstie, skarbie fakti.

Vincente domāja, kā viņam vajadzētu izklāstīt situāciju. Vai viņam vajadzētu to viņai pasniegt maigāk? Vai arī viņam vajadzētu Grace pastāstīt visu? Viņš nevarēja atturēties no domām par viņas pašreizējo garīgo veselību. Pirms neilga laika viņa šķita tik tuvu sabrukumam. Viņš negribēja būt tas, kurš viņu nogrūst pāri malai. Viņš jau bija nodarījis viņai pietiekami daudz ļaunuma.

Vincente pamanīja, ka Grace ļoti svīst. Viņa jau šķita satraukta un nemierīga, un viņš viņai vēl neko nebija stāstījis... Vēl. Viņš jautāja, vai viņa vēlas dzert aukstu ūdeni, un viņa atbildēja, ka vēlas.

Viņš piepildīja mazu krūzi ar ūdeni un ielēja glāzi. Grace, domājot, ka tā ir viņai, izstiepa roku, lai to paņemtu. Bet Vincente šķita esam savā pasaulē un, tā vietā, lai to pasniegtu viņai, pats izdzēra glāzi. Tad viņš atkārtoja visu procesu un izdzēra arī otro glāzi līdz pēdējai pilienei.

Kad viņš atgriezās realitātē, Grace sāka kļūt arvien vairāk un vairāk nobijusies. Kaut kas noteikti bija nepareizi. Vincente bija kaut ko redzējis, un viņš baidījās viņai par to pastāstīt. Tas bija tik slikti.

Vincente acis sastapās ar Grace's acīm. Viņš ielēja glāzi ūdens un ielika to viņas gaidošajā rokā. Viņa dzēra, vērojot, kā Vincente sejas izteiksme mainās no brīža uz brīdi.

Greiša vairs nevarēja to izturēt. Viņa gribēja, lai Vincente atgūtos. "Man, äh, patiešām jāiet uz tualeti." Viņa atkal nospieda zvana pogu. Viņa cerēja, ka kāda no medmāsām pēc brīža ienāks telpā.

Vincentei sāka beigties laiks. Viņš novēroja Greisu. Viņa gaidīja, lai medmāsa nāk un palīdz viņai, lai gan apkārt nebija nevienas medmāsas. Ko gan viņš varēja darīt? Viņai bija nopietnas veselības problēmas, un viņai bija vajadzīgas zāles. Viņš nebija ārsts un nezināja, kā par viņu rūpēties.

Tad viņam ienāca prātā ideja: viņš aizvedīs viņu uz citu slimnīcu.

Jā, tieši to viņš darīs.

"Atvainojiet par vakardienu. Es domāju par to, ka redzu mirušos," teica Grace.

"Nekas."

Viņam būs jāpastāsta viņai. Jo ātrāk, jo labāk.

Tā medmāsa ir jāatlaiž!" Grace iesaucās. Viņai patiešām bija jāiet uz tualeti!

"Kad tu pēdējo reizi saņēmi zāles?" Vincente jautāja.

"Es nezinu. Es tik daudz guļu, ka dažkārt ir grūti saprast, vai ir diena vai nakts."

"Tagad ir nakts. Apmeklējumu laiks jau sen beidzies."

"Tātad, viņi atkal ļāva tev palikt ilgāk?"

"Es domāju, ka nē. Tava mamma bija paredzējusi mani pamodināt. Viņa bija iecerējusi pavadīt nakti kopā ar tevi. Ņemot vērā..."

"Ņemot vērā ko? Viņa domā, ka es zaudēju prātu?"

"Uh, kaut kā tā. Es domāju, viņa vienkārši vēlas tevi uzraudzīt."

"Nu, tad viņai vajadzētu pārliecināties, ka es saņemu zāles," teica Grace.

„Lai asinis nesarecētu, tev ir vajadzīgas zāles."

„Es zinu," Grace teica, aizkaitināta, „viņi vienmēr visu pieraksta uz kartiņas pie gultas gala. Paskaties. Tur būs viss, kas tev jāzina."

„Laba doma," teica Vincente, paceldams klipu. Uz tā bija saīsinājumi, kas atgādināja slepenu kodu. Viņam izdevās saprast, kas tur rakstīts.

Grace vairāk nekā divdesmit četras stundas nebija redzējusi nevienu — ne medmāsu, ne ārstu.

Viņai patiešām bija jāiet uz tualeti. Mašīnas pilēšana blakus viņai nelīdzēja. Viņa centās par to nedomāt. Viņa centās nedomāt par vampīra versiju Vincente Marino. Un viņa centās nedomāt par mirušo cilvēku redzēšanu, bet bija grūti nedomāt par to visu. It īpaši, kad viņas urīnpūslis bija pilns.

Vincente nolēma, ka tagad vai nekad. Viņam bija jāsaka viņai. Viņam bija jāsaka viņai patiesība. Viņam bija jāizved viņus no šīs slimnīcas, jāved uz citu vietu. Uz vietu, kur Grace varētu saņemt nepieciešamo aprūpi.

Viņš piegāja pie loga un atvilka aizkarus. Viņš nolēma, ka vairs nevar vilcināties. Viņam bija jāsaka viņai... tagad.

Grace, mēs ar tevi esam palikuši vieni šajā slimnīcā," Vincente izspruka. Brutāli, viņš domāja. Pilnīgi brutāli.

"Kas?"

"Viņi visi... ir pazuduši."

"Tas nav iespējams! Māsa! Māsa!" viņa iesaucās, atkal nospiežot avārijas pogu.

"Es pirms dažām minūtēm pārbaudīju, un šī slimnīca ir pilnīgi pamesta. Pilnīgi."

"Tu mēģini mani izbiedēt?"

"Jā. Es domāju, nē, bet man šķiet, ka mums vajadzētu tikt prom no šejienes."

"Bet ārā... Es domāju, ārā no slimnīcas, vai tu redzēji cilvēkus?" Grace jautāja.

"Nē. Es nevarēju atrast nevienu ne šeit, ne ārpus ēkas. Mums jādodas prom. Jāizkļūst no šejienes. Jādodas uz pilsētu. Es redzēju automašīnas ar iedarbinātiem dzinējiem, bet pie stūres nebija neviena. Nebija pasažieru. Daudz tukšu automašīnu."

"Bet es nevaru pamest slimnīcu. Kas notiks ar manu veselības stāvokli?" iesaucās Grace. Viņa paskatījās uz Vincente un uz brīdi domāja, vai atkal sapņo. Viņa aizvēra acis un tad atvēra. Nē, viņa bija pilnīgi nomodā. Varbūt Vincente gulēja, un viņa bija viņa sapnī? Vai vēl ļaunāk: varbūt tas, kas ar viņu notika, bija lipīgs? Varbūt viņi zaudēja prātu?

„Ja mēs tagad aizbrauksim, mēs varēsim atrast savas ģimenes. Viņi zinās, ko darīt."

„Bet es esmu pieslēgta šiem," viņa norādīja uz mašīnām un vadiem.

„Nav problēmu, es tevi atvienošu," teica Vincente.

„Tu zini, ko darīt?"

„Tas šķiet pašsaprotami, bet tev būs jāuzticas man."

9. NODAĻA

Grace apsvēra savas iespējas. Ja Vincente bija taisnība, un kāpēc gan viņš melotu? Tad visi slimnīcā un tās apkārtnē bija pazuduši bez pēdām. Pat pēc tam, kad viņa to atzina, Grace joprojām apšaubīja savu prāta skaidrību. Vispirms viņa noticēja, ka Vincente varētu būt vampīrs. Tad viņa noticēja, ka viņas brālis un tēvs bija apmeklējuši viņu, kaut arī viņi bija miruši. Un tagad bija šis.

"Protams, es tev ticu, Vincente. Bet es esmu nobijusies. Es nesaprotu, kas ar mani notiek."

"Tas notiek ne tikai ar tevi. Tas notiek arī ar mani. Mēs esam tajā kopā. Šeit nav neviena cita, tikai tu un es."

"Bet vai es sapņoju? Vai tu esi pārliecināts, ka tas nav sapnis, Vincente? Pasaki man, ka tas nav sapnis! Es domāju, ka zaudēju prātu!"

Vincente pievilka Grace sev klāt un turēja viņu. Viņa siltais elpas vilnis kutēja viņas ausī. Viņš čukstēja: „Tu nezaudē prātu. Tas ir reāli. Mēs esam tajā kopā... un mums ir jāizkļūst no šejienes."

„Ko darīt, ja asins receklis pārsprāgs? Ko darīt?" Grace sāka.

„Tad mēs ar to tiktu galā. Es tevi aizvedīšu uz citu slimnīcu. Citā vietā."

Grace pamāja ar galvu, kamēr Vincente atvienoja sirds monitora vadus. "Es baidos," viņa atzinās.

"Un es baidos par to, kas notiks, ja mēs paliksim šeit," teica Vincente. Viņš noņēma pēdējo Velcro stiprinājumu, izraisot mašīnas strauju darbības pārtraukšanu. Mašīna sāka skaļi signalizēt un mirgot, līdz Vincente izvilka kontaktdakšu no rozetes.

Tad telpā iestājās klusums.

„Tagad būs grūti," teica Vincente. „Man jāizņem adata no tavas rokas, un tas sāpēs."

„Runā ar mani. Novērš manu uzmanību."

„Labi. Es tev stāstīju, ka man bija svarīga spēle? Es tik ļoti gaidīju, kad varēšu spēlēt. Šķiet, ka pagājis ilgs laiks kopš manas pēdējās spēles." Vincente vilcinājās. „Viss ir beidzies."

"Man nemaz nesāpēja. Paldies," teica Grāce , pārmetot kājas pāri gultai. Tās bija kailas kājas, kas līdz šim bija slēptas zem segas.

Vincente novērsa skatienu, kad viņa nokāpa uz aukstā linoleja grīdas. Aukstums izraisīja nevilšus drebuļus, kas pārņēma viņas novājināto ķermeni.

Vincente viņu noturēja un atbalstīja. Viņa paskatījās uz vannas istabas durvīm. Viņa devās tajā virzienā. Viņš atbalstīja viņu, līdz viņa bija droši iekļuvusi telpā.

Grace iztukšoja urīnpūsli. Viņa noskaloja podu un devās pie izlietnes, lai nomazgātu rokas. Viņa paskatījās uz savu atspulgu spogulī un ieelpoja. Viņas mati bija nekārtīgi, un āda bija bāla. Viņa izskatījās ļoti slima — un tā arī bija. Grāce iztīrīja zobus un sakārtoja matus. Viņa atvēra durvis un redzēja, ka Vincente pārmeklē telpu.

Pirms viņa paspēja kaut ko teikt, viņš jautāja: „Kur ir tavi apģērbi?"

„Es nezinu. Varbūt mamma tos paņēma mājās mazgāt?" Viņa devās atpakaļ uz gultu. „Es domāju, varbūt mums vajadzētu palikt šeit un gaidīt, kamēr viņi atgriežas? Noteikti viņi atgriezīsies. Vai varbūt es vienkārši pamodos, vai tu pamodos, un tad viss atkal būs kā iepriekš?"

„Nē, Grace . Mums jāizkļūst no šejienes... tagad. Tu nesapņo un tu neesi zaudējusi prātu – ja vien es arī neesmu zaudējis savējo! Neuztraucies par drēbēm. Tava slimnīcas halāts būs pietiekams, kamēr atradīsim tev kaut ko citu."

Viņa atkal nodrebēja. Vincente apsedza viņai plecus ar segas malu.

„Nāc, Grace . Beidz runāt par to, kas bija, un domā par mums šeit un tagad. Mums jāizkļūst no šejienes."

„Varbūt tev vajadzētu vienkārši atstāt mani. Es tikai tevi kavēšu.”

„Es tevi neatstāšu, Grace . Mums jāpaliek kopā. Mēs tagad esam kopā. Nāc.”

“Bet Vincente, varbūt, ja es vienkārši atgūlos šeit uz gultas un mazliet pagulēšu, tu vari pats meklēt palīdzību. Es jūtos ļoti nogurusi.” Viņa devās uz gultu un sāka uzkāpt uz tās.

Vincente izstiepa roku un pievilka viņu pie sevis. Viņš uzlika rokas uz viņas pleciem. “Grāce , tu man neuzticies?”

“Uzticos, bet...” Grace stāvēja tur, drebot, visu laiku skatīdamās Vincente tumšajās acīs. Viņa baidījās. Viņa baidījās būt nomodā. Viņa baidījās aizmigt. Viņa gribēja novērst uzmanību un gribēja uzzināt vairāk par viņu, vairāk par viņa dzīvi. Viņa gribēja atturēties, lai pārliecinātos, ka viņš ir īstais Vincente Marino. Viņa sāka apšaubīt visu.

“Kur tu dzīvoji, pirms pārcēlies uz šejieni?”

“Mana ģimene bieži pārvietojās,” teica Vincente. “Mēs esam šeit Sidnejā jau gandrīz piecus gadus, un pieci gadi ir ilgs laiks, lai mana ģimene paliktu vienā vietā.”

Grace pārsteidzoši atcerējās pirmo reizi, kad Vincente ieradās skolā. Tas bija atmiņas dāvinājums. Viņa ļāva tam ieplūst savā apziņā un atkal izdzīvoja šo ainu. Viņa to atkārtoti skatījās savā prātā.

"Vai tu esi kārtībā, Grace ?"

Viņa bija tik ļoti aizrautīga ar atmiņām, ka aizmirsa, ka īstais Vincente stāvēja tieši viņas priekšā. Grāce vilcinājās, vai atklāt viņam savu sapni. Viņa gribēja, lai tas paliktu tikai viņai pašai. Bet beigās nolēma, ka nav ko baidīties.

„Es atcerējos dienu, kad tu pirmo reizi ieradies mūsu skolā. Tas bija kā gaismas stars, kas caurvija manu sirdi un caururbja manu dvēseli. Es nevarēju elpot."

Vincente nezināja, ko teikt uz šo atzīšanos, tāpēc viņš neko neteica.

Grace bija pārliecināta, ka viņš neatceras, ka redzējis viņu savā pirmajā dienā skolā. Kāpēc gan viņam būtu jāatceras?

"Es atceros tevi," viņš teica.

"Tu to saki tikai tāpēc, lai es ietu ar tevi," teica Grace .

"Kāpēc man būtu jāmelojas? Tas bija uz zāles, pie skolas. Tu sēdēji. Lasīji grāmatu. Tu sēdēji zem koka, pilnīgi viens pats."

"Jā. Es lasīju "Vētrais kalns".

"Un es gāju garām un izlikos, ka paklupu. Es nometu pie tevis pildspalvu."

"Es to pacēlu un atdevu tev atpakaļ."

"Jā, bet, Grace , tu uz mani skatījies kā uz būtni no citas planētas."

„Jā, tas viss, kas saistīts ar manas sirds un dvēseles atmodu. Es biju apmulsusi.”

„Bet tu mani pat nepazini.”

„Es tevi pazinu, Vincente. Es vienmēr tevi pazinu.”

„Grace , padomā par to, ko tu man tikko teici. Tavā smadzenēs ir saglabājušās konkrētas atmiņas par mani. Es domāju, ka tas ir ļoti pozitīvs zīme. Zīme, ka tu kļūsti labāka.”

Viņa par to padomāja, tad smaidīja no ausīm līdz ausīm. „Labi,” viņa teica, „tagad ejam prom no šejienes.”

„Es tevi neatstāšu, Grace . Mums jāpaliek kopā. Mēs esam tajā kopā. Nāc.”

Tālrunis pie Grace s gultas sāka zvanīt. Grace pagriezās, lai paceltu klausuli. Vincente viņu apturēja, jo sāka zvanīt vēl viens tālrunis istabā. Tad vēl viens sāka zvanīt blakus istabā. Tad vēl viens, un vēl viens. Telefona zvaniņi atbalsojās pa koridoriem. Skaņa bija apdullinoša.

“Ejiet!” Vincente iesaucās, kad viņi izgāja gaitenī. Zvaniņi atbalsojās un kļuva arvien skaļāki.

Viņi aizsedza ausis un nonāca pie lifta. Durvis atvēra un aizvēra, tad atvēra un aizvēra. Iekāpt bija pārāk riskanti. Viņi devās uz kāpņu telpu.

Zvanu skaņa kļuva klusāka, kamēr viņi kāpa lejā pa kāpnēm. Kad viņi nonāca pirmajā stāvā un atvēra durvis, skaņa bija skaļāka nekā jebkad.

"Nāc!" Vincente iesaucās, kad viņi izgāja pa galvenajām durvīm. Viņi atrada automašīnu. Viņš piesprādzēja Greisu pasažiera sēdeklī.

Viņš nospieda gāzes pedāli līdz grīdai, un viņi aiztraucās klusajā, melnajā naktī.

Vincente dziedāja dziesmu par braukšanu uz nezināmu galamērķi. Viņi brauca cauri Sidnejas iekšējam rietumu rajonam. Viņš pamanīja, ka Grace ir klusa un ir aizmidzis. Viņš domāja, ka tas, iespējams, ir labi, jo viņam bija nepieciešams laiks, lai padomātu. Lai izstrādātu plānu.

Automašīnas stāvēja rindā, bamperis pie bampera, bloķējot galveno ceļu. Viņam nācās manevrēt. Dažreiz viņam nācās braukt pa ietvi, lai tiktu cauri.

Ceļā viņš redzēja daudz pamestu un darbojošos transportlīdzekļu. Tur bija arī kravas automašīnas, taksometri, policijas automašīnas un ātrās palīdzības automašīnas. Visi stāvēja ielās — pat lidmašīnas un helikopteri. Gaisā bija bieza izplūdes gāzu smarža. Tas bija kā kaut kas no Stīvena Kinga romāna, absolūta apokalipse.

Sākumā Vincente apstājās pie gājēju pārejām, uzmanīgi skatīdamies, vai pāri iet bērni, pieaugušie un pat suņi. Neredzot neko, viņš to pārtrauca.

Šķita, ka neviens nav palicis. Tomēr Vincente cerēja atrast savu ģimeni un draugu, kas gaida priekšpilsētā. Viņš mēģināja piezvanīt mammai uz mobilo tālruni, bet atbilde nebija. Viņš atstāja ziņu. To pašu viņš izdarīja arī pie vecvecākiem.

Grace pamodās un jautāja: „Kur mēs esam?"

„Mēs tagad vienkārši braucam pa Sidneju. Izpētām situāciju. Kamēr tu gulēji, es devos uz Karalisko slimnīcu un to pārbaudīju."

„Tev vajadzēja mani pamodināt."

„Nē, tam nebija vajadzības. Es dzirdēju, ka tur arī zvana telefoni. Es zināju, ka slimnīca ir tukša, pat neieejot iekšā." Vincente iebrauca krustojumā. Grace satvēra viņu aiz rokas un teica, lai apstājas.

Viņš strauji nospieda bremzes. Viņi gaidīja, jo tas bija gājēju pāreja, bet tur nebija neviena, kas šķērsotu ielu.

Grace pieminēja veļu, kas plandījās vējā, veļu, kas bija atstāta ārā nezināmu laiku. Viņa pamanīja, ka debesīs nebija redzami putni. Neviens suns nereaģēja. Viņa redzēja, ka veikali joprojām bija atvērti, bet tur nestrādāja neviens darbinieks un nebija arī klientu, kas kaut ko pirktu.

Tur bija arī izdeguši transportlīdzekļi.

"Pilsēta ir pilnīgi pamesta," teica Vincente.

"Tas ir bezcerīgi," Grace murmināja.

"Nekad nezaudē cerību."

Viss būs labi," Vincente pārliecināja, pieskaroties Grace's rokai. Viņa sajuta triecienu, kad viņa āda saskārās ar viņas ādu.

"Ko mēs darīsim?" Grace jautāja.

"Nu, mēs turpināsim ar plānu A," Vincente teica.

"Mums ir plāns A?"

"Kamēr tu gulēji, Grace, es izstrādāju plānu A. Tas ietver pārbaudi citā slimnīcā un pazīstamos priekšpilsētas rajonos. Es domāju, ka, ja kādam būs nepieciešama mūsu palīdzība, mēs viņus visticamāk atradīsim."

"Tas bija labs plāns."

"Līdz šim nekas nav redzēts, ne dzīvs, ne miris."

"Kur ir pazuduši putni?" jautāja Grace.

"Visticamāk, uz ūdens pusi. Viņi gribēs aizbēgt no trokšņainajām automašīnām, kas piesārņo gaisu," teica Vincente.

Viņš pamanīja, ka degvielas tvertne ir gandrīz tukša. Viņš to uzpildīja degvielas uzpildes stacijā. Tad paņēma dažas lietas veikaliņā. Vincente metās Grace šokolādes batoniņu un atvēra Mars batoniņu. "Es atstāju naudu uz letes."

"Tu atstāji naudu?" Grace bija patiešām pārsteigta.

"Jā. Es nevaru vienkārši paņemt degvielu, nemaksājot. Tas būtu civilizācijas gals, kādu mēs to pazīstam, ja mēs vienkārši ņemtu visu, ko gribam! Turklāt šīs degvielas uzpildes stacijas īpašnieks pazīst manu ģimeni kopš mēs šeit pārcēlāmies. Viņš ir palīdzējis mammai vairākas reizes, kad viņai bija problēmas ar auto, bet tētis bija izbraucis no pilsētas."

"Man patīk tava loģika."

"Jā, mēs taču nevēlamies anarhiju, vai ne?" viņš pasmējās.

Grace tagad Vincente bija vēl vairāk apbrīnojusi nekā iepriekš. Viņa apbrīnoja viņa uzņēmīgo attieksmi. Viņa godīgumu. Kādu iemeslu dēļ liktenis viņus bija savienojis. Viņa un Vincente bija piedzīvojumā. Tas bija aizraujošs, biedējošs un dīvains vienlaikus.

Vincente strauji nogriezās pie piparkūku mājas. „Esam klāt," viņš teica.

10. NODAĻA

„Šī ir manu vecvecāku māja. Es vienmēr palieku šeit skolas brīvdienās un kad mani vecāki ir komandējumā. Tā kā mana ģimene bieži pārceļas, šī vienmēr ir bijusi mana otrā mājas."

Ielaižot gaisā eikalipta smaržu, Grace teica: „Ir ļoti agri no rīta. Tu domā, ka viņiem nebūs iebildumu?"

„Es mēģināju zvanīt vakar vakarā, bet neviens neatbildēja. Es atstāju ziņu. Ja viņi guļ, viņiem nebūs iebildumu. Mēs varam vienkārši iet iekšā, jo man ir sava atslēga. Turklāt šī ir sava veida ārkārtas situācija."

Vincente atvēra durvis.

Grace joprojām skatījās uz dārzu, koncentrējoties uz milzīgo koku pagalmā. Koks bija noliecies un lielākā daļa tā sakņu bija atklātas. Viņa nodrebēja un apņēma sevi ar rokām.

Vincente, kas jau bija iekšā, iesaucās: „Nāc iekšā!"

Tagad, kad bija iekšā, Grace centās justies kā mājās. Pēkšņi caur atvērtām durvīm ieplūda vēja brāzma un satvēra viņas slimnīcas halāta muguru. Viņa izsala līdz kauliem un atkal nodrebēja.

Vincente pārliecās pāri dīvāna atzveltnei un paņēma rokdarbu, daudzkrāsainu segas, ko bija adījusi viņa vecmāmiņa. Viņš to apklāja viņai uz pleciem.

Grace ierāva tajā un ieelpoja jauko smaržu.

„Pagaidi šeit," teica Vincente. „Es iešu uz augšu un paskatīšos, kā viņiem klājas."

„Labi," Grace noskatījās, kā Vincente kāpj pa kāpnēm un apiet gar gaiteņa galā.

Kad viņš pazuda no redzesloka, Grace piegāja pie loga un paskatījās caur aizkariem. Koka saknes šķita kustēties. Zari sāka šūpoties. Viņa atkal nodrebēja un aizvēra aizkarus.

Viņa paskatījās apkārt, neesot pārāk uzmācīga. Māja bija kā svētnīca Vincente. Visur bija viņa fotogrāfijas. Vincente kā mazulis. Vincente kā mazs zēns. Vincente sporta formā. Vincente ar vecākiem. Vincente ar trofejām. Fotogrāfijas bija bezgalīgas. Viņa ievēroja, ka starp citām fotogrāfijām nebija viena konkrēta veida fotogrāfijas, proti, Vincente ar draudzeni. Tas bija labs zīme.

Vincente atgriezās lejā. Pēc viņa izteiksmes un steigas viņa varēja secināt, ka vecvecāki nav mājā.

"Viņi nav šeit, un nav nekādu pazīmju, ka viņi būtu bijuši šeit pagājušajā naktī. Gulta nav izgulēta, un veļas grozā nav nekā. Vecmāmiņa vienmēr stingri prasīja, lai netīro veļu ieliktu grozā pirms gulētiešanas."

Viņš apsēdās, ar pirkstiem pārbrauca pa matiem un tad salika rokas uz galvas, pirkstus savienojot. Šāda sēžot pozīcija palīdzēja viņam koncentrēties. Viņš to bieži darīja, kad vajadzēja izslēgt apkārtējo troksni kādā no savām spēlēm.

Grace stāvēja blakus, klusa kā pele.

Vincente atgriezās pie realitātes un teica: „Ah!" Pirms viņš piecēlās un ātri devās cauri mājai.

Grace sekoja viņam pa gaiteni garām virtuvei un vannas istabai līdz mazai telpai gaitena galā. Tā bija darba istaba.

Viņš pārbaudīja, vai dators ir ieslēgts un darbojas. Tas nebija — kontaktdakša bija izvilkta no sienas. „Vectēvs droši vien atkal taupīja elektrību," viņš teica. „Pārstartēšanai būs nepieciešamas dažas minūtes, tāpēc tikmēr varam paēst kādu uzkodu un izdzert kafiju. Nāc."

Grace un Vincente devās uz virtuvi, kurā bija avokado zaļas krāsas sadzīves tehnika. Uz virtuves dvieļiem bija uzlīmes ar augļu un dārzeņu attēliem. Galda vidū zaķveidīgi sāls un piparu trauki viņiem ļaunprātīgi smaidīja.

"Vecmāmiņa vienmēr uztur ledusskapi labi piepildītu," teica Vincente, atverot durvis. Viņš metās Grace vistas kāju un sāka pats ēst otru, kamēr uzlika vārīties ūdens kannu. Tad viņš paņēma kafiju, cukuru, krējumu un divas krūzes. Kad ūdens bija uzvārījies, viņš ielēja kafiju un tad viņi devās atpakaļ uz datoru istabu.

Ienācis telpā, Vincente apsēdās un sāka klikšķināt uz tastatūras. Kad parādījās Facebook, viņš atvēra savu profilu, lai to atjauninātu, un pēc tam pārbaudīja, vai kāds no viņa draugiem ir tiešsaistē. Neviens nebija.

Viņš pāris reizes noklikšķināja un pārbaudīja jaunumus. Neviens no viņa draugiem vairāk nekā divdesmit četrās stundās nebija publicējis nekādus ierakstus vai atjauninājumus.

"Es nevaru noticēt, ka šeit nav bijis neviens. Pat Liz, mana radiniece ASV, kas atjaunina savu profilu vismaz piecas reizes dienā. Es baidos, ka tas varbūt notiek ne tikai ar mums šeit Sidnejā. Tas varbūt notiek visur."

Grace aizklāja muti, mēģinot atturēt izsaukumu, bet tas izslīdēja un piepildīja kluso telpu. "Varbūt viņi visi ir kaut kur kopā? Pazemē vai kādā drošā vietā, kur nav datoru, un gaida."

"Visa pasaule pazemē un gaida? Tas gan būtu kaut kas," teica Vincente, izietot no Facebook. "Es pārbaudu savu e-pastu," viņš paskaidroja.

"Jums ir jauns e-pasts!" sveicināja pārlūks. Tas bija īss ziņojums no viņa vecmāmiņas, kas jautāja par viņa kriketa spēli.

"Tad ko mums tagad darīt? Kur vēl mums jāpārbauda?" jautāja Grace.

"Es nezinu," teica Vincente un atkal nolika rokas uz galvas un ielika galvu starp ceļgaliem.

Grace izstiepa roku un nolika to uz viņa pleca. Viņš paņēma viņas roku savā un pateicīgi pieņēma viņas mierinājumu. "Es zinu, ka ir agrs rīts un viss," viņa teica, "bet es esmu izsmelta. Varbūt mums vajadzētu pagulēt, mazliet atpūsties šeit. Kad pamodīsimies, varbūt situācija būs mainījusies, vai arī mums ienāks prātā lieliska ideja, ko darīt tālāk."

"Jā, es arī esmu izsmelta, un tu esi taisnība, varbūt būs pienācis e-pasts vai kāds būs ieietis Facebookā. Kas zina? Mums nav ko zaudēt.

"Ļauj man pamēģināt vēl vienu lietu," teica Vincente, izņemot savu mobilo tālruni. Viņš nosūtīja grupas ziņu visiem savā adrešu grāmatā. "Lūk," viņš teica. "Ja kādam ir tālrunis, viņš atbildēs. Tagad mēs varam atpūsties. Viņi neatbildēs, ja mēs vienkārši sēdēsim un skatīsimies datoru un tālruni." Viņš pieslēdza savu mobilo tālruni, lai uzlādētu, un devās uz kāpnēm.

" Kur man gulēt?" jautāja Grace.

"Nāc uz augšu, es tev parādīšu."

Vincente un Grace uzkāpa pa kāpnēm un iegāja guļamistabā ar četru stabu gultu. "Šī ir manu vecvecāku istaba, un tu vari gulēt šeit. Man ir sava istaba koridora galā. Pāris durvis tālāk."

Godīgi sakot, Grace jutās nedaudz nobijusies un nevēlējās palikt istabā viena pati. Bet ko viņa varēja darīt? Lūgt Vincente gulēt uz krēsla pie gultas vai dalīt ar viņu vienu gultu? Viņa pamāja ar galvu un, pateicīga par mīksto gultu, uz kuras atradās, ielīda tajā un uzreiz aizmiga.

Vincente saprata, cik nogurusi bija Grace, bet pats nebija pietiekami noguris, lai uzreiz aizmigtu. Lai to labotu, viņš klīda pa māju un apēda dažas Vegemite sviestmaizes. Viņš atgriezās pie datora, cerot, ka situācija ir mainījusies. Tā nebija mainījusies.

Viņš ieslēdza televizoru, cerot uz nelielu atpūtu. Visi kanāli bija izslēgti un ekrānā bija redzams tikai sniega balts troksnis. Tas pats notika, kad viņš mēģināja ieslēgt radio: tikai troksnis. Viņš sāka domāt, ka pasaule ir beigusies visiem — visiem, izņemot viņu pašu un Grace Greenway.

Cik dīvaini, ka tas notika ar diviem cilvēkiem, kuri gandrīz nemaz nepazina viens otru. Tikt ievietotiem tik dīvainā situācijā. Viņa bija jauka meitene, un viņam viņa patika, bet viņa nebija viņa tipa. Viņš domāja, vai, zinot, kā viņa pret viņu jūtas, viņš varētu viņai nodarīt vēl lielāku kaitējumu, dodot viņai cerības. Viņš jau kādu laiku zināja, ka Grace ir iemīlējusies viņā. Lai gan viņi bija vienāda vecuma, viņu sociālie loki un pieredze bija pilnīgi atšķirīgi.

Vincente domāja par viņu matemātikas stundām. Grace vienmēr bija priekšā visiem, ieskaitot skolotāju. Viņai bija lemts kļūt par matemātiķi — par to nebija šaubu. Viņam bija lemts kļūt par profesionālu sportistu — par to arī nebija šaubu. Ko viņi abi darītu vai būtu, ja būtu vienīgie, kas palikuši uz planētas? Ko nākotne viņiem sagatavojusi?

Viņš papurināja galvu un nosodīja sevi par tik negatīvām domām. Viņš uzkāpa pa kāpnēm un paskatījās uz Greisu. Viņa gulēja dziļā miegā. Viņš devās uz savu istabu.

Viņš piegāja pie kumodes, lai atrastu savas drēbes, bet viņa pidžama tur nebija. Dīvaini. Viņš bija gulējis savās drēbēs visu nakti, un tagad bija gatavs uzvilkt kaut ko citu. Viņš pārbaudīja otru atvilktni un atrada pāri melnu apakšveļu un pāri zeķu. Viņš uzvilka abus un ielīda gultā. Drīz vien viņš jau gulēja dziļā miegā.

Vincente! Vincente!” Grace sauca, un pēc brīža viņš jau bija atpakaļ pie viņas.

“Vai tu esi kārtībā?” viņš jautāja.

“Es aizmirsu, kur es atrodos,” Grace teica. Viņa attālinājās no gultas un apņēma viņu ar rokām. Drīz vien viņi bija negaidītā, spēcīgā apskāvienā. Saprotot to, viņa atkāpās un atvainojās.

“Tev nav jāatvainojas,” viņš teica. Viņš paskatījās uz leju un saprata, ka ir praktiski kails.

Tad arī viņa to pamanīja. Viņa sarktēja. “Es tagad apģērbšos, ja tev nav iebildumu?”

Kad Vincente sāka iet prom, virs viņiem sāka kratīties gaismas. Pie griestiem piestiprinātās gaismas ķermeņi sāka trīcēt un mirgot. Viņa vecvecāku istaba atgādināja nožēlojamo motela istabu ar stroboskopisko gaismu.

Lietas uz kumodes sāka trīcēt un kratīties ritmiskā dejā – tad pievienojās arī grīda.

"Es domāju, ka tā ir zemestrīce!" Vincente iesaucās. "Nāc! Šeit augšā nav droši."

Pāris uzkāpa uz kāpnēm, un tās pēkšņi sāka kustēties. Tās ritmiski šūpojās no vienas puses uz otru. Grace mēģināja turēties pie margām, bet viņai bija grūti virzīties uz priekšu. Vincente satvēra viņas roku, un viņa nokāpa pa kāpnēm.

Tiklīdz viņi nonāca pirmajā stāvā, kratīšanās apstājās. Kāpnes tagad bija izkliedētas, un to sabrukums bija nenovēršams.

„Noteikti būs pēcgrūdiens," teica Vincente. „Paliksim pie ieejas durvīm, uz visiem gadījumiem."

Notika otrais grūdieni. Tikai šoreiz tas bija daudz spēcīgāks. Kāpnes pārvērtās par eskalatoru. Pakāpieni sabruka uz pirmā stāva grīdas, veidojot milzīgu kaudzi.

Vāzes un gleznas lidoja pa istabu. Krēsli sāka šūpoties. Spogulis saplīsa, radot apdullinošu troksni. Grace iesaucās.

Viņi skrēja uz ieejas durvīm.

Pirms Vincente paspēja atvērt priekšējo durvju, tās atvēra spēcīga vēja brāzma.

Pusaudži turējās viens par otru, izkāpjot uz verandas.

Tieši viņu priekšā milzīgais koks, ko Grace bija ievērojusi jau iepriekš, griežās un līda. Tā zari stiepās kā vecas, artrīta skartas pirkstiem. Tas izskatījās biedējoši, stiepjoties visos virzienos. Tā saknes kustējās kā čūskas.

Priekšā viņiem garām lidoja nedzīvi priekšmeti, kas iepriekš nebija domāti lidošanai. Lietussargi, atkritumu tvertnes, grili un veļas žāvētāji lidoja apkārt. Saduroties ar visu. Lidojoša lāpsta trāpīja kokam sānos, un gaisā izskanēja gandrīz cilvēcīgs vaids.

"Tas ir tikai vējš," Vincente nomierināja, ievelkot Grace atpakaļ telpā. "Mēs nevaram iziet ārā — tas ir pārāk bīstami. Tas ir kā Home Depot priekšmetu krusa!"

Vējš spieda uz durvju aizmuguri, un, lai tās aizvērtu, bija nepieciešams abu kopējais svars. Viņi stāvēja ar mugurām stingri pret durvīm. Tās kustējās un spieda pret viņu mugurām. Vincente un Grace stāvēja stingri.

"Nu, ko mēs tagad darīsim?" jautāja Grace. Viņa drebēja. Viņas ceļi vairs nespēja turēt viņu. Tomēr viņa stāvēja blakus Vincente.

"Nu, es esmu lasījusi par zemestrīcēm, un parasti tās kļūst sliktākas, pirms kļūst labākas. Parasti ir dažas brīdinājuma grūdieni, un tad nāk viens liels. Domāju, mums jāizlemj, vai tas bija liels, vai mums jāpazūd no šejienes, kamēr vēl varam."

"Es domāju, ka situācija pasliktināsies."

"Tad rīkosimies pēc sajūtām, jo manas sajūtas man saka tieši to pašu. Vispirms paņem telefona grāmatu, lai mēs varētu pārbaudīt tavu mājas adresi un tālruņa numuru. Kad mums būs šī informācija, tu vari piezvanīt savai mammai. Labi, tagad ejam prom no šejienes!" Vincente iesaucās, kad notika vēl viena zemestrīce.

Šī bija fenomenāli spēcīga. Tai sekoja troksnis, krakšķis un čaukstēšana. Tad liels koks uzkrita uz māju, izlaužot jumtu. Abi stāvēja un skatījās uz koku, kas tagad bija stingri iespraucies dzīvojamā istabā. Šķita ironiski, ka durvis, kuras viņi aizsargāja, joprojām bija neskartas, bet griesti tagad bija debesis.

"Nāc!" Vincente iesaucās, kad viņi izskrēja pa durvīm.

Lidojošie priekšmeti lidoja visapkārt, kamēr viņi devās uz drošību savā automašīnā. Kad Vincente devās atvērt durvis, Grace pamanīja, ka gredzens viņa pirkstā mirdzēja un spīdēja kā trešā acs. Šķita, ka tas piesaista gaismu no debesīm.

Grace's galvā virmoja dīvainas domas, kamēr priekšmeti bija izkaisīti un sadauzīti ap viņu. Viņa paskatījās uz Vincente un domāja, ka, ja viņš ir vampīrs, tad viņš ir nemirstīgs. Viņš varētu padarīt arī viņu par vampīru. Ja tas notiktu, tad neviens no viņiem vairs nekad nebūtu viens. Viņa saprata, ka šī doma ir traka.

Tad viņas prātā uzplaiksnīja kaut kas dīvains, bet skaidrs. Tāls atmiņas fragments par vampīru nogalināšanu ar koka mietiem. Viņa paskatījās uz Vincente, kad uz viņiem lidoja koka zars. Ja viņa neko nedarītu, tas iedurtos Vincente mugurā.

"Iekāp!" viņa iesaucās. "Sargā muguru!"

Viņš paspēja iekāpt tieši laikā, jo koka gabals trāpīja un iesita automašīnā.

"Paldies! Tas bija tuvu!" Vincente iesaucās.

Kad viņi bija iekāpuši, metāla lietussarga veida virpuļojošs dervišs lidoja garām, tieši viņu acu priekšā.

Skaļš, rēcošs troksnis. Tas bija tik skaļš, ka viņiem nācās aizsegt ausis. Pēc tam sekoja vēl viena skaņa. Zeme sāka atvērties viņu priekšā kā sadalīts kokosrieksts. Plīsumi zemē virzījās pa ceļu, bīstami tuvojoties viņiem. Tajā krītās lietas, piemēram, veselas mājas, koki un automašīnas.

„Brauc!" Grace iesaucās, kad postošā skaņa tuvojās viņiem.

Vincente atkāpās un tad nospieda pedāli līdz grīdai. Viņu kakli atlīda atpakaļ kā elastīgas lentes, kad viņi aiztraucās putekļu mākonī.

"Neskaties atpakaļ!" Vincente kliedza.

Viņš brauca kā nekad agrāk. Viņš izvairījās no pamestām automašīnām un gružiem kā profesionāls autosportists. Viņš turpināja braukt; viņš nodrošināja viņu drošību un izglāba no zemestrīces postošā ceļa.

Viņi brauca un brauca, un brauca, nepaskatoties atpakaļ.

Pagāja diezgan ilgs laiks, līdz viņi apstājās. Līdz viņu elpošana atgriezās normālā ritmā.

"Mēs varam atgriezties, kad būs droši," teica Grace.

"Es baidos, ka tam nav jēgas," teica Vincente, dziļi ieelpojot. "Māja noteikti ir pazudusi. Tā ir pazudusi. Viss ir pazudis."

"Man tik ļoti žēl, Vincente."

"Nekas, man ir daži labi atmiņas par to māju. Tās ir šeit." Viņš norādīja uz savu sirdi. "Un šeit." Viņš norādīja uz savu galvu. "Neviens nevar tās man atņemt."

Grace domāja par savu pašreizējo situāciju. Par to, kā viņai bija atņemtas atmiņas. Viena asara ritēja pa viņas vaigu.

"Man žēl, Grace. Es negribēju…"

„Es zinu, ka tu to negribēji, bet tā ir taisnība. Manas atmiņas ir atņemtas."

„Bet tu tās atgūsi. Es zinu, ka atgūsi."

„Paldies par šiem vārdiem, bet neviens nezina, vai es tās atgūšu vai nē, jo īpaši bez ārstu palīdzības."

„Es zinu, ka atmiņas joprojām ir kaut kur tevī. Tās nav pilnībā zaudētas. Tev tikai jāatrod veids, kā tās atgūt."

Grace piekrita. Viņai patika doma par atmiņu izmantošanu.

„Un, ja jau par to runājam," teica Vincente. „Kāpēc tu nepaskaties Baltajās lapās un neatrod savas ģimenes tālruņa numuru un adresi? Tad mēs varētu piezvanīt tavai mammai."

Grace pasmaidīja un sāka pāršķirstīt lapas ar pirkstiem, apstājoties, kad atrada Greenway. Vincente iedeva viņai savu mobilo tālruni, un viņa sāka zvanīt. Kad viņa dzirdēja balsi otrā galā — savas mammas balsi —, viņa pasmaidīja. Viņa sāka runāt, bet tika lūgta atstāt ziņu pēc signāla.

„Tā ir tikai mašīna."

„Manā mājā bija tāpat. Tas ir labi. Mums ir adrese, tāpēc tagad varam doties turp un pārbaudīt."

„Izskatās, ka mums ir plāns C."

11. NODAĻA

Ak, nē!" iesaucās Grace. "Uzmanies!"

" Vinsents pievērsās ceļam. Grace pārliecās pāri un satvēra stūres ratu. Automašīna strauji nogriezās pa labi. Vinsents centās saglabāt kontroli pār automašīnu, bet Grace's rokas, kas bija apķērušas viņa rokas, to neļāva.

"Uzmanies!" viņa atkal iesaucās.

Vincente cīnījās ar Greisu. Viņš atguva kontroli pār automašīnu. Bet tad jau bija par vēlu to apturēt — virziens jau bija noteikts. Riepas sāka slīdēt, un drīz automašīna apstājās, ietriecoties kokā.

"Tu esi traka?" Vincente kliegāja.

"Es..." Grace teica.

„Ko, pie velna, tu domā, ka dari?" Viņš kratīja galvu no vienas puses uz otru, it kā tikko būtu izkāpis no dušas. „Mēs tikko izkļuvām dzīvi no otras situācijas, un tagad, pie velna, Grace! Kas, pie velna...?"

„Es..." teica Grace.

„Kāpēc tu to izdarīji?"

„Vai tu gribi, lai es tev atbildu tagad?" Grace teica ļoti mierīgi.

"Protams, ka gribu," teica Vincente. "Tu gandrīz nogalināji mūs. N-O-G-A-D-I-N-Ā-J-I!"

"Es zinu, kā pareizi rakstīt "nogalināja", paldies. Tu gribi, lai es paskaidroju, vai nē?"

"Jā," teica Vincente, izmisīgi. Viņš mēģināja nomierināties, veicot dziļas elpas.

"Vispirms," viņa teica, "man jāatgriežas tur un jāskatās, vai varu viņu atrast. Tad es paskaidrošu."

"Viņu?"

"Mazā meitene," viņa paskaidroja.

Un drīz vien viņa skrēja. Viņas slimnīcas halāts plandījās vējā, bet viņai tas bija vienalga. Viņai rūpēja tikai mazā meitene.

Vincente skrēja viņai pakaļ. Viņš bija viņai uz papēžiem. Viņš domāja, ka viņa ir zaudējusi prātu. Mazā meitene? Viņš nebija redzējis nevienu. Grace droši vien bija to iedomājusies.

Grace apstājās. Viņa pagriezās un pagriezās ap savu asi, meklējot mazā meiteni katrā krūmā, katrā iespējamā slēptuvē. Grace bija izelpojusi un, nespējot viņu atrast, apstājās. Stāvot nekustīgi, viņa uzmanīgi klausījās.

"Tā bija bērns, tērpta baltā naktskreklā ar mežģīnēm ap malām un sarkanu kaklasaiti. Viņai bija gari, tumši mati, kas plūda pār pleciem, un lielas olīvu zaļas, migdalu formas acis.”

Vincente stāvēja blakus viņai, klausoties viņas aprakstu. Viņš uzmanīgi klausījās un centās saprast, bet nesaprata.

“Viņa bija tepat. Mēs – tu – gandrīz uzbraucām viņai.”

“Mazs meitenīte?”

“Jā.”

“Grace, šeit nebija nekādas mazās meitenītes.”

“Viņa bija tur! Es viņu redzēju! Stāvēja tur, ceļa vidū. Viņa bija skaista.”

“Grace, es viņu neredzēju. Viņa nebija īsta.”

“Viņa bija īsta, tikpat īsta kā tu, kas tagad stāvi šeit.”

“Tu saki, ka viņa parādījās tikai tev?” Vincente jautāja, cerot izraut viņu no šīs domas.

“Es nezinu. Es par to nebiju domājusi.”

Vincente negribēja to darīt, bet viņam bija jāatgriež viņi atpakaļ uz pareizā ceļa. Viņš vilcinājās. “Reāla — tāpat kā tavs tēvs un brālis?”

“Tas ir zemisks trieciens, un tu to zini!” teica Grace, skrienot pāri ceļam, cauri kokiem. Prom.

Vincente bija vēl vairāk pārliecināts, ka viņa zaudē prātu.

Grace centās glābt mazu meiteni no briesmām. Viņa redzēja mazo meiteni skaidri kā dienā, stāvošu tur. Ko viņai vajadzēja darīt — ļaut viņam viņu sist? Viņa tik ļoti gribēja viņu sist, un stipri. Tā vietā viņa turpināja skriet. Skriet uz jebkuru vietu. Jebkuru vietu tālu prom.

Kad viņš beidzot viņu panāca, Grace sēdēja uz zāles laukā un vēroja mākoņus, kas peldēja pāri galvai.

"Vai es varu pievienoties?" viņš jautāja.

"Protams."

Viņš sajuta mīkstu zāli un ieelpoja tās smaržu. Viņi uz brīdi klusēja.

"Pastāsti man vēlreiz, ko tu redzēji uz ceļa ar mazo meiteni."

Viņa klusēja.

"Es apsolu, ka klausīšos, ko tu man stāstīsi."

„Paskaties uz mākoņiem tur augšā, kas turpina peldēt, it kā nekas nebūtu noticis. Tie ir tik skaisti, augstu debesīs, peldot bezsvara."

„Grace, stāsti."

Viņa ieelpoja dziļi, paskatījās uz Vincente un tad, atkal paskatoties uz debesīm, teica: „Tur bija maza meitene. Viņa mani redzēja. Viņa mani atpazina. Viņa man parādīja šādu zīmi." Viņa pacēla roku, veidojot zīmju valodas apstāšanās zīmi.

„Kad tu iemācījies zīmju valodu?" Vincente sarauca uzacis, saprotot, ka viņa neatcerēsies, kad un kāpēc to iemācījās. „Atvaino, muļķīgs jautājums."

Grace klusēja, skatīdamās uz mākoņiem un veltot tiem visu savu uzmanību.

„Pagaidi, tu neatceries savu tālruņa numuru, bet atceries zīmju valodu?"

„Domāju, ka jā."

„Tu nesaproti, ko tas nozīmē, Grace?"

Viņa klusēja.

„Tas nozīmē, ka man bija taisnība. Tu vari piekļūt savām atmiņām, kad vien vēlies," Vincente teica ar aizrautību balsī.

„Domāju, ka es to darīju ar savu tēvu un brāli."

„Un tagad ar šo mazo meiteni. Kas viņa bija? Kas viņa tev bija?"

"Es nezinu, bet tagad es domāju par to, kā es mūs pakļāvu tik lielam briesmām. Mēs varējām mirt, kad ietriecāmies tajā kokā."

"Jā."

Grace piecēlās, atkal sajūtot cerību. Domājot, vai bērns slēpjas, baidoties. Viņa sauca: "Mazā meitenīte, kur tu arī būtu, nāc ārā un runā ar mani. Mēs tev neko nedarīsim. Tu būsi drošībā. Mēs varam tev palīdzēt."

Gaisā skanēja tikai lapu šalkas un vēja svilpes. Grace nolika rokas uz gurniem. Viņa bija pārliecināta, ka mazā meitene nevarēja pazust bez pēdām. Viņai bija jābūt kaut kur tur.

Vincente joprojām bija skeptisks. Viņš mēģināja pieskarties Grace, bet viņa viņu atgrūda kā kukaiņu.

Viņa turpināja saukt meiteni, lai tā iznāk. Grace bija pilnībā koncentrējusies uz uzdevumu un sauca, līdz balss kļuva aizsmacusi.

Visa Grace's enerģija tagad bija iztērēta. Joprojām nebija nekādu pazīmju par mazo meiteni. Bija pienācis laiks padoties, tāpēc viņa devās atpakaļ uz mašīnu. Vincente klusi sekoja viņai. Viņas ķermeņa valoda izteica visu, kas bija jāsaka: tagad viņa saprata patiesību. Mazā meitene bija bijusi ilūzija. Jautājums bija, kāpēc?

Vincente ar kāju iesita mašīnas riepā un tad paskatījās uz Grace. Viņa bija izsmelta un apmulsuša. Viņa pat nespēja saskatīties ar viņu. Tomēr, neskatoties uz to, viņš uzskatīja, ka viņa, stāvot tur, ir ārkārtīgi pievilcīga. Viņa izskatījās tik izsmelta no cerības un tik vientuļa. It kā viņai būtu nepieciešama glābšana.

Viņš piegāja pie viņas un paņēma viņas matu cirtu starp pirkstiem. Viņš to apvija ap pirkstiem, pievelkot Grace arvien tuvāk sev. Tad viņš viņu noskūpstīja. Maigi, viegli. Neliels skūpsts, pietiekams, lai viņa gribētu vairāk. Sākumā viņa atbildēja, bet tad viņš atkāpās. "Es atvainojos."

"Es ne," teica Grace, smaidot gan iekšēji, gan ārēji. "Bet nākamreiz, kad es tev teikšu apstāties, vienkārši apstājies, labi?"

"Es apsolu."

"Pat ja tu nevienu neredzi?"

"Pat ja es neredzu nevienu."

"Labi."

"Labi."

"Es domāju, ka mums vajadzētu palikt šeit vēl mazliet, gadījumā, ja viņa atgriežas."

"Grace, viņa neatgriezīsies. Lūdzu, vienkārši iekāp mašīnā."

Motors uzreiz iedarbojās. Viņi aizbrauca. Grace centās nepaskatīties atpakaļ, bet impulss bija pārāk spēcīgs.

12. NODAĻA

Kad automašīna turpināja traukties uz priekšu, Grace koncentrējās uz tagadni. Viņa nolaida logu un izstiepa roku. Viņa ļāva vējam kutēt matus uz savas rokas, izraisot zosādu. Viņa jutās dzīva. Kā tad, ja viņai un Vincente tagad būtu iespēja būt tādiem, kādi viņa sapņoja, ka viņi varētu būt. Tomēr viņa baidījās par to pārāk daudz domāt, pārāk daudz koncentrēties uz to, jo negribēja to sabojāt.

Grace pasmējās, kad vējš pārskrēja pāri viņas pirkstiem. Uz brīdi viņa atcerējās to mirkli. Skūpsta mirkli: viņu pirmo skūpstu. Tas bija jauks, maigs, silts, lipīgs, un viņa varēja just, kā viņa vēlme pēc viņas spiežas pret viņu.

Bija dīvaini braukt garām nekustīgiem transportlīdzekļiem. Neviens nepūta klaksonu. Neskanēja sirēnas. Neviens nekliedza. Viņai šie skaņas nepietrūka. Skaņas, par kurām viņai bija tikai miglaina atmiņa, parasti bija kaitinošas. Tomēr viņai pietrūka putnu dziesmas. Viņai pietrūka to rosība, dziesmas, lidošana no koka uz koku. Viņai pietrūka bišu dziedāšana. Viņa domāja, kā daba nodrošinās, kā tagad notiks apputeksnēšana. Daba spēja pielāgoties daudzām pārmaiņām. Māte Daba atradīs veidu, kā izdzīvot.

Grace paskatījās uz Vincente. Viņš koncentrējās uz braukšanu.

Viņš šķita dziļi domās.

Vincente bija noraizējies un dusmīgs uz sevi. Vispirms viņš sev teica, ka nedrīkst viņu maldināt. Viņš zināja, ka viņa nav viņa tipa sieviete. Pilnīgi nav viņa tipa. Viņa bija Grace Greenway: gudra matemātikas fenomens. Viņa domāja skaitļos.

Patiesībā, viņa droši vien sapņoja skaitļos.

Viņš centās nedomāt par skūpstu, viņu pirmo skūpstu. Viņš nolēma, ka viņu pirmais skūpsts bija arī pēdējais. Lai gan tas bija negaidīti jauks. Salds. Nevainīgs. Viņa to nebija gaidījusi, un tad notika... Ugh, viņš negribēja domāt par to, kā viņš jutās, kad viņa viņu noskūpstīja. Kā viņš tik ātri uzbudinājās, tikai no viena vienkārša skūpsta. Iespējams, tas bija tāpēc, ka viņš bija ārpus mājas, klīstot apkārt apakšveļā. Viņa vēlme pēc viņas, visticamāk, bija tikai nekontrolējama alkas, dabiska reakcija. Ne kaut kas, ko viņš gribēja, lai notiktu.

Viņš uz brīdi apstājās, sajūtot viņas skatienu uz sevi, un pielāgoja savu satvērienu uz stūres rata. Viņš centās domāt par citām lietām, lai novērstu uzmanību no domām par viņu. Viņš domāja par filmām. Videospēlēm. Ēdienu.

Tikmēr Grace domāja par pasauli. Par lielo pasauli, kas piederēja viņiem, viņai un Vincente, un ko viņi varēja dalīt tikai savā starpā. Viņa domāja par savu pagātni, par to, kā viņa jutās nepilnīga bez visām savām atmiņām. Viņa arī domāja par to, ka tas ir labi, nevis slikti. Tas bija veids, kā viņa varēja atjaunot sevi. Tajā pašā laikā viņa zināja, ka nekad nebūs pilnīga, ja neatgūs lielāko daļu no sevis. Daļu, kas bija viņas matemātiskā daba: Grace's matemātiskais stāvoklis.

Viņa mēģināja atcerēties visu, ko kādreiz zināja par Pitagoru. Viņa zināja visu par viņa dzīvi un matemātiskajām teorijām. Tagad fakti un skaitļi bija sajaukušies viņas prātā. Viņa mēģināja atcerēties Fibonači skaitļus, bet arī tie vairs nebija skaidri viņas prātā. Viņa nolēma doties uz bibliotēku un izlasīt par šiem diviem, kā arī par citiem, tostarp Einsteinu un Galileo. Viņa iemācīsies visu, ko kādreiz zināja, un, to darot, cer atvērt savu atmiņas banku, lai izmantotu to.

"Es šo filmu redzēju sen," teica Vincente. "Tā bija par citplanētiešiem, kuri nolaidās uz Zemi un uzbruka ar saviem kosmosa kuģiem."

Grace bija pārsteigta. Viņa bija pieradusi pie viņu kopīgās patīkamās klusuma. Viņa mudināja viņu pastāstīt vairāk par filmu. "Skan intriģējoši."

"Tā arī bija. Bet es tev vēl neesmu pastāstījis visinteresantāko daļu."

"Nu, neliec mani gaidīt."

"Filmā bija palikuši tikai divi izdzīvojušie, vīrietis un sieviete."

"Nekādi!"

„Un kāpēc citplanētieši viņus nenogalināja?" jautāja Vincente. Grace paraustīja plecus. „Tāpēc, ka viņi gribēja viņus novērot. Pētīt." Viņš apstājās un gaidīja, no acs stūra vērojot Greisu. „Un tad viņi abus cilvēkus ievietoja būrī, kā zooloģiskajā dārzā. Lai novērotu, kā viņi vairojas."

„Ko darītu, ja viņi nevēlētos vairoties?" teica Grace, balsij trīcot.

"Viņi piespieda viņus."

"Kā viņi varēja piespiest viņus to darīt?"

"Viņi negribēja mirt, un viņiem bija vajadzīga pārtika, lai izdzīvotu. Tāpēc viņi darīja to, kas bija jādara, un citplanētieši viņus novēroja, pētīja, kas liek cilvēkiem darboties."

"Riebīgi."

"Nu, ja padomā, cilvēki jau gadsimtiem ilgi tur dzīvniekus būros. Novēro, kā tie vairojas. Pētījuši tos, pat dažreiz izmantojuši eksperimentos, lai attīstītu medicīnu un tamlīdzīgas lietas. Tātad, vai tiešām viņi būtu sliktāki?"

"Nē, domāju, ka nē, ja tu to tā izsaki. Bet mums ar tevi ir iespēja mainīt lietas. Mēs nevaram mainīt pagātni."

"Taisnība. Ja mēs esam pēdējie divi izdzīvojušie," Vincente pieņēma, "tad mēs varam dzīvot tā, kā mēs gribam."

"Kas notika... es domāju, filmas beigās?"

"Es nekad neredzēju beigas. Es biju nakšņojis pie drauga. Mēs bijām bērni un nedrīkstējām būt nomodā tik vēlu. Kad viņa vecāki mūs atklāja, mēs skrējām uz viņa guļamistabu. Es nekad vairs neatrodu šo filmu."

"Ko ārvalstnieki izdarīja ar visiem pārējiem Zemes iedzīvotājiem, ja viņi bija vienīgie divi, kas palika?"

„To es zinu. Viņi tos iznīcināja! Tas ir diezgan ironiski, ja padomā, jo filmā citplanētieši visus nogalināja ar fāzeru — puf! — un tad viņi vienkārši pazuda. Neatstāja neko, nekādu pēdu. Es domāju, nekādu kaulu, nekādu ķermeņu un nekādu pelnu. Tas bija tā, it kā viņi nekad nebūtu eksistējuši."

Grace apņēma sevi ar rokām, pārāk vēlu saprotot, ka tas viņai rada nepatīkamas sajūtas. Viņa cerēja, ka viņš tagad ir beidzis, lai viņa varētu atgriezties pie savām jaukajām domām par nākotni, viņu nākotni kopā.

Vincente pārtrauca viņas laimi ar vēl vienu stāstu par kino. „Vēl viens, ko atceros, bija par citplanētiešiem, kuri ieradās uz Zemi un sadedzināja visus. Viss, kas palika pāri, bija putekļu kaudze katra cilvēka vietā. Tas bija vienīgais pierādījums par tiem, kuri bija dzīvojuši. Pierādījums, ka reiz bija cilvēki." Viņš apstājās. Viņa neko neteica. Viņa cerēja, ka viņš tagad ir beidzis. „Tad bija vēl viena filma, kurā viņi iekļuva visu cilvēku prātos, ievietojot viņu smadzenēs mikroshēmu un kontrolējot tos. Šīs filmas kļuva arvien biedējošākas."

„Neaizmirsti par E.T.," teica Grace.

„Ko?" Vincente aizrāvās, fascinēts, gaidot, kad Grace sapratīs, ka viņa neapzināti ir atsaukusi atmiņā kādu atmiņu.

„Tu zini, „E.T. zvaniet mājās"?"

"Jā, es zinu," viņš teica un pasmaidīja tik plaši, ka Grace uz brīdi brīnījās, kāpēc viņš smaida.

Tad viņa saprata. Viņa bija atbloķējusi atmiņu. Taisnība, tā nebija visvairāk aizraujošā informācija, bet tomēr tā bija atmiņa. Viņa smaidīja viņam atpakaļ.

Viņš bija tik lepns, ka pagāja klāt un uz brīdi paņēma viņas roku savējā, tad viņi atkal klusēja.

Kad Vincente vajadzēja nogriezties apļveida krustojumā vai līkumā, viņš atlaida Grace's roku. Viņu acis uz mirkli satikās, tad viņš atkal koncentrējās uz ceļu.

Viņš bija lepns par viņu.

Grace jutās ļoti lepna par savu nelielo atmiņas pārtraukumu. Viņa vizualizēja savu prātu kā bibliotēku. Viņa gāja uz augšu un uz leju pa gaiteņiem, meklējot atmiņas. Sasniedzot plauktus, viņa paņēma tās un pārbaudīja katru atsevišķi. Viņa izvēlējās biezu, sarkanu vāku grāmatu, cerot tajā atrast kaut ko par sevi, bet nekas nenotika. Viņa negrasījās atteikties no šīs metodes. Viņa bija nolēmusi turpināt mēģināt.

Vincente domāja par tehnoloģiju attīstību gadu gaitā. Tika radīti tik daudzi izgudrojumi, daži labi, daži ne tik labi. Paskatoties apkārt, redzot, ka ir jāaprūpē tikai viņi divi, viņš domāja, kādam nolūkam vispār bija vajadzīgs viss šis smagais darbs.

Tālākā attālumā atskanēja zvana skaņa. Tā kļuva arvien skaļāka, kad viņi apstājās pie ēkas. "Atpazīsti to?" viņš jautāja.

Grace izlasīja uzrakstu: "Karalienes Viktorijas vidusskola, skola, kurā piepildās tavi sapņi." Viņa neatcerējās.

„Tā ir mūsu vidusskola," viņš teica.

„Domāju, ka tā varētu būt, bet nebiju pārliecināta," teica Grace. Viņa paskatījās apkārt skolas teritorijā un beidzot atrada kriketa laukumu aizmugurē: laukumu, kurā viņa bija guvusi traumu savā pēdējā skolas dienā. „Interesanti, kādam nolūkam bija domāts tas zvans?" jautāja Grace.

„Arī es par to domāju. Droši vien tas ir iestatīts uz taimeri. Automātiski. Bet ir iespēja, ka kāds varētu būt ieslodzīts iekšā un vajadzētu palīdzību, tāpēc es gribētu iet un pārbaudīt. Tu gribi palikt šeit?"

"Nē, es gribu iet ar tevi."

"Labi, bet paliec aiz manis. Mēs nezinām, kas mūs gaida. Iespējams, nekas, bet nekad nevar zināt," teica Vincente. Viņš bija iedomājies, ka kāds ir ieslodzīts iekšā un pārāk baidās iznākt.

Grace bija iedomājusies citplanētiešus, kā filmās, gaidot, lai noķertu un ieslodzītu pēdējos divus cilvēkus uz Zemes. Viņa nodrebēja, kad Vincente atvēra durvis un viņi iegāja garajā koridorā. Tur bija ļoti klusi; vienīgās skaņas bija viņu soļi uz vēsā linoleja grīdas.

Vincente atcerējās, cik daudz jautrības viņš bija piedzīvojis šo sienu ietvaros. Kā viņš vienmēr bija bijis sava veida sporta — trūkuma dēļ labāka vārda — varonis. Viņš piegāja pie sava skapīša, atvēra to un izvilka sporta somu. Viņš uzvilka kriketa šortus pār saviem melnajiem apakšveļas un uzvilka trikotāžu. Melnie apakšveļas joprojām bija redzami caur šortiem. Grace pasmējās.

„Nav jau tā, ka tu tos neesi redzējusi iepriekš," teica Vincente, lai gan arī viņš pasmējās.

Lielākā daļa skapīšu durvis bija plaši atvērtas, un to saturs bija izkaisīts visur. "Tas, iespējams, bija zemestrīces dēļ," Vincente pieņēma.

Grace joprojām drebēja.

"Ieliec dziļi elpu," viņš teica, mēģinot viņu nomierināt un pārliecināt.

Grace's sirds sita arvien ātrāk un ātrāk. Viņai bija slikta sajūta par šo vietu.

Vincente skaļi jautāja: "Haloo, vai šeit ir kāds?"

Viņa balss atbalsojās pa koridoriem, bet atbilde nesekoja. Tad atkal skanēja skolas zvans. Tā kā viņi atradās iekštelpās, skaņa atbalsojās.

Tālāk koridorā Vincente atvēra durvis un iegāja sporta zālē. Tā bija sagatavota basketbola spēlei. Tukšās tribīnes un laukums izskatījās nedaudz skumji.

"Tu arī biji labs basketbolā?" jautāja Grace.

„Es biju pārsteidzoši labs gandrīz visos sporta veidos. Man patika uztraukums. Pūļa uzmundrinājumi. Sajūta, ko izjutu, kad iemetu grozā vai kad mēs uzvaram spēlē. Ļoti aizraujošs sajūtas."

„Jā, es to saprotu. Tas izklausās kā spēcīga narkoze."

„Dažreiz tas izjuta kā narkoze, bet tā ir tikai vidusskola, iespēja izcelties lielā spēlē, saproti? Kļūt par profesionāli – tas bija tikai sapnis."

"Tu gribēji kļūt par profesionāli?"

"Jā, bet tagad tas šķiet mazliet muļķīgi."

"Sapņi nekad nav muļķīgi," Grace nopietni teica.

"Tādas lietas man būtu teikuši mamma un tētis."

"Gribētu, lai es būtu viņus satikusi," Grace teica. "Tu viņus satiksi, kādu dienu."

Viņi izlēca, kad atkal skanēja zvans.

„Aiziet, ejam prom, man kļūst neomulīgi," teica Grace.

„Nē, vispirms pārbaudīsim birojus, tie ir tepat koridora galā. Pārliecināsimies, ka tur viss ir kārtībā, un tad varēsim iet."

Grace sekoja Vincente ārā no sporta zāles. Grace's vēderā slikta sajūta no rūkoņas pārvērtās par rēcienu.

Ak, nē! Ak, nē! Ak, nē! – šie vārdi ripoja Grace's prātā. Viņa nespēja sevi kontrolēt un turpināja iet aiz Vincente.

„Šī ir sekretāra kabinets. Tur ir padomnieka kabinets." Viņš paskatījās iekšā, jo durvis bija plaši atvērtas, un pārliecinājās, ka tur nav neviena. „Šis ir direktora vietnieka kabinets. Un šis ir direktora kabinets." Viņš pamēģināja atvērt durvis. Tās bija aizslēgtas. „Haloo!" viņš sauca.

Viņi dzirdēja kaut ko. Tas bija klauvējošs troksnis. Vājš, bet nemainīgs. Tas nāca no direktora kabineta.

Vincente pieklauvēja pie durvīm. „Vai tur kāds ir?"

Nekāda atbilde.

„Iespējams, ārvalstnieki nerunā angliski," teica Grace.

Vincente ar plecu piespieda durvis, bet tās nekustējās.

Pieskāriens apklusa. Viņi gaidīja, aizturēdami elpu. Tas sākās atkal.

Kāds tas arī nebūtu, tam sāka izsīkt enerģija. Viņiem bija jāiekļūst tur. Laiks sāka izsīkt.

„Domā! Domā!" Vincente skaļi teica sev, lai sevi iedrošinātu, kamēr viņš staigāja uz priekšu un atpakaļ. Pēc dažām sekundēm viņš teica: "Labi, es sapratu. Seko man."

Grace izpildīja norādījumus. Drīz viņi atgriezās sporta zālē. Vincente teica Gracei stāvēt aiz skatītāju tribīnēm, kamēr viņš apgāza vienu no basketbola groziem. Viņi sāka to vilkt pa koridoru.

Vincente paskaidroja, ka tā pamatne ir piepildīta ar smiltīm. Kad viņi to atnesīs atpakaļ uz biroju, viņi varēs to izmantot, lai izlauztu durvis.

"Kāds lielisks plāns!" teica Grace. "Es domāju, ka tas varētu darboties."

"Mums jāizmanto maksimāla spēka. Es domāju, jāpieliek visas pūles."

Tieši tad, kad viņi gāja garām sieviešu tualetei, Grace saprata, ka viņai jau kādu laiku bija vajadzējis tur iet, un pirms mēģināt atvērt durvis, viņa vilcinājās.

"Nekādi!" Vincente iesaucās, "Tu tur neieiesi, kamēr es to vispirms neesmu pārbaudījis."

"Viss būs labi."

"Tu droši vien neatceries, bet lielākā daļa briesmīgo lietu šausmu filmās notiek meiteņu tualetē. Es iešu un pārbaudīšu, un, ja viss būs kārtībā, tu vari iet pēc manis. Tātad, paliec šeit. Es domāju, neko nedari."

"Labi, bos," teica Grace.

Dzirdējās ūdens nolaišana, un tad Vincente atgriezās, sakot Grace, ka viss ir kārtībā.

Viņa iegāja, bet tagad atklāja, ka tomēr nevar iet, lai gan zināja, ka tai ir jāiet. Viņa sāka tecināt ūdeni vienā, divos, tad trīs krānos, līdz nieres reaģēja. Pēc tam, kad bija atbrīvojusies un noskalojusi, viņa izgāja no tualetes.

Viņi turpināja ceļu, līdzi nesot savu sportisko ieroci. Atgriezušies ārpus biroja, abi apstājās un pārvērtēja ieejas metodi.

"Vispirms mainīsim galus," teica Vincente. Viņš domāja, ka vislabāk būtu, ja viņam būtu aizmugurējais gals, smagākā ieroča daļa, lai panāktu maksimālu rezultātu uz mērķi: biroja durvīm. Kad viņi bija ieņēmuši pozīcijas, Vincente turpināja izskaidrot, ko viņš domā.

"Kad es skaitīšu līdz trīs, stumjiet to uz priekšu ar visu spēku, ko varat uzkrāt. Tad apstāties. Es atkal skaitīšu līdz trīs, un mēs to atkal stumsim. Un tā tālāk, līdz mēs to izlauzīsim."

"Skan kā labs plāns," teica Grace, labi satverot ierīces priekšpusi.

Vincente skaitīja, un viņu pirmais sitiens bija precīzs, bet durvis neizkustējās. Otrajā sitienā durvis pavirzījās rāmī, un viņi sajuta, ka viens no eņģēm augšā pārsprāga. Viņi mēģināja vēlreiz, uzkrājot spēkus, un ceturtajā reizē durvis sabruka uz iekšu, ar troksni uzkrītot uz direktora galda. Tagad pārim radās jauna problēma: durvis bija vertikāli pusi atvērtas un pusi aizvērtas. Viņi nebija ne par mata tiesu tuvāk iekļūšanai iekšā.

"Vai tur kāds ir?" jautāja Vincente.

Atbilde bija tikai klusums.

Stāvot blakus, ieskatoties caur spraugu, abi vilcinājās uzkāpt uz durvīm un iet iekšā.

No gaitenī viņi ieraudzīja koku zaru. Tas bija izlauzis logu un atradās uz direktora galda. Viņi arī pamanīja lielu daudzumu saplīsuša un sadauzīta stikla šķembu, kas bija izkaisītas pa grīdu.

Abam vienlaikus ienāca prātā viena doma. Tā kā logs bija plaši atvērts, ja kāds tur būtu ieslodzīts, viņš jau būtu izkāpis ārā. Ja vien viņš nebūtu ievainots. Ap to nešķita esam asinis. Varbūt viņš vai viņa bija bezsamaņā zem galda?

Vincente nolēma izmantot durvis kā planku. Galu galā tās bija nostiprinātas otrā galā pie galda.

"Es ieeju," Vincente iesaucās. Viņš uzkāpa uz durvīm un pamazām virzījās uz priekšu. "Nekādi!" viņš iesaucās, ievedot Grace birojā.

Tas bija melns vārnu. Tas skatījās viņiem tieši acīs, šūpojoties uz zaru galā. Tā knābis ar spēcīgiem sitieniem pieskārās galda virsmai.

"Kāds dīvains," Vincente teica. "Ļoti Edgara Alana Po stilā."

Tieši tajā brīdī vējš šķita pastiprināties. Tas lika zaram šūpoties. Putna galva vairākas reizes saskārās ar galdu, radot vēl skaļākus klabējošus trokšņus.

Vincente un Grace sarāva no šī trokšņa.

Grace, vēloties aizbēgt, gatavojās izkāpt atpakaļ no biroja. Kad viņa sāka kustēties atpakaļ, Vincente viņu apturēja, uzliekot roku uz viņas muguras.

Viņa apgriezās.

Zars pacēlās augšā, palīdzot vējam. Pacēlās? Jā, dīvaini, bet tas pacēlās augšā, augstāk un augstāk, gandrīz līdz atvērtā loga līmenim.

Viņš vēroja, kā zars nes putnu augšā. Pēkšņi zars tika iznests pilnībā ārpus loga. Vējš turpināja to nest augšā debesīs.

"Nāc šurp, Grace, tev tas jāredz!" viņš čukstēja.

Zars, ceļā uz āru, noskrēja gar sasistā loga malu. Tas pacēla putnu augstāk un augstāk un augstāk.

Abi skatījās pa logu, domājot, kur koks ved mirušo vārnu.

Grace nevarēja novērst acis no mirušā putna acīm. Tās uztvēra saules starus un atspoguļoja tos atpakaļ. Tas bija kā maska — nāves maska.

"Mums jāiet prom no šejienes!" teica Grace.

"Nē, pagaidi. Es gribu..." Vincente sāka teikt, bet tad vējš apņēma zaru.

Pārējie zari pēkšņi atdzīvojās. Tie paši no sevis kustējās uz augšu. Cieši sekojot zaram, pie kura bija piestiprināts mirušais putns.

Visu zaru skaņa, kas kustējās kopā, šūpojoties vējā, ceļoties uz augšu, radīja šausmīgu kakofoniju. Tas skanēja kā kaulu laušana.

Grace apņēma sevi ar rokām, kad uz viņas atklātās ādas parādījās zosāda. Kad skaņa kļuva pārāk skaļa, lai to izturētu, viņa aizklāja ausis. Pat tad viņa nevarēja novērst acis no vārnu mirušajām acīm.

Mirušais putns turpināja šūpoties uz priekšu un atpakaļ, uz priekšu un atpakaļ kā šūpuļdziesmā. Viss tas notika, kamēr putns palika uzsprausts uz zara gala kā šašliks.

Grace aizturēja elpu. Ar visu savu būtību viņa gribēja aizbēgt.

Tomēr viņa nevarēja beigt skatīties uz putna acīm. Viņa bija kā sastindzis. Apburta.

Tāpat kā Vincente.

Viņi stāvēja kā sastinguši laikā.

Gaidot, kas notiks tālāk.

Z ari turpināja celties. Birojā valdīja draudoša klusums, kamēr putns turpināja savu ceļojumu. Tas joprojām bija ieskauts zaros, kas to apņēma un pacēla gaisā, it kā tas būtu bezsvara. Tad, izmantojot savus vecu sievu līdzīgos, artrīta skartos pirkstus, zari sāka šūpināt putnu un šūpināt to uz priekšu un atpakaļ, uz priekšu un atpakaļ.

Skats bija tik šausmīgs, ka Grace gribēja kliedēt. Tā vietā viņa sāka šūpoties uz priekšu un atpakaļ, tāpat kā Vincente. Tas bija skaistums kustībā, pacelšanās. Šūpošanās. Šūpošanās un pacelšanās.

Viņiem bija jāpietuvojas logam, lai to redzētu. Viņi uzmanījās, lai neuzkāptu uz stikla šķembām, kas klāja grīdu ap viņiem, kad viņi izstiepa kaklus caur izsistajiem stikliem un izlīda pa logu. Augstāk un augstāk, putns joprojām šūpojās viegli, tika nests uz debesīm.

Tad viss apstājās gaisā.

Klusums piepildīja ainu.

Koka stumbrs kustējās.

Sākumā tā bija neliela kustība.

Tikpat kā nemanāma.

Tas kratījās, kā kāds, kas tikko pamodies.

Tas klepoja. Tas šķaudīja.

Tas šūpojās un trīcēja.

Un tad tas no groteska sejas izpūta. Sejas ar milzīgu, plaši atvērtu muti, kurā iekrita mirušais vārnu.

Dzirdējās kraukšķējošas skaņas. Briesmīgas skaņas, it kā kauli lūztu, sasmalcinātos.

Tas atraka. No tā mutes izlidoja dažas melnas spalvas. Viena no tām nolaidās uz palodzes, kur stāvēja Grace un Vincente, ar atvērtām mutēm.

Tad zari atsāka kustēties. Mainīja virzienu. Norādīja uz leju.

Skrien!" iesaucās Vincente.

Aiz muguras viņi dzirdēja, kā koks strauji kustas. Kad zari atkal iebāzās logā, uz grīdas nokrita vēl vairāk stikla šķembu.

Sasveicinājušies, Vincente vilka Grace pa koridoru. Viņi skrēja, it kā viņu ķermeņos būtu iemiesojies vārnu gars.

Artrīta skartie koka pirksti meklēja ceļu pa koridoru, sekojot, sitot, iznīcinot un skrāpējot visu, kas bija sasniedzams.

Kad Vincente un Grace izgāja no skolas, viņš izņēma no kabatas atslēgas un metās tās viņai. Viņš teica, lai viņa atver durvis, iedarbina mašīnu un ka viņš drīz atgriezīsies. Ja nē, viņai jābrauc prom.

"Es nemāku braukt."

"Tu ātri iemācīsies!"

Kad viņa bija iekāpusi mašīnā, viņa redzēja, kā viņš novilka kreklu. Viņa redzēja, kā viņš apsēja durvju rokturus ar kreklu. Viņš to ievija un izvija tik daudz reižu, cik vien varēja, cerot iegūt viņiem papildu laiku.

Kad zari apgāja stūri koridora galā, Vincente pagriezās un sāka skriet. Viņš ielēca mašīnā, aizcirta durvis un nospieda pedāli līdz grīdai.

Mašīna aiztraucās, kad zari izsita durvis.

„Pārsteidzoši! Tas bija pārāk tuvu, lai justos komfortabli," teica Grace, kad viņi bija jau vairākus kvartālus attālumā no skolas. Viņa joprojām elpoja skaļi, nespējot atgūt elpu.

„Nekāda joks! Viss, kas saistīts ar to, bija traks!"

„Kāds koku tas vispār bija?" jautāja Grace.

„Es domāju, ka tas bija olīvkoks. Jautājums ir, kāpēc tas barojās ar putniem? Kāpēc tam bija gandrīz cilvēcīga mute un vajadzība ēst gaļu?"

"Esmu dzirdējusi par putniem, kas ligzdo kokos, bet nekad par kokiem, kas ēd putnus!"

"Jā, nu, mēs tagad esam pilnīgi citā pasaulē, Grace, un es domāju, ka varbūt mums vajadzētu parūpēties par ieročiem. Kas zina, kas vēl tur ārā ir? Mums jādomā par to, kā sevi aizsargāt. Jo ātrāk, jo labāk."

„Kur mēs dabūsim ieročus?"

„Es zinu vietu pilsētā, kur mēs varam izmēģināt pistoles, nažus, visu, kas mums nepieciešams. Patiesībā, nav labāka laika kā tagad. Es esmu pietiekami satraukta, lai tagad iegūtu ieročus."

„Es esmu izsmelta, bet es nedomāju, ka drīz aizmigšu," teica Grace, sakrustojot rokas uz krūtīm.

Braucot pa kokiem apstādītajām ielām, viņu sirdīs tagad bija bailes, kas nekad agrāk tur nav bijušas: koki! Gaļēdāji koki.

„Es vienmēr domāju, ka olīvu koki ir miera simbols. Un es atceros stāstus par olīvu kokiem Bībelē un mitoloģijā," teica Vincente.

„Vai tie ir Austrālijas vietējie koki?"

„Noteikti nē. Bet kāpēc tas būtu svarīgi?"

Neviens no viņiem to nezināja. Viņi arī nezināja, kāpēc gaļēdājs koks bija ieguvis tik neparastu īpašību.

Viņi centās par to nedomāt, braucot uz ieroču veikalu Sidnejas centrā.

13. NODAĻA

Priekšā mirgojošā izkārtne rādīja uzrakstu: „Ieroči! Ieroči! Ieroči!" Mazajiem burtiem bija uzrakstīts: „Saskaņā ar NSW štata likumu nepieciešama atļauja".

Tā kā viņi dzīvoja pavisam jaunā pasaulē, šie likumi vairs nebija spēkā.

Vincente Marino un Grace Greenway nebija atļaujas. Viņi nebija sasnieguši 18 gadu vecumu. Viņiem nebija personu apliecinošu dokumentu un naudas. Bet tas nebija svarīgi. Viņi bija šeit, lai aizsargātu sevi. Nekas viņus neapturēja.

Vincente atvēra durvis, un viņi iegāja iekšā. Grace stāvēja aiz Vincente, sajūsmā par visiem ieročiem. Viņa skatījās apkārt, mēģinot iejusties atmosfērā, bet tas pārsniedza viņas iztēli.

„Šis ir labs," teica Vincente. "To var piepildīt ar daudzām patronām, tāpēc nav jāpārlādē tik bieži. Tas būtu noderīgi kaujas situācijā. Tas viegli var cauršaut jebkura koka stumbru."

"Hmmm," Grace teica neitrāli, jo nevarēja iedomāties, ko vēl teikt.

Tad Vincente turpināja un paņēma citu ieroci. "Šis arī ir labs, jo ir mazs un viegli paslēpjams. Redzi, es varu to ielikt tieši priekšā savās biksēs, un neviens pat nezinātu, ka es to nēsāju."

"Bet vai tas nav bīstami? Es domāju, tev. Vai tas nevarētu, äh, nejauši izšaut?"

Vincente pasmaidīja: "Es atstātu drošības slēdzi ieslēgtu. Es negribētu kaut ko nošaut."

Grace pasmaidīja un nosarka. Viņa nevarēja noticēt, ka viņi runā par šo tēmu, kad Vincente ielika pistoli viņas plaukstā. „Tā ir pietiekami maza, lai tu to varētu ielikt savā somā."

Viņa aptaustīja pistoli. Tā bija pavisam viegla un labi iederējās viņas plaukstā. Viņa bija pārsteigta, ka tā nešķita viņai sveša, bet tā nebija pārāk biedējoša, iespējams, tāpēc, ka izskatījās kā rotaļlieta.

"Tā nav piekrauta," teica Vincente. "Patiesībā neviena no šīm ieročiem nav piekrauta. Neesi baidīga, paņem tos un apskati tuvāk."

"Izmēģināt pirms pirkšanas?"

"Jā, ļoti smieklīgi. Turpināsim meklēt."

Viņš vēroja, kā Grace atvēra savu prātu, pieņemot faktu, ka viņu jaunajā realitātē ir nepieciešami ieroči.

Grace paņēma plastmasas grozu un sāka pārskatīt nažus. Tie bija visdažādākajās formās un izmēros, un tur bija arī zobeni. Intrigēta, viņa paņēma dažus nažus metāla futrāļos un ielika tos grozā. Ja sliktākais gadījums, viņa vienmēr varētu tos izmantot, lai sagrieztu burkānus un sīpolus.

"Oho, šis mazulis," Vincente norādīja uz vienu no nažiem, kas bija Grace's grozā, "varbūt varētu sagriezt baļķi uz pusēm. Lieliska izvēle."

Gresa smaidīja. Vincente bija salicis diezgan daudz ieroču militāra izskata bagāžniekā. Viņš zem rokas nesa vairākus lielus pārnēsājamos mērķus.

"Es tev iemācīšu, kā lietot ieročus, kad būsim izbraukuši no pilsētas. Man arī būs jāapmeklē atkārtots kurss ar īstiem ieročiem, jo visa mana pieredze ar ieročiem ir no datorspēlēm."

"Mēs varētu šaut pa George Street, un neviens to nedzirdētu," teica Grace.

„Taisnība, taisnība, bet tas būtu pārāk dīvaini. Necivilizēti, ja saproti, ko es domāju?"

„Jā, saprotu," teica Grace. „Galu galā Sidneja ir mūsu mājas. Mums pret to jāizturas ar pienācīgu cieņu."

„Jā, tā ir mūsu pilsēta, mūsu Sidneja, un es nevaru iedomāties skaistāku pilsētu, kurā palikt kopā ar tevi, Grace."

Viņa nosarka, kad viņš nāca viņai pretim. Viņš paņēma plastmasas konteineru ar nažiem un devās uz mašīnu. Viņa nekad nebija viņu mīlējusi vairāk. Jo vairāk viņš uzņēmās atbildību, jo vairāk viņš izstaroja juteklību un testosteronu. Viņa vēlējās vienkārši piebēgt pie viņa un atklāti noskūpstīt. Viņš droši vien domātu, ka viņa ir pārāk uzmācīga un atkal zaudējusi prātu.

Vincente domāja par to, cik seksīgi Grace izskatījās, turēdama pistoli plaukstā. Viņš domāja, ka viņa būtu vēl seksīgāka, ja viņš iemācītu viņai šaut. Viņš apstājās. Grace nebija viņa tipa sieviete. Viņa bija bijusi ļoti drosmīga direktora kabinetā. Viņa palika mierīga, kad daudzi citi būtu pilnīgi zaudējuši savaldību. Tomēr viņš bija noraizējies, galvenokārt tāpēc, ka pārāk daudz domāja par viņu. Kāpēc? Viņi jau pavadīja kopā 24 stundas diennaktī. Kāpēc viņš nevēlējās pavadīt kādu laiku vienatnē?

Ar Missy Malone pēc pāris stundām — ja viņi neskaidrojās — viņam kļuva garlaicīgi. Viņš gribēja nodarboties ar sportu vai doties izklaidēties ar puišiem. Viņa bija viņa tipa meitene: skaista un populāra. Viņa nebija visgudrākā, bet tas nebija svarīgi, kamēr viņi labi saderēja.

Realitāte bija tāda, ka Missy, visticamāk, tagad bija pazudusi, tāpat kā visi pārējie. Viņš ilgojās pēc viņas un domāja, vai, ja viņi būtu pēdējie palikušie, viss būtu citādi. Citādi nekā tagad starp viņu un Greisu. Viņš jutās ērti kopā ar Greisu, un viņa nebija prasīga.

"Vai mēs esam gatavi doties TŪLĪT?" Grace pieprasīja, liekot viņam atgriezties realitātē.

"Jā, atvaino. Es tikai uz brīdi aizdomājos."

"Sāk krēslot. Varbūt mums vajadzētu atrast vietu, kur pārnakšņot?"

"Jā. Es zinu piemērotu vietu. Dodamies uz Sidnejas ostu. Tur varēsim atpūsties un izlikties, ka esam tūristi."

"Skan lieliski."

Viņi brauca uz The Quay un apstājās pie Marriott viesnīcas. Viņi iegāja iekšā un, pagatavojuši sev ēdienu tukšajā viesnīcas virtuvē, devās uz augšstāvu, kur atradās penthouse numurs ar vairākām guļamistabām.

Savās atsevišķajās istabās viņi aizmiga un sapņoja par galēdājiem kokiem.

Un par to, kā viņi skūpstās.

14. NODAĻA

Nākamajā rītā Vincente stāvēja uz balkona. Viņš skatījās uz Sidnejas ostas tiltu, tad pārskatīja horizontu, ieraugot Operas namu. Viss šķita normāls, tāds pats kā iepriekš. Lielākā daļa prāmju ostā bija piestājuši pie krasta, un viļņi tos šūpināja uz priekšu un atpakaļ. Gaidot pasažierus. No tuvas distances viss izskatījās tā, kā viņš to atcerējās. Tad viņš paplašināja skatu un saprata, ka daži prāmji bija uzskrējuši krastā. Tie bija pusi ūdenī, pusi uz sauszemes.

Grace viņu sauca. Kad viņš atbildēja, viņa ienāca viņa istabā un pievienojās viņam uz balkona. Viņš pagatavoja abiem tasi kafijas. Viņi sēdēja ārā.

Grace jau bija nomazgājusies. "Es domāju, ka mums šodien patiešām ir jāiegādājas jaunas drēbes."

"Jā, piekrītu. Par to vajadzēja padomāt jau vakar."

"Aiziet, pastaigāsimies, nopirksim dažas lietas, un tad varēsim mazliet izbaudīt dienu un sauli."

"Tas ir labs plāns rīta daļai. Pēcpusdienā es tevi atvedīšu atpakaļ, un tu varbūt varēsi nopirkt grāmatu, vai mēs varam atrast tev klēpjdatoru."

„Domāju, ka labāk palikšu ar tevi."

„Ah, tad šorīt tev noteikti jūties daudz labāk," Vincente novēroja.

„Jā, jūtos. Jūtos... Nu, šodien jūtos ļoti laimīga."

„Aiziet, paēsim brokastis un tad nedaudz iepirksimies."

„Aiziet!"

Pusaudži izmēģināja daudz apģērbu, gan greznus, gan praktiskus, bet iepirkšanās vairs nebija tāda pati, ja varēja iegādāties visu, ko vēlējās. Pēc kāda laika viņiem tas apnika, un viņi paņēma tikai to, kas viņiem bija nepieciešams.

Atgriežoties istabā, Grace uzvilka šauras zilas džinsas, debeszilu halteru un Nike skriešanas apavus. Viņa atrada arī spilgtas sarkanas, ērtas pludmales čības.

Vincente uzvilka melnus Levi's džinsus, baltu T-kreklu un Reebok Pumps sporta kurpes.

Mašīnā viņi bija ievērojami klusi, braucot pa kokiem apstādītajām ielām. Viņi pamanīja visādas mirušas koku, kas šķita izsmieties par viņu ceļojumu. Koku skeleti, mirstoši vai jau miruši, lika viņiem justies mazāk cerīgi. Garās, kaulainās zaru pirkstainās rokas stiepās uz viņiem, izsmējot tos.

Šķita, ka daba vēršas pret viņiem. Gaļēdājs koks. Nokaltuši vai mirstoši koki. Vairs nav ābolu. Nav apelsīnu. Nav bumbieru. Nav citronu. Nav laimu. Nav olīvu. Nav Ziemassvētku eglīšu. Nav majestātisku ozolu, kas šūpojas vējā.

Ceļa malā viņi atrada visvairāk saliektu un izkropļotu koka struktūru, kādu viņi jebkad bija redzējuši. Tās mokas, pūstošās zaras stiepās uz augšu, it kā sasniedzot to, ko tā nevarēja iegūt, uz mūžību.

Grace nodrebēja un tad ieraudzīja vienu koku tālumā. Šis koks atšķīrās no pārējiem. Tā zari izpletās pāri stumbram, veidojot krusta formu.

Vincente apstājās ar auto. "Mana mamma ir māksliniece," teica Vincente. "Man šķiet, es atceros kādu gleznu, varbūt Delakroa, kurā bija līdzīgi koki un Jēkabs cīnījās ar eņģeli."

"Tu domā, ka tas ir zīme?"

"Ja tā ir zīme, es nezinu, kā to iztulkot."

"Varbūt tas vienkārši tā izauga no zemes."

"Varbūt."

Grace pamanīja kaut ko citu. Tas bija krūmu puduris. Rožu krūmi. Viena zara galā auga viena sarkana roze. Tā bija pēdējā. Varbūt pēdējā zieda.

Grace noliecās pie tās, it kā ceļos pie tās. Lūdzoties tai.

Vincente skatījās, nezinot, ko darīt vai teikt.

Grace ieelpoja tās smaržīgo aromātu, glāstot to. Pasargājot to no vēja. Grace domāja, ka gribētu apgulties blakus tai, palikt tur, skatoties uz šo skaisto, vienīgo sarkano rozi.

„Nāc, Grace," Vincente pārtrauca viņas domas. „Tagad kļūst arvien tumšāks."

„Es gribu palikt šeit."

„Mēs nevaram palikt šeit. Mēs nevaram apturēt laiku."

„Es to zinu! Es neesmu traka. Es vienkārši gribu palikt šeit, turēt šo rozi." Viņa to glāstīja. "Es gribu būt daļa no kaut kā patiesi skaista. Es gribu turēt kaut ko, kas izaudzis no zemes, no zemes, ko mēs reiz pazinām. Es gribu aizstāt atmiņas par to asiņaino koku ar atmiņām par šo rozi. Skaista lieta..."

"—Ir mūžīga prieka avots," teica Vincente. "Angļu valodas stunda. Džons Kīts."

Grace joprojām bija apburta ar rozi.

Vincente sāka uztraukties, jo tagad bija jau tumšs, un viņi atradās laukā, ko apņēma visdažādākie koki un krūmi.

Ko darīt, ja kāds no tiem bija tāds pats kā tas cits koks, ko viņi uzskatīja par olīvu koku? Ko darīt, ja visi bija tādi? Viņš gribēja tikt prom no turienes, izvest viņus abus prom no turienes. Prom no tūlītējām briesmām.

„ "Grace," viņš teica, noliecoties pie viņas, "šī ziede nokritīs, kad būs gatava. Tu vari to noplūkt tagad un paņemt līdzi. Tādā veidā tā paliks pie tevis. Tās skaistums paliks pie tevis dažas dienas. Vai arī tu vari atstāt to liktenim, nejaušībai, dabai vai Dievam, ja tāds ir, un vienkārši aiziet."

Vējš kļuva spēcīgāks, un Grace sāka drebelēt.

"Tuvojas vētra, Vincente. Paskaties uz mākoņiem. Tie krājas kopā, gandrīz kā mēģinot viens otru izspiest no debesīm."

Viņš paskatījās uz augšu, bet redzēja tikai tumsu.

"Tu to nejūti?" viņa jautāja. Viņa atkal sāka trīcēt, un viņas zobi sāka klabēt. Viņa apņēma sevi ar rokām, atlaidot rozi.

Viņi stāvēja laukā, līdz nakts melnais debesis sāka virpuļot un griezties. Tad sāka līt melni, tintes pilieni, liekot viņiem paslēpt sejas un skriet meklēt patvērumu.

No tumšajiem debesīm uz zemi krītās Z veida gaismas stari, trāpot tur, kur tie tika vērsti, nejauši trāpot.

Visapkārt viņiem zibens spērieni trāpīja kokos un mājās, izraisot ugunsgrēkus. Lietus kļuva stiprāks, un zibens atkal sāka sist.

"Tam bija jāmācās cīnīties par sevi, lai izdzīvotu," teica Grace. Viņa runāja par rozi, bet zināja, ka arī viņiem ir jācīnās un ka pati daba gatavojas cīnīties par savu dzīvību.

"Tik daudz par mūsu jaunajām drēbēm," teica Vincente.

Viņi aizbēga no tās vietas, visu laiku spēlējot bumbu ar zibens spērieniem.

15. NODAĻA

Kad nakts debesis beidzot bija izgaismotas no zibens un lietus, Grace un Vincente apstājās ceļa malā. Kopā viņi vēroja, kā saule lec virs horizonta.

"Tā ir pavisam jauna diena," teica Grace.

"Jā, un šodien, manuprāt, mums vajadzētu doties uz tavas mammas māju — tavu māju."

„Patiesi? Tas ir mazliet biedējoši. Vai tu nedomā, ka varbūt ir pārāk agri man atgriezties tur, atkal piedzīvot savu māju? Kas, ja...?"

„Šodien nav nekādu „kas, ja". Vienkārši braucam, un redzēsim, ko atradīsim, kad tur nonāksim, labi?"

„Cik tālu tas ir?"

„Ne tālu no vietas, kur bijām iepriekš, pie skolas."

Grace uz brīdi padomāja par savām mājām. Viņa iedomājās savu mammu pie durvīm, atverot tās. Sveicot viņu ar lielu apskāvienu. Priecājoties par to, ka redz viņu. Grace sajuta asaru, kas ritēja pa vaigu, un noslaucīja to ar plaukstas malu, cerot, ka Vincente to nav pamanījis.

„Zini, ir normāli domāt par savu mammu. Tev nevajadzētu baidīties atcerēties."

„Tikai... es iztēlojos lietas, izdomāju tās, tā vietā, lai dzīvē būtu reālas atmiņas. Man tas šķiet kā meli."

„Hei, tu neesi pirmā persona, kas melo sev, un tu nebūsi pēdējā! Kad es biju bērns, es sapņoju kļūt par mākslinieku, tāpat kā mana mamma, un paskaties uz mani tagad: es esmu sportists. Un ja es būtu mākslinieks, nevis sportists, vai tu domā, ka es būtu bijis populārs? Būtu pieņemts?"

"Kāpēc tas tev ir tik svarīgi? Es domāju, būt pieņemtam citiem cilvēkiem, daži no kuriem tev pat nav pazīstami?"

"Es... es par to iepriekš nebiju domājis," teica Vincente. Tagad viņš meloja sev un arī Gracei. Viņš nevarēja viņai pateikt, ka patiesībā viņš pats bija mākslinieks, jo nekad nevienam nebija stāstījis par saviem darbiem un tos neviens nebija redzējis. Viņš tos vienmēr turēja slēptus savā istabā. Neviens par to nezināja, izņemot viņa vecākus un vecvecākus.

Viņš paskatījās uz viņu. Grace Greenway, meitene, kas reiz izpildīja viņa matemātikas mājasdarbu. Grace Greeway, meitene, kuras spēja formulēt matemātiskas vienādojums bija daudz lielāka nekā viņas vecumam atbilstoša.

Un te viņš bija, Vincente Marino, sportiskais puisis, kurš tika godāts un pielūgts, kurš paļāvās uz viņas palīdzību, lai saglabātu pietiekami augstas atzīmes, lai varētu turpināt spēlēt. Jo, ja viņš nespēlētu sportu, viņš nebūtu nekas un nebūtu neviens. Tieši Grace ļāva viņam turpināt spēlēt, un viņa pat neprasīja par to pateicību vai atzinību. Faktiski viņa nekad neatteica viņam, pat tad, kad viņš iekļuva pūlī un ne vienmēr bija vislabvēlīgākais pret viņu. Tas ir, viņš nekad atklāti neatbalstīja viņu, pat tad, kad citi puiši izsmēja viņas svaru un viņas izcilo aprēķinu prātu.

Tomēr tagad viņš novērtēja viņu vairāk, nekā viņa domāja, un bija apņēmies neiekrist tajā pašā lamatā kā iepriekš. Viņš vairs nevēlējās būt tāds puisis, kurš uzskatīja Grace Greenway par pašsaprotamu.

"Esam klāt," teica Vincente, kad viņi iebrauca 15 Wheat Field Lane piebraucamajā ceļā.

"Pirms ieejam, man ir kaut kas jāsaka." Grace vilcinājās, tad turpināja: "Tur, vai tev nešķita, ka kaut kas cieš? Tie melnie lietus pilieni, es domāju melnie lietus pilieni!? Es joprojām to jūtu, bet ne tik spēcīgi. It kā kaut kas burbuļotu zem virsmas, gaidot atriebību — kaut gan pret ko, es nezinu. It kā pati daba cieš un sauc pēc palīdzības.

"Grace, es domāju, ka tev varētu būt taisnība, un tas ir kaut kas, par ko mums jāpadomā. Jāpadomā nopietni un varbūt pat jāveic pētījums par šiem lietus pilieniem. Tie bija tikai pagaidu parādība un tika nomazgāti no mūsu drēbēm. Bet pagaidām koncentrēsimies uz tagadni. Tu esi mājās, un viss, kas tur ārā notika, tagad ir nomierinājies. Izbaudīsim jauno dienu."

"Es mēģināšu," teica Grace, "bet, kas arī tur ārā nebūtu, es domāju, ka mums jābūt gataviem."

"Mēs esam gatavi. Mums ir ieroči. Un galvenais, mums ir viens otrs. Neviens no mums nav viens pats. Mēs tagad esam komanda."

„Komanda," atkārtoja Grace, izkāpjot no automašīnas un pirmo reizi aplūkojot savu māju. Viņa ar roku pārbrauca pāri sarkanīgi dzeltenajiem ķieģeļiem, līdz sasniedza priekšējo durvju.

Viņa apstājās uz brīdi, skatīdamās uz to skaistumu. Gaidīja, ka atcerēsies tik nozīmīgas priekšējās durvis, bet atmiņas neparādījās.

"Tā ir..." Grace teica, apbrīnojot vitrāžu, kas veidoja lidojoša putna siluetu. Grace ar pirkstiem pārbrauca pa ārējām malām, cerot atrast kādu saikni ar to.

"Fēnikss," Vincente piebilda. "Saskaņā ar leģendu, tas uzliesmo un pēc tam atdzimst."

"Ugunsgrēks putns. Maniem vecākiem uz galvenajām durvīm ir ugunsgrēks putns?"

"Šķiet, ka jā. Es domāju, ka tas ir pilnīgi forši. Tas ir arī miera un patiesības simbols. Es domāju, ka tas ir vēl viens iemesls, kāpēc viņi to izvēlējās."

"Jā, tas tiešām izklausās kā jauks putns, kas sargā tavu māju." Grace uzmanīgi soļoja pa zālāju, apskatot apkārtni.

"Nemēģini sevi pārāk piespiest, Grace. Vienkārši atver savu prātu atmiņām. Ļauj viņām zināt, ka esi gatava tās uzņemt."

„Es esmu gatava tās uzņemt jau kopš dienas, kad pamodos!" Grace iesaucās, bet viņa pilnībā saprata, ko viņš domāja. Viņa nevēlējās pastiprināt šaubas un nevajadzīgas barjeras. Viņa vēlējās būt kā upe, upe, kurā viņas atmiņas varētu brīvi atgriezties pie viņas.

„Ļauj savām sajūtām tevi vadīt," teica Vincente. „Ļauj savām sajūtām pārņemt kontroli."

„Labi, labi," teica Grace. „Tu liec to izklausīties tik vienkārši, bet tā nav. Es jūtos kā tukša audekla, un man nevajadzētu justies tā. Ne tad, kad esmu mājās."

„Dod tam laiku. Esi pacietīga. Tagad ejam iekšā. Varbūt iekšā…" Grace precīzi zināja, ko viņš domā. Viņa pagriezās pie roktura. Tas nekustējās. Viņa pieklauvēja pie durvīm un nospieda zvanu, bet bija skaidrs, ka mājā nav neviena.

"Varbūt kaut kur ārā ir atslēga," ieteica Vincente. "Pacenties atcerēties — kur tava mamma varētu atstāt atslēgu?"

"Man nav ne jausmas," teica Grace. Lai gan viņai bija doma, ka mamma varētu būt atstājusi to pastkastē.

Viņa sekoja šai domai, atvēra vāku, bet meklējumi bija nesekmīgi.

"Tu lieliski tiek galā!" teica Vincente.

Grace zināja, ka viņš cenšas viņu iedrošināt. Viņa vienkārši jutās tik nekompetenta, ka bija grūti novērtēt vai pieņemt viņa mazos atbalstošos vārdus, neuzskatot tos par augstprātīgiem.

Grace aizvēra acis un mēģināja iedomāties atslēgu. Viņa domāja, ka tā varētu būt zem paklāja, bet pie ieejas durvīm paklāja nebija.

"Vincente, es domāju, ka tā ir zem paklāja."

"Tur mana mamma vienmēr atstāj man atslēgu. Vai tu esi pārliecināta, ka neizmanto manas atmiņas?" Vincente jokoja.

Viņi pasmējās.

"Varbūt aizmugurē?"

Viņi atrada paklāju un atslēgu. Grace Greenway beidzot bija mājās.

16. NODAĻA

G race vilcinājās, pirms ievietoja atslēgu slēdzenē. Viņa domāja par to, cik pateicīga ir par to, ka viņi atrada atslēgu. Viņa bija baidījusies par to, kas notiktu, ja viņi to neatrastu. Viņiem būtu jāizsita logs vai jāuzlauž durvis. Viņa ienāktu savā mājā kā iebrucējs, un šī doma viņu satricināja pat tagad.

"Gandrīz klāt," teica Vincente, cenšoties mudināt Greisu atvērt durvis. Viņš labi saprata, cik ļoti viņa ir nobijusies. Jā, tā bija jauna pasaule. Bet tā joprojām bija viņas pasaule. Ja viņai nebija atmiņu par to, tad kas? Noteikti šīs atmiņas atgriezīsies. Laikam ejot. Pašlaik viņi kopā risinātu jebkuru problēmu, kas rastos. "Esi gatava?" viņš jautāja.

"Es tikai domāju par to, cik pateicīga esmu, ka mēs atradām atslēgu."

"Mēs to neatradām, tu to atradi, un tas ir labs zīme, bet mums nav nekādas steigas. Kad tu būsi gatava."

Viņš apsēdās uz augšējā kāpnes pakāpiena, dodot viņai laiku, lai atvērtu durvis, kad viņa būs gatava.

Viena lieta, kas viņiem tagad bija pārpilnībā, bija laiks. Agrāk tas noteikti tā nebija, kad viņiem bija jāiet uz nodarbībām, jābrauc ar autobusu, jātiekas ar draugiem, jāpilda mājasdarbi un eksāmeni, jāpiedalās skolas sporta pasākumos un jārisina ģimenes lietas. Dienas vienmēr bija piepildītas ar darāmajām lietām.

"Labi, sākam," teica Grace. Viņa pagriezās atslēgu slēdzenē un atvēra durvis. Viņa uzaicināja Vincente ienākt iekšā, un viņas prātā atkal parādījās atmiņa par to, ka vampīriem ir nepieciešams uzaicinājums, lai varētu ienākt jebkurā mājā.

Viņa pasmaidīja, brīnīdamās, kāpēc vampīru tēma turpināja parādīties viņas prātā visneparastākajos brīžos. Ja viņš būtu vampīrs, kā viņš varētu baroties? Ja viņi bija vienīgie divi dzīvie cilvēki, kas bija palikuši pasaulē? Ja vien tas, kas notika, nebija mainījis viņa organismu, un viņam vairs nebija nepieciešama asinis, lai izdzīvotu? Kāpēc viņa atcerējās visas šīs vampīru lietas un neko citu?

Grace papurināja galvu. Viņa centās izdzēst dīvainās domas par vampīriem, lai varētu atgriezties šajā brīdī. Brīdī, kad viņa atkal ienāca savā mājā. Bet varbūt tieši tas bija tas, par ko viņa centās nedomāt.

Mājas galā bija atriums ar daudzām augu un spilvenu. Vietu, kur varēja sēdēt, skatīties uz dārzu un atpūsties. Grace pagriezās atpakaļ un ievēroja šūpoles un slidkalniņu, kas bija paslēpti aiz dārza nojumes.

Viņa uz brīdi iedomājās, kā mazā meitene slīd lejā un šūpojas. Viņa centās atcerēties, kā mamma vai tētis viņu šūpo, vai kā viņa un Darils skraida pa dārzu. Viņa varēja to visu iedomāties, bet tas bija tikai viņas iztēle. Ne atmiņas par to, kas patiešām notika.

Vincente stāvēja blakus viņai, vērojot viņu un vienlaikus nevērojot. Viņš domāja, ka viņai ir vajadzīga telpa, un negribēja traucēt vai likt viņai justies neērti. Tajā pašā laikā viņš gribēja, lai viņa rāda ceļu. Galu galā, pat ja viņa neatcerējās, tā bija viņas mājas, un viņš šeit bija tikai svešinieks. Viņš klusi vēroja viņu, iegrimis savās domās, kamēr viņas acis pārskatīja dārzu.

"Es... es to neatceros," beidzot teica Grace.

"Atcerēsies," teica Vincente. "Ejiet iekšā un mēģiniet atpūsties."

"Labi," teica Grace un devās pa gaiteni. Viņa pagāja garām istabai ar aizvērtām durvīm. Izziņas kāre viņa atvēra durvis, bet tur bija tikai veļas telpa. Tālāk viņa iegāja virtuvē. Tas bija kā ienākt saules starā. Virtuve bija pilnīgi dzeltena. Kanārijputniņdzeltena, ieskaitot sadzīves tehniku, aizkarus, tapetes, galdautu un galda pārsegus. Grace piegāja tuvāk un pamanīja mazus saulespuķu nospiedumus gandrīz uz visām lietām.

Viņas mamma acīmredzami bija liela dzeltenās krāsas fane un vēl lielāka saulespuķu fane.

"Saulespuķes," teica Grace, smaidot. Viņa izņēma sausos stublājus no vāzes, piepildīja to pie izlietnes un tad atkal ielika svaigā ūdenī. Tie uzreiz atdzīvojās. Grace paskatījās pa logu un ieraudzīja rindu nokaltušu saulespuķu gar mājas sānu. Tās, kuras viņa tikko bija pieskārusies, bija noplūktas viņas mamma. Varbūt pati. Tās bija atnestas uz virtuvi un ieliktas tieši šajā vāzē.

"Tava mamma noteikti zināja, kā ienest sauli telpā," teica Vincente, mēģinot nomierināt Greisu, kura atkal bija pazudusi savās domās. Viņš apsēdās pie ēdamistabas galda, uzmanoties, lai, atvelkot krēslu, neradītu pārāk lielu troksni. Viņš paskatījās apkārt telpā un domāja, ka tā ir diezgan jauka, bet viņa gaumei nedaudz pārspīlēta. Nedaudz saules gaismas mājā bija labi, bet šī telpa bija patiešām, nu, gaiša. Šajā brīdī viņš nopietni ilgojās pēc savām saulesbrillēm.

Grace ar roku pārbrauca pa galda virsmu, mēģinot atjaunot saikni. Viņa atvēra dažas skapīšus un atrada kafijas krūzi ar savu vārdu uz tās. Vienā bija uzraksts #1 Dad (Nr. 1 tētis), citā – World's Best Mum (Pasaules labākā mamma), un vēl vienā krūzē bija uzrakstīts tikai viens vārds: Daryl. Šī bija viņas māja. Bija pierādījumi. Kāpēc viņa nevarēja atcerēties?

Lūdzu, ļauj man atcerēties, viņa domāja, kaut ko, jebko. Lūdzu.

Vincente domāja, ka Grace jau pietiekami ilgi bija pazudusi savās domās, un nolēma, ka ir laiks novērst viņas uzmanību. Viņš atbīdīja krēslu, šoreiz ne tik klusi, radot skrāpējošu troksni, un teica: „Oops, atvainojiet, bet mans vēders tik ļoti gurst, ka man patiešām vajadzētu kādu uzkodu.”

Grace uz mirkli atgriezās pie vampīra domām, tad pagriezās un atvēra ledusskapi. Tajā nebija daudz, jo viņas mamma lielāko daļu laika pavadīja slimnīcā. Viņa atvēra augšējo skapīti, izvilka kafijas burciņu un pagatavoja katram no viņiem kafiju. Viņa ielika karoti mākslīgā krējuma. Viņi klusi dzēra kafiju.

“Ja tu varētu ēst jebko, pilnīgi jebko, ko tu izvēlētos?” Grace jautāja. Ja viņš atbildētu, ka pudeli asins, viņa zaudētu samaņu.

“Es ēstu lielu sulīgu steiku — reti ceptu, un ceptu kartupeļu ar skābo krējumu un sviestu, kas uzklāts un izkūst visā kartupelī, un desertā — Lamington.”

“Nākamreiz, kad paliksim viesnīcā, sarīkosim sev svētkus, labi?” teica Grace.

“Tu esi laba pavāre?”

“Man nav ne jausmas! Bet es esmu gatava pamēģināt.”

"Es neesmu daudz gatavojis. Parasti mamma gatavo, un reizēm, kad viņa nav mājās, es izmantoju mikroviļņu krāsni vai pasūtu ēdienu."

Viņi atkal klusēja dažas minūtes. Grace skatījās uz leju pa gaiteni, cenšoties apskatīt pārējo māju. Viņa paskatījās uz pulksteni virs izlietnes, un tas rādīja, ka ir nedaudz pāri sešiem.

Drīz vien viņi būs noguruši un vajadzēs iet gulēt. Drīz kļūs tumšs. Protams, viņi varētu ieslēgt gaismas, bet Grace vēlējās apskatīt māju tagad, kamēr vēl bija šī jaukā dabiskā gaisma.

"Labi, es esmu gatava turpināt izpēti," teica Grace. Viņa piecēlās un izskaloja tukšās tases izlietnē. Tad viņa izgāja no virtuves un turpināja ceļu pa koridoru.

Vinsents klusi sekoja viņai, atkal dodot viņai laiku un telpu brīvi izpētīt. Viņš ļāva viņai atvērt savu prātu.

Koridors bija garš un ne tik gaišs kā virtuve. Lai gan Grace's mamma bija novietojusi galdiņus, spoguļus un gleznas, kas tev nodrošināja kompāniju, dodoties uz absolūti tumšo dzīvojamo istabu. Grace šķērsoja paklāto grīdu un ar vienu kustību atvēra aizkari. Viņa pagriezās, lai redzētu, ko bija palaidusi garām. Viņa cerēja, ka, veicot šo pēkšņo kustību, viss atgriezīsies atpakaļ.

Vincente to novēroja, nepadarot to pārāk acīmredzamu. Viņš nevēlējās radīt papildu spriedzi situācijā.

Grace nolika rokas uz gurniem, un uz brīdi viņas sirdī parādījās cerība.

Viņa aizturēja elpu.

Vincente arī pamanīja cerības dzirksti un devās viņai pretim.

Viņa apturēja viņu ar plaukstas virspusi. Viņa sāka staigāt uz vietas.

Grace bija kā putns, kas meklē barību no augšas. Viņa grieza piruetes pa istabu.

Drīz cerības dzirksts pazuda no viņas acīm, un viņa sabruka.

Viņa uzlika rokas uz sejas un raudāja.

17. NODAĻA

Vincente nometās ceļos Grace priekšā. Viņš meklēja pareizos vārdus. Viņš nevarēja tos atrast, jo viņa prāts bija apjucis un sirds dauzījās. Viņš bija aizelpojies, jo centās atturēties — atturēties no vēlmes viņu apņemt un...

Vincente sevi savaldīja. Viņš sevī pārliecināja sevi, ka viņa nav tāda meitene, kas viņam patīk. Ka patiesībā nav svarīgi, cik ļoti viņu ietekmē viņas emocionālā satricinājuma. Viņš dažreiz bija empātisks cilvēks. Ne bieži, bet dažreiz. Kad viņš redzēja ziņās, ka cilvēki tiek ievainoti, tiek turēti gūstā, vai ka valstis ir izpostītas kara dēļ, vai ka bērni vai dzīvnieki tiek ļaunprātīgi izmantoti, viņš raudāja.

Tagad, skatoties uz Grace, kas stāvēja viņa priekšā, viņam tas bija kā skatīties ziņas. Viņš gribēja pieiet klāt un mierināt viņu tāpat, kā viņš mierinātu bērnu. Tad kāpēc viņš juta arī kaut ko citu? Kaut ko atšķirīgu? Un kas tas bija? Viņš uz brīdi izvērtēja savas jūtas un saprata, kas tas bija. Viņš juta vajadzību rūpēties par Greisu. Aizsargāt viņu. Jā, tas noteikti bija tas! Tas nevarēja būt kaut kas cits. Sajūta, kas viņam bija radusies tieši tajā brīdī. Tas nevarēja būt iekāre. Nē, ne tas.

Kad Vincente atgriezās tagadnē, Grace stāvēja. Viņa ar pirkstiem pārbrauca pāri kamīna plauktam un ierāmētajām fotogrāfijām. Kad Grace apstājās, Vincente piegāja pie viņas.

Kad viņš ieraudzīja fotogrāfiju, viņš pasmaidīja un paņēma to. Kopā viņi to apskatīja tuvāk. Tā bija Grace. Viņai bija aptuveni četri vai pieci gadi, un viņa turēja rokās skaitāmpulku.

"Tā noteikti esi tu," teica Vincente. "Es redzu tavas acis viņas acīs."

Grace pasmaidīja un izķeksēja miglu savā prātā.

"Es zinu, ka viņa esmu es. Es redzu, ka viņa esmu es. Bet es neatceros ne viņu, ne skaitāmo rīku."

Vincente paņēma viņas aizvērtās rokas savās un atvēra tās vienu pēc otras, it kā atverot divas rozes. Viņš pievilka viņu sev klāt.

Viņa piekļāva galvu, klausījās viņa sirdsdarbībā un sajuta jauna veida saikni. Viņa atkāpās.

"Paskaties šeit!" viņa iesaucās. "Tas ir mans tēvs un brālis." Zem fotogrāfijas bija plāksnīte ar uzrakstu: Benjamin Greenway, Helen's mīļotais vīrs, Grace's un Darila mīļais tēvs. Aizgājis pārāk agri, 55 gadu vecumā.

Arī otrai fotogrāfijai bija plāksnīte: Darils Greenway, Helen's un Benjamina Greenway mīļotais dēls. Aizgājis atdusēties pie sava tēva, divdesmit viena gada vecumā.

Grace ieelpoja dziļi, atceroties viņus slimnīcā. Viņa papurināja galvu. Viņi nebija apmeklējuši viņu, viņa sevi laboja, jo abi bija miruši. Viņa droši vien to bija iedomājusies.

"Tas ir tik skumji," teica Grace. "Divi cilvēki, kuri man nozīmēja visu pasauli, un es neko nejūtu. Izņemot skumjas par sevi, ka es viņus neatceros. Es esmu tik egoistiska!"

"Tu neesi egoistiska! Tu vienkārši šobrīd neko neatceries, un tas nav tavs vainas dēļ."

"Es tik ļoti gribu kaut ko atcerēties. Jebko!"

"Tu atcerēsies, tikai esi pacietīga. Dod tam laiku."

"Es domāju, ka tas nenotiks, Vincente. Es domāju, ka es nekad neko neatcerēšos."

Vincente nolika rokas uz gurniem. „Viņi atnāca tevi apciemot slimnīcā kāda iemesla dēļ. Varbūt viņi atnāca, lai tev palīdzētu."

„Kā? Liekot man domāt, ka es zaudēju prātu?"

„Nē, lai pierādītu, ka tu joprojām viņus pazīsti, kaut arī viņi ir pārgājuši uz otru pusi. Tu runāji ar viņiem. Sarunājies ar viņiem."

„Jā, bet tas bija bezjēdzīgi."

„Tāpēc, ka es pārtraucu. Varbūt viņi vēl nebija tev pateikuši to, ko vajadzēja pateikt."

„Būtu interesanti, ja tas būtu taisnība, Vincente. Bet es nedomāju, ka tas izklausās ļoti ticami. Tomēr paldies," teica Grace. Viņa šķērsoja istabu un apstājās pie kāpnēm.

„Varbūt," teica Vincente. Grace pagriezās pret viņu. „Varbūt viņi tev deva ziņu. Aizveda tevi atpakaļ uz laiku tavā dzīvē, kad tev bija abi: laimīgāks laiks. Laiks, kad tev bija pagātne, ko atcerēties, tagadne, kurā dzīvot, un nākotne, uz kuru cerēt."

„Tad divi no trim," teica Grace.

Vincente pasmējās un sāka dziedāt un dejot.

"Turpini," Grace pamudināja.

Vincente slīdēja pa grīdu, izmantojot vāzi kā mikrofonu, un uz viena ceļa dziedāja serenādi Grace, kura entuziasma pilna aplaudēja.

Viņas vaigi bija kļuvušas tumši sarkanas, kad viņa piegāja pie viņa un skūpstīja viņu uz lūpām.

Viņš atbildēja ar skūpstu. Viņa rokas klīda, un viņas rokas klīda, un viņu mēles izpētīja viena otru.

Abi vienlaikus saprata, kas notiek, un vienlaikus atkāpās.

"Ko tu mēģini man darīt?" Grace jautāja. "Es atvainojos, ļoti atvainojos," Vincente teica.

"Tas bija mums abiem..."

"Jā, tas bija mirklis. Es piekrītu, ka mums abiem..."

"Aizmirsīsim, ka tas notika," Grace teica.

"Laba ideja," Vincente piekrita. Viņš noskatījās, kā Grace kāpj pa kāpnēm.

Kad viņa sasniedza augšējo stāvu, viņa pagriezās un pasmaidīja pār plecu. "Drīz redzēsimies. Es tikai atradīšu savu istabu un mazliet atsvaidzināšos."

"Lieliski!" Vincente iesaucās, ar pirkstiem izķemmējot matus. Kad viņa pazuda no redzesloka, viņš atgriezās tualetē un uzlēja ūdeni uz sejas. Viņš paskatījās spogulī un domāja, kas ir šis cilvēks, kas skatās uz viņu?

Kas bija šis cilvēks? Kas bija sajūtas, patiesas sajūtas pret kādu, kas vēl pirms dažām dienām viņam neko nenozīmēja, izņemot meiteni, kas varēja palīdzēt viņam ar matemātikas mājasdarbu, lai viņš varētu palikt komandā? Tagad viņš bija viņu ievilinājis, un viņa bija atsaukusies, atvērusies viņam. Viņš bija tik kauns par to, ka izmantoja Grace, īpaši šajā laikā, kad viņa bija tik neaizsargāta.

Tad viņš domāja par viņas maigajām lūpām, par to, kā tās vilcinājās un tad atvēra viņam. Viņa skūpstīja viņu kā neviena cita meitene iepriekš. Viņa iemīlējās viņā vēl dziļāk, un viņš to zināja.

Problēma bija tā, ka arī viņš iemīlējās viņā.

18. NODAĻA

Augšstāvā Grace arī uzlēja sev uz sejas aukstu ūdeni. Viņa staroja gan iekšēji, gan ārēji. Uz brīdi viņai bija vienalga, vai viņa atceras savu pagātni, jo viņa domāja, ka viņas nākotne ir svarīgāka. Vincente viņai tagad bija svarīgāks nekā jebkura atmiņa.

Viņa gāja pa gaiteni, garām ejot telpām ar aizvērtām durvīm. Viņas prātā atausa atmiņas par skūpstu un drudzi, kas kā uguns izplatījās pa viņas ķermeni, līdz viņa atrada savu guļamistabu. Tā noteikti bija viņas istaba, jo tur bija datora klakšķi, Einšteina un Fibonači fotogrāfijas, mācību grāmatas, skaitāmais rīks un... nu, tā noteikti bija viņas istaba.

Uz kumodes viņa atrada mazu rotaslietu kastīti. Kad viņa to atvēra, sāka skanēt dziesma.

"Vai tev vajag palīdzību?" Vincente sauca.

Grace atgriezās pie kāpnēm ar mazu spilventiņu rokā. Viņa to metās viņam. Tas bija sirds formas spilventiņš.

Atgriezusies savā istabā, viņa apgriezās rotaslietu kastīti, kas identificēja dziesmu kā slavenu mīlas dziesmu. Viņa atstāja kastīti atvērtu, klausoties, kā tā atskaņo melodiju atkal un atkal, kamēr viņa devās uz dušu.

Viņa apstājās uz brīdi, dzirdot dīvainu skaņu. Murmināšanu. Čukstēšanu. Viņa klausījās. Viņa aizvēra rotaslietu kārbiņas vāku. Klausījās atkal. Domāja, ka tas noteikti ir viņas galvā. Spēra vēl vienu soli. Dzirdēja to atkal. Apstājās. Klausījās.

Skaļums palielinājās, bet tikai nedaudz.

"Vai ar tevi viss kārtībā?" Vincente jautāja, redzot, ka Grace stāv nekustīgi un skatās tukšā skatienā uz leju pa koridoru.

Grace pamāja. Viņa atgriezās savā istabā. Viņa pārģērbās tieši laikā, jo Vincente ieradās augšā pie kāpņu telpas.

"Man viss ir labi," teica Grace. "Es tikai…" viņa vilcinājās. "Uh, vai tu dzirdēji kaut ko?" Viņa novērsa galvu, gaidot, kad atkal dzirdēs troksni.

"Es dzirdēju kādu mūziku," teica Vincente.

"Jā, tā bija mana rotaslietu kaste, tā atskaņo mūziku. Bet kaut kas cits?"

"Kā, piemēram?" teica Vincente, skatoties uz savām kājām.

Grace domāja, ka viņš kaut ko dzirdējis, bet negribēja to viņai teikt, gadījumā, ja viņa to nebija dzirdējusi. Viņa varēja redzēt, ka viņš par to uztraucas. "Kā čuksti," teica Grace.

"Jā, es kaut ko dzirdēju."

"Es domāju, ka tas bija manā galvā," Grace atzinās. "Sākumā. Bet tagad..."

"Nē, es to arī dzirdu. Tas ir kā..." Vincente apstājās, stāvot nekustīgi.

"Šššš," Grace teica, kad tas sāka atkal. Nedaudz skaļāk.

Gandrīz kā vaids.

Tas čukstēja viņas vārdu, Grace, atkārtojot to kā dziesmas refrēnu. "Varbūt tā ir mana mamma?" ieteica Grace.

"Varbūt."

"Varbūt viņa ir ievainota."

"Varbūt."

"Šššš."

Spēcīgs vēja brāzmas šķita ieplūst caur priekšējo durvīm un virzīties pa kāpnēm uz Grace un Vincente. Tās spēks bija tik liels, ka piespieda viņus pie sienas. Mājas saturs sakustējās, un pamati sāka čīkstēt.

Vēl viena zemestrīce?

Viņi nolēma, ka augšējais stāvs nav labākā vieta, kur atrasties. Viņi satvēra viens otra roku un devās uz kāpnēm.

"Aiziet no šejienes!" Vincente iesaucās.

Grace saprata, ka viņiem tas ir jādara, un nekavējoties. Tomēr viņa uztraucās par savu mammu, kas bija ieslodzīta mājā. Kas, ja viņa ir ievainota?

Kad viņi sasniedza kāpnes, viņi satvēra koka margas, jo kāpnes šūpojās no vienas puses uz otru. Māja sāka kratīties un griezties, gandrīz kā gribētu pacelties gaisā. Kāpnes sāka spēlēt kā klavieru taustiņi, sadaloties, liekot viņiem atteikties no plāna atgriezties uz Terra Firma.

Atkal atskanēja balss: "Grace."

Grace klupdama gāja pa koridoru, šķiet, sekojot balss skaņai. Tā nāca no istabas ar aizvērtām durvīm koridora galā.

"Es domāju, ka tā ir mana mamma," teica Grace, kad viņi pagāja garām guļamistabai ar nedaudz pavērtām durvīm.

Pēc mūzikas instrumentiem, kompaktdiskiem, neiztaisītas gultas un tukša pīta krēsla viņa atpazina, ka tā ir Darila istaba. Krēsls stāvēja tieši zem loga, it kā gaidot brāļa atgriešanos. Logs bija plaši atvērts, un iekļuva jauns vēja brāzmas. Viņi paspēja laicīgi aizvērt guļamistabas durvis, lai vēja brāzmas viņus neizgrūstu pāri margām.

Balss atkārtoja pusaudža vārdu vēl un vēl.

Pusaudži drebēja un turēja viens otra roku. Kopā viņi devās pa koridoru. Uz slēgtajām durvīm koridora galā, kamēr māja ap viņiem kliedza un rēca.

Vaidējošais skaņas kļuva arvien skaļākas un skaļākas.

Vairs nebija dzirdams čuksts.

Tā bija skaidri dzirdama sievietes balss.

Tā bija Helēna Greenway balss, kas sauca savu meitu.

"Varbūt tev vajadzētu atbildēt?" ieteica Vincente.

"Mamma!"

"Grace!"

"Mamma!"

"Grace, Grace!"

Viņi nonāca pie durvīm. Tās bija siltas uz tausti un neskartas. Joprojām pie eņģēm.

Māja vairs neraustījās un negrūda.

Viņi atvēra durvis.

Kaut kas paslīdēja garām viņiem un ieiet telpā pirms viņiem.

Tas bija kā ledains vēsmas.

Viņi nodrebēja, kad durvis aiz viņiem aizvērtās un slēgmehānisms pats no sevis ievietojās vietā.

Viņu zobi klabēja, kamēr acis pierada pie gaismas, un viņi varēja skatīties apkārt. Grace bija pārliecināta, ka viņi nav vieni, bet viņa neredzēja savu māti, un balss vairs neaicināja vai nečukstēja viņas vārdu.

Bija auksts. Auksts kā nāve.

"Tu redzi kaut ko, kaut ko vispār?" jautāja Vincente.

"Es redzu aukstu elpu. Fibonači sniegpārslu formā."

"Ko?"

"Redzi, tur? Sniegpārslas."

Sniegpārslas krīt ap viņiem. Viņi vēl vairāk nodrebējās un apņēma sevi ar rokām, kad viņu āda sajuta, kā mitrās, kūstošās pārslas no kristāldzidras baltas krāsas pārvēršas asarās.

"Es jūtu kaut ko, klātbūtni šeit ar mums. Varbūt tāpēc es atcerējos Fibonači lietas."

"Jā, labi darīts, bet vai tas ir bīstami?" Vincente jautāja: "Es domāju, vai tas mēģinās mums kaitēt?"

"Nē, es nejūtu, ka tas grib mums kaitēt. Bet es jūtu, ka tas grib mani iepazīt."

"Ko?"

"Tas grib, lai es to mierinātu."

"Paliec šeit, blakus man. Nekusties," teica Vincente.

„Tas mēģina sasniegt mani, manā prātā. Tas domāja, ka, ja tas atvedīs mani šeit, mūs šeit, tad tas varēs iegūt to, ko vēlas no mums, bet tagad, kad mēs esam šeit, tas nezina, ko darīt." Grace apklusa, ar rokām satverot galvu sāpēs.

„Tu runā ar to? Tas tev sāpina?" jautāja Vincente. Grace's viss ķermenis atbildēja ar trīcēšanu.

"Tas izmanto sava veida ekstrasensorisko uztveri, lai sazinātos ar mani. Tas skenē manu smadzeņu darbību, manu ķermeni. Tas klausās manās domās un emocijās."

"Atkāpies no viņas!" Vincente iesaucās, paceldams krēslu un metot to pret sienu.

Grace sāpēs iesaucās, bet Vincente tika pacelts gaisā un vardarbīgi nomests uz gultas.

19. NODAĻA

Grace turpināja ar šausmām vērot, kā Vincente tika kratīts uz priekšu un atpakaļ, it kā viņu būtu apsēdis dēmons. Viņa nevarēja atturēties no domas, kas to izraisa, neskatoties uz slēpto sāpju līmeni, kas ik pa brīdim pārņēma viņas ķermeni. Vai tas bija radījums no citas dimensijas? Vilkacis? Vampīrs? Spoks? Dēmons? Grace pārskatīja telpu, meklējot ieroci. Neredzot nevienu, viņa gaidīja, kamēr Vincente ķermenis nomierinājās. Tad viņa kājas un rokas tika sasietas ar neredzamu, nezināmu būtni.

Vincente tagad palika nekustīgs. Grace mēģināja skriet pie viņa, bet bija tā, it kā viņas kājas pēkšņi būtu iestrādātas grīdas plātnē. Viņas ķermeņa augšdaļa slīdēja uz priekšu, it kā viņa būtu cirka monstrs, bet kājas vienkārši nevarēja kustēties.

"Vai tu esi kārtībā, Vincente?"

"Man vairs nesāp."

"Tas ir labi."

"Kā tev?"

"Es atkal jūtos normāli, bet man ir ļoti bail, Vincente. Es nevaru kustēt kājas."

"Nemaz nerunājot par to, ka drīz šeit kļūs tumšs. Vai tu vari sasniegt gaismu?"

Grace centās saliekt augšdaļu sienā esošā slēdža virzienā. Viņa stiepās un stiepās, iedomājoties, ka patiesībā ir cirkusā strādājoša monstrs, kas izgatavots no gumijas, pieskārās tam un dzirdēja klikšķi, bet nekas nenotika. Elektrība bija atslēgta.

"Tas nedarbojas, Vincente. Drīz šeit būs pilnīga tumsā!" Grace apņēma sevi ar rokām un centās apstādināt trīcēšanu.

„Vai tu joprojām jūti to klātbūtni ap sevi?"

Grace centās izdzīt savas sajūtas, iedomājoties, ka tās ir taustekļi, kas meklē kaut ko neredzamu un nezināmu.

„Tagad ir klusi, Vincente. Varbūt tas ieguva to, ko gribēja no mums, un tagad ir devies tālāk. Vai varbūt mēs nebūvām tādi, kādus tas cerēja."

"Jā, pirmo reizi dzīvē man nebūtu iebildumu, ja es būtu šī lieta vilšanās. Bet mēģināsim padomāt. Ko tā varētu gribēt no mums? Kas tā varētu būt?"

"Vilkatis?" ieteica Grace.

"Nav pilnmēness, vismaz ne tuvākajās dienās. Bet, hei, es nedomāju, ka tie var būt neredzami."

"Kā ar vampīru?"

"Jā, tie parādās tikai naktī, vai ne?" teica Vincente, klusi smiedamies. Virve bija ļoti cieši apsieta ap viņa locekļiem, un vajadzība kustēties bija nepanesama. Problēma bija tā, ka, kad viņš kustējās, saites kļuva vēl ciešākas un tad pārgrieza viņa ādu. Viņš redzēja, kā no viņa potītēm uz gultas palaga krājas asins pilieni.

Grace arī pamanīja asinis, kas pilēja uz palaga. Viņa vēroja, kā sarkanais asins plankums izplatās uz balta fona. Viņu sajauca kustības, kas nāca uz viņu no zem paklāja. Noteikti kustības. Čūskveidīgas. Lēnas. Slīdošas. Nāca uz viņu.

"Vincente!" viņa kliedza, kad tas kaut kas lēnām tuvojās viņai.

Viņas ķermeņa augšdaļa atkāpās. Atpakaļ, atpakaļ, cik vien tā varēja.

Diemžēl Grace tas nebija pietiekami tālu.

„Vincente!" Grace kliedza, acis gandrīz izlecot no galvas.

Viņš redzēja, ka viņa ir izbijusies, bet nesaprata, kāpēc. Viņš mēģināja atbrīvoties no virvēm, bet neko nevarēja darīt. Jebkura cīņa tikai lika tām vēl vairāk savilkties un iegriezties vēl dziļāk viņa miesā.

Tā lieta turpināja atbrīvot ceļu uz Grace.

Vincente varēja saskatīt, ka zem paklāja kaut kas kustas. Viņš redzēja, kā Grace's kājas kļuva mīkstas kā želeja, kad tas samazināja attālumu starp viņiem.

Grisa stāvēja stingri, mēģinot kontrolēt sevi. Viņa gribēja kliegt un kliegt, bet tā vietā koncentrējās uz elpošanu. Kad tas tuvojās arvien tuvāk, viņa sajuta, ka tas sāk viņu iztaustīt.

Viņu pārņēma miers, kas apspieda viņas maņas. Viņa sajuta, ka tas nevēlas viņai nodarīt pāri.

„Grace!" Vincente iesaucās, un virves iegriezās viņa ādā. Viņš saliecās vidū, tagad atgādinot jaundzimušu teļi. Tad no nekurienes parādījās aizbāznis. Tas tika piestiprināts pie Vincente mutes.

Grace varēja redzēt, ka viņš kliedz, kliedz skaļāk nekā jebkad agrāk. Bet no viņa puses nāca tikai sāpīga klusēšana. Klusie kliedzieni ir visbaisākie kliedzieni.

Viņi skatījās viens otram acīs. Izstiepdami rokas viens pret otru ar visu savu spēku, viņi skatījās viens otram acīs, kad tas nonāca pie Grace's kājām.

Tas sāka kustēties uz augšu, sākot no viņas pirkstiem, pamazām virzoties tālāk un tālāk uz augšu.

Tad Grace's balss piepildīja māju ar satraucošu kliedzienu.

Nekāpēc nepretojies, teica Grace sev, labi zinot, ka Vincente teiktu tieši tos pašus vārdus, ja vien varētu.

Atlaidies, domāja viņa, ļauj tam darīt to, kas tam jādara, un tad varbūt tas pazudīs.

Viņa centās to izslēgt, izslēgt visu, izņemot Vincente uz gultas ar plaši atvērtām acīm. No vietas, kur viņa atradās, viņa varēja redzēt nelielu asins pili, kas plūda no viņa labās potītes. Viņa vēroja, kā viņa krūtis ceļas un krīt.

Tā lieta pagriezās un savīlās, līdz viņai radās sajūta, ka viņa vairs nav pati.

Tās spēks bija pieaudzis. Sākumā sāpes bija panesamas, kā viegla dedzināšana. Gandrīz kā karsts skūpsts. Tas bija atkarību izraisošs; viņa gribēja vēl vienu skūpstu, un vēl vienu, un vēl vienu. Tad tas pārvērtās kaut kas citāds. Vairāk noteikti dedzinošs. Kā zīmogošana. Karsts. Karstāks. Čirkstošs.

Viņas seja bija sarkana, un viņa cieši sasprindzināja dūres. Viņas griba cīnīties virzījās uz priekšu, bet sāpes bija pārāk lielas, lai tās varētu izturēt.

Kad tas sasniedza viņas iegurņa zonu, čirkstošana pastiprinājās un temperatūra paaugstinājās. Tas bija kā ugunsgrēks. Degot uz sārta. Viņa nespēja domāt. Viņa bija kā viens liels nervs — neapstrādāts nervs. Sāpes bija nepanesamas. Viņa vairs nespēja to izturēt, bet tās kļuva arvien stiprākas.

Grace spēja saglabāt samaņu, kamēr sāpes virzījās uz augšu, uz viņas krūtīm. Arī tās bija kā uz uguns, jo karstums virzījās uz augšu, sinhronizējot sāpes tā, ka tās pulsēja visā viņas ķermenī.

Līdz viss kļuva melns.

20. NODAĻA

Kad viņa atguvās, Grace vairs nebija savā ķermenī. Viņa lēnām saprata, kas bija noticis. Sāpes bija izraisījušas viņas prāta sadalīšanos.

No kaut kurienes virs notikuma vietas viņa joprojām varēja redzēt sevi vērpjoties, griežoties iedomātā kokona līdzīgā apvalkā, kamēr sāpju virpulis viņu metās, pagrieza un savīja, joprojām kustoties viņas iekšienē. Turēdams viņu gūstā savā dedzinošajā tvērienā.

Jūtot dedzināšanu, sajūtot savas miesas čurkstēšanu, Grace vairs nevarēja paciest skatīties uz sevi, tāpēc viņa pievērsās Vincente.

Arī viņš vērpās. Viņa ķermenis šūpojās no vienas puses uz otru, un viņš trīcēja gandrīz kā epilepsijas lēkmes laikā. Viņa peldēja uz viņu. Viņa ar lūpām pieskārās viņa dedzinošajam pierim.

Viņa acis plaši atvēra, gandrīz kā sajūtot viņas klātbūtni. Viņa kliedza viņam, mēģinot pārvarēt barjeras, bet viņa apslāpētie kliedzieni nebija dzirdami. Viņas kliedzienu intensitāte, kas izplatījās caur ķermeni, kura vairs nebija viņas daļa, atdzesēja karsto telpu un radīja viņam vēl lielāku diskomfortu.

Grace gribēja nogalināt to lietu. Kas arī tas nebūtu, viņa gribēja to paņemt un izspiest no tā dzīvību, nogriežot garu. Viņa gribēja, lai tas beigtos. Tad viņa saprata, kas viņai jādara. Viņai bija jāatgriežas savā ķermenī, lai tieši sastaptos ar šo briesmīgo radījumu. Viņai bija jāatgriežas. Viņai nebija kur citur iet.

Jā, šī būtne bija ieguvusi viņas ķermeni, bet tai nebija viņas prāta un garas. Tas pats attiecināms uz Vincente. Jā, viņi abi tika mocīti, par iemesliem, kas nav zināmi. Varbūt tāpēc, ka viņi bija pēdējie divi cilvēki uz Zemes. Tāpat kā vecajā filmā, ko Vincente bija minējis, kurā ārvalstnieki mēģināja atklāt, kas liek cilvēkiem darboties. Vai varbūt viņi mēģināja viņus nogalināt!

Kāds arī būtu iemesls, Grace neļāva viņiem panākt to, ko viņi gribēja. Neļāva viņiem atņemt viņu dzīvības bez cīņas.

Uz mirkli viņa iedomājās, ka izlido pa logu. Atstājot sevi un Vincente. Bet viņa to nevarēja izdarīt. Viņa mīlēja šo ķermeni, kaut arī tam bija savi trūkumi. Lai gan trūkumu bija daudz, tas joprojām bija viņas un tikai viņas. Un tad bija Vincente. Viņa viņu mīlēja, par to nebija šaubu. Viņai bija jāatgriežas sevī. Viņai bija jāglābj viņš. Varbūt jāglābj abi.

Ārpus istabas augstie koki šūpojās uz priekšu un atpakaļ, uz priekšu un atpakaļ, pakļauti vēja magnētiskajai spēkam. Viņa un Vincente bija kā tie koki, kustoties ar sāpēm tāpat kā tie kustējās ar vēju.

Viņa ieelpoja dziļi un tad atkal ieiet savā ķermenī. Sāpes pārgrieza viņu kā nazis. Viņa uzreiz gribēja izrauties, bet drīz saprata, ka tas bija viņu vājinājis, samazinājis viņas kontroli un spēku. Viņas būtība bija mainījusies. Tagad viņa saprata, ka sadaloties, viņa bija devusi tam papildu spēku pār savu fizisko būtību. Tagad viņa bija apņēmusies atgūt šo spēku!

Kad viņa atgriezās savā ķermenī, savās mājās, viņa savāca visas savas pozitīvās domas un enerģiju, kā arī visu mīlestību, ko varēja atrast savā sirdī. Viņa izsauca šīs lietas no atmiņas bankas, kas bija glabāta tālu ārpus viņas sasniedzamības.

Atgrūžot vēlmi atkal atdalīties, viņa koncentrēja visu savu enerģiju nevis uz dedzinošo, nepielūdzamo sāpju, bet uz savas spēcīgas gaismas avota radīšanu.

Kad viņa to iedomājās, viņa to pārvietoja kā saules gaismas bumbu. Viņa turēja to plaukstā, līdz gaismas bumba kļuva līdzīga sirdij: Grace's un Vincente apvienotajām sirdīm.

Viņa projicēja visu enerģiju no bumbas uz Vincente. Tā peldēja pāri telpai, spoži mirdzot. Pāris sekundes Vincente ķermenis vairs nevērpās. Viņa atkal ievilka sirdi, kad dedzinošās sāpes atkal pārņēma viņu, un turēja to. Tas deva viņai spēku izturēt to, kas viņai bija jādara.

Un kaut kur viņas dvēseles dziļumos sāka skanēt dziesma, dziesma, ko viņa nepazina. Dziesma, kas viņai bija pilnīgi nezināma. Kamēr tā skanēja un viņa to dziedāja, viņas lūpas vairs nedega, un viņas acis sasniedza Vincente. Viņas sirds lika viņa sirdij pievienoties dziesmai, dziedāt to kopā ar viņu.

Viņi kopā dziedāja savās domās un dvēselēs, un gaismas lode kļuva arvien spēcīgāka un spēcīgāka.

"Es tevi nekad neesmu uzaicinājusi šeit, gars, vai kas tu arī būtu. Tev nav tiesību iebrukt manā ķermenī. Iebrukt manas draudzenes ķermenī. Tagad, izkāp ārā!"

Un tas izkāpa. Tas aizgāja.

Grace sabruka uz grīdas.

21. NODAĻA

Pēc dažām stundām Grace sajuta, ka kaut kas nav kārtībā, kas nebija pārsteidzoši, jo viņa NEPATĪKĀ, kur atrodas.

Kad viņa mēģināja kustēties, sāpēja visas ķermeņa daļas. Viņas rokas un kājas bija saliektas neparastās pozās, kā miruši vai salauzti koku zari. Viņa mēģināja savākties, bet katra kustība lika viņai vērpties sāpēs.

Viņa mēģināja piecelties — galvenais vārds šeit ir "mēģināja" —, bet atkal nokrita. Grace paskatījās uz paklāju. Mēģināja domāt, atcerēties. Kas bija ar to paklāju? Viņa paskatījās apkārt pa istabu. Atrada gultu. Atrada Vincente.

Viņai atgriezās atmiņā viss par to šausmīgo pārbaudījumu.

Viņa piespieda sevi piecelties un sāka staigāt kā mazs bērns, jo viņai bija jāiemāca savam ķermenim kustības no jauna. Beidzot viņa sasniedza Vincente un skatījās uz viņa nekustīgo ķermeni. Uz asins traipiem, kas tagad bija brūni. Vairs neizplatījās.

Viņas acis pievērsās viņa lūpām. Viņa tik ļoti skūpstāmajām lūpām. Viņa noliecās, bet apstājās, kad viņa acis plaši atvēra, tad vēl plašāk. Viņš nebija priecīgs viņu redzēt. Viņš bija izbijies.

"Kas noticis, Vincente? Kas tas arī nebūtu bijis, tagad tas ir pagājis. Mēs esam drošībā. Mums viss ir labi. Viss būs labi."

Lai gan Grace turpināja viņam murmināt šos pozitīvos vārdus, Vincente izbiedētā izteiksme tikai pastiprinājās. Viņa acis skatījās uz priekšu un atpakaļ, uz priekšu un atpakaļ. Viņš viņai kaut ko stāstīja. Brīdināja?

Viņa čukstēja, jautājot, vai aiz viņas kaut kas ir. Viņš pamāja ar galvu.

Viņa domāja mirkli, izstiepa roku un meklēja to, bet nevarēja atrast. Viņa gribēja skriet, bēgt, bet zināja, ka tas kaut kas ir tur, lai viņu sagaidītu. Tas bija atgriezies pēc viņas.

Vai varbūt tas bija kaut kas cits? Kaut kas pavisam cits? Viņa baidījās no domas, ka tas kaut kas varētu būt spēcīgāks, varenāks, varētu salauzt viņu. Iznīcināt viņu.

Vincente acis palika nekustīgas, skatīdamies tieši pāri viņas plecam. Viņa bailes bija lipīgas, un viņa drebēja un trīcēja. Tad viņa saprata, ka vienīgais veids, kā viņi var uzvarēt šo lietu, ir kopā.

Grace noliecās un sāka atraisīt virves, kas viņu turēja, ar vienu roku, bet ar otru roku meklēja naktsgaldiņā kādu ieroci. Kaut ko, ko viņa varētu izmantot. Viņa cerēja, ka viņas mamma tur varētu būt kaut ko atstājusi, kādu rīku, kas varētu palīdzēt šajā smagajā situācijā.

Vincente acis kliedza. Viņa acis kļuva par viņas acīm.

Atvilktnē vienīgais noderīgais instruments, ko varēja atrast, bija pincete, un Grace sāka griezt virves. Tomēr šādā tempā Vincente atbrīvošanai būtu vajadzīgs ļoti ilgs laiks. Viņa noliecās un sāka ar zobiem griezt virves, panākot labu progresu, līdz Vincente atkal sāka trīcēt un vērpties. Viņa acis sastapās ar viņas acīm, un tad viņš tās aizvēra.

Viņa apgriezās un iesaucās: „Kas tu esi un ko tu gribi no manis? No mums? Mēs tev negribam nodarīt pāri. Pasaki mums, ko tu gribi, un mēs tev to dosim! Mēs centīsimies tev palīdzēt, bet, lūdzu, pārstāj mums darīt pāri. Pārstāj darīt pāri manam Vincente. Es tev došu jebko!"

Vincente pārstāja vērpties.

Viņa acis plaši atvēra, kad Greisu pacēla no zemes un aiznesa gaisā.

Spēks viņu sasita pret griestiem. Tad sasita pret sienām. Bump. Thump. Bump.

Beidzot, tas viņu nometa uz grīdas, kur viņa palika bez dzīvības kā lelle.

S tikls lūzt. Skaņas. Lido visur. Trāpa viņai pa ādu. Pārgriež viņai ādu.

Grace aizsargāja sevi, cik vien labi varēja, ar rokām un plaukstām.

Kaut kas pacēla viņu un iznesa pa logu. Viņa atradās uz lidojoša radījuma muguras, sajūtot tā smaržu. Viņa turējās. Tas bija mīksts. Ne spalvains, bet matains, pūkains.

Bija ļoti tumšs, tik tumšs, ka viņa nespēja saskatīt nekādu formu tam, uz kura viņa tika pārnesta.

Viņi lidoja iekšā un ārā un pāri lietām: melnām, bezformas, ēnainām zemes mājām, torņiem un tiltiem. Viņa sajuta, ka viņi iegūst augstumu, lidojot augstāk un augstāk, līdz vairs nebija nekā, ar ko sadurties. Viņi bija augstu mākoņos.

Varbūt viņa bija mirusi?

Grace un nesmaržīgā būtne lidoja nakts debesīs. Kad būtne pēkšņi pagriezās pa labi, viņa gandrīz zaudēja saķeri. Būtne izlaida nomierinošu "Gwap-Gwap". Tā viņu atmeta atpakaļ drošībā. Viņa apņēma to ar rokām.

Lidojot. Zaudējot un atgūstot samaņu, Grace joprojām nebija pārliecināta, vai viņa ir mirusi vai sapņo. Viņi turpināja ceļu, aizvien dziļāk un dziļāk nakts melnumā.

Grace atvēra acis un dažas sekundes iedomājās, ka viņi ir ietverti metāla tunelī.

Viņa ieelpoja gaisu, sajuta jūras smaržu un tad zaudēja samaņu.

Šķita, ka viņi ceļoja visu mūžu, un tagad saule sāka aust. Tā atspoguļoja gaismu kā spoguļots kosmosa kuģis, kad viņi sāka virzīties uz leju.

Viņai saspringa vēders, kad viņi atsitās pret dīvainiem cietajiem mākoņiem. Lēkājot, krītot. Grace šajā brīdī nejuta bailes. Viņa jutās droša. Pateicīga par to, ka ir dzīva.

Tad radība viņu nometa.

Viņa cīnījās ar vēju, krītot uz leju.

S aulīte bija augstu debesīs, kas bija normāli. Bet vieta, kur atradās Grace, nebija normāla.

Viņa atradās milzīga koka zaros, un, vienkārši skatoties uz leju, viņai sagriezās vēders. Viņa bija priecīga, ka varēja kaut ko pieskarties. Viņa ar roku pārbrauca pa stingro zaru, uz kura bija novietota.

Saulīte metās ar saviem stariem uz viņas pleciem. Viņa izvilka stikla šķembas no ādas un izvairījās skatīties uz leju.

Nekas netraucēja viņai sekot koka stumbra līnijai. Tā turpinājās bezgalīgi. Koks bija ļoti augsts, vismaz 145 metrus.

Grace apskatīja apkārtni, pārskatot to ar acīm. Koku aplis. Viņa instinktīvi un bez jebkāda loģiska iemesla saprata, ka viņas koks ir Karalis. Pārējie bija Bruņinieki. Viņa meklēja Karalieni, bet nespēja to atrast.

Viņa centās atcerēties visu, ko zināja par kokiem. Zināšanu koks. Faktoru koki. Binārie koki. Labā un ļaunā koks. Vēlmju koks. Ziemassvētku eglīte. Gudrības koks.

Viņa domāja par koku dievišķumu. Viņa iedomājās, ka, ja viņa atkal būtu maza meitene, šis būtu koks, kuru viņa apbrīnotu. Tas bija daudz vairāk nekā vienkārši krāšņs. Šis koks bija tik augsts, it kā varētu sasniegt pat Debesis, ja tās eksistētu.

Grace papurināja galvu. Viņas uzmanību novērsa koka krāšņums, bet viņai bija jāatrod veids, kā nokāpt lejā.

Nemaz nerunājot par gaļēdāju koku. Kāds koku tas bija?

Šī doma viņu nomocīja tikai uz brīdi, jo viņa atgāzās atpakaļ un vēroja, kā peld garām mākoņi. Viņa sajuta to klātbūtni sevī, it kā viņa peldētu pāri debesīm uz viena no tiem. Viņa aizmirsta visu pārējo, ko vajadzēja atcerēties, iedomājoties, ka viņa kāpj uz maršmelouveida, spilvenveida formas.

Viņa bija iekšā vienā no tiem, peldot, kad atkal aizmiga.

Saulīte jau bija gandrīz pazudusi, un horizonta malā parādījās krēsla. Viņa izstiepa ķermeni un nožāvājās, jūtoties mierināta. Pilnīgi aizmirstot, kur atrodas, bet tikai uz sekundi.

Zem viņas stāvēja koku aplis — bruņinieki — ar zarām pie sāniem. Tie visi bija miruši koki. Tomēr kokam, kurā viņa atradās, bija dažas lapas, un tas bija ļoti dzīvs.

Viņa sekoja sava koka stumbram līdz pat zemes virsmai. Viņa pamanīja, ka zeme pie stumbra pamatnes bija sakustēta. No koka veda svaigi izveidoti celiņi. Celiņi, kas veda uz citiem kokiem, bruņiniekiem. Šķita skaidrs, ka arī citi koki kādreiz bija dzīvi, bet bija novirzījuši savus barības un enerģijas avotus, lai glābtu karali. Viņi bija miruši par karala koka labā. Veikuši galīgo upuri.

Bet kāpēc?

Uz šo jautājumu Grace nebija atbildes.

Viņa paskatījās uz mēness seju. Tajā atspoguļojās Alberta Einšteina seja. Viņa pasmaidīja viņam, gandrīz gaidot, ka viņš izspļaus kādu formulu zinātnisko un matemātisko atbildi.

Viņu apņēma simetrija, kas bija redzama zaros un visās citās dzīves formās. Simetrijas pazīstamība bija mierinoša.

Lai gan tā nesniedza atbildes, tāpat kā Einšteina mēness.

E inšteins bija ierāmēts ar mirgojošām zvaigznēm. Tās mirgoja, atzīstot viņa ģeniālumu. Viņa juta mierinājumu, ka viņš uzrauga viņu.

Atverot savu prātu visam un visiem uzreiz.

Nesajūtot nogurumu, viņa meklēja atbildes debesīs. Ja viņa mēģinātu nokāpt, viņa varētu nokrist. Vai arī viņa varētu nokļūt līdz apakšai. Viņa varētu lēnām virzīties uz leju. Lēnām.

Ja viņa lēktu, viņa neapšaubāmi salauztu kaklu. Viņa nebija tik ļoti ieinteresēta atgriezties uz sauszemes, lai tur atrastos mirusi.

Viņa domāja par to, vai saukt palīgā, bet kas varētu viņai palīdzēt? Vincente? Nē, cik viņa zināja, viņš joprojām bija piesiets pie gultas.

Vai arī viņa varēja gaidīt. Varbūt tas, kas viņu nogādāja kokā, plānoja atgriezties pēc viņas? Varbūt tas nogādās viņu atpakaļ pie Vincente? Bet varbūt tas arī nogalinās viņu.

Viņa apskatīja koka simetriju; tas bija skaists mākslas darbs. Tas prasītu laiku, bet viņa varētu to izmantot kā kāpnes.

Viņa ieelpoja koka smaržu. Viņa nodrebēja, domājot, ka tas varētu būt olīvu koks, kas varētu apēst mirušu putnu. Koks, kas varētu uzspraust dzīvu upuri uz saviem zariem. Viņa nolēma, ka labāk kritīs uz zemes un sagaidīs savu galu, nekā tiks uzsprausta un apēsta.

Bija pārāk tumšs, lai sāktu kāpt uz leju. Grace bija pārliecināta, ka dienas laikā viņai veiksies labāk, lai gan viņa novērtēja ironiju, ka Einšteins bija tur, lai viņu vadītu.

Viņa atgūlās zaru apskāvienos un domāja par Vincente. Viņai viņš ļoti pietrūka. Pēdējā nedēļā viņi bija pavadījuši kopā katru brīdi, un viņš bija kļuvis par svarīgu daļu no viņas dzīves.

Viņa atpūtināja acis, izmantoja rokas kā spilvenu un izdomāja plānu: plānu, kurā bija iesaistīta ļoti liela cirvis.

22. NODAĻA

Sākoties jaunai dienai, Grace sēdēja nekustīgi un vēroja, kā tā aust, it kā viņa to redzētu pirmo reizi. Piespiesta savā nebrīvprātīgajā perspektīvā, viņa bija kā eņģelis uz milzīga koka, kas nekādi nelīdzinājās Ziemassvētku eglītei.

Viņa bija nomodā jau vairākas stundas, nogurusi no nekustīgas sēdēšanas, gaidot, kad radīsies kāda spoža ideja vai prātā ienāks jauns plāns, kā izkļūt. Visas nakts garumā viņa bija sūtījusi telepātiskas ziņas visiem matemātiķiem un zinātniekiem, kuri bija aizgājuši no zemes uz citu dimensiju. Viņa mudināja viņus sūtīt vai pārraidīt ideju viņai no jebkuras vietas, kurā viņi atradās, bet nekas nenāca.

Noraizējusies, Grace saprata, ka ir pilnīgi viena. Nav neviena, uz ko paļauties, izņemot sevi.

Viņa skatījās uz leju, uz leju, uz leju. Viņa šūpojās, cik vien varēja, uz zara, kas bija pierādījis savu spēju izturēt visu viņas svaru. Viņa atkāpās.

Tas bija garš ceļš uz leju, briesmīgi garš ceļš uz leju. Tajā brīdī viņas iztēle aizbēga. Viņa iedomājās, ka Vincente ierodas ar helikopteru, lai viņu glābtu. Viņš nokāpa pa lielu kāpnēm debesīs, un kopā viņi atgriezās dūkojošajā mašīnā. Viņi kaislīgi noskūpstījās, un tad pacēlās debesīs, kur varēja dzīvot laimīgi līdz pat mūža galam.

Grace bija dusmīga uz sevi par to, ka izdomāja tik bērniškīgas fantāzijas. Vincente nebija spējīgs viņu glābt. Viņš tagad nebija kontrolē! Kāds tas arī nebūtu, tas turēja viņu gultā, it kā viņš būtu seksa vergs.

Viņa kļuva arvien dusmīgāka un vicināja dūres gaisā, lai gan tas neko nelīdzēja. Nebija neviena, kas redzētu, kā viņa vicina dūres.

Tomēr kaut kur dziļi prātā daļa no viņas joprojām ticēja, ka Vincente var un glābs viņu. Viss, kas viņai bija jādara, bija gaidīt. Viņa zināja, ka tas ir muļķīgi, un zināja, ka tikai viņai ir spēks atgriezties uz zemes, taču viņa nespēja sevi pietiekami motivēt, lai sāktu kāpt uz leju.

Visu dienu viņa vēroja, kā saule spēlējas ar ēnām, dejojot starp zariem. Lapas smējās, gandrīz kā tās kutinātu, un viņa iztērēja veselu dienu, neko nedarot, lai palīdzētu sev.

Zvaigznes mirdzēja visapkārt, kad viņa aizmiga. Viņas prātā skanēja dziesma

"Hallaðu sveiflu, Gracie mín, á trjetoppi,

Þegar vindurinn blæs, sveiflan sveiflast.

Þegar greinin brestur, sveiflan fellur,

Og niður koma Gracie, sveiflan og allt."

Viņa pamodās ar satraukumu, atklājot, ka bija pārvietojusies uz pašas drošās vietas malu, kurā bija novietota. Viņa ar visu spēku satvēra stumbru un pārvietojās atpakaļ savā vietā, kamēr lapas ap viņu šķita čukstēt visas koku baumas, ko viņa bija palaidusi garām.

Viņa bija cerējusi, ka tas viss bija slikts sapnis. Mēģinot pārliecināt sevi, ka Vincente ieradīsies un viņu glābs.

23. NODAĻA

Nelaimīgā Grace raudāja, līdz vairs nespēja raudāt. Viņa iedomājās, kā būtu, ja viņai būtu spārni. Viņa varētu aizlidot prom no koka. Viņa varētu droši aizbēgt. Viņa varētu glābt Vincente, un kopā viņi varētu aizbēgt.

Kad saule atkal parādījās, Grace nolēma uzreiz sākt kāpt. Koks ar savām garajām zarām šķita stiepties pretī saulei, un uz brīdi Grace iedomājās, ka tas patiešām stiepjas pretī viņai ar koka pirkstiem.

Skats no vietas, kur viņa sēdēja, joprojām aizrāva elpu. Tas sniedzās tik tālu, cik acs varēja saskatīt. Viss bija nekustīgs. Nekas nekustējās, izņemot vieglu brīzi.

Grace jutās silti un droši, atpūšoties saules gaismas drošības tīklā. Gandrīz tā, kā viņa iedomājās, ka justos, ja atgrieztos mātes miesās. Viņa jutās kā viena ar pasauli, viena ar visumu. Un tomēr viņa bija vientuļāka nekā jebkad agrāk savā dzīvē. Kā tas varēja būt?

Grace jutās paralizēta no dziļas vēlmes ticēt spēkam, kas ir lielāks par viņu pašu, un pēkšņi saprata, kāpēc. Pirms fizikas, zinātnes un simetrijas, noteikti bija nepieciešamība pēc dvēseles. Nepieciešamība pēc dvēseles izdzīvošanas: vienas dvēseles. Vienas.

Viņa cieši apņēma savas ceļgali ar rokām un ļāva savam garam pārņemt visus savus maņus. Viņa bez šaubām zināja, ka atkal pieskarsies zālei pie šī koka, un viņa arī zināja, ka aizies prom no visa šī.

Vēl viena lieta, ko viņa zināja noteikti, bija tā, ka Vincente bija tikai zēns. Viņam nebija nekādu īpašu spēku vai spēju, kādas būtu, ja viņš būtu nemirstīgs. Viņš juta sāpes. Viņš varēja tikt ievainots. Un visvairāk Grace saprata, ka vīriešiem dažkārt ir nepieciešama palīdzība. Jā, pat tāds atlētisks un spēcīgs puisis kā Vincente dažkārt vajadzēja meitenes palīdzību.

Meitenes palīdzību, tādos brīžos kā šis.

Tādas meitenes palīdzību kā Grace Greenway.

Viņa sagatavojās nolaisties uz leju, cerot, ka zemāk esošās zaras izturēs viņas svaru. Zars saliecās kopā ar viņu un pat nedaudz iečīkstēja, bet izturēja.

Viņa nolaidās uz tās nedaudz tālāk, pamanot, cik neierasti viņai šķita nolaisties no koka. Viņa bija pārliecināta, ka, būdama maza meitene, viņa nekad nebija bijusi dabiska koku kāpēja. Piezīme sev, domāja Grace, ja kādreiz tev būs meita, noteikti uzcel viņai koku māju, kad viņa būs maza meitene, lai viņa varētu iemācīties pareizi kāpt.

Grace iedomājās sevi kā profesionālu koku kāpēju. Kādu, kas ir kāpusi daudzos kokos un darījusi to ar vieglu roku. Viņa saprata, ka, visticamāk, nekāpj kā profesionāls koku kāpējs. Nē, viņa domāja, viņš vai viņa izmantotu stumbru. Biezāko koku daļu, lai nodrošinātu stabilitāti.

Un tieši to viņa arī darīja. Viņa turpināja kāpt lejup, soli pa solim. Centimetru pa centimetram.

Viņa bija koncentrējusies. Viņai džinsos bija iespraukušās skabargas, un rokas asiņoja no tā, ka viņa turēja savu svaru uz raupjās mizas.

Kad viņa bija pārāk nogurusi, lai turpinātu kustēties uz leju, viņa apņēma koku ar rokām un kājām un atpūtās. Tad sāpes un pulsējošā asins plūsma sāka skanēt viņas smadzenēs, bet viņa bija pārāk nogurusi, lai klausītos, un tāpēc aizmiga.

„Vienkārši atlaid," klusi balss teica, kad viņa pamodās un atkal aizmiga. „Ir pienācis laiks, Grace, vienkārši atlaid."

Viņa turējās cieši, pat vēl ciešāk nekā iepriekš. Viņa pagriezās, ar rokām apklājot ausis, lai nedzirdētu balsi.

"Atlaid, Grace," teica balss.

Viņa arvien vairāk nogurst no turēšanās. Rokas un kājas pulsēja. Viņa izvairījās skatīties uz leju.

Viņa paslīdēja. Un nokrita.

Un milzīga skabarga iedzēlās viņas rokā, un asinis plūda, pilinot uz koku.

Viņa paskatījās uz plūstošajām asinīm un, neapjucot, atkal nolaidās uz leju.

Turpinot savu vienvirziena misiju uz leju, viņa noslaucīja asinis, kas bija uzsūkušās viņas drēbēs. Viņa apstājās, lai atgūtu elpu. Sāka atkal kustēties. Tiklīdz viņa atgriezās savā sarkanajā nolaišanās ceļā, asinis sāka plūst vēl vairāk, palīdzot gravitācijai virzīties uz leju.

Grace's asins pilieni mirdzēja un dejoja saules gaismā kā safīri.

Viņa vairs nevarēja turpināt nolaisties. Viņa ilgojās pēc drošības augšā, kur varētu atpūsties. Viņa saprata, ka ir pavirzījusies diezgan tālu uz leju pa koku. Jā, vēl bija tāls ceļš uz leju, bet viņas sirdī atkal bija atdzīvojusies cerība.

Viņa to izdarīs.

Viņa izpletās gar koku stumbru, cik vien varēja. Viņa atpūtināja kājas, apvijot tās ap tuvējām zarām. Viņa izskatījās kā kliņģeris, bet turējās, un bija lepna par saviem panākumiem.

Viņas prāts sāka klīst, un viņa saprata, cik ļoti viņai gribas dzert un ēst. Viņa turējās pie dzīvības un centās koncentrēties uz citām lietām. Viņa iedomājās Vincente, kāds viņš izskatījās, kad pirmo reizi pamodās. Kā viņš vienmēr ar pirkstiem izķemmēja matus. Kā viņa seja izgaismojās, kad viņš smaidīja. Kā viņa kobalta zilas acis šķita skatīties dziļi viņas dvēselē.

"Vincente!" viņa sauca, "Vincente!"

Viņa bija sajukusi prātā — vai gandrīz sajukusi —, kad viņa sauca nevienam: "Kad es izkļūšu no šī koka, es ēdu tikai koku mizu — mmm, garšīgi!" Viņa smējās kā traka sieviete.

Pastāvīgā saules iedarbība bija izkausējusi viņas smadzenes. Viņa turpināja smieties bezrūpīgi, līdz kaut kas dīvains notika ar koka stumbru: tas elpoja.

Viņa gribēja atlaist. Viņa gāja pa smalku līniju. Noteikti, viņa zaudēja prātu. Viņa domāja, ka varbūt bija nepareizi interpretējusi tā darbības. Viņa pārvērtēja lietas un nolēma, ka tas bija drīzāk kā nopūta. Koks bija nopūsties.

Koki, kas kalpoja citiem kokiem. Koki ar gaļēdāju vajadzībām.

Koks šķaudīja.

Tas bija īss un ātrs šķaudījums, ne pārāk skaļš un ne pārāk garš. Grace domāja, vai koka sirds apstājas, kad tas šķaudīja. Viņa savaldīja sevi, pilnībā saprotot, ka kokiem nav sirds.

Apskāva stumbru, lai glābtu dzīvību, un zaudēja samaņu.

Grace nebija pārliecināta, kas ar viņu notika, pirms viņa pamodās. Viņa varēja just, kā koks pulsē. Viņa varēja just, kā tā sirds pukst un pukst un pukst caur biezo koksni. Viņa saprata, ka ir jāatrod tā mute, lai neļautu sev kļūt par koka uzkodu.

Viņa iedomājās muti, kurā bija iemests mirušais putns. Ņemot vērā šī koka izmērus salīdzinājumā ar šo, tā bija ārkārtīgi liela mute. Tās mute noteikti bija krāteris.

Tad viņai ienāca prātā ideja. Neapsverot sekas, viņa izvilka no koka lielu skaidu un iedūra to savā augšdelmā. Asinis plūda, nolaižoties pa koka stumbru. Sākumā tās bija tikai dažas atsevišķas pilītes, bet drīz pilītes apvienojās lielā asins recekļā.

Viņa vēroja, kā tas plūst lejup, lejup, lejup pa koku, un tad notika tas, ko viņa bija cerējusi un baidījusies.

No plašā cauruma izspraucās milzīga, melna mēlesveidīga lieta, kas kustējās kā čūskas mēle. Tā mirgoja un vērpās, visu laiku laizot un barojoties ar Grace's asinīm.

Kad asinis bija izsūktas, mēle sāka kāpt augstāk un augstāk pa stumbru, meklējot. Tā joprojām bija izsalcis.

Grace turējās ar visu savu spēku. Viņa negribēja tagad nokrist, ne tad, kad tas tur gaidīja viņu.

Viņai bija nepieciešams plāns B.

24. NODAĻA

Turoties pie koka stumbra, lai glābtu dzīvību, viņa savāca sevi, nomierinot elpu, kas kļuva arvien sekla. Viņa bija izmisīgi vēlējusies nokāpt. Izglābties no briesmām. Un viņa bija izmisīgi vēlējusies atbrīvoties.

"Grace."

Šoreiz viņa pacēla acis, kad dzirdēja, ka viņu sauc.

Neteik man, viņa domāja, ka arī koks var runāt un ka tas zina manu vārdu. Neteik man to!

Viņa bija dehidrēta. Viņa bija izsalusi un izsmelta. Lai gan viņa bija mazliet pagulējusi, tas nebija tāds miegs, kāds viņai bija nepieciešams.

"Tu vienmēr biji spītīga bērna," teica balss.

Tā bija vīrieša balss. Vīrieša balss, kurš bija apmeklējis viņu slimnīcā. Vīrieša balss, kurš gāja bojā autoavārijā pirms gadiem. Viņas tēva balss.

Viņa zaudēja prātu. Šoreiz par to nebija šaubu. Viņa noteikti zaudēja prātu.

"Grace," viņš čukstēja.

Kad viņa nereaģēja uz viņa klātbūtni, viņš atkārtoja viņas vārdu vēl un vēlreiz. Vai varbūt tas bija vējš. Vai tas bija tikai vējš, kas sauca viņas vārdu?

"Vienkārši atlaid," teica viņas tēvs. "Tas nav pareizi tev un tam zēnam. Viņš arī nav piemērots tev."

Atsauce uz Vincente piesaistīja viņas uzmanību.

Viņas tēvs pasmējās. "Grace, klausies mani. Tu un Vincente neesat viens otram paredzēti. Viņš ir uz cita ceļa. Vienkārši atlaid. Atlaid šo brīdi un šo vietu."

"Nerunā par Vincente. Tu viņu pat nepazīsti."

"Grace, es nevaru tev pateikt, ko es zinu un kā es to zinu, bet maksājumi ir jāsamaksā, un cena ir pārāk augsta tev. Turklāt tevi manipulē, lai labotu pagātni."

„Kā?"

„Es nevaru tev pastāstīt visu, ko zinu. Tu to uzzināsi savā laikā, bet es tev iesaku tagad atteikties. Atvainojies tagad. Tad atlaid. Tu esi tikai bērns, nevainīga. Pagātne nav tava, lai to dzēstu. Atlīdzība nav tava, lai to veiktu."

„Es... es nesaprotu."

„Tu sapratīsi, bet tad jau būs par vēlu. Lūdzu, atlaid. Dari to tagad. Tas ir vienīgais veids, kā atbrīvoties no likteņa."

Viņa vēl ciešāk satvēra koku stumbru. Tas nebija loģiski.

„Vienkārši atlaid," viņš čukstēja.

Viņa joprojām turējās. Dodot visu, kas viņai bija. Viņa vairs nevarēja izturēt viņa piespiedu, manipulējošos vārdus.

Viņa savāca visas savas spēkus un sāka atkal lēnām nolaisties, centimetru pa centimetram. Viņas izdzīvošanas instinkti bija iedarbojušies, un viņa cīnījās pretī.

"Grace, vai tu mani neklausies? Tu esi stulba, stulba meitene!"

Kaut kas eksplodēja Grace's galvā, un viņa mentāli lika viņam klusēt. Visā šajā laikā viņa turpināja savākt spēkus un virzījās tālāk un tālāk pa koku stumbru.

Viņa vairs nebija nobijusies. Viņa nebija vāja. Un viņa nepadotos bez cīņas.

Ignorējot savu divkosīgo tēvu, Grace's prātā veidojās plāns. Viņa vilka visus savus apakšdelmus gar asajām zariem, atverot brūci pēc brūces un ļaujot asinīm izplūst.

Nokritusī asins veidoja lielu asins recekli, un viņa zināja, ka tas atmodinās izsalkušo muti. Viņa nolaidās tieši virs vietas, kur to bija redzējusi iepriekš, izvērtējot savas iespējas. Tas bija riskanti, bet atrisinātu divas problēmas vienlaikus. Viņai nebija citas izvēles.

Kad sāļie pilieni tuvojās melnajai mēlei, tā tos kāri nolaizīja. Un tad sāka meklēt augšup, lai atrastu vēl. Tā bija ļoti alkatīga mēle, kas kāroja pēc Grace's asinīm.

Viņa ļāva jaunai pilienu grupai izplūst no brūces, vērojot un gaidot perfektu brīdi, kad mēle bija novietota, gaidot nākamo pilienu — un tad viņa uz to nosūtītu bumbu.

Viņas tēvs joprojām viņu pārmeta. Grace turpināja viņu ignorēt. "Viņam patīk tava asinis, Grace," čukstēja balss tālu virs viņas.

Tas nebija viņas tēvs. Tā bija mazas meitenes balss.

Grace paskatījās uz augšu un atpazina meiteni. Tā bija tā pati, kas pagājušajā dienā stāvēja ceļa vidū. Grace bija pagriezusies ar auto, lai izvairītos no viņas. Meitene sēdēja drošībā zaru ligzdā, no kuras Grace bija sākusi savu ceļojumu, un vērpa sarkano lenti uz savas baltās naktskreklas ap un ap saviem pirkstiem.

Grace pamirkšķināja acis, lai meitene atkal pazustu, bet šoreiz viņa palika.

"Palīdzi man, Grace," viņa teica.

"Kas tu esi? Kā tevi sauc?"

Viņa pasmējās. "Tu mani pazīsti, Grace. Tu neatceries?"

Grace papurināja galvu. Mēģināja atrast atmiņas.

Tad meitene ļoti klusi teica: "Es esmu akords."

Grace uzreiz sajuta nožēlu, skumjas un mīlestību pret bērnu.

Mazā meitene šūpojās uz zara malas kā marionete un dziedāja

„Es esmu sieviete, kas velk,

Es esmu kliedziens;
Es esmu slepenā balss,
Es esmu nopūta;
Es esmu tā, ko dzird
Zemā krēslas stundā;
Putni atbild ar dziesmu,
Ziedi muskusa smaržā;
Es esmu tā sāpīgā auga,
Kas izdod skaņu,
Kad vientuļš putns klīst
Pie tumšajiem ūdenskritumiem;
Es esmu sieviete-zīmētāja,
Neiet garām;
Es esmu slepenā balss,
Dzirdiet manu raudu;
Es esmu spēks, ko nakts
Zaudē ārzemēs;
Es esmu dzīves sakne;
Es esmu akords." *

Grace, apburta ar mazas meitenes balss saldumu un tās skaistumu, izstiepa roku pret viņu.

Mazā meitene pabeidza dziesmu. „Atceries, Grace, dažiem tiek dota, bet dažiem atņemta. Atceries." Mazā meitene nokāpa no koka zara gala.

Grace's kliedziens bija vienīgais dzirdamais skaņas.

Izņemot spārnu vēzienu, kad mazā meitene pārvērtās par vārnu un aizlidoja.

25. NODAĻA

Nespējot atšķirt faktus no izdomājumiem, Grace mierinājumu atrada miegā. Līdz brīdim, kad viņa pamodās, un viss atkal atgriezās.

Viņa tikko spēja turēties pie koka un savā prāta stāvoklī.

Pa labi kaut kas mazs un zaļš šūpojās un svārstījās. Tā bija olīva, kas bija gandrīz sasniedzama.

Viss, kas viņai bija jādara, bija nedaudz pārvietot savu svaru un nedaudz pagriezties, tad sasniegt to, kā to darītu cirkā gumijas sieviete. Viņas vēders kurnēja. Viņa bija izmisis pēc barības.

Kad viņa pārvietojās uz to pusi, uz brīdi viņa apstājās. Kaut kas dziļi viņas sirdī to uzskatīja par aizdomīgu. Vai tas bija pēkšņi parādījies, vai arī viņa to iepriekš nebija pamanījusi? Kāds absurds! Tas bija pārāk daudz, lai viņa to pieņemtu. Atkal Grace domāja, vai viņa zaudē prātu.

Mans, viņa domāja.

Viņa piegājās tam tuvāk, sasniedzot to arvien tālāk, neapdraudot savu drošību, līdz olīva bija viņas rokās.

Viņa to izvilka.

Tā gandrīz atdalījās, un tad koks sāka kratīties, gandrīz kā krampjos. Viņa paskatījās tieši zem sevis un ievēroja smaili zaru, kas bija vērsta tieši uz viņu. Ja viņa tagad nokristu, viņa tiktu uzsprausta uz zara tāpat kā tas nabaga krauklis.

Grace cīnījās, lai turētos. Viņa ar visu spēku, ko varēja savākt rokās un kājās, piekļāvās pie trīcējošā koka. Tagad viņa sēdēja uz koka.

Pēkšņi trīcēšana pārvērtās kaut kas cits. Koks bija krampjos. Tas bija milzīga dusmu uzplūda vidū. Vai tas bija sāpes? Grace zināja, kas ir sāpes. Viņa atcerējās, kā tās lika viņai zaudēt kontroli pār visu, pat pār savu cilvēcību.

Koks uz brīdi apklusa, bet tad sāka trīcēt vēl spēcīgāk.

Grace domāja par piecām maņām. Tā kā šim kokam bija mute, lai ēst, un mēle, lai garšotu, viņa domāja, kādas citas cilvēciskas īpašības tam vēl varētu būt? Vai tam bija sirdsdarbība? Vai tas jutās?

Viņa noliecās uz priekšu un ieelpoja dziļi, izelpojot uz koka stumbra. Tas šķita palīdzēt, kaut arī tikai uz brīdi.

Viņa izmēģināja kaut ko citu. Viņa glāstīja tuvāko zaru. To, uz kura bija olīva. Glāstot zaru, viņa domāja par to, cik pateicīga viņa ir par to, ka ir dzīva.

Un Grace saprata, ka koks bija novērsuši viņas uzmanību no tā augļu, tā bērna, lasīšanas. Tas bija vienīgais, kāpēc tas dzīvoja.

Galu galā tas nebija karaļa koks. Karalis bija nosūtījis savus torņus, lai glābtu šo koku, karalieni. Viņa bija cerība. Viņa bija nākotne.

Un tagad arī viņa mira.

Grace uzmanīgi nokāpa lejā, vairs neinteresējoties par olīvu. "Man tik ļoti žēl," Grace teica skaļi. "Tik ļoti žēl."

Asaras ritēja pa viņas vaigiem, no sejas uz leju, un krita uz zemāk esošajām zariem. Drīz zari pagriezās uz leju un vairs neapdraudēja viņu. Tad viss kļuva kluss. Viss bija mierīgs. Un Grace zināja, ka ļoti drīz viņa atkal būs kopā ar Vincente.

Grace atgriezās pie koka stumbra un atpūtās. Viņa bija izsmelta, neērti jutos un izsalusi kā nekad agrāk, bet viņai nebija žēl.

Koks sāka klepot. Tad koks sāka šķaudīt. Grace sāka krist uz leju. Tas bija tā, it kā viņas pirksti būtu iemērkti sviestā. Viņa nespēja turēties.

Viņa paskatījās uz nakts zvaigznēm, uz Einšteina mēness seju, un viņai bija vienalga, kas notiks. Viņa bija samierinājusies ar to, jo bija darījusi visu, ko varēja, lai nodrošinātu savu izdzīvošanu.

Viņa noslīdēja nedaudz tuvāk zemei.

Viņa pamanīja, ka zari ap viņu griežas. Virpuļo. Zari, kas reiz bija vērsti uz debesīm, tagad noliecās, žestikulējot viņas virzienā.

Viņa noslīdēja tālāk, labi apzinoties, ka arī koks mirst.

Kamēr koks vērpās sporādos spazmos, Grace slīdēja un slīdēja, visu laiku vērojot bezgalīgo debesi un virpuļojošos mākoņus virs galvas, kas turpināja kustēties, nepievēršot nekādu uzmanību pasaulei.

Nervozās, plānās zaras čīkstēja un sāpēja, gaidot savu galu.

Drīz saule sāka celties pie horizonta un izplatīja savus starus uz vērpjoties koku, piepildot to ar delikātu, harmonisku gaismu, līdz zari sasildījās un apstājās.

Kad saules gaisma skāra koku, iespējams, pēdējo reizi, zari saliecās, noliecās un salocījās, veidojot kāpnes. Kāpnes, kas aizvedīs Greisu atpakaļ uz zemi.

Viņa noņēma slapjās rokas no koka stumbra un uzmanīgi uzkāpa uz pirmā pakāpiena. Tas viegli izturēja viņas svaru. Viņa ātri pārvietojās pa tiem, viens pēc otra, stabilizējot sevi, kad nepieciešams, piekļaujoties pie koka stumbra.

Zem viņas varēja redzēt zāli. Viņa bija gandrīz klāt. Tas bija sacensības ar saules stariem: vai Grace nokļūs tur pirms tie sasniegs zemi? Kurš nokļūs pirmais?

Kad Grace nokāpa, viņa un saules gaisma vienlaikus skāra zemi. Viņa smējās, kad zāle kutēja viņas kājas, un baudīja zemes un muskusa smaržu.

Viņa stāvēja zem milzīgā koka un rādīja uz debesīm.

Sākumā viņa bija nevēlama viesis pie šī koka, bet tagad bija tā, it kā viņa atstātu sen zaudētu draugu. Koka zari bija saliekti un savīti, un tā stumbrs liecināja, ka tas vairs ilgi nestāvēs.

Dzirdējās skaļš čīkstens, un tad zemes satricinošs krakšķis, kad kāpnes sāka lavīnveidīgi krist uz leju. Tās sasniedza zemi, lēkājot kā bērns uz batuta, un pēc tam sekoja koka krusa, šķembas izlidoja visur, kā šķembas.

Grace stāvēja nekustīgi, pārāk nobijusies, lai kustētos, kamēr karaliene nokrita pie viņas kājām savā pēdējā atdusas vietā.

Viena maza lieta joprojām bija kustībā. Nokāpa.

Viņa noķēra olīvu ar roku, ielika to kabatā un devās meklēt Vincente.

Ceļā uz mājām viņa jutās apmulsuša un izsmelta, taču laimīga, ka ir dzīva.

Drīz vien viņa saprata, ka atrodas pavisam netālu no mājām. Kad viņa ieraudzīja savu māju, viņai izplūda asaras. Viņa nevarēja apstāties, atvēra durvis un devās uz augšu, kāpjot pa to, kas bija palicis no salauztās kāpņu telpas. Augšā viņa iešņukstējās, saprotot, ka smaržo slikti. Viņa ātri nomazgājās dušā, pārģērbās un iztīrīja brūces.

Tad viņa atvēra guļamistabas durvis (tās vairs nebija aizslēgtas) un ieraudzīja Vincente, kas joprojām bija piesiets pie gultas. Viņš bija tieši tajā pašā pozā, kādā viņa viņu bija atstājusi. Sākumā viņa baidījās, ka viņš ir miris.

Kad viņa noliecās uz viņa krūtīm, viņa sajuta viņa elpu uz savas kakla aizmugures. Viņa dzirdēja viņa sirdsdarbību.

Viņa noskūpstīja viņa acis, vaigus, pieri un muti. Viņa pamodināja savu skaisto prinči. Atgriezās viņu atpakaļ dzīvē. Asaras ritēja pa viņas vaigiem.

Vincente atvēra acis. "Es sapņoju?"

Grace neatbildēja. Viņa vienkārši noskūpstīja viņa saldajās lūpās, atkārtoti. Tad viņa uzkāpa gultā pie viņa, apņēma viņa kaklu ar rokām un aizmiga.

26. NODAĻA

Joprojām cieši turoties pie koka stumbra, Grace pamodās. Ārā joprojām bija pilnīga tumsā. Bailēs kustēties, viņa turējās vēl ciešāk. Tad viņa sajuta karstu elpu uz pieres. Viņa satrūkās. Piesita.

Stumbrs kustējās.

Viņa dzirdēja tā sirdsdarbību.

"Es varētu pierast pie tā."

Grace iesaucās.

"Vai tu esi kārtībā, Grace? Pamodies!" teica Vincente.

Viņa atkāpās un paskatījās tieši viņa bārdainajā sejā. Lai gan bija tumšs, viņa redzēja, ka ir kopā ar Vincente. Viņa bija atgriezusies mājās, un viņi atkal bija kopā.

Viņai bija sapnis sapnī, bet tas bija īstenība. Viņa cieši apskaidroja viņu.

"Es droši vien izskatos diezgan slikti," teica Vincente.

"Man tu izskaties skaisti."

"Ah, tu droši vien to saki visiem puišiem, kurus atrod pie gultas piesietus. "

"Jā, es vienmēr saku viņiem, ka viņi ir ļoti skaisti, lai viņi ļautu man darīt ar viņiem, ko es gribu." Viņa pasmējās.

"Mums jāpārrunā, kas šeit notika un kas notika, kad tu biji... prom."

"Es tagad negribu par to runāt, Vincente. Varbūt es nekad negribu par to runāt."

"Tā ir tava izvēle, Grace, bet es ceru, ka kādu dienu tu man to pastāstīsi."

"Tas bija briesmīgi un brīnišķīgi vienlaikus."

"Ja tu mani atraisīsi, varbūt es varēšu nomazgāties un pārģērbties. Tad mēs varēsim parunāt."

Viņa atrada virtuves šķēres un atraisīja Vincente. Tur, kur viņu bija sasējušas virves, bija sauss asinis, bet griezumi izskatījās dziedēti.

Kad viņš bija atbrīvots, viņa palīdzēja viņam piecelties, bet viņa kājas izpletās zem viņa.

„Es to saprotu," teica Vincente, lēnām izkāpjot no istabas. Viņa sekoja viņam, atvēra vannas istabas durvis un sāka kāpt pāri drupām, lai atkal nokļūtu pirmajā stāvā.

„Mamma saglabāja visas mana brāļa drēbes. Paskaties, vai vari atrast kaut ko, kas tev der." Vincente pamāja ar galvu un aizvēra vannas istabas durvis aiz sevis. Viņa dzirdēja, ka duša sāk darboties, un bija gatava pagatavot brokastis.

Virtuvē Grace nolēma sagatavot pikniku. Viņa izvēlējās vietu dārzā. Tad uzvārīja kafiju un paņēma krūzes un cukuru. Ielika maizi no saldētavas tosterī, paņēma marmelādi, vegemītu, zemeņu ievārījumu un sviestu no ledusskapja. Tad pagatavoja omleti un visu iznesa ārā.

Tas bija pikniks, bet trūka salvetes un galdauts. Viņa pārskatīja atvilktnes un atrada abus. Viņa visu sakārtoja, lai izskatītos skaisti, un pat novietoja vāzi ar kaltētiem ziediem galda vidū.

Kad viņa ieraudzīja kustību virtuvē, viņa sauca Vincente: "Es esmu šeit!" Un kad viņš iznāca, viņa iesaucās: "Pārsteigums!"

Sākumā viņi ēda klusējot.

Vincente paskatījās uz Greisu un pirmo reizi ieraudzīja viņu pavisam citādā gaismā. Līdz šim viņš bija redzējis viņu no attāluma, lai gan viņa bija bijusi tepat blakus. Iespējams, tāpēc, ka iepriekš viņš bija bijis akls pret viņu. Kopš tā laika viņa bija parādījusi spēku un drosmi, kā arī dzīvesprieku, ko viņš iepriekš nebija pazinis. Viņa skūpstījās dziļi, it kā skūpstītos ar sirdi, un viņš zināja — vienmēr bija zinājis —, ka viņa viņu mīl. Tomēr viņš nebija domājis, ka jūt to pašu. Līdz šim brīdim.

„Es nekad nebiju domājis, ka kafija var būt tik garšīga," teica Vincente, mēģinot mainīt domas gaitu.

Bet viņa dziļās jūtas izpaudās, un viņš noliecās pāri segai un maigi noskūpstīja Greisu uz lūpām.

Viņas ķermenis pakļāvās viņam, un viņi abi skūpstījās dziļi un nepārprotami. Vincente atbrīvoja Grace's seju no matiem un cieši piespieda viņu pie sevis. Viņš klausījās viņas sirdsdarbībā, kas ritēja sinhroni ar viņa sirdsdarbību, un viņu pārņēma tāda mīlestība, kādu viņš nekad agrāk nebija izjūtis.

Vincente skatījās viņai acīs, runājot. "Kad tu biji prom..."

Viņa mēģināja pārtraukt viņu, gribēdama kaut ko pateikt. Viņš zināja, ka viņa negrib runāt par to, kas notika, kad viņi bija šķirti, bet tas nebija tas, ko viņš gribēja teikt.

Viņš uzlika savu rādītājpirkstu uz viņas lūpām un teica: "Šššš." Viņam bija jāpasaka viņai tagad, pirms viņš zaudēja drosmi. "Kad tu biji prom, es sapratu dažas lietas, no kurām vissvarīgākā ir tā, ka es tevi mīlu."

Viņa ieelpoja. Tas bija nevaldāms.

Viņš atkal pamāja viņai klusēt.

"Ne tik sen, es tevi trāpīju pa galvu ar kriketa bumbu, un tu zaudēji samaņu. Es biju noraizējies par tevi, bet uz mirkli domāju: "Kas tagad man palīdzēs ar matemātikas mājasdarbu?" Es biju egoists, es zinu. Pilnīgi."

Atkal viņa gribēja pārtraukt viņu. „Tad es novēroju tevi, muļķīgo meiteni, kas vienmēr skatījās uz mani dīvaini, kas dažkārt sekoja man ar acīm. Kas acīmredzami bija iemīlējusies manī..."

Viņa izdarīja sejas izteiksmi, dzirdot šo piezīmi, un sajuta apmulsumu. Brīnījās, kāpēc viņš neapstājās pie „es esmu iemīlējies tevī". Tas būtu bijis tik perfekti.

Viņš turpināja: „Tu palīdzēji man matemātikā. Tu biji galvenais iemesls, kāpēc es paliku komandā, bet es tev nebiju pateicīgs. Ne īsti. Man šķita, ka tu man to kādā veidā esi parādā. Man šķita, ka visi man ir parādā. Toreiz es biju citāds. Bet es esmu mainījies. Tu esi mani mainījusi. Tagad, kad es skatos spogulī, es redzu vīrieti, kurš darītu jebko tavā labā. Vīrieti, kurš vēlas būt kopā ar tevi, un es nedomāju tikai šodien vai rīt, bet vienmēr un uz visiem laikiem. Tu varbūt domā, ka es neesmu tavs tips, un tu varbūt domā, ka tu neesi pietiekami laba man, bet godīgi sakot, es neesmu pietiekami labs tev! Agrāk es vienkārši darīju to, ko no manis gaidīja, neuzdot jautājumus. Es satikos ar meiteni, ar kuru no manis gaidīja, ka es satikšos. Es biju stereotipisks sportists, un es neesmu lepns to teikt. Tu, Grace, liec mani domāt par rītdienu, mūsu rītdienu, mūsu nākotni, un es nevaru gaidīt, kad varēšu dalīties ar tevi visā.

Grace juta, kā asaras rit pār viņas seju. Viņa bija gaidījusi gadiem, lai Vincente teiktu viņai šos vārdus, un tagad, kad viņa tos dzirdēja, viņa šaubījās par viņu un teica: "Bet Vincente, varbūt tu tā jūties tikai tāpēc, ka mēs esam vienīgie divi cilvēki, kas palikuši? Zini, it kā mēs būtu ieslodzīti uz neapdzīvotas salas, un pat visvienkāršākā meitene pēc kāda laika sāk izskatīties labi."

Viņas reakcija uz viņa mīlestības apliecinājumu bija kā pliests pa seju. Viņa vēlējās atsaukt savus vārdus, bet bija jau par vēlu. Bojājums jau bija nodarīts.

"Klausies, Grace, es zinu, ka tu baidies, un tagad tu mani atgrūž. Nu, es arī baidos, tāpēc nemēģini mani atgrūst ar to "vienkāršākā meitene" lietu. Tas pilnīgi pazemo visu, ko es tev tikko teicu, un neatkarīgi no tā, ko tu saki un ko tu dari, es vienmēr tevi mīlēšu. Es tevi mīlu, Grace."

"Es tevi arī mīlu, Vincente."

Viņi krita viens otra apskāvienos, un šoreiz skūpsti bija karsti. Viņi dzēra viens otru, kā divi alkoholiķi, kas mēnešiem ilgi nebija dzēruši. Viņu kaislība piepildīja gaisu.

Vincente pirmais atkāpās. Viņam nebija izvēles, viņam bija jāatkāpjas, citādi viņi ietu pārāk tālu, pārāk ātri.

"Kur tu iemācījies tā skūpstīties?" viņš jautāja, glāstot viņas muguru un sajūtot viņas karstās ādas dedzināšanu uz saviem pirkstiem.

Grace pazemināja plecus. Viņa vienkārši atbildēja uz viņa kaislību. Viņi mēģināja atgriezties pie ēdiena, bet garša uz viņu lūpām, viens otra garša, lika visam pārējam šķist garšvielām.

Kad iestājās nakts, viņi guļās uz segas un skatījās uz zvaigznēm, kas mirgoja virs viņiem, turēja rokas un skūpstījās. Tā bija perfekta pasaule; pasaule, kas radīta tikai diviem.

Grace paskatījās uz Vincente, kurš gulēja blakus viņai. Viņu kājas bija savītas, un viņa nespēja atbrīvoties, neiztraucējot viņa miegu. Viņa zināja, ka viņai noteikti ir slikta elpa, bet neko nevarēja darīt, tāpēc vienkārši skatījās, kā viņš guļ. Viņa krūtis cēlās un nolaidās, un viņš izskatījās mierīgs. Viņš izskatījās apmierināts.

Viņa jutās eiforiska. Pat savos visdrosmīgākajos sapņos viņa nebija iedomājusies, ka viss izvērsīsies tā, kā izvērsās. Vincente Marino bija iemīlējies viņā, un viņa bija iemīlējusies viņā.

Vincente pamodās un nožāvājās. Viņa elpa pieskārās Gracei. Tā bija salda, un viņa cerēja, ka arī viņas elpa ir salda, jo zināja, ka viņai ir viņa garša.

"Cik ilgi tu esi nomodā?" Vincente jautāja.

"Ne ilgi. Tā bija skaista nakts, un tagad mums priekšā ir brīnišķīga diena. Ko mums darīt?"

"Pirmkārt, manuprāt, mums jāpārrunā mūsu attiecības," sāka Vincente. "Par to, kur mēs gribam nonākt un cik ātri. Pagājušajā naktī es tevi ļoti gribēju, bet nebija skaidrs, cik ātri tu gribi virzīties uz priekšu. Kamēr tu biji prom, es daudz domāju par mums. Es ilgojos tevi apskāvienot. Tas, godīgi sakot, man deva spēku turpināt. Sapņot par mums, par mūsu saikni."

"Es domāju, ka mums jāiet lēnām."

„Es esmu par to, ja vien tu apsoli man pateikt, kad būsi gatava."

„Kad es būšu gatava, tu būsi pirmais, kas to uzzinās!" Grace teica ar smaidu, un viņi apskāva viens otru un maigi noskūpstījās.

Viņi sakārtoja piknika piederumus un devās iekšā.

„Es domāju, ka mums šodien vajadzētu doties tālāk," teica Vincente. „Jā, es domāju, ka mums vajag jaunu sākumu. Bet kur?"

"Kaut kur īpašā vietā, un es domāju, ka zinu precīzu vietu."

"Kur? Pastāsti man!"

"Nē, tev jāpagaida, līdz mēs tur nonāksim. Tikmēr es iepakošu dažas lietas. Ja vien tu nevēlies, tu zini..." Viņš smaidīja, skatīdamies uz kāpnēm.

Viņa piegāja pie viņa, uzlika rokas uz viņa pleciem un paskatījās viņam tieši acīs. "Vincente Marino, lai mums būtu pilnīgi skaidrs, es esmu gatava, vēlos un varu. Bet es negribu, lai tas notiktu šeit un tagad. Ne šajā vietā. Bet kādu dienu, drīz."

Viņš noskūpstīja viņu un sāka virzīties cauri drupām uz mājas augšējo stāvu. Viņš pagriezās pret viņu un teica: "Kad sakravāsi mantas, paskaties, vai vari atrast lielu cirvi, gadījumam, ja sastapsim vēl kādus trakus kokus."

"Tā darīšu."

27. NODAĻA

"Kad tu pirmo reizi saprati, ka mīli mani?" Vincente jautāja, kad viņi devās pa Parramatta Road uz Sidnejas centrālo biznesa rajonu.

"Es mīlēju tevi no pirmā acu uzmetiena," viņa atzina.

"Taču tā nebija īsta mīlestība, vai ne? Tā bija iemīlēšanās. Aizrautība. Es domāju, kad tu saprati, ka patiesi mīli mani kā personību? Kā reālu personu?"

Viņš nevarēja iedomāties, ka mīlestība no pirmā acu uzmetiena var būt īsta. Viņš to nekad nebija izjūtis. Nezināja nevienu, kas nebūtu filmā vai lugā, kurš būtu izteicis, ka mīlestība var būt tūlītēja.

Viņa uzlika savu roku uz viņa rokas, kas atradās uz pārnesumkārbas.

Viņš uz viņu paskatījās dīvaini. Viņa šķita neērti, bet viņai bija skaista balta, gandrīz ziloņkaula krāsa kakla.

"Man nav neviena cita, Vincente. Nekad nav bijis. Mana sirds ir tik pilna ar tevi, ka tajā vienkārši nevar būt neviens cits. Es tevi dievinu."

Viņš apstājās un piegājās viņas kailajai baltajai kaklai. Viņa zobi bija vēsi, kad pieskārās viņai, un tad sāka dedzināt. Viņas sirds pukstēja tik ātri, ka viņa domāja, ka tā izlēks no krūtīm, un viņa jutās karsta visā ķermenī, jo gribēja viņu apēst.

Pēc dažiem mirkļiem viņi atguva pašsaprotamību un sāka braukt tālāk. Ielas bija pārpildītas ar izdegušiem transportlīdzekļiem, izņemot vienu Land Rover. Vincente apstājās blakus tam, un abi to apskatīja tuvāk. Tas bija gandrīz jauns, ar baltiem ādas sēdekļiem un daudz vietas aizmugurē, kur novietot ieročus un mantas.

Vincente pagriezās atslēgu aizdedzes slēdzenē, un motors uzreiz iedarbojās. „ Es domāju, ka šis ir labāks par mūsu auto, daudz plašāks un uzticamāks, un mums vajadzētu... to paņemt.”

Greisei nepatika doma par auto zādzību, bet bija loģiski iegādāties kaut ko lielāku un piemērotāku viņu vajadzībām. "Es brīnos, kāpēc šis auto nav izdegušs kā pārējie?” viņa jautāja. Vincente paraustīja plecus, un abi sāka pārvietot savas mantas no otras mašīnas uz Land Rover.

Benzīna bija palicis nedaudz, bet ne daudz. Vincente nolēma apstāties nākamajā degvielas uzpildes stacijā un uzpildīt degvielu.

Grace kopā ar Vincente iegāja iekšā un paņēma kasti ar ūdeni un dažas citas lietas, ko ņemt līdzi.

„Kur mēs braucam?" Grace atkal jautāja, kad viņi šķērsoja Sidnejas ostas tiltu.

Vincente pasmaidīja. Viņš bija ļoti apmierināts ar kaut ko. Grace bija ļoti ziņkārīga un satraukta.

Vincente mainīja tematu. "Mums paveicās, ka atradām šo automašīnu. Tā ir ļoti labā stāvoklī un mūs nogādās jebkur, kur mums jābrauc."

"Mums vēl vairāk paveicās, ka tev ir autovadītāja apliecība."

"Nu, tehniski man tās nav," Vincente teica, skatoties uz Greisu. "Bet kas mani apturēs?"

Grace domāja par viņu situāciju. Viņai bija grūti noticēt, ka kaut kur citur, visā valstī vai citā pasaules daļā, nav citu cilvēku. Viņa nevarēja noticēt, ka viņi patiešām ir vienīgie divi cilvēki, kas palikuši uz Zemes.

„Tu nedomā, ka kaut kur citur noteikti ir citi cilvēki?" Grace jautāja.

„Es domāju, ka mēs esam vienīgie," teica Vincente.

„Bet ja ir citi?"

"Tad mēs viņus atradīsim vai viņi atradīs mūs. Tikmēr neuzraujamies par to, labi? Mēs jau gandrīz esam klāt," viņš teica, kad viņi apgāja stūri un nogriezās uz ceļa, kas bija paralēls pludmalei. Ainava bija elpu aizraujoša. Grace ilgojās izkāpt no automašīnas un skriet pa balto smilti ar kailām kājām.

Vincente apstājās tieši pie Manly Hotel pie jūras. Kā mazi bērni, pāris nevarēja sagaidīt, kad varēs novilkt kurpes un skriet pa karsto balto smilti. Tā skūpstīja viņu kājas un virmoja kā cukurs kafijas tases dibenā, un, kad viņu kājas pieskārās aukstajam ūdenim, viņi nodrebēja un sāka smieties.

"Tu domā, ka šeit ir droši?" jautāja Grace.

"Droši? No kā?"

"Tu zini, no haizivīm un medūzām."

"Mēs jau vairākas dienas neesam redzējuši nevienu dzīvu būtni, ne skudras, ne zirnekļus, ne odus, ne vienu putnu... Un tu uztraucies par haizivīm un medūzām?"

"Jā, nu, koki bija izsalkuši, tāpēc kas zina par..."

Vincente noskūpstīja viņas bažas. Kopā viņi spēlējās ūdenī kā divi bērni, šļakstījās un vajāja viens otru, līdz aizmiga, guļot blakus smiltīs.

No rīta Grace un Vincente pamodās, klāti ar smiltīm un ļoti, ļoti izsalkuši.

"Es esmu gatava," viņa teica, metoties uz viņu, spēcīgi skūpstot viņu uz lūpām un atspiežot atpakaļ uz smiltīs izveidoto nospiedumu.

"Es... domāju, ka ir pārāk agri," viņš teica, maigi atgrūžot viņu malā, pieceloties un noskalojot smiltis no apģērba.

Viņa atkal metās uz viņu. "Es domāju, ka tu teici, ka man jāsaka, kad es būšu gatava. Es esmu gatava, ļoti gatava," viņa teica, meklējot viņa krekla pogas.

Viņš atkāpās. Viņš pasmaidīja viņai. Grace atkal metās uz viņu. Viņš atkāpās.

"Tu esi tāds ņirgājs," viņa izmisīgi sauca, kad viņš pagriezās un skrēja pretējā virzienā. "Gļēvulis!" viņa sauca, sekojot viņam. Viņa elpoja smagi. Sirds dauzījās. Viņa vēlējās tikai vienu – norāpt viņam drēbes, darīt ar viņu, ko vēlas, sajust viņa ķermeni pret savu. Kļūt par vienu ar viņu.

"Kad būs īstais laiks, mēs abi to sapratīsim," teica Vincente, atverot automašīnas bagāžnieku un izņemot ūdens pudeles. Viņš iegāja viesnīcas vestibilā, un Grace sekoja viņam. Viņai nebija citas izvēles kā sekot viņam, iekāpt liftā, iet pa koridoru un iegūt milzīgajā penthausā.

Ienācis iekšā, Vincente atvilka aizkarus. No šīs vietas viņš varēja domāt par visām pārmaiņām, kas notikušas kopš pēdējās reizes, kad viņš ar mammu un tēti apmeklēja Manly. Tik daudz kas bija mainījies.

Agrāk apkārt bija cilvēku pūļi, kas staigāja pa promenādi, smējās un izklaidējās. Tur bija laivas, kuru buras plīvoja vējā kā punktiņi uz horizonta. Tur bija smiekli un dzērieni. Bērni peldējās, spēlējās un cēla smilšu pilis. Tur bija sērfotāji, daudz sērfotāju, kas ķēra lielos viļņus.

Tur bija delfīni un putni, galvenokārt kaijas, kas lidoja apkārt, nirstot ūdenī, barojoties un kliegdamas.

Nemaz nerunājot par grilēšanu, kafejnīcām un restorāniem, kas bija piepildīti ar cilvēkiem, kuri ēda, dzēra, dejoja, sarunājās un romantiski pavadīja laiku. Toreiz viss bija tik atšķirīgs, tik dzīvs un tik neparasti rosīgs. Vincente atcerējās, ka bija jāgaida ilgi, lai tiktu kādā no Manly labākajām restorāniem. Tagad viņam un Gracei visa vieta bija tikai viņiem.

Viņš stāstīja Grace par Manly, par to, kā viņa ģimene bija izīrējusi māju pludmalē. Viņi bija redzējuši vaļus ar savām acīm. Kā vaļi vicināja ar astēm. Kāds krāšņums. Kāda spēks.

Viņš arī pastāstīja, ka pirms mājas iegādes viņi dažkārt apmetās Oceanside Hotel. Tas bija kā neliels atvaļinājums. Viņi sakārtoja mantas un devās ar prāmi. Cik satraukti viņi bija un kā vienmēr ēda ārpus mājas, peldējās baseinā uz jumta, pēc tam devās uz pludmali, ēda zivis ar kartupeļiem, sēdēja smiltīs un daudz sarunājās.

"Tu patiešām ilgojies pēc saviem vecākiem, vai ne?" teica Grace, ņemot viņa roku savējā. Viņa mīlēja viņu vēl vairāk, ja tas vispār bija iespējams, kad viņš stāstīja par savu ģimeni un atmiņām. Kad viņš dalījās ar viņu savās atmiņās un pieredzē, viņa jutās, it kā tās būtu arī viņas.

"Tagad," viņš teica, "mums šī vieta pieder tikai mums, Grace. Mēs varam palikt šeit, dzīvot šeit un darīt šeit visu, ko vēlamies."

"Jā," piekrita Grace, "man tas patiktu."

Nedaudz atdzesējušies, viņi nolēma doties pastaigā pa promenādi. Šeit nebija redzamas nekādas pazīmes par zemestrīces radītajām traumām. Viņi gāja roku rokā, sarunājoties. Katru brīdi kļūstot tuvāki.

Atmiņas bija radījušas nelielu miglu. Kopā viņi jutās ļoti vientuļi.

"Aiziet peldēties," ieteica Vincente, skrienot uz ūdens pusi, visur izmetot smiltis, kamēr novilka kreklu, šortus, apakšveļu, kurpes un zeķes.

Grace redzēja, kā viņš, kails no jostas uz leju, skrien ūdenī kā kāds, kurš nekad agrāk nav bijis pludmalē. Viņa sāka novilkt arī savas drēbes, un, kad bija novilcis visu, sāka iet ūdenī.

Viņi satikās un sadevās rokās, kad bija iegrimuši līdz viduklim vēsajā ūdenī. Viņus pārskaloja viļņi, stumjot viņus kopā un atkal šķirot, kopā un atkal šķirot. Viņi skūpstījās un turējās cieši kopā, kamēr jūras šļakatas viņus kristīja kā oficiāli iemīlējušos.

Ja kāda zivs vēl bija dzīva, lai dzirdētu viņu saucienus, tā bija pārāk pieklājīga, lai par to liecinātu.

28. NODAĻA

Tagad, guļot blakus viesnīcas penthausā un izbaudot tādu miegu, kādu var izbaudīt tikai mīļotāji, Grace bija pielikusi galvu pie Vincente krūtīm.

Viņš skatījās uz viņu, kamēr viņa gulēja. Domājot par to, ka šodien viņa viņam šķita vēl skaistāka nekā vakar. Viņš atbīdīja viņas matus no sejas un aizbāza tos aiz auss. Viņa pamodās.

"Labrīt, miega galva," viņš teica. Viņš noskūpstīja viņai uz pieres.

"Labrīt," Grace atkārtoja, izstiepjoties un nožāvādamās, ar roku aizsedzot muti, domājot, vai viņai ir rīta elpa — sliktākā elpa dienā. Viņa domāja, kā viņi nokļuva viesnīcā.

Viņa domāja mirkli, mēģināja atcerēties, kā tur nokļuva, bet nevarēja atcerēties pat to, ka ienāca viesnīcā. Tas bija kā pēc izklaides, un tagad viņa bija pilnīgi zaudējusi atmiņu par šo notikumu, papildus visiem citiem notikumiem, ko bija aizmirsi no pagātnes. Viņa juta nepatiku, jo gribēja atcerēties katru mirkli ar Vincente.

"Ja tu domā, kā tu šeit nokļuvi," teica Vincente.

„Tu gulēji uz pludmales, un tuvojās plūdmaiņas, tāpēc es tevi pacēlu un atnesu šeit, tad ietinu gultā."

„Paldies," viņa teica, piekļāvusies viņam. Tad viņa atvainojās un devās dušā. Ārpus vannas istabas kāds pieklauvēja pie durvīm. Viņa uzvilka viesnīcas halātu un jautāja: „Kas tur?"

"Es esmu, muļķīt!" atbildēja Vincente, un Grace atvēra durvis, lai ieraudzītu viņu pavāra uniformā — ieskaitot cepuri — un ratiņus ar bagātīgu maltīti.

"Tu esi bijis aizņemts," Grace novēroja, ņemot kumosu marmelādes grauzdiņa un iemērcot kraukšķīgu speķa gabaliņu vārotā olā.

Viņi ēda un ēda, līdz vairs nevarēja, un tad Vincente piecēlās un pasniedza Grace kasti.

„Dāvana? Man?"

„Kam gan citam? Es ceru, ka tev patiks," teica Vincente un vēroja, kā Grace norāva lenti un atvēra papīru, lai atklātu dāvanu.

Grace pacēla skaistāko bezplecu vasaras kleitu, kādu viņa jebkad bija redzējusi, un tad to piespieda pie ķermeņa. Tā bija zīda, zaļa un ļoti seksīga. Viņa metās Vincente virsū un noskūpstīja viņu uz lūpām, tad nometa halātu un uzvilka jauno kleitu. Tā viņai piestāvēja perfekti.

„Paldies," viņa teica.

„Tagad redzēsim, kā tu izskaties bez tās!" Vincente iesaucās, pirms viņu uzgrūda uz gultas, un viņi atkal mīlējās.

Kad viņi pamodās, atkal jūtoties nedaudz izsalkuši, Vincente uzklāja šokolādes fondu, ko bija atradis iepriekš, un viņi tajā iemērcēja atkausētas zemenes. Tās bija sulīgi saldas, un viņi baroja viens otru. Kad viņi bija paēduši un uzkrājuši pietiekami daudz enerģijas, viņi atkal mīlējās.

Vēlāk tajā pašā dienā viņi roku rokā pastaigājās pa promenādi, kamēr viļņi šķita uz krastu blakus viņiem. Bija iestājusies plūdmaiņa, un tās spēks viļņojās visapkārt.

„Mēs varētu būt ļoti laimīgi šeit, zini," teica Vincente. „Mums ir pietiekami daudz pārtikas, lai iztiktu vairākus mēnešus viesnīcā. Kopā ar citām viesnīcām un restorāniem mums šeit, iespējams, ir pietiekami daudz pārtikas, lai iztiktu vairākus gadus. Un mēs varētu dzīvot greznībā, pārvietojoties pa viesnīcu, nekad nevajadzētu tīrīt! Mēs varam vienkārši pārcelties uz citu istabu, kad mūsu istaba kļūst netīra!"

Grace domāja par visu, ko Manlijs varēja piedāvāt. Arī viņa uzskatīja, ka šī vieta varētu būt jauka mājas. Viņiem bija visā pasaulē visvairāk laika, un nekas nebija ko zaudēt. Kāpēc neizmēģināt?

"Es domāju, ka tev ir taisnība, mums vajadzētu palikt šeit, padarīt to par mūsu māju. Redzēsim, kas notiks. Bet..." Viņa apstājās, skatīdamās debesīs. Tad pagriezās un paskatījās viņam tieši acīs. "Bet ko darīt, ja mēs neesam vienīgie? Ko darīt, ja ir arī citi, visā valstī? Visā pasaulē? Vai mums vajadzētu būt tik laimīgiem, domājot tikai par sevi, ja citiem varbūt ir vajadzīga palīdzība? Ja mēs varētu būt tur, meklējot viņus?"

Vincente uzreiz neatbildēja. Viņš arī paskatījās debesīs. Viņam pietrūka kookaburru un kaiju skaņas. Viņam pietrūka pat lidmašīnu trokšņa un automašīnu signalizācijas. "Es saprotu, ko tu saki, mīļā. Bet mūsu atbildība ir pret sevi, pret sevi. Jo īpaši, ja mēs nezinām, cik ilgi mums šeit ir jāpaliek."

„Tu domā, ka mūsu laiks ir ierobežots?"

„Kas to zina? Vai tas vienmēr nav tā? Es gribu pavadīt katru mirkli kopā ar tevi, darot tevi laimīgu. Mīlot tevi. Mīlēties ar tevi tagad ir mana prioritāte."

Viņa apņēma viņu ar roku ap vidu, un viņi turpināja iet, tad pagriezās ap stūri, paslēpās zem tilta un skrēja kā divi bērni. Kad viņi sasniedza slēpto rotaļu laukumu, Grace uzkāpa uz slidkalniņa, noslīdēja lejā un tad uzlēca uz šūpolēm. Vincente sēdās šūpolēs blakus viņai, un viņi šūpojās arvien augstāk un augstāk, turpinot sarunu.

„Tu arī esi mana prioritāte. Mīlēt tevi, būt kopā ar tevi. Bet varbūt, ja mēs mēģinātu atrast citus, mēs būtu laimīgāki. Es domāju, zinot, ka mēs vismaz esam mēģinājuši," teica Grace.

„Tu man iedevi ideju, Grace. Varbūt mums vajadzētu mēģināt zvanīt uz ārzemēm, tālu. Paskatīsimies, vai mums izdosies izveidot savienojumu. Mēs varētu mēģināt zvanīt uz citu valsti, tad uz Jaunzēlandi, varbūt uz Eiropu, Angliju, tad uz Kanādu un ASV. Mēs varam pavadīt laiku šeit, baudīt dienas un vispirms meklēt šādā veidā. Vai tev tas ir pieņemams?"

"Es domāju, ka tas ir labs sākums. Bet pagaidām ejam peldēties," teica Grace, lecot no šūpolēm un sākot skriet. Vincente aizskrēja viņai pakaļ, sekojot drēbju pēdām, ko viņa atstāja aiz sevis. Viņš savāca visu un noskatījās, kā Grace iebrien ūdenī. Viņa uzpeldēja un atkal iegremdējās. Viņa atkal iznāca ar slapjiem matiem, it kā gatavotos žurnāla fotosesijai.

Vincente norāva savas drēbes un sāka iet viņai pretim.

Viņi abi iegremdējās, kad viļņi pārskaloja viņu ķermeņus.

Vai tu domā, ka mums kādreiz tas pietrūks?" Grace jautāja, plaši žāvādamās un sēžot ar rokām uz ceļgaliem. Tagad viņa bija atkal pilnībā apģērbusies, un viņi jau kādu laiku skatījās uz zvaigznēm, atpūšoties pēc dienas.

"Kas pietrūks?" Vincente jautāja, sēžot ar sakrustotām kājām blakus viņai.

"Mācības, sports, viss, kas saistīts ar skolu. Vai tu domā, ka mums kādreiz tas pietrūks?"

"Es, piemēram, nepietrūkstu neveiksmes matemātikā, un tieši to es darīju, pirms treneris Andersons ieteica man lūgt tavu palīdzību. Man, šķiet, paveicās, bet es nepietrūkstu mācīšanās. Man pietrūkst spēlēšanas, pūļa uzmundrinājuma, kad es izdarīju perfektu metienu."

"Tev pietrūkst iespējas kļūt par profesionāli?"

„Kādu gan. Vienīgais veids, kā es varēju tikt uzņemts universitātē, bija ar stipendiju. Mamma un tētis nevarēja atļauties mani sūtīt. Ne jau tāpēc, ka mēs bijām nabagi vai kaut kas tamlīdzīgs — mums bija nauda —, bet tas radītu grūtības, saproti? Es gribēju to sasniegt, tikt uzņemts pats saviem spēkiem."

„Jā, es saprotu, ka tu gribi to nopelnīt. Tu esi teicis, ka es kļūšu par matemātiķi. Varbūt es atkal tā gribēšu, kad atgūšu atmiņu."

"Tev nebija robežu." Viņš uz brīdi apstājās, redzot, kā vārds "nebija" izraisīja apmākušos izteiksmi viņas sejā, un turpināja: "Tās joprojām nav!"

"Es tagad neko no tā nevaru atcerēties. Kad es biju tur augšā, uz tā koka, es bieži jutos kā..." Viņa vilcinājās, baidoties to atzīt. „Nē, tu smiesies."

„Nu un kas, ja es smiesos? Stāsti, nāc! Tu man to vari pastāstīt!" Tad viņš noliecās un sāka viņu kutēt un kutēt. „Tu man tagad pastāstīsi?" viņš jautāja un turpināja viņu kutēt, līdz viņa piekrita pastāstīt.

„Alberts Einšteins," viņa teica, „es domāju, ka varu redzēt viņa seju mēnesī."

Viņš nesmejās. Viņš paskatījās uz mēness seju. Tagad, kad viņa to minēja, viņš varēja saskatīt ūsas un acis. Viņš domāja par Marku Tvenu, vai, jā, tas varētu būt Alberts Einšteins. "Es to redzu," viņš apstiprināja. "Tur varētu būt vai nu Alberts Einšteins, vai Marks Tvens."

„Tad tu redzi ūsas?"

„Noteikti, bet es nekad iepriekš nebiju pamanījis seju tik skaidri. Esmu dzirdējis par cilvēku uz mēness, bet kāpēc es to redzu tikai tagad?"

„Es nezinu," teica Grace. Viņi klusi skatījās uz mēnesi, līdz Grace teica: „Viss, ko es zinu, ir tas, ka, kad es biju uz tā koka un man bija vajadzīga cerība, es to atradau Alberta Einšteina sejā. Tas mani padarīja stiprāku. Tas man deva cerību. Tas man deva pārliecību, bez šaubām, ka es nokāpšu no turienes un ka es tevi atkal redzēšu. Faktiski es zināju, ka tu esi kārtībā un ka es tevi glābšu."

„Viss tāpēc, ka tev bija saikne ar Albertu Einsteinu, jā? Vai viņš... vai viņš ar tevi runāja? No turienes augšas, es domāju?"

„Ne tik daudz vārdos," teica Grace, „bet noteikti bija saikne. It kā viņš būtu otrā universa galā un sasniegtu mani. Dodot man spēku. Zinu, ka tagad tas izklausās muļķīgi, bet tajā brīdī, atrodoties tik augstu kokā, man šķita pilnīgi normāli, ka Alberts Einšteins par mani rūpējas."

„Nu, paldies, Alberts Einšteins!" Vincente paziņoja, saucot uz mēnesi, „Paldies, ka atvedāt manu meiteni droši atpakaļ uz zemes un atpakaļ pie manis!"

„Jā, paldies, Alberts Einšteins!" piebilda Grace.

„Tu tagad droši vien ar viņu uz „tu" pamata, vai ne?" teica Vincente un sāka skriet pa pludmali. Grace skrēja viņam pakaļ, un viņi smējās un šļakstījās ūdenī.

Ne viens, ne otrs nepamanīja profesora Einšteina pamirkšķināšanu.

P āris atgriezās viesnīcā, apņēmušies veikt dažus tālruņa zvanus. „Esmu pārliecināts, ka, ja Austrālijā ir kāds, kas var atbildēt, šis zvans viņus sasniegs," teica Vincente.

Viņi sēdēja kopā birojā, ļaujot tālrunim zvaniņot un zvaniņot. Neviens neatbildēja.

„Mēģināsim kaut ko citu," ieteica Vincente. Vincente atrada rokasgrāmatu uz galda, pārlapoja to un atrada kodu, lai sazinātos ar Jaunzēlandi.

Tas pats: neviens neatbildēja.

„Kur mums mēģināt tālāk?" viņš jautāja.

„Mēģināsim..." viņa stāvēja ar pasaules karti priekšā, aizvēra acis, koncentrējās uz Franciju, un Vincente ievadīja kodu. Viņi ļāva tam zvaniņam skanēt un skanēt, un atkal neviens neatbildēja.

„Kur tagad?" Vincente jautāja.

„Dienvidamerika!" Grace iesaucās, un Vincente ievadīja numurus. Tas bija vistuvākais, ko viņi bija piedzīvojuši jau ilgu laiku, un ar katru valsti, ko viņi izmēģināja, atjaunojās cerība: Ķīna, Krievija, Norvēģija, Īrija un Anglija. Tomēr, pēc tam, kad viņi izmēģināja Kanādu un Amerikas Savienotās Valstis, viņu cerības saruka.

„Mēs esam vienīgie," viņi vienojās un noguris atgriezās savā istabā. Nevienam no viņiem nebija ne izsalkums, ne slāpes.

Pirmo reizi viņi nevēlējās mīlēties un nevēlējās runāt. Viņi sēdēja divatā un dzēra vīnu. Tagad tā bija viņu pasaule. Vecums vairs neko nenozīmēja. Viņi varēja darīt vai būt, ko vien vēlējās. Tas bija piepildījies sapnis.

Vincente pamodās un pārsteigts dzirdēja, kā Grace runā miegā:

„E ir vienāds ar MC kvadrātu, divi reiz divi ir četri, četri gadalaiki, līdzsvarota skala, trīs reiz divi ir seši, ir sieviešu skaitlis, trīs ir vīriešu skaitlis, tātad seši ir vienāds ar laulību. Seši, desmit, piecpadsmit ir trīsstūra skaitļi, četri, deviņi, sešpadsmit ir kvadrāta skaitļi, psihogēnais kubs ir seši kubā vai seši reizes seši reizes seši, kas ir divi simti sešpadsmit, Pitagors uzskatīja, ka mēs visi reinkarnējamies ik pēc diviem simtiem sešpadsmit gadiem, tātad cikls. Atgriešanās."

Viņa apstājās, nedaudz krāca, un Vincente piekļāva viņai. Viņš domāja par šo viņas dāvanu, kas tagad darbojās viņas zemapziņā. Viņas ģeniālums iesūcās viņas vakara domās, atgriežoties pie viņas atpūtas stundās. Tas bija pirmais reizi, kad viņu pamodināja šādas murmināšanas. Tas bija kā Grace runātu citā valodā. Viņš domāja, vai viņai par to pieminēt. Bet, ja viņš to darītu, vai ieteikuma spēks, nevis viņas pašapziņa, neaizkavētu dziedināšanas procesu?

Kad rīts jau bija iestājies, Vincente joprojām bija nomodā, klausoties apkārt valdošajā klusumā. Grace vairs nerunāja, bet pāris reizes kļuva nemierīga, un viņam nācās attālināties no viņas. Viņa miegā raustījās, bet, kad runāja par matemātiku, bija ļoti mierīga un koncentrēta. Viņas balsī bija jūtama liela kaislība. Tā praktiski pilna ar cerību un apbrīnu, lai gan viņš nesaprata neko no tā, ko viņa teica. Viņš izveidoja plānu par to, ko darīs, kad viņa pamodīsies. Viņš neplānoja stāstīt viņai par to, ka viņa runā miegā. Vismaz ne šodien. Bet viņam bija plāns, un viņš cerēja, ka tas viņai palīdzēs. Tajā pašā laikā viņam bija ideja, kā viņu pārsteigt. Viņš bija optimistisks, ka šodiena būs viņu labākā diena.

29. NODAĻA

„Es domāju, Grace, ka būtu labi šodien aizbraukt uz Sidneju. Mēs varētu apmeklēt publisko bibliotēku. Mums nav jāpārtrauc mācīties. Mums ir visa bibliotēka un tūkstošiem grāmatu tikai mūsu rīcībā. Mēs varam tur pavadīt lielāko daļu dienas!"

„Jā, man patīk tava domāšana. Perfekti!" Grace apstājās uz brīdi un paskatījās uz sevi spogulī. „Es gribētu nopirkt arī dažas lietas, varbūt pat jaunas drēbes. Varbūt man vajadzētu nokrāsot matus? Vai tev patiktu, ja es būtu blondīne?"

„Noteikti nē blondīnei, bet man arī noderētu dažas jaunas lietas. Mēs varētu doties iepirkties! Un vēl es domāju, ka varētu noderēt CB radio. Tā ir primitīvāka saziņas forma, bet..."

"Tātad tu joprojām domā, ka varbūt tur varētu būt arī citi?"

"Es domāju, ka mēs varam būt vienīgie divi, mīļā. Bet, ja mums ir CB radio un mēs to varam aktīvi izmantot, un ja ir iespēja, pat neliela iespēja, ka citi varētu ar mums sazināties šādā veidā, tad šis ceļš būs atvērts mums. Viņiem."

„Es tevi mīlu, Vincente," viņa teica, apkampjot viņu un skūpstot. Tad viņa devās uz durvīm. „Nav labāka laika kā tagad. Mēs varētu doties ārā!"

„Es esmu par to!" Vincente iesaucās. Viņš apņēma viņu ar roku ap vidukli, un kopā viņi izgāja no ēkas un sēdies mašīnā.

Viņi bija pastāvīgi novietojuši auto pie viesnīcas, kur parasti tikai taksometriem un limuzīniem bija atļauts uzņemt pasažierus. Dzīvei pasaulē bez noteikumiem bija dažas priekšrocības.

"Vincente," Grace sāka, "es esmu domājusi. Lai gan viesnīca ir jauka un viss, tā nekad nevarētu būt mana mājas. Tu saproti, ko es domāju?"

"Jā, es saprotu, ko tu domā. Tu jūti vajadzību apmesties, izveidot ligzdu. Un viesnīca psiholoģiski tam neder."

"Pašlaik tā ir, bet, tu zini, kopumā mums tā neder." Vincente apstājās ar automašīnu un atvēra durvis. Viņa redzēja, kā viņš skrien uz Salvos veikala logu. Viņa izkāpa no automašīnas, lai redzētu, kas piesaistījis viņa uzmanību, un ieraudzīja, ka tas ir CB radio!

Vincente iegāja veikalā un uzmanīgi apskatīja radio. Tad viņš atrada rozeti un to pieslēdza. Viņš pārskatīja radio viļņus. Viņi abi uzmanīgi klausījās, bet dzirdēja tikai troksni un atgriezenisko saiti. Vincente paņēma radio un ielika to automašīnas bagāžniekā, un viņi aizbrauca. Radio bija maz ticams risinājums, viņi abi to zināja, bet par to nerunāja.

Viņi brauca pa Manly ielām, tagad jau pilnībā pieraduši pie tā, ka ir vienīgie divi cilvēki savā pasaulē. Viņiem bija viss, ko viņi vēlējās vai vajadzēja: visas tūrisma atrakcijas, kā arī Sidnejas dabas bagātības un skaistums. Pilsēta bija viņu mazais paradīzes stūrītis, un tas, ka Manly piederēja tikai viņiem, bija sava veida bonuss.

Kad Land Rover šķērsoja Sidnejas ostas tiltu, Operas nams šķita atzīstot viņu klātbūtni, un Grace izmantoja izdevību, lai atsāktu iepriekšējo sarunu. "Būtu jauki izvēlēties mājvietu, kādu mēs vēlamies. Izveidot savu mājvietu," viņa teica optimistiski.

„Es pilnīgi piekrītu, un mēs varētu izvēlēties jebkuru māju, jebkuru savrupmāju, ko vēlamies. Bet šobrīd, manuprāt, mums ir jāpārrunā kaut kas vēl personīgāks. Kaut kas, par ko mēs iepriekš neesam runājuši."

Vincente izskats bija mainījies. Viņš bija kļuvis ļoti nopietns, nopietnāks nekā Grace viņu bija redzējusi iepriekš, un viņa bija nobažījusies. Viņa gaidīja, kad viņš turpinās, nevēloties pārtraukt viņa domas. Viņa saprata, ka viņš mēģina atrast pareizos vārdus. Kad viņš dažas minūtes nerunāja, Grace sāka vēl vairāk uztraukties. Kad viņš apstājās pie Džordža ielas un paskatījās viņai acīs, bet joprojām klusēja, viņa kļuva ļoti nobažījusies.

"Stāsti, Vincente! Tu mani biedē!"

"Mēs neesam lietojuši kontracepciju, un tu varētu būt stāvoklī. Es varētu uz tevi skatīties kā uz jauno mammu, un es varētu būt tētis. Un es domāju, kāda būtu dzīve bērnam, kas piedzimis mums? Jā, mēs viņu mīlētu un rūpētos par viņu, bet kā būtu ar viņa nākotni? Ar viņas nākotni?"

"Ko tu tieši domā? Mēs mīlētu savu bērnu!"

"Jā, bet ko mīlētu mūsu bērns? Ko viņš vai viņa mīlētu, izņemot mūs?"

„Tu domā kādu, ar ko viņš vai viņa varētu precēties. Ar ko pavadīt savu nākotni, kad mēs vairs nebūsim?" Viņa cieši apskaidroja viņu un paglaudīja viņam galvu, it kā viņš būtu bērns. „Mīļais, tu esi domājis ļoti dziļas domas. Tu būtu tās vajadzējis dalīt ar mani. Tu nevajadzētu vienatnē uztraukties par kaut ko tik svarīgu. Kas arī nenāktu mūsu ceļā, mēs to pārvarēsim kopā."

"Bet mazs cilvēciņš, kam nav citas nākotnes, kā vien būt kopā ar mums? Tas būtu nežēlīgi. Tas nebūtu pareizi!"

"Varbūt mums vienkārši vajadzētu atteikties no mīlestības? Jā, kļūsim celibāti!" viņa iesaucās, visu laiku glāstot viņa galvu un skūpstot viņu kā mazu zēnu. "Ja tam ir lemts notikt, tas notiks. Mēs nevaram uztraukties par kaut ko, kas varbūt nekad nenotiks. Mēs mīlam viens otru. Es tev atdotu jebko. Es atdotu savu dzīvību par tevi, Vincente, un es nevarētu dzīvot celibātā, ja vien mēs nešķirtuies. Ja vien mēs nebūtu šķirti. Tad, varbūt."

"Tas nekad nenotiks! Es tevi nekad neaizstāšu! Ne apzināti," Vincente zvērēja.

„Tad viss ir kārtībā. Un, ja mums būs bērni, mēs darīsim to, kas ir vislabākais viņiem. Ko vien mums būs jādara. Bet tagad dodamies iepirkties un pēc tam uz bibliotēku. Pēc tam ēsim kaut ko garšīgu! No mūsu mīlestības nekas slikts nevar izrietēt," teica Grace.

„Es tevi dievinu, Grace."

Viņi roku rokā iegāja David Jones universālveikalā, kur pavadīja visu rītu, iepērkoties. Pēc tam viņi pusdienoja itāļu restorānā, kopā pagatavojot spageti Bolognese.

Pēc pusdienām viņi izpētīja bibliotēku un paņēma dažus romānus. Grace ne tuvu nepiegāja matemātikas nodaļai, un Vincente viņu nepiespieda to darīt.

Pēc tam viņi sēdās mašīnā un brauca pa Džordža ielu. Negaidīti Vincente apstājās, paņēma Grace's roku savējā un teica, ka vēlas viņai kaut ko parādīt. Kaut ko svarīgu.

Grace paskatījās uz izkārtni virs durvīm: „Šeit pērk un pārdod augstas kvalitātes antīkus juvelierizstrādājumus”.

Intriģēta, Grace sekoja Vincente iekšā.

Kad viņa iegāja veikalā, tas bija kā ienākt mirdzošā lustrā. Viss ap viņu bija piepildīts ar gaismu. Veikalā bija izstādīti visi iedomājamie juvelierizstrādājumi, sākot no tiārām un aprocēm līdz pulksteņiem un dimantu apdarinātai portfeļai. Viņa bija tik pārņemta, ka uz brīdi nespēja kustēties. Nauda viņiem vairs nebija problēma. Agrāk šie juvelierizstrādājumi viņiem būtu bijuši pārāk dārgi.

"Nāc," teica Vincente, "izklaidējies, apskaties! Redzi kaut ko, kas tev patīk?"

Grace piegāja klāt, noliecās un paskatījās biezā stikla vitrīnās. Viņa tagad nēsāja nekādas rotaslietas. Patiesībā, viņa nebija pārliecināta, kādas rotaslietas viņai patīk.

Viņa gāja uz priekšu un atpakaļ gar vitrīnu rindām, pievēršot uzmanību dažām lietām, tad novēršot uzmanību un turpinot iet tālāk. Tur bija pārāk daudz skaistu lietu, lai tās visas uzreiz apgūtu. Kad viņa sasniedza veikala galu un pagriezās, it kā gatavojoties iziet pa durvīm, Vincente viņu apturēja.

„Te noteikti ir kaut kas, kas tev patīk!"

„Man tas ir nedaudz pārāk apgrūtinoši. Es neko daudz nezinu par rotaslietām. Varbūt tu vispirms man par tām nedaudz pastāsti. Pastāsti man par savu gredzenu. Kur tu to iegādājies?" Grace jautāja.

"Labi, es redzu, ka tev ir pārāk daudz, bet tu noteikti zini, kas tev patīk. Tāpēc mēs varam meklēt kopā. Mans gredzens ir daudzus gadus pārmantots manā ģimenē. Tas ir ģimenes relikvija. Tas vienmēr ir ticis dāvināts pirmdzimtajam dēlam. Es pat neapzinājos, ka tu to pamanīji."

„Protams, tas maina krāsu saules gaismā, tāpat kā tavas acis dažreiz. Hei, man patīk šis. Tas ir absolūti brīnišķīgs!" Grace paņēma gredzenu un, kad viņa gribēja to uzlikt uz pirksta, Vincente izstiepa roku, lai viņu apturētu. Viņš paņēma gredzenu savā rokā un tad nometās uz viena ceļa.

„Grace Grīnvaja, es tevi mīlu vairāk nekā jebko citu pasaulē. Vai tu gribi precēties ar mani?"

Viņa kliedza kā maza meitene un skrēja uz viņu, nogāžot viņu uz grīdas. Viņa atbildēja „jā", un viņš uzlika gredzenu viņas pirkstam. Tas piestāvēja perfekti, it kā būtu radīts tieši viņai. Lielais dimants bija sirds formas, ar maziem dimantiņiem ap malām. Tas mirdzēja, kad uz to krīt gaisma.

"Tagad mēs esam oficiāli!" paziņoja Vincente. "Es domāju, oficiāli saderināti."

"Paldies, man tas ļoti patīk!"

Viņi grieza riņķi pa istabu, visu laiku apskāvušies. Tad Greisu pārņēma reibonis, un viņa paklupa uz priekšu un apskatīja stikla vitrīnu pa kreisi no durvīm. Mazā vitrīna iepriekš bija aizsegta ar atvērtām durvīm. Viņas acis uzreiz pievērsa zelta gredzens ar sirdi un maziem dimantiņiem ap to. Dimanti, kas bija iestrādāti kā maziņas zvaigznītes. Tas bija brīnišķīgs gredzens, un Grace uzreiz saprata, ka tas ir domāts viņai.

Vincente piekrita, un pirms viņa paspēja to uzlikt uz pirksta, viņš to paņēma no viņas rokas un maigi ielika kastītē. Viņš ielika kastīti savu šortu kabatā un maigi to apglāstīja. "Lai būtu drošībā," viņš teica, "līdz mēs kādu dienu apprecēsimies."

"Vai es nevaru to vienkārši valkāt?" viņa jautāja, iebāžot roku viņa kabatā, "Es domāju, kas to uzzinās? Turklāt šeit taču nav neviena, kas mūs salaulātu!"

"Tas nav svarīgi, vai ne? Tas pagaidīs."

"Tu ņirgājas."

Kā ar tevi?" Grace jautāja, pārskatot vitrīnas, meklējot Vincente kāzu gredzenu. Viņa domāja, vai vīrieši valkā saderināšanās gredzenus, vai tas ir tikai sieviešu lieta, sieviešu lieta, kas norāda, ka viņa ir saderināta? "Es gribu tev nopirkt saderināšanās gredzenu!" Grace teica satraukti, bet Vincente šķita nedaudz atturīgs. "Labi, tad vismaz kāzu gredzens," viņa teica. Viņa viņu aizdzina, lai varētu labāk apskatīt.

"Uh hum, vai varu jums palīdzēt, madam?" Vincente jautāja, izturoties kā pompozs antīkais juvelieris.

"Nē, paldies, laipnais kungs," Grace teica. "Es jau esmu nozagusi gredzenu, ko gribēju!" Viņa tikko bija ieliekusi gredzenu kastītē un savā kabatā.

"Paldies, ka nozaguši no mums. Lūdzu, nāciet atkal," Vincente pasmējās, kad viņi izgāja no veikala.

Kad viņi bija ārā, Vincente sāka iet, arvien lielākiem soļiem. Grace tikko varēja viņam tikt līdzi. Viņa skrēja aiz viņa, elpas trūkuma dēļ.

Tad pēkšņi viņš apgriezās un paņēma viņu savās rokās. Tad viņš atlaida viņu, elpas trūkuma un uztraukuma dēļ.

"Man ir visbrīnišķīgākā ideja," viņš teica.

"Dalies ar to!"

"Tev ir vajadzīga kāzu kleita un citas lietas, un man arī. Nu, man ne kāzu kleita, bet, saproti, man arī ir vajadzīgs kāzu apģērbs. Mums šeit ir pieejami labākie veikali, tāpēc nopirksim visu, kas mums vajadzīgs, jau tagad!"

"Bet veikali taču nekur nepazudīs, vai ne? Kāpēc mēs vienkārši nevaram pagaidīt?"

"Nē, es vienmēr saku, ka nav labāka laika kā tagad, un man šķiet, ka mums vajadzētu iegādāties tās šeit un šodien," teica Vincente.

Patiesībā Grace domāja tāpat, bet viņu pārņēma spēcīgāka vēlme. Vēlme, kas pārspēja viņas vēlmi pēc kāzām. Viņa gribēja noņemt Vincente drēbes un tad ar viņu kaislīgi mīlēties.

Viņa pievilka viņu tuvāk, cieši apskāva. Viņa noskūpstīja viņu, dodot viņam visu, ko varēja, bet viņa domas acīmredzami bija citur.

„Tu skaties šeit, es eju skatīties tur, un mēs satiekamies atpakaļ šeit, teiksim, pēc stundas, labi? Tieši šeit, šajā vietā." Viņš apstājās, noskūpstīja viņai un teica: „Priecājies!"

„Tu esi pārliecināts, ka mēs nevaram kopā iepirkties kāzu apģērbu?" viņa sauca viņam pakaļ.

Viņš apstājās, papurināja galvu un pagriezās atpakaļ viņas virzienā. "Nekādi! Ja līgavainis redz kāzu kleitu pirms kāzām, tas nes labu. Tu esi viena pati, mīļā."

"Bet tev noteikti būs vajadzīga palīdzība?" Grace ieteica, cerot mainīt viņa prātu. Viņš tikai pasmaidīja, iegāja uzvalku veikalā un aizvēra durvis aiz sevis. Viņa apņēma sevi. Viņš jau bija viņai pietrūcis.

30. NODAĻA

Bija dīvaini būt tālu no Vincente. Sākumā viņai nepatika būt šķirtai. Tad viņa iejutās situācijā un sāka mēģināt vienu kāzu kleitu pēc otras. Daudzas no tām bija pārāk mežģīnas, pretenciozas. Dažas bija šūtas izmēram nulles, un nepiestāvēja viņas lielākajai figūrai. Citas bija pārāk sarežģītas, lai viņa varētu tās uzvilkt pati.

Kad viņa uz pakaramā atrada antīku baltu kleitu ar ārkārtīgi garu vilni, viņa nebija pārliecināta, vai tā viņai derēs, nemaz nerunājot par to, vai tā viņai piestāvēs. Tai bija augsts mežģīņu apkakls un pie tās bija pievienota atbilstoša tiara. Kleitas pogas bija pērles, uz kurām bija izšūti mežģīņu volāni. Cenu zīmīte rādīja 10 000,00 dolārus, un Grace bija ārkārtīgi uzmanīga, kad viņa uzmanīgi iebāza tajā savu ķermeni.

Viņa aizturēja elpu un izgāja no pārģērbšanās kabīnes, lai paskatītos uz sevi pilna auguma spogulī. Asaras piepildīja viņas acis un ritēja pa vaigiem. Viņa nevarēja noticēt, ka varētu izskatīties tik skaista. Viņa izskatījās kā princese, kas gaida, kad ieradīsies princis un apprecēs viņu.

Viņa domāja par Vincente un to, kā viņš justos, redzot viņu šajā krāšņajā kleitā. Viņa smaidīja. Viņa paskatījās uz pulksteni un saprata, ka viņai vēl jāatrod dažas aksesuāras, piemēram, kurpes un dažas matu sprādzes, nedaudz kosmētikas un pāris pērļu auskari.

Uzdevums izpildīts! Viņa bija padomājusi par visu, kas viņai varētu būt nepieciešams, un vēl bija palicis nedaudz laika. Grace nesteidzoties devās atpakaļ uz vietu, kur viņi bija norunājuši tikties.

Vincente vēl nebija ieradies. Dīvaini, ka viņu automašīna bija pārvietota.

Viņa apsēdās uz apmales, un somas izkrita uz ietves visapkārt viņai. Tad viņa piecēlās un paņēma pudeli ūdens no ledusskapja tuvējā veikaliņā. Beidzot viņa apsēdās, sapņoja par viņu kāzu dienu un gaidīja.

***

Kad sāka krēslot, Grace vairs negaidīja pacietīgi. Viņa bija nogurusi un ļoti ilgojās pēc Vincente.

Vējš bija pastiprinājies, un Grace sajuta, kā aukstums pārskrien caur viņas ķermeni.

Viņa iegāja tuvējā veikalā un uzmērīja melnu kapuci.

Viņa aizvilka rāvējslēdzēju, uzvilka kapuci un atkal apsēdās, gaidot Vincente.

Un viņa gaidīja. Un gaidīja.

Un joprojām gaidīja, domājot, kas ar viņu noticis.

31. NODAĻA

Viņa joprojām gaidīja Vincente, kad parādījās zvaigznes. Albert Einšteins no attēla skatījās uz viņu. Viņa vēlējās, lai būtu paņēmusi kādu no bibliotēkas romāniem, lai lasītu, bet gaisma šajā vietā nebija pietiekami laba, lai lasītu.

Viņa paskatījās uz ielu, tur bija tik daudz veikalu, bet viņai vienkārši nebija noskaņojuma. Protams, viņa varētu atrast kaut ko, kas novērstu viņas uzmanību, bet tas nemazinātu viņas arvien pieaugošās bažas par Vincente prombūtni.

Vai kāds no tiem kokiem bija pārvērtis Vincente par šašliku? Un kāpēc viņš bija paņēmis mašīnu? Bija vienojušies, ka paņems mūsu mantas un satiksies pēc stundas. Kas bija noticis? Kur, pie velna, bija Vincente Marino?

Stundas pagāja.

Grace sāka šaubīties par Vincente mīlestību pret viņu.

Viņa sāka domāt, vai viņš nav mainījis savu viedokli par viņu attiecībām.

Sākumā šī doma viņu sadusmoja, bet tad tā arvien dziļāk iesūcās viņas zemapziņā.

Kaut kur viņa atklāja daļu no sevis, kas bija gaidījusi, ka viņš viņu pametīs, mainīs savu viedokli. Daļu no sevis, kas, šķiet, gaidīja, ka viņš viņai sāpinās, izraus viņu no iekšienes.

Viņa nolēma, ka, tā kā viņam visu šo laiku bija neizbēgami jāaiziet, viņa varētu tikpat labi doties tālāk no vietas, kurā viņi bija norunājuši tikties. Viņa dotos tur, kur viņas sirds vēlētos, un šajā brīdī viņas sirds vēlējās būt Sidnejas operas namā.

Viņa uz brīdi apsvēra iespēju atstāt somas turpat ceļa malā. Bet viņa bija atradusi skaistāko kāzu kleitu pasaulē, un viņa to ņems līdzi. Viņa to paturēs.

Viņa uz brīdi apsvēra iespēju atkal uzvilkt kleitu, bet kleitas aste tikai kavētu viņu.

Kad viņa sasniedza operas namu, tā tīrība un baltums sveica viņu ar mēness gaismas mirdzumu.

Viņa atklāja kāpnes, kuras iepriekš nebija pamanījusi, un kāpa augšā, augstāk un augstāk, līdz sēdēja uz Sidnejas operas nama jumta.

Lai gan zem viņas nebija mīksti, viņai šķita, ka viņa sēž uz milzīga bezē.

***

Griežot savu saderināšanās gredzenu uz pirksta, Grace domāja par to, kāda būtu viņas dzīve bez Vincente. Grace noteikti nevēlējās dzīvot bez viņa.

Viņa ievēroja vienu gaismu uz Sidnejas ostas tilta. Šķita, ka tā viņai atkārtoti pamirkšķina.

Tā bija zīme viņai. Zīme, kas teica, ka, ja Vincente neatgriezīsies pie viņas, viņa vairs nevēlas dzīvot.

Viņa nevēlējās būt vienīgā izdzīvojusī.

Viņa drīzāk uzkāptu uz Sidnejas ostas tilta un mestos jūrā. Ja tas notiktu, viņa atkal uzvilktu kāzu kleitu...

Tad viņa atrastu Vincente citā vietā un laikā.

Tieši tad, kad saule sāka aust, viņa dzirdēja, kā vējš dzied viņas vārdu: "Grace! Grace!"

***

Kad Vincente beidzot atrada Greisu, viņa sākumā atteicās nākt lejā no Operas nama. Viņš uzkāpa pa kāpnēm, vēloties izskaidroties. Viņa nevēlējās nekādu izskaidrojumu.

Viņa nevēlējās viņu klausīties. Viņa nokāpa lejā, atteicoties no viņa piedāvājuma palīdzēt ar somām.

Viņa paklupa uz ietves. Aizgāja prom no viņa.

Visu laiku viņš mēģināja paskaidrot. Mēģināja viņai pastāstīt, kāpēc viņš tik ļoti kavējās.

Viņa iekāpa mašīnā. Aizcirta durvis aiz sevis.

Viņš iekāpa vadītāja sēdeklī.

Viņa teica, lai viņš runā ar roku.

Viņš aizbrauca no ietves. Viņš bija tik dusmīgs, ka varēja spļaut.

Viņa bija dusmīga, priecīga, skumja un atvieglota.

Viņa bija diezgan satraukta.

***

"Vai tu zini, cik ilgi tu uz mani dusmosies?" Vincente jautāja.

"Es uz tevi nedusmojos!" viņa iesaucās. Viņa viņu mīlēja tik ļoti, ka vienīgais, ko viņa vēlējās, bija, lai viņš viņu paņemtu savās rokās un turētu. Lai viņš viņai pateiktu, cik ļoti viņu mīl. Ka viņš nekad viņu neatlaidīs.

Tomēr daļa no viņas gribēja būt dusmīga uz viņu.

Sāpināt viņu. Liekt viņam samaksāt.

Sāpes, ko viņa izjuta, šajā brīdī pārņēma viņas sirdi, un viņa klusi raudāja.

Vincente nolādēja sevi.

Viss, ko viņš gribēja, bija pārsteigt viņu!

32. NODAĻA

Kad viņi atgriezās viesnīcā, Vincente izkāpa no automašīnas un skrēja pie Grace's. Viņam bija jāpatur Grace automašīnā. Viņiem bija jāpārrunā.

"Tu mani uzklausīsi, un tu mani uzklausīsi tagad."

"Es... es ne..."

"Tu man esi parādā. Tu uzklausīsi."

Viņa skatījās uz viņu ar tādu neuzticību acīs, ar tādu sāpēm un ciešanām, ka viņš vairs nevarēja to izturēt.

"Klausies, ja vari, vienkārši uzticies man. Uzticies man un ej uz augšu. Apsēdies dušā. Atvēsini galvu. Pavadi dažas minūtes, domājot par mums, par to, cik ļoti es tevi mīlu. Un tad, kad būsi gatava, uzvelc kāzu drēbes, ko nopirki, un nāc atpakaļ uz leju, bet ne uzreiz. Nāc atpakaļ tieši pulksten 6."

"Tātad tu atkal atstāsi mani vienu visu dienu," Grace iebāza lūpas.

"Es domāju, ka laiks vienatnē ir labs mums abiem. Tas dod mums telpu. Laiku, lai novērtētu viens otru.

Laiku, lai padomātu. Un tieši pulksten 6 nāc lejā un meklē mani, un mēs parunāsim." Viņš maigi noskūpstīja viņu uz vaiga un paņēma viņas roku savējā. Viņš skatījās viņai dziļi acīs un teica: "Uzticies man."

Viņa piekrita nedaudz negribīgi un devās uz liftu, kur pakāra savu kāzu kleitu un izklāja visu pārējo uz gultas.

Viņa apskatīja sevi spogulī. Viņa izskatījās briesmīgi. Viņa bija bijusi nomodā visu nakti un bija ļoti uztraukusies par Vincente. Tā bija briesmīga nakts, pilna ar ļoti tumšām domām. Viņa kaunējās par sevi un bija ļoti izsmelta.

Viņa atgūlās uz mīkstās gultas un paskatījās uz pulksteni. Bija tikai pusdienlaiks, un viņai bija nepieciešams mazliet pagulēt. Viņa uzstādīja modinātāju uz 4:00, un tad sāka raudāt par visu iepriekšējās dienas sāpēm un ciešanām. Kad vairs nebija asaru, Grace aizmiga.

33. NODAĻA

Skanēja modinātājs, un tā ass skaņa izbiedēja Greisu. Viņa piecēlās, sākumā aizmirstot, kur atrodas. Viņa skrēja pa istabu, izskatīdamās kā zoss, kas mēģina iemācīties lidot.

Kad viņa nomierinājās un nospieda izslēgšanas pogu, viņas atmiņā atgriezās pēdējās 24 stundas, tas, kas bija noticis, kā viņa bija aizmirsta, pamesta.

Kā viņa jutās vientuļāka nekā jebkad agrāk un kā Vincente atgriezās pie viņas, lūdzot piedošanu.

Viņš bija tik pārliecināts, ka viņa sapratīs. Tik pārliecināts un tik drošs par sevi.

Viņa paskatījās pāri istabai un ieraudzīja savu skaisto kāzu kleitu, kas gaidīja viņu. Viņa aptaustīja tās audumu, un tas joprojām bija tikpat skaists, kā izskatījās.

Pēc brīža viņa bija izgājusi no dušas, nosusinājusies un sāka savākt matus un saspraust tos. Viņa gatavojās brīdim, kad uzvilks kāzu kleitu. Viņa tikai cerēja, ka viņai būs pietiekami daudz saspraužu, lai mati paliktu savā vietā, līdz tiks uzlikta tiara — pēdējais akcents.

Pēc tam, kad viņa bija sagatavojusi grimu un viss par viņu liecināja, ka viņa ir topošā līgava, viņa novērtēja savu izskatu, sev sakot to, ko gribēja dzirdēt: ka viņa ir skaistākā sieviete pasaulē. Viņai šis tituls bija pieņemams, jo, cik viņa zināja, viņa bija vienīgā sieviete pasaulē, tāpēc tur nebija nekādas konkurences, un šādi domāt par sevi nešķita iedomīgi.

Viņa domāja par to, kā Vincente viņu redzēs, un prātoja, vai ir taisnība, ka līgavainim nav labi redzēt līgavas kleitu pirms kāzām.

Kad viņa vēlreiz paskatījās uz sevi pilna auguma spogulī, viņa pavilka savu kleitas asti uz priekšu un sāka doties ārā no istabas un garajā gaitenī. Viņai patika kleitas švīkstošais skaņas, kad tā sekoja viņai pa paklāju. Viņa iedomājās, ka viens no viņas labākajiem draugiem ir tur aiz viņas un tur kleitu. Bet tad viņa novirzīja savas domas. Galu galā, tā nebija īsta kāzas, tas bija tikai sava veida modes šovs Vincente.

Kad skanēja lifta zvans, paziņojot par viņas ierašanos pirmajā stāvā, Grace šūpojās pāri ieejai, garām tukšajiem galdiem un pamestajiem datoriem, garām tukšajam restorānam un pamestajam bāram. Kad viņa izvadīja kleitas asti cauri rotējošajām durvīm — kas, starp citu, nebija viegls uzdevums —, viņa izkāpa pusapļa taksometru joslā un ieraudzīja Land

Rover, kas stāvēja savā ierastajā vietā. Viņa paskatījās apkārt, meklējot Vincente, bet viņš nebija redzams. Atkal. Tas sāka kļūt par ieradumu.

Saule jau atvadījās no dienas un rietēja pie horizonta. Debesis bija iekrāsojušās oranžsarkanā tonī. Gracē tas likās solīt turku priekus nākamajā dienā. Vai varbūt zvejnieku priekus? Viņai nebija ne jausmas, kāda nozīme ir šim izteicienam, kas ienāca prātā. Viņa šķērsoja ceļu un nonāca pie akmens sienas, joprojām meklējot Vincente.

Tad viņas uzmanību piesaistīja smiltis. Tur bija viena izžuvusi sarkana roze. Viņa to pacēla un nesa līdzi, dodoties uz kāpnēm. Tad viņa ieraudzīja izžuvušus rožu ziedlapiņas. Izkaisītas pa ceļu. Rādot viņai ceļu. Pie viņas kājām atradās vēl viena izžuvusi roze, šoreiz dzeltena. Viņa to pacēla un turpināja iet pa kāpnēm uz smiltīm.

Gar ceļu bija atstātas sveces, kas smaržoja pēc rozes un lavandas. Viņas ausis uztvēra klusu mūziku, kas skanēja tālumā.

Viņa pagriezās, lai atrastu tās avotu, un tas, ko viņa redzēja, bija pārsteidzošs. Viņa stāvēja tur, piekļāvusies pie vietas, un vējš plivināja viņas kāzu kleitu un vilni, plivināja un plivināja. Tēls bija kā akordeona kāzu kleita, un no vietas, kur stāvēja Vincente, viņš nekad nebija redzējis tik skaistu skatu.

34. NODAĻA

Kad viņa savāca sevi, Grace devās viņam pretim. Viņai bija jāveic vairāki soļi, un viņa katru no tiem veica lēnām, apzināti iedurot savu antīko balto kurpju jaunos papēžus un uzmanīgi soļojot. Viņš viņu vēroja. Gaidīja viņu tur.

Viņa jutās skaista kā nekad agrāk, kad viņš viņai smaidīja. Viņa seja teica: "Redzi!" Un, kad saule pilnībā pazuda no dienas, palika tikai vīrietis uz mēness — šķita, ka tas bija Alberts Einšteins — kā liecinieks tam, kas bija gatavs notikt.

Kad viņa sasniedza apakšējo pakāpienu un ieraudzīja smiltis visapkārt, viņa domāja, cik grūti būtu iet pa smiltīm ar augstiem papēžiem, taču viņa negribēja pārtraukt šo brīdi, tāpēc īsi vilcinājās, pirms uzkāpa uz smiltīm.

Pauzējot uz brīdi, no attāluma šķita, ka viņa pielabo savu tiāru, bet abi zināja, ka viņa to visu uzsūc, baudot šo brīdi. Viņas sirds bija tik pilna, ka viņa domāja, ka tā pārplūdīs ar visu mīlestību un skaistumu, kas viņu apņēma.

Nav brīnums, ka viņš tik ilgi kavējās, viņa domāja.

Viņa redzēja, kā Vincente uz brīdi kustējās. Viņš palielināja mūzikas skaļumu. Viņš atkal smaidīja viņai.

Viņa nokāpa smiltīs, lai satiktu savu līgavaini.

35. NODAĻA

Vincente bija izveidojis viņai eju, kurā iet, savienojot kopā pasaku gaismas un sveces, kas pēc tam tika apvītas ap žāvētiem rožu krūmiem. Tas bija apburoši skaisti. Viņa to visu uzņēma, ejot uz viņu, samazinot attālumu.

Vincente bija tērpts baltā smokingu jakā bez krekla zem tā un melnos Levi's džinsos. Viņš nervozi savilka rokas un pārbrauca ar pirkstiem pa matiem, visu laiku smaidot viņas virzienā.

Viņš bija tik skaists, ka viņa gribēja viņu apēst.

Bet viņa bija aizrāva brīdis, gribot izbaudīt un izdzīvot šo tēlu, kad pasaku gaismas, sveces un zvaigznes virs galvas mirgoja sinhroni: daba pievienojās viņu mīlestības svinībām.

Grace soļoja uzmanīgi, cenšoties saglabāt plūstošo skaistumu, eleganci un cieņu, kas tiek sagaidīta no līgavas viņas īpašajā dienā. Bet beigās viņa vairs nevarēja gaidīt, lai tiktu pie Vincente, tāpēc viņa novilka abas kurpes, satvēra savu kleitu un skrēja pie viņa. No attāluma izskatījās, ka viņa lido, bet patiesībā viņa nemaz nepacēlās no zemes.

Viņu acis bija fiksētas viena uz otru, kad attālums starp viņiem kļuva arvien mazāks, un drīz vien viņi stāvēja blakus, sadevušies rokās, zaudējušies viens otrā. Zaudējušies šajā brīdī. Zaudējušies savā mīlestībā.

Vincente runāja pirmais: "Ir pienācis laiks man precēt skaistāko sievieti pasaulē."

"Paldies," teica Grace, "tas ir vairāk, nekā es jebkad varēju iedomāties! Tas ir perfekti!"

„Ak, bet vēl viena lieta, pirms mēs sākam. Lūdzu, pacel savu kleitu," Vincente kautrīgi teica.

„Piedod?"

„Es domāju, man ir kaut kas tev," Vincente paskaidroja. Kad Grace pacēla kleitu, Vincente teica: „Augstāk, augstāk," līdz viņas augšstilbs bija pilnībā atklāts, un, iespējams, pat Alberts Einšteins sarktēja.

Tad Vincente izvilka no džinsu kabatas zilu zeķbanti un uzvilka to uz Grace's kājas līdz pat augšstilbam. Viņa pieskāriens izraisīja drebuļus viņas kājā, un tad, kad viņš noskūpstīja viņas iekšējo augšstilbu, drebuļi izplatījās pa visu viņas ķermeni.

Viņš atkāpās, un sāka skanēt dziesma. Dziesma, kas Grace bija ļoti pazīstama.

Tā bija tā mīlas dziesma, un tā skanēja no viņas rotaslietu kastītes.

Viņš bija atgriezies mājā, lai to paņemtu. Tāpēc...

Līgava un līgavainis bija pazuduši viens otrā.

Viņi savienoja rokas.

36. NODAĻA

Tu atcerējies!" iesaucās Grace.

" "Protams, es atcerējos."

Dziesma atkārtoja refrēna vārdus par mīlestību, kas turpināsies mūžīgi un mūžīgi.

Kad viss apklusa vai bija dzirdams tikai viļņu dabiskais skaņas, kas šķita pret krastu, Vincente dziļi ieskatījās Grace's acīs.

"Grace, tu esi skaistākā sieviete, ko esmu jebkad saticis. Tu esi skaista gan iekšēji, gan ārēji, bet šodien tu man esi skaistāka nekā jebkad agrāk. Esmu iemīlējis tevi ar katru dienu vairāk un vēlos, lai mēs pavadītu kopā atlikušo dzīvi. Vēlos tevi darīt laimīgu. Vēlos, lai mūsu mīlestība būtu mūžīga."

Asaras ritēja pa Grace's vaigiem, kad viņa teica: "Vincente, es tevi mīlu no pirmā brīža, kad tevi ieraudzīju, bet tad tas bija tikai no attāluma. Tu biji pietiekami tuvu, lai ar tevi runātu, bet pārāk tālu, lai tevi sasniegtu. Attālums starp mums bija pārāk liels.

Bet kaut kas tevi atveda pie manis, kaut kas, kas ir vairāk, nekā es jebkad varēju sapņot, un par to es esmu mūžīgi pateicīga. Es zvēru tevi mīlēt līdz pēdējam elpas vilcienam, un pat tad mana atmiņa tevi mīlēs vēl vairāk."

Vincente piegājās un uzlika gredzenu uz Grace's pirksta. Viņš maigi noskūpstīja viņas pirkstu, kad to nolaida, liekot Gracei atkal nodrebēt, bet viņu acis nekad nepārtrauca mīlas skatienu.

Grace uzlika otru gredzenu uz Vincente pirksta un, sekojot viņa piemēram, maigi noskūpstīja viņa pirkstu. Viņš piedāvāja viņai citus pirkstus, un viņa arī tos maigi noskūpstīja, visu laiku vērojot, kā mati uz viņa rokām un rokām stājas stāvi.

Iegūstot šo mirkli, viņi pietuvojās viens otram tik tuvu, cik vien iespējams, un noskūpstījās visdziļākajā un kaislīgākajā skūpstā: precētu skūpstā, kas noslēdza darījumu.

„Smaidi!" teica Vincente. Viņš bija uzstādījis kameru uz statīva, un viņš un Grace smaidīja. Viņš to pagrieza, lai viņi būtu redzami ar pludmali fonā. Tad viņš uzņēma vienu fotogrāfiju, kurā bija redzama tikai Grace, turot rokās rozes, un arī viņa uzņēma vienu fotogrāfiju, kurā bija redzams viņš.

Tad Vincente piegāja pie stereo un sāka atskaņot jaunu dziesmu. Tā bija ļoti romantisks dziesma. Viņi sāka dejot. Tā bija viņu pirmā deja kā precētiem pārim. Tā bija viņu pirmā deja kopā un viņas pirmā deja vispār. Saslēdzoties kopā, viņi kustējās kā viens, turēdami viens otru tik tuvu, cik vien divi cilvēki var būt.

Vincente pagāja klāt un noņēma Grace's tiāru, un viņi sāka viens otru izģērbt, gabalu pa gabalam. Kad abi bija pilnīgi bez apģērba un vienīgais, ko viņi valkāja, bija jaunie laulības gredzeni, viņi skūpstījās, līdz nokrita uz smiltīm, atstājot uz tām laulības nospiedumu.

Kamēr viļņi turpināja sisties pret krastu, viņi pirmo reizi kā precēts pāris mīlējās, un tad, izsmelti, iegrima dziļā, dziļā miegā.

Grace sapņoja, ka viņa krīt no debesīm, bet viņa nekrita. Viņa bija piekārta gaisā, ar plaši izplestām rokām.

37. NODAĻA

Grace! GRACE! GRACE!" Vincente kliedza.

" Kad viņa pamodās, puse no viņas ķermeņa bija zem ūdens. Viss no viņu kāzām bija pazudis.

"GRACE!" Vincente atkal kliedza, kad viļņi viņu grūda un mētāja kā vieglā boju.

Grace arī sāka virzīties uz ūdeni, kad saprata, ka Vincente mēģina glābt viņu mantas. Viņa redzēja, kā viņš nogrimst, un kliedza viņa vārdu, gaidot, kad viņš atkal parādīsies virspusē.

„Aizmirsti mantas!" Grace kliedza. „Vienkārši nāc atpakaļ, visu var aizstāt!"

Viņš viņu nedzirdēja vai neklausījās, tāpēc viņa sāka virzīties uz viņu. Cīnoties pret viļņiem, straumes viļņojošā spēks viņu ievilka zem ūdens, un drīz deguma sajūta no sālsūdens ieplūda viņas plaušās.

Grace's prātā atausa atmiņas par viņas kāzu dienu, brīnišķīgāko dienu viņas dzīvē. Atmiņas par zvērestiem, ko viņa un Vincente bija apmainījušies, kamēr viņa cīnījās ar visu savu spēku, lai izdzīvotu.

„Grace, tu esi skaistākā sieviete, kādu esmu jebkad saticis. Tu esi skaista gan iekšēji, gan ārēji, bet šodien tu man esi skaistāka nekā jebkad. Esmu iemīlējis tevi ar katru dienu vairāk un vēlos, lai mēs pavadītu kopā atlikušo dzīvi. Vēlos tevi darīt laimīgu. Vēlos, lai mūsu mīlestība būtu mūžīga," viņš teica.

Asaras ritēja pa Grace's vaigiem, kad viņa teica: "Vincente, es tevi mīlu no pirmā brīža, kad tevi ieraudzīju, bet tad tas bija tikai no attāluma. Tu biji pietiekami tuvu, lai ar tevi runātu, bet pārāk tālu, lai tevi sasniegtu. Attālums starp mums bija pārāk liels. Bet kaut kas tevi atveda pie manis, kaut kas, kas ir vairāk, nekā es jebkad varēju sapņot, un par to es esmu mūžīgi pateicīga. Es zvēru tevi mīlēt līdz pēdējam elpas vilcienam, un pat tad mana atmiņa tevi mīlēs vēl vairāk."

Vincente piegājās un uzlika gredzenu uz Grace's pirksta. Viņš maigi noskūpstīja viņas pirkstu, kad to nolaida, liekot Gracei atkal nodrebēt, bet viņu acis nekad nepārtrauca mīlas skatienu.

38. NODAĻA

Grace devās uz ūdens pusi. Viņa nepaskatījās atpakaļ. Kad viņa bija pie ūdens malas, viņa noņēma savu kāzu un saderināšanās gredzenus un iegāja ūdenī. Kad ūdens sasniedza viņas vidukli, viņa noskūpstīja gredzenus uz atvadām un sagatavojās tos iemest aizmirstībā.

Vinsents vēroja un gaidīja, neskaidrs aiz viņas muguras. Kad viņš saprata, ko viņa grasās darīt, viņš izšāva kā raķete un iesaucās: „Grace, NĒ!"

Viņa apstājās, nolamājot sevi par vilcināšanos, gredzeni joprojām cieši satverti dūri.

„Nāc atpakaļ," viņš teica. „Nedari to!"

Viņa gribēja būt tukša, tukša no visa, tāpat kā Vincente. Viņai gredzeni nebija vajadzīgi, ja viņam nebija savu.

„Mēs atgriezīsimies antikvāru veikalā, es nopirkšu citu gredzenu!" viņš sauca.

„Lūdzu, nāc atpakaļ!"

Viņa joprojām apsvēra iespēju atdot gredzenus, bet tad tos sasniedza spožie saules stari. Tas bija kā zīme no Mātes Dabas, un viņa aizsargājoši apņēma tos ar roku.

Grace izkāpa no ūdens, jūtoties nedaudz dusmīga uz Vincente par to, ka viņš vispār noņēma gredzenus. Viņa nekad iepriekš nebija redzējusi, ka viņš noņemtu ģimenes relikviju, tāpēc kāpēc viņš to izdarīja tagad?

Kad viņa piegāja pie Vincente, viņš atkal uzlika gredzenus viņas pirkstam un noskūpstīja to. "Nu, tas ir unikāls sākums mūsu medusmēnešiem!"

"Jā, patiešām neaizmirstams — es domāju, kaut kas, par ko varēsim stāstīt saviem bērniem un mazbērniem!"

Viņi smaidīja viens otram, apņēma viens otra vidukli un devās atpakaļ uz viesnīcu.

Un ceļā uz turieni viņi nolēma, ka ir pienācis laiks doties tālāk.

39. NODAĻA

„Vispirms mēs apstāsimies pilsētā un nopirksim tev jaunu gredzenu. Un tad…"

„Zini, mīļais, es drīzāk pagaidīšu, ja tev tas nekas pretī, un vēl paskatīšos apkārt. Es negribu pirkt savu otro gredzenu tajā pašā veikalā — tas būtu dīvaini un pat nelaimīgi. Meklēsim kaut ko pilnīgi atšķirīgu. Un attiecībā uz manu ģimenes gredzenu, nu, tas jau ir izlemts."

Kopā viņi sakārtoja savas skopās mantas viesnīcas numurā.

„Nāc, Marino kundze," Vincente teica, smaidot Grace, „ir laiks sākt mūsu medusmēnesi!"

„Pasaki to vēlreiz," viņa teica.

„Marino kundze, Vincente Marino kundze, Vincente Marino kungs un kundze, Grace un Vincente Marino," viņš skaitīja. Viņa sajuka, it kā šie tituli būtu mūzika, un viņi savāca savas somas un izgāja. Viņi cieši aizvēra durvis aiz sevis, nokāpa ar liftu uz vestibilu, izgāja caur rotējošajām durvīm un iekāpa gaidošajā automašīnā.

Pēkšņi Grace jautāja: "Kāda ir jūsu uzvārda nozīme?"

"Uh, ja jums tas nepatīk, vai jūs lūgsiet atpakaļ Greenway?" viņš jautāja, visā laikā smaidot.

"Nekādi! Greenway ir garlaicīgi. Tas nozīmē "zaļais ceļš" — liels pārsteigums. Bet Marino skan sveši, eksotiski — interesanti."

„Paldies, Marino kundze," teica Vincente. „Tas nozīmē „jūras krasts". Es domāju, ka tāpēc es vienmēr esmu mīlējis šeit braukt. Okeāns man skan kā mūzika. Tas ir manā asinīs."

„Pēc tā, kas tikko notika, es neiebilstu kādu laiku būt tālu no ūdens," atzina Grace.

„Nekāda brīnums!" teica Vincente, „Bet mēs atgriezīsimies."

40. NODAĻA

Braucot gar krastu un garām jauniem un lietotiem auto stāvlaukumiem, Vincente domīgi teica: „Zini, es vienmēr esmu sapņojis par divvietīgu, ābolu sarkanu Ferrari."

Kad viņa ieraudzīja tieši tādu pašu automašīnu, kādu Vincente bija aprakstījis, vienā no stāvvietām, viņa teica: „Kāzu dāvana? Manuprāt, tas būtu lieliski, izņemot to, ka šajā automašīnā ir vairāk vietas nepieciešamo lietu, piemēram, ieroču, nažu un citu lietu, glabāšanai."

„Jā, tu esi taisnība," teica Vincente; tomēr viņš nevarēja pilnībā atteikties no šīs iespējas, tāpēc iebrauca Ferrari automašīnu stāvvietā. „Tas ir kā es būtu miris un nokļuvis Ferrari paradīzē!"

„Rimsties, mister Marino," brīdināja Grace, izliekoties, ka viņu attur.

„Šī," viņš teica, glāstot to, „šī ir mana mīļā!"

Grace vēroja, kā viņš ar pirkstiem pārbrauca pa izliektiem bamperiem, pieskārās un mīlīgi skatījās uz mīksto balto ādas salonu, mīlīgi glāstīja stūres ratu, tad atvēra kapotu un gandrīz iekāpa tur un mīlējās ar to.

"Vai man vajadzētu būt greizsirdīgai?" viņa jautāja ar smaidu.

Viņš pasmējās, bet turpināja glāstīt lukturus.

"Nopietni runājot," teica Grace, "vai mums nevajadzētu meklēt piemērotu automašīnu, kurā būtu pietiekami daudz vietas, lai pārvadātu mūsu mantas?"

"Nē," viņš izsmēja. "Dzīve ir pārāk īsa. Nāc, lec iekšā!"

Pēc tam, kad viņi vairākas reizes braukuši augšā un lejā pa Princess Highway, Grace atgriezās pie Land Rover. Viņa smaidīja, redzot, kā Vincente atvadās no sarkanā Ferrari.

Pēc brīža viņš atgriezās pie Grace's un pieprasīja, lai viņa "atvērtu logu".

"Kāpēc?" viņa jautāja.

"Vienkārši dari to!"

"Nē, iekāp tu."

"Atver to, Grace."

"Pasaki man, kāpēc!"

"Nāc!"

Viņa nolaida logu, un Vincente iebāza galvu atvērtā telpā, satvēra viņas seju ar abām rokām un skūpstīja viņu stipri, pārvelkot mēli pāri viņas lūpām un virpinot to viņas mutē, līdz viņa pilnīgi aizmirsa elpot.

"To tu dabū par to, ka domāji, ka es skūpstīšu Ferrari!" teica Vincente, lecot Land Rover un liekot riepām čīkstēt.

Grace sēdēja klusējot, joprojām mēģinot atgūt elpu, kamēr sarkanais Ferrari kļuva arvien mazāks un mazāks viņas sānu spogulī, visu laiku atceroties Vincente lūpas uz savējām.

„Atceries, kad es tev stāstīju, ka mana mamma bija māksliniece?" Grace pamāja ar galvu, un Vincente turpināja. „Mana mamma bija gleznotāja, un diezgan laba gleznotāja. Mans tēvs strādāja komunikāciju uzņēmumā, un viņu sūtīja strādāt pa visu valsti. Tāpēc, kad es biju bērns, mēs bieži pārvācāmies. Mamma mīlēja pārvākties, jo tas bija labi viņai — es domāju, mākslinieciskā ziņā. Viņai vienmēr bija jauni ainavas, jauni skati, jauni koki..."

Viņš pēkšņi apstādināja auto, spēcīgi nospiežot bremzes. Tad veica plašu apgriezienu.

„Kas noticis? Man patīk klausīties par tavu ģimeni. Stāsti tālāk."

„Es tev to vienkārši nestāstīšu," Vincente teica nedaudz aizelpojies. „Es tev to parādīšu! Es to biju pilnīgi aizmirsu, līdz šim brīdim. Domāju, ka es to pat biju izdzēsis no atmiņas."

„Stāsti," Grace pārtrauca, bet Vincente turpināja runāt.

"Pēc tam, kas notika pie maniem vecvecākiem un pēc tam pie taviem vecākiem, nu, tas ir pārāk liels sakritības."

"Kas? Kas ir sakritība?"

"Tas ir pārāk dīvaini, lai es to izskaidrotu, bet es tev parādīšu, un drīz," viņš nodrebēja un stingrāk satvēra stūres ratu. "Turies, labi? Kad tu to redzēsi, tu sapratīsi, kāpēc."

"Labi," teica Grace, atgūstoties sēdeklī. Viņa gribēja uzdot vairāk jautājumu, bet zināja, ka Vincente šobrīd uz tiem neatbildēs. Viņa mainīja tematu. "Vai tev bija kādas problēmas, tik daudz pārvietojoties, kad biji bērns?"

"Man nebija nekādu problēmu," teica Vincente, "Visticamāk tāpēc, ka es biju diezgan labs sportā. Es izmēģināju dažādas lietas, iekļuvu komandā un "voila" — uzreiz ieguvu draugus."

"Es deru, ka tev vienmēr ir bijušas meitenes, kas tev uzmācās!"

"Ooh, skaties, kas te skan nedaudz greizsirdīgi? Vai tu esi greizsirdīga, Marino kundze?"

Grace's vienīgā atbilde bija klusa smaida.

41. NODAĻA

Vairs tikai dažas minūtes," teica Vincente.

" "Šodien, šķiet, līs," novēroja Grace, un redzams drebuļis pārskrēja visā viņas ķermenī.

"Es novērtētu īsta negaisa troksni," teica Vincente. "Man pietrūkst putnu dziesmas, īpaši kookaburru."

Grace paskatījās pa sānu logu un tad atkal uz priekšu caur priekšējo stiklu.

Vincente ieslēdza stikla tīrītājus, kad no debesīm sāka kristies dažas pilieni. Šoreiz tie bija parasti pilieni, ne melni kā iepriekš.

"Atceros, ka skolā vienmēr teica, ka pēc kodolkara daži dzīvnieki, piemēram, grifi, prusaki un haizivis, izdzīvotu," teica Vincente.

"Neviens no tiem nav vajadzīgs mūsu pasaulē."

„Nē, bet ja šī lieta... paņēma arī tos, ko tas nozīmē mums? Grifi un haizivis barojas ar cilvēku vai citu dzīvnieku līķiem. Tā kā līķu nav, arī tie būtu nomiruši no bada. Prusaki ēd jebko — dzīvniekus, dārzeņus, papīru — visu, ko vien var iedomāties. No šiem trim, un tā kā tie lido šeit, labajā vecajā OZ, mums jau tagad vajadzētu būt redzējuši vismaz vienu no tiem."

Grace atkal nodrebēja: "Kāpēc prusaki ēd papīru?"

"Tie nav tieši papīrs, ko tie meklē. Tas ir līme, kas ir izgatavota no dzīvnieku blakusproduktiem."

„Varu tev pateikt vienu lietu, kas man nepatīk, — kukaiņi," teica Grace, un viss viņas ķermenis atkal nodrebēja. Šoreiz to pamanīja pat Vincente.

„Vai gribi kapuci nākamajā tirdzniecības centrā, vai man ieslēgt apkuri? Pēdējā laikā tu daudz dreb. Ceru, ka neesi saslimusi."

„Man īsti nav auksts. Es vienkārši jūtos nedaudz dīvaini. Es to nevaru izskaidrot," teica Grace.

"Pastāsti man, kā tu jūties," lūdza Vincente. "Vai tas ir tā, it kā kāds tevi novērotu? Vai arī it kā kaut kas slikts notiks?"

"Varbūt abas lietas; varbūt tikai viena. Es patiešām nezinu. Tāpēc ir grūti izskaidrot," teica Grace, kad viņai uz rokām parādījās zosāda.

"Mēs jau gandrīz esam klāt," viņš teica. "Pagaidi, varbūt karsta duša palīdzēs."

"Jā, vai arī jauka, gara vannas," teica Grace. "Tu vari man izdarīt masāžu."

"Es to izdarīšu, ja tu izdarīsi man," teica Vincente ar zēnīgu smaidu.

Grace neviļus atkal nodrebēja, kad automašīna pagriezās ap līkumu. Vincente apstājās pie divstāvu mājas, tad iebrauca piebraucamajā ceļā un apstājās.

"Laipni lūgta manā pieticīgajā mājvietā," teica Vincente, plaši pamājot ar roku un noliecoties kā džentlmenis.

Grace iesmējās un tad apskatīja dārzu. Viss tajā bija miris, bet daži ziedi joprojām bija saglabājuši savas krāsas. Vincente atvēra viņai durvis, un viņa devās viņam pretim.

"Šis dārzs bija mana mammas lepnums un prieks," viņš teica, "paskaties, kāds tas ir tagad."

"Esmu pārliecināta, ka toreiz tas bija elpu aizraujošs," teica Grace. "Pat tagad, kad tas ir šāds, es joprojām varu redzēt, ka ne tik sen tas bija mīlēts un kopts."

"Kad es sāku iet skolā," teica Vincente, "mamma sāka stādīt. Viņa uztraucās, kā viņa aizpildīs savas dienas bez manis. Gleznošana ir viņas kaislība, bet dažreiz viņai bija nepieciešams neliels atpūtas brīdis, lai gūtu iedvesmu. Tad viņa atklāja talantu audzēt augus, un tas kļuva par ļoti terapeitisku nodarbi viņai. Mamma daudzos veidos bija māksliniece," viņš teica, paņemot Grace's roku un vedot viņu uz priekšējo verandu. Viņa sekoja, līdz viņi apstājās pie apgāztā molberta.

„Kad es pēdējā dienā devos uz skolu, mamma bija šeit un gleznoja. Tagad…" viņš apstājās, uzliekot roku uz mutes.

„Kas ir?"

„Viņas glezna," viņš iesaucās. „Tā joprojām ir šeit! Un skaties, viņa atstāja krāsu vākus atvērtus, un viņas otas ir pilnīgi sausas." Viņš nevarēja sevi atturēt un ar troksni nokrita krēslā.

„Mamma nekad neatstātu šīs lietas šeit. Tagad es esmu pārliecināts, un man jāpieņem fakts, ka mana mamma ir mirusi."

Grace paņēma viņa roku savējā un pārvietojās blakus viņam, lai arī viņa varētu redzēt gleznu. „Tava mamma ir patiešām kaut kas īpašs."

„Bija. Viņa bija patiešām kaut kas īpašs."

Grace apskatīja gleznu, noliecoties pār Vincente plecu, un teica: „Pārsteidzoši."

"Bet viņai nekad nebija laika to pabeigt!" Vincente noliecās. Viņš uzmanīgi uzlika vākus atvērtām krāsu bundžām. Tad izlēja no pudeles nedaudz terpentīna un iemērca tajā otu, lai to iztīrītu. Viņš pacēla nepabeigto gleznu no zemes, nodeva pudeles Gracei, un viņa sekoja viņam uz māju.

Pirmā lieta, ko Grace pamanīja ārā, bija dārza paliekas. Mājā pirmā lieta, ko viņa pamanīja, bija ziedi — visdažādākie ziedi, kas bija sakārtoti vāzēs. Zili. Sarkani. Violeti, kā vien vēlaties. Ziedi bija novietoti kafijas kannās un tukšos burciņās. Ziedi visur. Tagad tie visi bija izžuvuši, tāpat kā ārā, bet daudzi no tiem bija saglabājuši savas krāsas un smaržu.

Vincente mamma bija piepildījusi savu māju ar dabu un mīlestību. Grace zināja, ka tas tā ir, jo ziedi bija visur, kur vien varēja atrast vietu. Tagad, kad viņa par to domāja, viņa vēl vairāk vēlējās, lai būtu satikusi viņu. Viņa nožēloja, ka tagad vairs nevarēs ar viņu satikties. Asara ritēja pa viņas vaigu, kad viņa paņēma pāri akvamarīna zilu dārza cimdu no galdiņa. Grace turēja tos rokā, gandrīz kā turētu Vincente mammas roku, un nesa tos līdzi, sekojot Vincente pēdās.

"Pagaidi šeit, Grace," viņš teica. "Es to atnesīšu. To, ko es gribu, lai tu redzi."

Viņa apsēdās krēslā, visu laiku apbrīnojot lielu gleznu, kas bija izstādīta virs kamīna. Tajā bija kaut kas ļoti pazīstams, gandrīz mierinošs. Viņa piecēlās un piegāja tuvāk.

„Es nevaru tam noticēt! Tas ir pazudis!" Vincente iesaucās, tuvojoties Gracei, kura nepievērsa viņam nekādu uzmanību. Patiesībā viņa nemaz nekustējās – it kā nebūtu viņu dzirdējusi.

Grace neievēroja viņa klātbūtni un nekustējās. Tas bija tā, it kā viņš vispār nebūtu tur. Viņš paskatījās uz savu sievu, kas stāvēja tur, rokās turot viņa mātes cimdus, un tad sekoja viņas skatienam.

Kad viņš saprata, uz ko viņa skatās, viņš aizklāja muti ar roku. Virs kamīna bija glezna, kuru viņš bija meklējis. Tieši tā glezna, kuru viņš bija atvedis Gracei uz māju, lai parādītu.

„Tā ir!" viņš iesaucās un pieskārās viņai pie rokas.

Grace iztrūkās no pēkšņā pieskāriena, bet nespēja novērst acis no gleznas. Šķita, ka viņa ir kā apburta.

Grace prātā apbrīnoja gleznas reālistiskumu. Viņa varēja sajust zāles smaržu un dzirdēt govs mūžošanu. Viņa jutās kā daļa no tā. Kaut kādā veidā.

Vincente mēģināja pagriezt Grace pret sevi, bet viņa pretojās. Viņš stāvēja viņai priekšā, un viņa viņu atgrūda.

"Paskaties uz mani!" viņš iesaucās.

"Es nevaru. Tā ir pārāk skaista! Man šķiet, ka esmu tur bijusi."

"Paskaties uz mani!" viņš pavēlēja.

Grace paskatījās uz savu vīru, kurš stāvēja blakus viņai, savilcis rokas, ar sviedriem, kas plūda pa seju.

„Kas tas ir, Vincente?" Grace jautāja, cenšoties nepaskatīties uz gleznu.

„Šī glezna," viņš teica, pagriežot viņu un aizsedzot skatu uz gleznu, „ir tā. Tā, kuru es tevi atvedu šeit apskatīt."

„Labi," Grace teica, „un es pilnīgi saprotu, kāpēc. Tā ir visbrīnišķīgākā glezna, kādu esmu redzējusi."

"Nē, Grace," teica Vincente, "paskaties uz koku. Paskaties uz koku, Grace!" Un tad viņš nodrebēja, iebāza trīcošās rokas kabatās un atkal izvilka tās ārā. Viņš pārbrauca ar pirkstiem pa matiem un nespēja nosēdēt mierā.

Viņa vēlreiz paskatījās uz gleznu un sajuta neizskaidrojamu iekšēju mieru. Viņa pasmaidīja.

„Tu to neredzi, Grace? Tu to neredzi?"

„Protams, es to redzu. Tajā ir skaistums, miers un noskaņojums. Es redzu tavas mammas sirdi šajā gleznā. Tas ir kā… es būtu viņu jau iepriekš satikusi. Kā es viņu pazītu."

„Labi, varbūt tu to neredzi. Varbūt man ir jānorāda uz to.

Skaties tur," viņš piegāja pie gleznas, un arī viņa piegāja tuvāk. "Skaties tur, uz koka? Tieši tur."

"Pasteidzies, ko tu redzi, Vincente," lūdza Grace.

"Tā ir seja."

Viņa piegāja tuvāk, bet neredzēja to, ko redzēja viņš.

"Es redzu tikai lauku, kas piepildīts ar saulespuķēm, un parastu koku, zem kura ganās govs," teica Grace.

"Nē!" viņš iesaucās, kļūstot aizkaitināts. "Paskaties tuvāk. Paskaties uz koku!" Viņš pagriezās pret viņu, ar acīm lūdzot, lai viņa redz to, ko redz viņš, bet viņa nespēja.

Viņa pagriezās pret viņu. "Tur nav sejas, Vincente. Dārgais, tu redzi kaut ko, kas tur nav."

Vincente izmisumā pacēla rokas, pagriezās un aizskrēja.

Sākumā Grace gribēja viņam sekot, bet atkal viņu pievilka glezna. Viņa piegāja tuvāk, pasmaidīja un zaudēja sevi tajā.

Pagaidi, Grace domāja, Vincente bija apstulbis, un viņu nevar viegli iebiedēt.

Viņa aizvēra acis un atkal tās atvēra. Tomēr viņa joprojām neredzēja seju. Faktiski šoreiz saules stari šķita stiepties uz viņu. Vilināt viņu. Padarot gandrīz neiespējamu novērst skatienu.

Telpa kaut kā kļuva siltāka, kad viņa skatījās uz gleznu. Viņai šķita, ka mākslinieks bija notvēris saules gabaliņu un tagad to piedāvāja viņai. Viņa gribēja ienākt gleznā un kļūt par tās daļu — apskaut gaismu. Un, kad viņa piegāja tuvāk, šķita, ka var sajust svaigu sienu lauku gaisā un dzirdēt govs mūkošanu. Viņas sirdsdarbība paātrinājās, elpošana kļuva sekla.

Viņa ļāva šim sajūtam uz brīdi pārņemt sevi, aizmirst elpot. Drīz vien sāka elpot smagi un bija vairāk nekā nedaudz nobijusies.

Grace strauji atkāpās. Viņa skrēja, saucot Vincente vārdu.

42. NODAĻA

Grace atrada Vincente savā istabā uz gultas. Lai gan bija pagājušas dažas minūtes, viņš joprojām drebēja, rokas salicis priekšā sejai. Viņa iedomājās, kāds viņš izskatījās, kad bija mazs zēns.

"Pastāsti man par to. Par gleznu," viņa lūdza, staigājot uz priekšu un atpakaļ, cenšoties atbrīvoties no sajūtām un enerģijas, kas uz brīdi bija pārņēmusi viņu. Viņa nevēlējās pieminēt to, ko bija sajutusi, vismaz ne pirms Vincente pastāstīja, kas viņu bija nobiedējis.

"Tu beidzot to redzēji? Es domāju, seju?" viņš jautāja, un tajā brīdī, kad viņa cerības bija augstas, viņa trīcēšana apsīka.

Grace nemēģināja melot, kad noliedza ar galvu. Viņa vienkārši centās izvērtēt situāciju.

Vincente ķermenis uzreiz nodrebēja.

"Pastāsti man, Vincente. Man nav svarīgi, ko es redzu, bet es redzu, ka tu esi nobijies, mīļais. Pastāsti man visu, lūdzu. Tu zini, ka man vari pastāstīt visu, vai ne?"

Viņš uz brīdi vilcinājās, zobiem klabējot, tad ieelpoja dziļi un sāka stāstīt.

"Kad es biju bērns, mamma uzgleznoja šo ainavu un ļoti lepni man to parādīja. Viņa atvilka aizkaru, gaidot, ka man tā patiks, bet es biju pilnīgi izbijies un kā bērns nespēju to izteikt vārdos. Mamma nesaprata, tāpat kā tētis. Mēs mēģinājām vēlreiz, bet man vienmēr bija tāpat. Vien neliels skatiens uz to, un es naktī pamodos kliedzot. Mani izteica murgi. Tāpēc vecāki to nolika malā, un es to vairs nekad neredzēju. Patiesībā es par to biju pilnīgi aizmirsuši – līdz šim rītam. Kā jau teicu, es domāju, ka es to izslēdzu no atmiņas."

"Tad kāpēc tu mani, mūs atvedu atpakaļ šeit? Tu gribēji pierādīt kaut ko man vai sev? Tu gribēji sastapties ar savām bailēm?" jautāja Grace.

"Es domāju, ka varbūt tajā ir kāda pazīme man – mums. Bet tu redzēji, kā es mainījos, kad tu to neredzēji. Es atkal biju bērns un man bija jābēg no istabas! Ko tu tagad domā par savu stipro vīru?" viņš sarauca pieri, uzskatot, ka tas ir nevīrišķīgs gļēvulības izpausme.

"Es mīlu viņu tikpat ļoti – nē – pat vēl vairāk!" teica Grace, piekļaujoties viņam.

Pēc dažiem klusuma brīžiem Grace atklāja: "Es neredzēju seju, bet es sajutu kaut ko gleznā, Vincente. Kaut ko neparastu un neizskaidrojamu."

Vincente sēdās, noņēma rokas no sejas un teica: "Kad es biju bērns, kad es to dziļi apskatīju, man radās vēlme ienākt gleznā. Kā vēlme aizbēgt no šīs dzīves. Es varēju sajust siena smaržu un dzirdēt govi. Tas bija kā gaisma, kas mani vilināja, nomierināja. Es zināju, ka, ja ļaušu sev iet līdzi, ieiet gleznā, tad tas sejas uz koka, tas, tas man nodarīs pāri — man bija jāizbēg, man bija jābēg no tā!"

„Es arī sajutu kaut ko dīvainu, kas mani vilināja, Vincente, bet es neredzēju seju. Tā nebija nekas līdzīgs tai, ko mēs redzējām, saproti. Tai, kas apēda vārnu."

Viņi samīļojās gultā, mierinot viens otru, un domāja par gleznu, vienlaikus izmisīgi cenšoties par to nedomāt.

Pēc brīža viņi mīlējās.

Kad Grace pamodās pirmā, viņa apsvēra, kā viņa jūtas par gleznu. Tā bija brīnišķīga ainava — par to nebija šaubu. Tomēr gaisma un tās pievilkšana bija kaut kas unikāls un, varbūt pat, ja viņa uzdrošinās to teikt, ļauns. Jā, tā tas bija. Tas bija kontrasts starp mieru un klusumu un kaut ko melnu, nezināmu, varbūt pat bīstamu.

Viņa paskatījās uz Vincente, kurš joprojām mierīgi gulēja. Viņš ik pa brīdim kustējās un murmināja. Viņa domāja, vai viņš sapņo par koku, koku ar seju, kuru viņš bija iedomājies kā daļu no tā paša ainavas. Grace klusi piecēlās no gultas, un Vincente pārvietojās, aizpildot viņas vēl siltā vietu.

Viņš joprojām gulēja mierīgi un mierā.

Viņa paskatījās apkārt viņa istabā, apbrīnojot viņa apbrīnojamos sasniegumus, par kuriem viņam bija trofejas: labākais sportists, labākais beisbolists un gada labākais spēlētājs — viņš bija uzvarējis šajā kategorijā vairākus gadus pēc kārtas.

Tad viņas acis pievērsās vairākām plauktiem, kas bija piepildīti ar koka izcirtumiem. Intrigēta, viņa piegāja pie tiem, apbrīnojot sarežģītos detaļus. Katram no tiem bija sava atšķirīga personība. Tur bija balerīna, kas izpildīja pirueti ar eleganci un tehniku, tur bija kriketa spēlētājs ar nūju, kovbojs ar pistoles jostu ap vidu, kas gatavojās izvilkt ieroci, alpīnists, kurš pēc izteiksmes bija tikko sasniedzis savu galamērķi, kā arī daudzi citi.

Grace pārskatīja visu kolekciju, apstājoties pie aborigēna vīrieša kokgriezuma. Viņš skatījās uz priekšu ar apmulsinātu skatienu. Viņa paņēma to rokā un turēja. Viņas āda, saskaroties ar koka figūru, lika tai pulsēt, ļoti maigi. Vai varbūt viņa to iedomājās?

Viņa atkāpās un novērsa skatienu uz kreiso pusi. Viņa atradās pretī koka rāmja spogulim, un viņas atspulgs viņu pārsteidza tā, ka koka figūra viņas rokā nokrita uz grīdas un atlēca uz paklāja. Viņa noliecās, pacēla to un apskatīja tuvāk, tieši laikā, lai redzētu, kā no koka figūras acīm iztek asara. Viņa noslaucīja to ar pirksta galiņu un nogaršoja. Tā bija sāļa, tāpat kā cilvēka asara. Viņa stāvēja tur un skatījās figūrai acīs. Viņa jutās nobijusies un mazliet vairāk nekā ziņkārīga. Viņa domāja, vai šīs runas par gleznu nebija viņu pārāk ietekmējušas.

"Ko tu par tām domā?" Vincente jautāja, iečukstoties, izstiepjoties un šķērsojot istabu, lai pievienotos viņai.

Grace pārsteigta sākumā nedaudz satrūkās. Viņa piespieda aborigēnu vīrieti pie savas krūts. "Man bija jāpaskatās tuvāk, jo viņu sejas izteiksmes ir tik dzīvas! Kur tu viņus atradi?"

"Es tos izgatavoju," viņš kautri atzina. "Katrs no tiem ir izgrebtas ar šīm divām rokām no galvas līdz kājām."

"Tu esi īsts mākslinieks, Vincente! Kāpēc tu man to neesi stāstījis?"

„Es par tām neesmu stāstījis nevienam, izņemot mammu, tēti un vecvecākus. Tev tie patiešām patīk?"

„Es domāju, ka tie ir neticami!"

„Es gribētu izgriezt vienu no tevis, Grace."

„Tas būtu brīnišķīgi, Vincente," viņa pagriezās, iztēlojoties, ka ir balerīna. „Es pamanīju, ka katrs no tiem ir atšķirīgs, ne tikai tēli, bet arī koka veids. Kā tu izvēlies?"

„Katram kokgriezumam ir nepieciešams īpašs koka veids, lai viss izdotos. Es staigāju starp kokiem, izlemju, ko veidot, un gaidu, lai redzētu, kāds koks man garīgi uzrunā. Tad es veidoju kokgriezumu ar mērķi padarīt to pēc iespējas dzīvesdabīgāku un, kas ir vissvarīgāk, patiesu."

„Cik ilgs laiks nepieciešams katram kokgriezumam?"

„Kad esmu atradis koku – kas aizņem visvairāk laika –, tad es varu izgrebt figūru divās vai trīs dienās. Seja vienmēr aizņem visvairāk laika, un to es daru pēdējo. Ja seja nav pareiza, es visu izmetu un sāku no jauna. Dažreiz tas ir tāpēc, ka koks nešķiet pareizs, tad es atgriežos pie kokiem un meklēju no jauna pareizo koku. Lielākajā daļā gadījumu koks ir piemērots, es vienkārši vēl neesmu uztvēris tēla būtību."

"Vai tev ir īpašs instrumentu komplekts, lai to darītu? Ja ir, tad tev vajadzētu tos paņemt līdzi. Un es domāju, ka tev vajadzētu paņemt līdzi arī savas mammas gleznu. Pat ja mums tā būs jānoslēpj."

"Ak, atkal glezna. Es gribu atgriezties un vēlreiz to apskatīt. Es gribu sastapties ar savām bailēm. Tu nāksi ar mani?"

"Protams, Vincente." Viņa sekoja viņam, pagriežoties, lai atkal noliktu aborigēnu vīrieti uz plaukta, bet tas atkal sāka pulsēt. Viņa ielika to kabatā un teica: "Bet man jāatgādina, ka es jutu, kā glezna mani velk uz sevi, un šī vilkme bija ārkārtīgi spēcīga. Briesmīgi spēcīga."

„Mēs turēsimies aiz rokām un saskarsimies ar to kopā."

„Labi, ejam."

„Vai varam vispirms iedzert tasi kafijas, Vincente?"

„Vienojamies."

43. NODAĻA

Pabeiguši dzert tēju un atgriezušies dzīvojamā istabā, Grace un Vincente sadevās rokās un devās uz gleznu.

Vincente pārliecināja sevi, ka viņš patiesībā neredz seju uz koka stumbra, bet Grace pārliecināja sevi, ka viņa nejūt gleznas spēku, kas viņu velk uz priekšu.

Viņu kājas palika stingri nostiprinātas tajā pašā vietā, kamēr viņi ciešāk satvēra viens otra roku.

Grace iebāza otru roku kabatā, kur turēja Vincente izgriezto aborigēna vīrieša figūriņu. Kad tā atkal sāka pulsēt, viņa izņēma to un pacēla, lai arī tās acis būtu vērstas uz gleznu.

Aborigēna vīrieša figūriņa sāka trīcēt viņas plaukstā. Tad tā sāka ripot no vienas puses uz otru. Viņa paskatījās uz leju, un figūriņas mute izkropļojās kliedzienā, un tā tika pacelta no viņas plaukstas un ievilkta gleznā.

Stāvot nekustīgi tajā pašā vietā, joprojām turēdami rokas, Grace tagad varēja redzēt aborigēna vīrieša skulptūru, kas sēdēja kokā. Virs viņa uz zara sēdēja vārna.

Vincente turpināja skatīties uz gleznu, bet viņš vairs nedrebēja kā iepriekš. Viņš sasprindzināja Grace's roku, lai nomierinātu.

"Vai tu pamanīji kaut ko atšķirīgu?" Grace jautāja.

"Atšķirīgu? Kā?"

"Kaut ko jaunu vai neparastu?"

"Nē, viss izskatās tāpat, bet šodien mute mani vairs tik ļoti nebaida. Varbūt tāpēc, ka mēs turamies aiz rokām."

Viņi abi attālinājās no gleznas un aizvēra durvis aiz sevis.

Aborigēns uzreiz sāka pulsēt. Viņš bija atgriezies Grace's kabatā. Viņa atvēra muti, lai pastāstītu Vincente, kas noticis, bet viņš šķita mazāk nobijies, un viņa nespēja atrast vārdus, lai to izskaidrotu.

"Es iepakošu dažas lietas," teica Vincente. "Es domāju, ka palikšu šeit, ja tev tas nekas pretī?" jautāja Grace. Viņa noskatījās, kā Vincente pazūd ap stūri, tad pacēlās un noņēma gleznu no sienas. Viņa to ietina segā un ielika automašīnas bagāžniekā. Tad viņa atgriezās mājā, paņēma dažas segas un spilvenus un droši tos uzlika uz gleznas.

Visu laiku, kamēr viņa kraujas mantas, kokgriezums turpina darīt zināmu savu klātbūtni, pulsējot viņas kabatā. Tagad viņa devās uz Vincente istabu. Aborigēns apstājās.

Vincente iepakoja savus kokgriezumus lielā somā. Viņš ievietoja tajā arī savus darbarīkus. Kad viss bija sakrauts, viņi kopā devās atpakaļ uz leju. Vincente ietināja savas mammas mākslas piederumus, tostarp molbertu un audeklu, un viņi tos ievietoja automašīnā.

"Labi, braucam," viņš teica.

"Esi pārliecināts, ka tev ir viss?" Grace jautāja.

"Es, es negribu to lietu ņemt līdzi. Esmu ar to samierinājies, un vienīgais, ko vēlos, ir aizbraukt no šejienes. Šobrīd es domāju, ka nekad vairs negribu atgriezties šeit."

Viņi devās uz ieeju, un Vincente atvēra durvis un pamāja Gracei, lai viņa iziet pirmā. Tad viņš cieši aizvēra durvis aiz sevis un aizslēdza tās.

Kad viņi atkal bija Land Rover un atkal ceļā, Grace pārtrauca klusumu. "Mums patiešām vajadzētu par to parunāt."

„Es teicu," viņš iesaucās, tad nomierināja balsi, „es teicu, ka negribu par to runāt. Ne tagad, ne jebkad. Ja par to runāšu, man būs jādomā par to, kā mana mamma, mana paša mamma, varēja radīt tādu gleznu. Mamma bija visjaukākā, vislabākā sieviete uz šīs zemes, un viņa nekad nebūtu radījusi kaut ko tik šausmīgu kā šī glezna."

Grace klusi vēroja, kā pasaule paiet garām. Tuvojās vētra. Viņa to sajuta. Viss ap viņu drebēja, pulsēja un sirdīja, ieskaitot aborigēnu vīrieti viņas kabatā. Viņa apņēma sevi ar rokām un nolēma šobrīd ne turpināt sarunu ar Vincente. Viņš ar viņu runās, kad būs gatavs. Tikmēr glezna bija drošībā un nevarēja viņiem kaitēt.

Viņi turpināja ceļu klusumā.

44. NODAĻA

Vincente skatījās uz priekšu, koncentrējot savu enerģiju uz ceļu. Viņš centās aizmirst gleznu un savu mammu, bet, lai ko arī darītu, nespēja savā prātā nošķirt šīs divas lietas.

Viņš paskatījās pāri automašīnai uz savu mīļo sievu. Viņa sēdēja klusi, aizdomājusies, apņēmusies ar rokām. Šķita, ka viņa nemana, ka viņš skatās uz viņu. Viņš atkal koncentrējās uz ceļu.

Grace arī domāja par otru Marino kundzi un gleznu. Šķita dīvaini, ka Vincente varēja būt tik izmisis par kaut ko, ko radījusi viņa mamma. Viņai ienāca prātā doma – viņi varētu to sadedzināt. Izveidot dziedināšanas rituālu.

Viņa ļāva savām domām klīst, meklējot savā prātā kādu oriģinālo atmiņu pazīmi, bet nekas neparādījās. Viņa ticēja, tāpat kā Vincente, ka viņa joprojām glabā visu savā prātā kaut kur un ka kādu dienu tas viss atkal parādīsies virspusē un viņa smiesies par šo laika plaisu. Gleznas sadedzināšana radītu plaisu Vincente atmiņās. Vai labāk ir vispār neko neatcerēties, nekā atcerēties sliktas atmiņas?

Tikmēr Vincente domāja par to, cik laimīgi viņš un Grace bija, ka varēja aizbēgt no pagātnes un dzīvot tikai tagadnē. Atstāt visu aiz sevis un sākt visu no jauna. Radīt jaunas atmiņas — kopā. Radīt jaunas iespaidu no visa, ko redzēja. Katra jauna vieta, ko apmeklēja, kļūtu par daļu no viņiem. Dzīve vienmēr būtu piepildīta ar šādu jaunumu.

Pēc nelielas apdomāšanās par gleznas sadedzināšanu Grace nolēma, ka Vincente atmiņu iznīcināšana būtu sliktākais, ko viņa varētu viņam nodarīt. Viņa vēlējās, lai viņam būtu tas, kas viņai vairs nebija.

Šīs domas un atmiņas bija pārāk dārgas, lai tās zaudētu — ne jau tāpēc, ka Vincente tās zaudētu, iznīcinot objektu, ko viņš baidījās, bet tāpēc, ka ar laiku viņš tās aizmirstu. Viņa vēlējās, lai viņam būtu vislabākā iespēja saglabāt savu pagātni uz visiem laikiem. Labo, sliktu un neglīto.

Grace beidzot pārtrauca klusumu, sakot: „Es domāju, ka mums vajadzētu atgriezties Manlijā." Viņa zināja, ka Vincentei tur bija daudz atmiņu, gan vecu, gan jaunu. Manlijā viņi varētu sākt no jauna, svaigi, bet ar saikni ar pagātni.

„Tad lai tā būtu,” teica Vincente, pagriežot automašīnu, „mēs varam izvēlēties jebkuru māju, ko vēlamies, un tad padarīt to par savējo.”

„Mēs nevēlamies māju,” teica Grace, „mēs vēlamies mājvietu.”

Jaunlaulātie smaidīja, apmierināti ar savu lēmumu un kopīgo nākotni.

OTRAIS GRĀMATAS:

FINĀLA FŪZIJA

PROLOGS

G rasas prātā puzle bija nepilnīga. Tas bija kā milzīgs vēja brāzmas, kas bija pārgājis caur viņu, visu apgriežot kājām gaisā un izgriežot iekšā ārā.

Viņa nespēja koncentrēties uz nevienu lietu: nekas nebija koncentrējams.

Krāsas virpuļoja: sarkanas, melnas un zilas krāsas saplūda, pagriezās un izlidoja, uzbrūkoties ar saulespuķu dzelteno krāsu, griežoties un izvemtoties dziļā zāles zaļā krāsā.

Tad visas krāsas izgrieza viņas vēderu gaisā un atgriezās atpakaļ tur, kur tas bija bijis, kad viņa sausa vemēja pret bailēm, kas viņai neļāva kustēties. Viss notika viņas galvā, bet dažreiz viņas ķermenis trīcēja šajā plūsmā.

Viņa satvēra savu centru un mēģināja pārgrupēties, lai apturētu virpuļošanu un griešanos. Bet zibens mirgojumi pulsēja viņas galvā, sadalot viņu ceriņos, vijolītēs un zilsniedzītēs.

Oranža krāsa izšļācās uz viņas prāta audekla.

Grace zaudēja visu.

Mums viņa jāved uz operāciju, tūlīt!" iesaucās garš vīrietis baltā halātā. Viņš stāvēja starp citiem baltos halātos cilvēkiem, kas bija izkaisīti pa slimnīcas koridoru.

Visi skrēja kā ugunsgrēkā. Daži no viņiem atbrīvoja ceļu. Daži stūma. Daži turēja intravenozās sistēmas. Daži turēja citas iekārtas. Daži stāvēja ar plaši atvērtām mutēm, tukšām rokām un saspiestiem dūriem. Citi lūdza Dievu, kamēr Grace Grīnveja tika nogādāta uz operāciju zāli.

Viņa bija bezsamaņā.

Mirusi pasaulei.

Bet ne pilnīgi mirusi.

Vismaz vēl ne.

Atgriežoties Grace's slimnīcas palātā, tur sēdēja sieviete, raudādama un savilktām rokām. Tā bija Helēna Grīnveja, Grace's mamma. Viņa nevarēja noticēt tam, kas noticis.

Viņas meita bija tik labi jutusies. Jau vairākas nedēļas atguvās. Tad Grace sāka trīcēt, kratīties un krampjos, līdz zaudēja samaņu.

Medicīnas komanda viņu atgrieza no nāves sliekšņa. Kad viņa atgriezās, viņa vairs nebija Grace Grīnveja. Tā vietā viņa siekaloja un runāja svešvalodās. Viņa iznīcināja sevi no ārpuses.

Šķita, ka neviens nezina, ko darīt, kā to apturēt. Pat adatas viņas rokā nespēja viņu nomierināt. Nekas nedarbojās. Viņi viņu piesēja.

Helen izdvesa raudāšanu, atceroties visu. Jo īpaši to, cik bezpalīdzīga viņa jutās toreiz un vēl vairāk tagad. Viņa metās uz meitas tukšo gultu.

Helen's sāpīgie raudi atbalsojās koridoros.

***

Kad medmāsa Burns atgriezās Grace's istabā, viņa atrada Helenu saritinātu embrija pozā uz gultas.

Viņa izskatījās mierīgi guļam. Medmāsa domāja, ka labāk ir netraucēt viņu. Turklāt nebija nekādu ziņu, un, ja kādam bija nepieciešams atpūsties, tad tā bija Grace's Grīnu māte.

Māsa Burns sakārtoja Grace's naktsgaldiņu un sakārtoja viņas mācību grāmatas. Pārskatot tās, viņa juta neaprakstāmu skumjas. Grace Grīna vēl pat nebija sākusi savu dzīvi. Viņai bija tikai sešpadsmit gadi.

Māsa Burns paskatījās uz Grace's miegušo māti.

Viņa uzklāja Helen i segas un izslēdza gaismu.

***

Pēc vairākām stundām māsa Burns gatavojās beigt savu maiņu. Viņa paskatījās caur apaļo logu durvīs un pamanīja, ka Helēna vairs nav gultā. Viņa piespieda durvis, bet nekas nenotika. Viņa piespieda tās atkal, šoreiz spēcīgāk, un Helēna Grīnveja nokrita uz priekšu.

Helēna paklupa un sāka vērpt rokas. Viņa klusi raudāja.

Medmāsa Burns piegāja pie viņas un ļoti maigi un saudzīgi jautāja, vai viņa nevēlas tasi tējas.

"Mana meita!" Helēn iesaucās. "Vai ir kādas ziņas? Man jāzina, kā viņai klājas! Neviens man neko nav stāstījis!"

"Jūs gulējāt," medmāsa Burns teica, glāstot Helēnas roku. "Ja jūs apsolāt apsēsties, es iešu un mēģināšu uzzināt, ko varu."

Helēna apsēdās un gaidīja ziņas.

1. NODAĻA

Koridorā medmāsa Burns sastapa ārstu Christianssonu, kurš, steidzoties cauri operāciju zāles durvīm, noņēma savu ķirurģisko masku.

"Man vajag svaigu gaisu," viņš teica. Viņš devās uz koridora galu un plaši atvēra durvis uz jumtu.

Medmāsa Burns sekoja viņam.

Viņš aizdedzināja cigareti. Jautāja, vai viņa arī vēlas. Viņa atteicās.

Pēc tam, kad viņš ievilka dūmu, viņš teica: „Grace, Greenway meitene, bija tik labi. Bet tagad, kad asins recekļi ir pārsprāguši, tur ir ļoti nestabila situācija."

„Es esmu pārliecināta, ka viņai tiek sniegta vislabākā aprūpe."

„Tagad gan!" teica Christiansson. „Tagad, kad ir ieradusies ekspertu komanda un pārņēmusi kontroli pār situāciju! Es esmu tur kopš notikuma.

Tā ir bijusi nebeidzama vakara. Mēs domājām, es domāju, mēs gandrīz zaudējām viņu tur."

Medmāsa Burns ieelpojās. „Es paņemšu vienu," viņa teica. Viņa tomēr nolēma pieņemt cigareti. Viņa to aizdedzināja, ieelpojot garu dūmu, un tad sāka klepot.

„Bet mēs vēl neesam padzinušies. Viņa atkal zaudēja samaņu. Tas, iespējams, ir labi. Mums jāaptur asiņošana. Mēs ceram saglabāt viņas prātu neskartu."

Medmāsa Burns un ārsts Christiansson sāka staigāt pa jumtu. Zem viņiem rēca sirēnas un mirgoja gaismas.

"Viņas mamma, Helen, nevar tikt galā ar situāciju."

"Viss, ko es varu teikt," viņš uzkāpa uz cigaretes izsmēķi un atvēra durvis. "Viņas meita ir labākajās rokās."

„Nekas vairāk?"

„Šobrīd nē, medmāsa Burns. Es negribētu, lai jūs pārspīlētu."

„Tomēr tas nav daudz, ko viņai pateikt. Tas vispār nav daudz, ko viņai pateikt."

„Sakiet viņai, lai lūdzas tam, kam viņa tic, ja viņa tic šādai ticības sistēmai. Ja viņa netic, tad sakiet viņai, lai izsūta visu pozitīvo enerģiju, kas ir viņas sirdī. Lai sūta to visumam. Lai domā pozitīvi un bez šaubām. Lai tic, ka viņas meita izkļūs no šīs situācijas," teica Kristiansons.

Viņi devās atpakaļ pa kāpnēm.

"Paldies, dakter."

"Tagad man jāatgriežas tur." Operāciju zāles durvis aizvēra aiz viņa.

2. NODAĻA

Medmāsa Burns atgriezās Grace's istabā un atrada Helenu sēžam tieši tajā vietā, kur viņa bija atstājusi. Viņa atkal piepildīja Helen's glāzi ar ūdeni un tad nometās ceļos pie Helen's gultas.

„Es tikko redzēju doktoru Christianssonu, un viņš teica, ka Grace jūtas labi. Viņa turas.”

„Mana meita turas?”

„Jā.”

„Viņš tev pastāstīja, kas notika?”

„Jā, viss notika tā, kā viņi paredzēja. Asins recekļi ir pārsprāguši.”

Helen uzlika roku uz mutes. Viņa raudāja.

„Doktors Christiansson teica, ka labākais, ko jūs varat darīt savai meitai, ir lūgties, ja jūs ticat lūgšanām. Un arī rūpēties par sevi. Atpūsties. Tā ir bijusi ļoti gara nakts. Tagad kāpiet atpakaļ uz Grace's gultas un mazliet paguliet. Es jūs pamodināšu, ja kaut kas mainīsies, es solīju.”

„Es esmu izsmelta," atzina Helēna.

Helēna ierāpās meitas gultā. Viņa iedomājās, ka joprojām var just siltumu, ko meita tikko bija atstājusi tur. Viņa apņēma sevi ar rokām un raudāja. Sākumā asaras nāca lēnām, bet tad kļuva arvien vairāk. Raudas un asaras, arvien ātrāk un ātrāk — gandrīz kā kontrakcijas.

Tikai pirms sešpadsmit gadiem Helēnas meita bija piedzimusi tieši šeit, šajā pašā slimnīcā. Grace bija viņas otrais bērns, vienīgā meita. Grace bija viņas lepnums un prieks.

Viņas pirmais bērns, Darils, bija licis viņai dzemdēt četrdesmit sešas stundas. Brīžiem viņa domāja, ka viņš nekad neiznāks. Bet ne Grace. Viņa izlēca ārā un ienāca pasaulē pirmo reizi, it kā negribētu palaist garām nevienu mirkli.

Helen atcerējās, ka Grace jau no mazotnes daudz negulēja. Meita baidījās palaist garām dzīvi. No paša sākuma viņa bija pārsteigta par visu – gaismu, krāsām. Tomēr Grace atrada savu patieso likteni tikai tad, kad sāka mācīties skaitļus. Kad viņa atklāja simetriju sev apkārt esošajā dabā, Grace's aizraušanās patiešām uzņēma apgriezienus.

Helen domāja par ģimeni, kas viņai reiz bija. Mīlošais vīrs Benjamins. Drosmīgais un varonīgais dēls Darils. Ļoti dārgā meita Grace. Viņa atcerējās labo laiku, ko viņi pavadīja kopā, apmeklējot Taronga zooloģisko dārzu. Dodoties uz Powerhouse muzeju. Skatoties filmas ar popkornu. Kopā ēdot vakariņas. Vienkāršas, bet laimīgas dienas. Kā Helēna viņus ilgojās.

Viņa dziedāja sev klusībā un mēģināja atkal aizmigt, bet atmiņas bija pārāk svaigas, pārāk dzīvas un pārāk sāpīgas.

Viņa sēdēja un atcerējās to dienu, kad viņa un meita bija smējušās un čatojušas.

Tas bija kā kaut kas būtu izslēdzies Grace's prātā. Kā viņai būtu pārdegusi drošinātāja. Vienā brīdī viņa bija dzīvīga, pilna ar dzīvi, un tad viņa bija katatoniska, un tad bija kā viņa vairs nebūtu Grace. Tas viss notika tik ātri.

Tāda ir dzīve – vienā brīdī tev ir ģimene, bet nākamajā brīdī ierodas divi vīrieši zilās uniformās. Viņi teica, ka piedzēries autovadītājs ir nogalinājis manu vīru un dēlu.

Helen atcerējās, ka tajā šausmīgajā naktī viņa jautāja abiem vīriešiem, kāda ir šī anekdotes pointa. Viņa bija pārliecināta, ka tai ir jābūt. Tas noteikti bija joks. Bet tas nebija joks. Tas apstiprinājās, kad divi zārki tika nesti pa baznīcas eju. Tad apglabāti zem zemes. Tas patiešām nebija joks.

Tas bija toreiz, bet tagad ir tagad. Tagad viņas meita tur lejas cīnījās par savu dzīvību, bet viņa kur bija? Gultā, mēģinot aizmigt!

Helen atmeta segas un sāka staigāt pa istabu. Viņa domāja par to, kurš ir vainīgs: Vincente Marino.

Helen apsvēra viņa egoismu, viņa augstprātību. Tas bija viņa vaina un tikai viņa vaina, un, ja viņas meita no tā mirtu, tad kādu dienu viņa liktu viņam par to samaksāt.

Nāca rīts, un medmāsa Burns atkal bija darbā. Viņa vispirms aprūpēja pacientus, kuriem bija nepieciešama tūlītēja palīdzība. Tad viņa iegāja Grace's Grīnvejas istabā, lai pārbaudītu Grace's mammu Helenu.

Istaba bija ļoti klusa, lai gan žalūzijas bija atvērtas. Viņa uzmanīgi iegāja istabā un pamanīja Helenu, kas bija nometusi ceļos uz krēsla un skatījās pa logu.

Kad viņa pagriezās pret medmāsu, viņas melnā tuša tecēja pa seju. Viņa izskatījās kā Merilins Mensons.

Helen nekavējoties atkal pievērsās tam, kas notika ārpus loga. Viņa skatījās uz koku tālumā. Konkrēti uz melnu vārnu, kas sēdēja uz zara un atvēra un aizvēra knābi, it kā runājot ar iedomātu draugu.

Helen sajuta skaudību pret putnu. Putnu, kas var brīvi lidot prom. Pacelties gaisā pēc savas gribas, bet palikt pēc savas izvēles. Viņa arī skaudīja tā emocionālās piesaistes trūkumu. Piesaistīšanās nozīmēja sāpes, galu galā. Tu vienmēr zaudē tos, kurus mīli visvairāk.

Viņa pagriezās atpakaļ pret medmāsu Burns. Viņa jautāja ar klusu, tālu balsi: "Kādas ziņas?"

Vai doktors Ackerman šorīt nav bijis pie jums?" jautāja medmāsa Burns. Doktors Ackerman, jauns speciālists, kas strādā ar Grace's gadījumu, bija apsolījis vispirms apmeklēt Helen Greenway, lai informētu viņu par jaunākajām ziņām.

Helen's neizteiksmīgā seja runāja pati par sevi.

"Esmu pārliecināta, ka speciālists doktors Ackerman drīz ieradīsies. Vai man neiet un nepārbaudīt, kur viņš ir?"

"Tas būtu ļoti laipni," teica Helēna, apņemdama sevi ar rokām. Viņa atkal pievērsās vārnam. Tas uzlēca uz dažiem augstākiem koku zariem.

Medmāsa Burns pagriezās, lai aizietu. Viņa apstājās un jautāja Helēnai, vai ir kāds, ko viņa vēlētos, lai viņa piezvanītu — kāds, kas varētu sēdēt kopā ar viņu. Varbūt draugs vai kapelāns vai mācītājs. Helēna papurināja galvu un turpināja skatīties pa logu uz vārna kustībām.

Kad durvis aiz viņas aizvērtās, medmāsa Burns dzirdēja, kā Helēna Grīnveja klusi raud.

Helēna domāja par vīru un dēlu, kurus bija zaudējusi. Un arī par meitu, kuru, kā viņa baidījās, varētu zaudēt. Viņa raudāja un ar rokām aizsedza seju, kā bērns, kas spēlē spēli "tagad tu mani redzi, tagad tu mani neredzi".

Tikai vārna pamanīja, ka viņa spēlē.

Kad medmāsa Burns ieradās pie operāciju zāles durvīm un mēģināja ieiet, viņai ceļu aizšķērsoja. Galveno ķirurgu Dr. Ash un Dr. Ackerman konkrētie norādījumi liecināja, ka Grace's stāvoklis varētu pasliktināties.

Viņa atgriezās pie Helen Greenway bez konkrētas ziņas. Viņa mēģināja viņu nomierināt, ka viss būs labi. Tad viņa mainīja tematu.

"Vai vēlaties ko ēst?" medmāsa Burns jautāja, ielējot Helen tasi karstas tējas no nesen atvestā paplātes. Tēja bija pasūtīta Grace's brokastīm. Acīmredzot ārsti vēl nebija atjauninājuši viņas karti. Medmāsa Burns būtu jāpārbauda, kurš izdarīja šo kļūdu, budžeta nolūkos, bet pagaidām tas kalpoja kā neliels iedrošinājums, lai Helen Greenway uzņemtu kādu barību.

"Man nav ne izsalkums, ne slāpes," viņa uzstāja. "Es gribu redzēt savu meitu. Es gribu redzēt Greisu." Viņa izlaida skaļu raudu.

Māsa Burns sakārtoja telpu, kad ārsts Smits, jaunākais slimnīcas ķirurgs, ienāca ar apmulsušu izskatu sejā. Viņš bija garš, tumšs un izskatīgs, tik ļoti, ka pat apmulsumu izraisošais izskats padarīja viņu vēl pievilcīgāku lielākajai daļai sieviešu; tomēr Helēna Grīnveja to nepamanīja.

Helēna atcerējās Greisu. Kā viņa reiz sēdēja zem liela lietussarga koka un lasīja par Einšteina relativitātes teoriju vai Fibonači Liber Abaci. Viņa iedomājās savu meitu uz mīksta, plūksnainas zāles gultas, ēnā un aizsargāta koka rokās.

Doktors Smits piesardzīgi piegāja pie viņas, vispirms paskatījās uz medmāsu Burnsu, tad atkal uz Helenu Grīnveju. Helēna nekustējās un pat neatzina viņa klātbūtni.

"Vai varu ar jums parunāt ārā?" jautāja doktors Smits.

"Jā, doktors," viņa atbildēja.

Viņi izgāja no istabas. Helēna Grīnveja to pat nepamanīja.

"Kas ar viņu noticis?" jautāja doktors Smits. Māsa Bernsa viņam izstāstīja situāciju.

"Viņai jānomierinās," viņš teica, "jo viņa traucē citus pacientus. Es tikko sāku darbu, un jau ir saņemtas vairākas sūdzības. Tas ir jāpārtrauc. Vai nu mums jāliek kādam no ārstiem apstiprināt sedatīvu līdzekļu lietošanu, vai arī jāiedrošina viņa uz laiku pamest palātu."

"Es daru visu, ko varu," medmāsa Burns teica nedaudz pārāk aizstāvoties.

Doktors Smits paņēma viņas roku un paskatījās viņai acīs. Viņš bija iemācījies šo kustību, skatoties atkārtoti pārraidītās sērijas no seriāla "E.R.". Seriālā gan personāla, gan pacientu sirdis vienmēr izkausējās, nodrošinot Džordža Klūnija popularitāti.

„Es zinu, ka jūs darāt visu, ko varat," viņš norāja, „un es novērtēju visu, ko esat darījusi. Visu, ko darīsiet, lai palīdzētu gan man, gan citiem pacientiem nodaļā."

Viņa viņam pasmaidīja, bet iekšēji domāja, ka viņš ir tikpat neīsts kā divu dolāru banknote.

Viņa pagriezās un devās atpakaļ uz Helēnas Grīnvejas palātu.

Diemžēl Helēna vairs tur nebija.

3. NODAĻA

"Man jāizkļūst no šīs telpas, jāizkļūst svaigā gaisā," Helēna čukstēja sev, slēpdamās no ārstiem un medmāsām. Viņa devās uz liftu, pārliecināta, ka neviens viņu nepamanīs.

Kad durvis aizcirta, Helēna vēroja, kā nestuves tiek stumtas, vilktas vai pavadītas pa koridoriem. Viņa aizklāja ausis, kad dzirdēja to rībojošos vai skrāpējošos riteņus, kas uzņēma ātrumu. Viņa satrūkās, kad viena no tām tika nepareizi novirzīta un noskrāpēja sienu. Slimnīcas personāls šķita nepamanām šo kņadu.

Viņa sajuta atvieglojumu, kad durvis aiz viņas cieši aizvēra. Vienīgais, kas viņu traucēja, bija lifta mūzika. Pazīstama melodija no mūzikla atgādināja atmiņas par to, kā viņa un Grace bija tuvas kā māte un meita. Agrīnajos laikos, pirms matemātiskā plaisa un pusaudža gadi viņas šķīra.

Kad viņa ieradās pirmajā stāvā, Helēna izkāpa ar stingru apņēmību un liktenīgu pārliecību. Viņa gribēja sajust vēsmu uz sejas. Viņa gribēja būt ārā, mierīgā, svaigā eikaliptu smaržojošā gaisā.

Neviens viņu neapturēja, neuzdeva jautājumus un pat nešķita pamanām. Viņa iegāja rotējošajās durvīs un ļāvās ārā plūstošajai cilvēku straumei.

Tieši tajā pašā brīdī pie viņas apstājās sirēnas rēkoša un gaismas mirgojoša ātrā palīdzības mašīna.

Troksnis bija apdullinošs, pilnīgi atšķirīgs no tā miera un vientulības, ko Helēna bija iedomājusies. Viņa gribēja aizbēgt, izvairīties no tā. Bet šis troksnis šķita viņu sāpināt, atņemot enerģiju. Viņas kājas šķita stingri iespraustas betonā.

Nespējot kustēties vai skriet, viņa atspiedās pret sienu un aizklāja ausis. Visapkārt valdīja haoss, stumdīšanās, vilkšana un skrāpēšana, nevis miers un klusums, pēc kā viņa tik ļoti ilgojās.

Pārņemta ar emocijām, Helēna zaudēja samaņu un nokrita uz zemes.

4. NODAĻA

Vincente?" Grace raudāja. "Vincente, tu esi tur?"

" Grace acis bija plaši atvērtas, un viņa meklēja viņu aukstajā metāla telpā, bet viņš nebija nekur.

Vīrieši un sievietes maskās uz viņu skatījās ar izsmieklu.

Spilgtais gaismas avots virs viņas pulsēja ar siltumu un enerģiju, liekot viņai atkal aizvērt acis.

"Vincente?" viņa atkārtoti čukstēja.

Viena zvaigzne spoži dega. Tā dejoja viņas acu priekšā. Sākumā maiga un viegli silta, drīz tā iedegās viņas ādā.

Tad viss atkal kļuva melns.

5. NODAĻA

„Mēs ieradāmies slimnīcā ar vienu pacientu un uz ietves atradām vēl vienu!" izsaucās ātrās palīdzības autovadītājs, kamēr komanda izvērtēja situāciju.

„Divi par vienu ārkārtas gadījumu," ar smaidu teica viņa kolēģis.

„Pirmie tiesības ir mūsu cilvēkam ātrās palīdzības automašīnā," teica pirmais vīrietis. Viņš un viņa kolēģis vilka nestuves pa ietvi. „Ienākam," teica viņi, stumjot durvis.

"Tur ārā ir vēl viens," teica otrais vīrietis reģistratūrai.

Līdz šim brīdim Helēna jau bija atguvusi samaņu un mēģināja piecelties. Mazas baltas zvaigznītes mirgoja un spīdēja visā viņas galvā. Tas bija kā vienā no Wile E. Coyote multfilmām. Pēc tam, kad Roadrunner bija iesitis ar āmuru pūkainā zvēra galvā. Viņa mēģināja nostabilizēties, bet kājas kļuva vājas, un viņa atkal nokrita uz zemes.

"Vai kāds zina, kas viņa ir?" jautāja sieviete. Ap Helenu bija sapulcējušies apmeklētāji un slimnīcas personāls, kas nesen bija sācis darbu. Viens darbinieks runāja pa radio un pieprasīja nestuves un traumas ķirurgu, lai nekavējoties ierastos neatliekamās palīdzības nodaļā.

Helen atvēra acis un paskatījās uz augšu. Grupa svešinieku skatījās uz viņu. Viņa mēģināja atkal piecelties, bet svešinieki mudināja viņu palikt guļus.

"Vai jūs varat mums pateikt, kas jūs esat? Vai atceraties savu vārdu?" jautāja sieviete, kas runāja pa radio.

"Jā, mans vārds ir Helen, Helen Greenway."

Sieviete atkal runāja pa radio. "Šeit, ieejas zonā, uz zemes guļ kaukāziešu izcelsmes sieviete. Aptuveni sešdesmit gadu veca, vārds: Helēna, Helēna Grīnveja. Vai kāds viņu pazīst? Vai viņa ir paciente? Vai viņa ir aizbēgusi no psihiatriskās nodaļas? Viņa ir ielas apģērbā, atkārtoju, viņa ir ielas apģērbā."

Jauns ārsts ieradās ar savu medicīnas somu. Viņš nometās ceļos pie Helen's un jautāja, vai viņa ir ievainota. Kad viņa papurināja galvu, viņš sāka pārbaudīt viņas dzīvības pazīmes.

"Man viss ir labi," teica Helēna. "Slimā ir mana meita!" Viņa atkal mēģināja piecelties.

"Helēna," teica ārsts, "jums jāpaliek guļus, kamēr es pārliecināšos, ka jūsu dzīvības pazīmes ir normālas."

Helen pakļāvīgi pamāja ar galvu, kā nosodīts bērns.

Pēc tam, kad Helen's dzīvības rādītāji tika atzīti par pieņemamiem, viņai ieteica piecelties. Tika atvests ratiņkrēsls.

„Tagad," teica ārsts, „jūs apsēdies, un mēs dosimies meklēt jūsu meitu."

„Es varu iet," viņa iebilda.

„Es stumšu," viņš uzstāja.

Kad viņi ieradās Grace's stāvā, medmāsa Burns skrēja viņiem pretim. „Paldies Dievam, ka tu esi vesela, Helen!"

„Tu viņu pazīsti?" jautāja ārsts.

„Jā, mēs esam senas draudzenes," medmāsa Burns smaidīja.

„Nu, viņa zaudēja samaņu ārpus ēkas, tāpēc tagad ir ratiņkrēslā. Es pārbaudīju viņas dzīvības rādītājus. Viņa šķiet vesela, lai gan, iespējams, mazliet nepietiekami izgulējusies. Turklāt viņa ir izsalusi un dehidrēta."

"Jā, viņa ir tik ļoti koncentrējusies uz savas meitas veselību, ka ir grūti viņai kaut ko iedot."

"Tad runājiet ar viņas ārstu. Ja nepieciešams, varbūt uzlieciet viņai pilienu, bet mēs nevaram ļaut viņai šādā stāvoklī klīst apkārt. Viņai ir nepieciešama pārtika un ūdens, un tas ir nepieciešams nekavējoties. Kas ir viņas meitas ārsts?"

"Viņas meitai ir ārstu komanda — Kristiansons, Ešs un Akermans."

Ārsts vilcinājās. Viņš bija dzirdējis par operāciju, par ķirurgiem, kurus izsauca ārkārtas gadījumā. Viens no viņiem tika atvests ar lidmašīnu naktī. Situācija patiešām bija briesmīga. Tagad viņš vēl vairāk izjuta līdzjūtību pret sievieti ratiņkrēslā.

„Tādā gadījumā, redziet, ko varat darīt," viņš teica medmāsa Burns. Tad Helen i: „Jums ir jāēd, jādzert un jāatpūšas, lai būtu gatava, kad jūsu meita pamodīsies. Jums ir jābūt ārkārtīgi stiprai viņas dēļ."

Viņa vārdi nesasniedza Helenu, jo viņa jau bija iemigusi ratiņkrēslā.

6. NODAĻA

Helen pamodās piecpadsmit minūtes vēlāk, atgriezusies Grace's gultā. Viņa neatcerējās, kā tur nokļuvusi. Viņa nospieda pogu uz gultas. Pēc brīža ieradās medmāsa Burns ar paplāti, pilnu ar karstu ēdienu un svaigu kafiju.

"Es baidos, ka nevaru neko ēst," teica Helen.

"Ir tikai divas iespējas – vai nu ēst, vai saņemt intravenozas injekcijas. Izlemiet pati, Helen. Man drīz beigsies maiņa, un es apsolīju traumas ārstam, ka pirms došanās mājās pārliecināšos, ka esat paēduši. Ja nepiekrītat, viņš vienosies ar jūsu ārstu, lai jums ievadītu intravenozas injekcijas un barotu un dzirdinātu šādā veidā."

"Es atsakos abas iespējas. Patiesībā man ir fobija pret slimnīcas ēdienu. Es gribu izkļūt no šejienes un kaut ko ēst. Prom no šejienes."

"Jā, saprotams. Es domāju, ka mēs to varam izdarīt," teica medmāsa Burns, pagriežoties un iziešot.

Pēc brīža viņa atgriezās ar uzvilktu mēteli, un kopā ar Helen viņas atstāja slimnīcu. Viņas devās uz nelielu kafejnīcu tālāk pa ielu.

Tas būtu patīkams atelpas brīdis abām.

7. NODAĻA

Viņas asinsspiediens krītas. Tas ir ārpus normas! "Ja mēs tagad kaut ko nedarīsim, ja mēs nevarēsim apturēt asiņošanu, tad mēs viņu zaudēsim," teica doktors Ešs.

Visi klātesošie operācijas zālē satraucās un piegāja tuvāk.

"Nosusiniet to, nolādēts!" pavēlēja doktors Akermans.

Asinis plūda ārā. Pat ar visu personālu klāt, viņi nespēja rīkoties pietiekami ātri. Sirds aparāts rādīja taisnu līniju.

Tas kliedza.

"Mums viņa ir jāatdzīvina! Mums vienkārši ir jāatdzīvina!" izsaucās ārsts Kristiansons.

8. NODAĻA

Kafejnīcā Helēna Grīnveja ar dakšu rakāja kartupeļu biezeni. Viņa nogrieza gabalu gaļas un ielika to mutē. Viņa košļāja un košļāja un mēģināja norīt, bet tas negribēja iet uz leju.

"Tieši tā," teica medmāsa Bērnsa, "jūs drīz jutīsieties labāk."

Helēna sajuta, kā aukstums pārskrēja caur viņas ķermeni, it kā kāds būtu atvēris durvis aukstā ziemas dienā. Durvis palika aizvērtas, bet viņai uz rokām izveidojās zosāda. Viņa salocījās, mēģinot sasildīties. No kaut kurienes nezināmas vietas viņa dzirdēja, kā Grace sauc viņas vārdu. Pēc dažām sekundēm skanēja medmāsas tālrunis.

„Šeit ir doktors Kristiansons. Es zvanīju, jo saprotu, ka jūs esat kopā ar Grace's Grīnu mammu Helenu. Vai tas tā ir?"

Medmāsa Burns pamāja ar galvu, bet neko neteica, saglabājot neizdibināmu sejas izteiksmi.

„Grace atkal ir mirusi. Es neesmu drošs…" Viņš apklusa, neatklājot šo briesmīgo ziņu. Viņš bija izsmelts.

„Es saprotu," viņa teica. „Mēs tūlīt atbrauksim."

Helen Greenway nometa dakšiņu, un asaras sāka plūst no viņas acīm. Helen skrēja uz slimnīcu, ausīs skanot meitas balsij.

9. NODAĻA

Grace, tu nedrīksti padoties!” teica kāds balss.

" Grace atpazina šo balsi kā Vincente balsi. Viņš bija aizgājis. Viņš bija atstājis viņu un tagad bija atgriezies. Viņš bija atgriezies.

“Kur tu biji?” viņa jautāja, meklējot viņu telpā. Meklējot viņa kobalta zilos acis.

“Es esmu šeit,” viņš teica, satverot viņas roku. “Es vienmēr esmu bijis tepat.”

“Bet kāpēc es tevi neredzu? Es biju tik nobijusies.” Viņa apstājās, sajūtot, kā viņa roka apņēma viņas roku. “Un tad zuda gaisma.” Viņa apstājās. “Es domāju, ka es nevaru turēties, Vincente. Es domāju, ka es to neizturēšu.”

“Tu izturēsi,” viņš teica, asarām ritot pa vaigiem un uz viņu savītajām rokām. “Es tevi tikko atradu! Mēs esam jaunlaulāti, un tu apsolīji, ka mīlēsi mani mūžīgi.”

“Es vienmēr tevi mīlēšu, Vincente. Mūžīgi.”

" "Tad tev jāatrod veids, kā palikt," viņš teica. "Es esmu nekas, nekas bez tevis!" Viņš nokrita uz ceļiem, it kā viņu sirdī būtu trāpījis zibens.

"Es mēģinu, mīļais," viņa teica. "Bet šeit ir tik tumšs, tik tumšs. Man tevi vajag redzēt!"

"Es esmu tepat," teica Vincente un cieši saspieda viņas roku.

„Es tevi dzirdu. Es tevi jūtu. Bet kur tu esi?"

Viņš izgāja gaismā.

„Es tevi neredzu! Kāpēc es tevi neredzu?"

„Ir nakts, mīļā," viņš teica. „Un gaisma var sāpināt tavas acis. Bet tic man, es esmu šeit. Esmu bijis šeit visu laiku. Es apsolīju, ka nekad tevi neatstāšu, un es vienmēr pildīšu savus solījumus."

"Dziedi man kaut ko."

Viņš dziedāja dziesmu no viņas rotaslietu kastītes, dziesmu, kas bija kļuvusi par viņu dziesmu.

Operāciju zālē valdīja rosība, jo tur bija visādas medicīniskas iekārtas un medicīnas personāls, kas skraidīja apkārt un sadūrās viens ar otru. Kad beidzās plakanais līnijas skaņas un atsākās normāls sirdsdarbības ritms, operāciju zālē atskanēja neliels uzmundrinošs sauciens.

"Mums izdevās!" iesaucās doktors Ešs.

„Mums vēl ir daudz darāmā," atgādināja doktors Ackerman. „Grace ir zaudējusi daudz asiņu. Viņai var būt nepieciešamas vairākas asins pārliešanas, un mēs joprojām cīnāmies ar laiku, lai apturētu asins recēšanu."

„Es runāšu ar viņas māti," teica doktors Christiansson. „Varbūt viņa varētu ziedot vēl asinis. Vienmēr ir labāk, ja asinis ziedo kāds ģimenes loceklis."

Viņš viegli uzsita abiem galvenajiem ķirurgiem pa muguru un paskatījās uz Greisu. Viņš dažas sekundes skatījās uz sirds monitora rādījumiem, visu apsverot. Viss šķita normāls, vai vismaz tik normāls, cik tas var būt jaunas meitenes gadījumā, kurai mazāk nekā 24 stundu laikā divreiz bija apstājusies sirds.

„Tu to dari brīnišķīgi," teica Vincente, glāstot viņas pieri.

„Es gribu palikt, bet es esmu tik ļoti nogurusi."

„Atceries mūsu kāzu dienu? Atceries mūsu māju Manly? Kā mēs to kopā izrotājām? Atceries, kā tu man apsolīji mūžību, Marino kundze?"

„Es atceros," viņa teica. Tad viņa pacēla acis, un gaisma, kas reiz bija tālu virs viņas, šķita pārvietojusies tuvāk. Tā bija kā zvaigzne, kas viņu vilināja, vienlaikus cīnoties par savu dzīvību. Grace bija ļoti nogurusi un ilgojās pēc atpūtas, pēc miera. Viņa ilgojās iekļūt zvaigznes gaismā.

Tā bija zvaigžņu gaismas lode. Tā griežās un pagriezās, virzoties uz iekšu un uz āru, vienlaikus aicinot Greisu nākt un pievienoties tai. Tā bija Fibonači zvaigzne, daļa no Piena Ceļa, un vienīgā lieta, kas viņu atturēja no pievienošanās tai, kā viņas paša Zelta vidusceļš, Vincente.

"Grace," teica Vincente.

Viņa balss šķita tik ļoti tālu, un viņa jutās ļoti aukstā un ļoti vientuļa. Karstā svelme zvaigznes kodolā elpoja uz viņu un sildīja viņu no attāluma. Lai pievienotos tai, vajadzēja tikai elpas attālumu. Tas būtu tik vienkārši.

"Ak, nē!" iesaucās doktors Ešs. "Ne jau atkal! Ne tik drīz! Mēs viņu zaudējam!"

"Viņa ir zaudējusi pārāk daudz asins!" Doktor Ackerman iesaucās. "Kur ir doktors Christiansson ar ziņām par asins pārliešanu? Mums nekavējoties jāpiešķir viņai vairāk asins! Mēs nevaram gaidīt viņas mammu. Sāciet pārliešanu tagad."

Pēc dažām sekundēm sveša asins tika ievadīta Grace's vājinātajā ķermenī.

Sākumā šķita, ka viņas ķermenis to pieņem. Ka to kāri dzert. Tomēr neilgi pēc tam jaunā asins noraidīja veco asins.

Tad sākās īstā cīņa.

"Vincente?"

"Jā, mīļā."

"Es baidos mirt."

"Tavs laiks vēl nav pienācis," viņš teica. "Tas nevar būt tavs laiks."

"Kā tu to zini?" viņa jautāja, kad karstums plosījās viņas ķermenī. Viņa degāja un tad bija ledaini auksta. Visā šajā laikā zvaigžņu gaisma vilināja.

"Tāpēc, ka es dzīvoju tikai tevis dēļ."

"Bet man ir slikti, ļoti slikti, Vincente."

"Kāda ir sajūta, mīļā? Pastāsti man."

"Man šķiet, ka esmu virs zemes un skatos uz sevi uz operāciju galda. Es redzu, kā viņi mani dursta, baksta un skraida apkārt."

"Viņi tev palīdz, mīļā."

"Jā, bet man tas sāp."

"Tu vari palikt? Tu vari palikt. Lūdzu. Dari to man. Savam vīram."

"Es nevaru izturēt sāpes. Es gribu… es gribu…"

"Es zinu, ko tu gribi, Grace," viņš teica. "Es deru, ka tu gribētu redzēt savu mammu."

„Bet Vincente, mana mamma ir mirusi."

„Nē, viņa ir dzīva un jau ceļā uz šejieni. Turies."

„Kā tas var būt? Vienu brīdi mēs bijām Manlijā, un pasaulē neviens cits nepastāvēja, tikai tu un es… un tagad… tas. Visur daudz cilvēku. Un nepanesamas sāpes, nebeidzamas sāpes."

"Atceries asins recekļus, Grace?"

"Asins recekļus, jā."

"Tie bija vairāk nekā viens. Tie pārsprāga. Mēs visi cīnāmies par tevi. Neatlaidies, Grace. Tev arī jācīnās. Es tevi mīlu. Es nevaru tevi atlaist. Lūdzu, neatlaidies!"

"Vincente, es esmu tik ļoti nogurusi! Varbūt ir pienācis laiks… tev mani atlaist."

„Nekad!" viņš iesaucās. Viņš skatījās, kā viņas plakstiņi mirgo un aizveras. Beidzot viņš viņai ausī čukstēja: „Tad atpūties, mīļā. Jā, aizver acis un atpūties. Es tev dziedāšu šūpuļdziesmu, bet, lūdzu, neaizej.”

Viņa turpināja elpot. Vincente dziedāja vēl vairāk no viņu īpašās dziesmas, asaras tekot pa vaigiem.

10. NODAĻA

Helen un medmāsa Burns atgriezās slimnīcā, kur viņus gaidīja ārsts Christiansson. „Kā jūs jūtaties, Helen?" viņš jautāja, pavadot viņu uz operāciju.

„Es jūtos labi, es raizējos par savu meitu!"

„Es saprotu, ka jūs agrāk jutāties slikti un zaudējāt samaņu? Vai tas tā ir?" Viņš paskatījās uz medmāsu Burns, un viņa pamāja ar galvu.

„Es zaudēju samaņu, bet kāda tam saistība ar kaut ko? Kas notiek ar manu meitu?"

„Es baidos, ka mums var būt nepieciešams paņemt no jums asinis transfūzijai. Vienmēr ir vislabāk, ja asinis ir no kāda, kas ir tieši saistīts ar pacientu."

Helen pamāja ar galvu, tad pārklāja seju ar rokām. Viņa jutās neiedomājami izsmelta, bet gribēja palīdzēt. Viņai bija jāspēj palīdzēt.

„Aizvedīsim jūs uz augšstāvu asins zāli, lai novērotu." Tad medmāsa Burns: „Vai Helen pēdējā laikā ir kaut ko ēduši?"

Medmāsa Burns pamāja ar galvu un parādīja, cik daudz. Tas nebija pat pietiekami, lai pabarotu putnu.

„Nu, nu," medmāsa Burns teica Helen i, kad viņi devās pa koridoru.

Doktora Christianssona pageris sāka skanēt. „Pagaidiet, lūdzu," viņš teica. Viņš attālinājās no viņiem. „Plānu maiņa. Man jums jāved pie jūsu meitas — tagad. Nāciet līdzi un nomazgājieties."

Medmāsa Burns grasījās atgriezties savā postenī, bet doktors Christiansson lūdza viņai palikt.

„Pirms mēs ieejam," viņš brīdināja, „man jums jāsaka, kundze Greenway — Helen — ka mēs jau pāris reizes esam zaudējuši jūsu meitu."

„Zaudējuši?"

„Jā. Tas nozīmē, ka viņai bija sirdsdarbības apstāšanās. Viņas sirds apstājās, bet tikai uz dažiem mirkļiem."

Helen apspieda raudas.

Viņi iegāja operāciju zālē.

Grace bija bezsamaņā uz operāciju galda.

„Mamma!" Grace iesaucās.

Helen piegāja pie viņas un paņēma viņas roku savējā. Viņa paskatījās meitas acīs.

„Šī ir Grace's mamma, Helen," doktors Ackerman paskaidroja pārējiem medicīnas komandas locekļiem.

„Paldies, ka atnācāt, un tik ātri," teica doktors Ash.

„Prieks jūs iepazīt. Grace patiešām ir ļoti drosmīga meitene."

„Kā viņai klājas, es domāju, patiesi?" jautāja Helēna.

„Situācija bija kritiska, bet viņas dzīvības rādītāji ir stabilizējušies. Mēs viņu novērojam, un viņa turas."

„Paldies," teica Helēna. „Paldies jums visiem!" un viņa sajuta lielu kamolu rīklē.

"Uh, atvainojiet, dakteri Eš," uzrunāja viena no medmāsām, kas uzraudzīja Grace's dzīvības rādītājus. "Vai jūs varētu uz brīdi pieiet šurp, lūdzu?"

Viņš piegāja pie viņas un uzreiz pievērsās ekrānam.

"Mamma! Es esmu, Grace, mamma!"

"Viņa tevi nedzird," teica Vincente.

"Kā? Kā tu domā, ka viņa nevar mani dzirdēt? Viņa stāv tepat blakus! Protams, ka viņa var mani dzirdēt! Mamma, es esmu, Grace... Vincente un es. Mēs esam precējušies un mīlam viens otru, mamma. Mamma!"

"Mīļā, viņa nevar tevi dzirdēt," Vincente atkārtoja, visu laiku glāstot viņas roku. Viņš noliecās un noskūpstīja viņai pieri.

"Viņa nevar mani dzirdēt, bet viņa var mani redzēt. Lūk, viņa tur manu roku. Pagaidi, viņa nevar tevi redzēt, vai ne? Kāpēc viņa nevar tevi redzēt vai dzirdēt, Vincente?"

"Es nezinu."

"Vincente, vai tu esi miris?"

Vincente pasmējās, pārbrauca ar pirkstiem pa matiem un teica: "Protams, ka es neesmu miris. Es esmu tepat blakus tev, turu tevi aiz rokas."

"Bet citi tevi neredz, ne ārsti, ne mana mamma. Viņi kustas ap tevi, caur tevi. Kāpēc viņi tevi neredz un nedzird? Kāpēc es esmu vienīgā, kas zina, ka tu esi šeit? Vai es esmu mirusi? Vai mēs abi esam miruši?"

"Mēs vienmēr esam kopā, jo mēs mīlam viens otru. Mūsu mīlestība ir spēcīgāka par visiem un visu."

Grasas gars iepriekš bija klīdis pa istabu, bet tagad viņa atkal ieiet savā ķermenī.

Iekļuvusi ķermenī, sākumā viņa mēģināja cīnīties ar sāpēm. Tad viņa mēģināja dzīvot ar sāpēm, pieņemt tās, bet tas bija pārāk grūti. Viņa nespēja izturēt. Viņa sadalījās.

„Viņas dzīvības pazīmes pazeminās! Mēs atkal viņu zaudējam!" izsaucās ārsts Ešs. Visi piegāja tuvāk Gracei, atstumjot Helēnu.

„Asiņošana bija pilnībā apstājusies," apstiprināja doktors Akermans. „Viņai gāja tik labi. Es neredzu nekādu iemeslu šai pēkšņajai atkāpei, izņemot..." Viņš vilcinājās un paskatījās uz Helēnu Grīnveju, kas stāvēja pie galda, savilka rokas kā leģendārā Lady Macbeth.

„Izvediet viņu no šejienes!" iesaucās doktors Ešs.

"Ko viņi tagad saka, Vincente?" Grace jautāja.

"Viņi vaino tavu mammu par tavu atkārtoto pasliktināšanos. Kad tu atgriezies savā ķermenī un atkal iznāci ārā, kaut kas notika. Viņi domā, ka tu mirsti."

"Bet es nemirstu! Es gribu dzīvot!"

"Mēs viņu zaudējam!" doktors Ackerman kliedza. "Atbrīvojiet vietu!" viņš iesaucās, pieejot klāt un sākot sirds masāžu.

"Nē, es viņu neatstāšu!" Helen kliedza, kad viņu izstūma caur šūpojošajām durvīm koridorā.

"Mamma!" Grace kliedza, "Mamma!"

"Viņa atkal asiņo," apstiprināja doktors Ešs. "Šeit ir vēl vairāk asins recekļu. Es nevaru saskaitīt, cik daudz. Es nezinu, cik ilgi viņa var izturēt!"

"Mēs darām visu, ko varam, lai viņai palīdzētu."

Grace's gars atgriezās viņas ķermenī. Viņa mēģināja piecelties. Viņas galvā sāka virpuļot un griezties krāsu kaleidoskops, līdz viņa vairs neredzēja un nedzirdēja Vincente.

"Vincente, neaizej!" viņa kliedza.

Vincente?" jautāja doktors Ešs. "Kas ir Vincente?"

"Viņš ir zēns, kurš viņu nogādāja slimnīcā," atbildēja doktors Kristiansons.

"Varbūt mums vajadzētu sazināties ar viņu un lūgt, lai viņš atnāk uz slimnīcu?"

"Ir nakts vidus. Varbūt nebūs iespējams viņu šeit atvest."

"Dariet to!" iesaucās doktors Ešs. "Mums ir vajadzīga visa palīdzība, ko varam saņemt!"

"Grace, klausies mani," teica doktors Ešs, noliecoties tuvāk viņai. "Mēs darām visu, ko varam, lai tev palīdzētu. Es ceru, ka tu mani dzirdi. Mēs tevi dzirdējām. Mēs zvanām Vincente. Viņš drīz būs šeit un pie tevis. Tāpēc, lūdzu, turies. Esi stipra."

Grace nevarēja viņu dzirdēt. Viņa bija kaut kur tumsā, pilnīgi viena.

11. NODAĻA

Ārpusē vestibilā Helēna Grīnveja čukstēja telefonā: „Sveiks, Vincente, atvaino, ka traucēju tevi tik vēlu."

„Kas runā?"

„Atvaino," viņa vilcinājās, tad turpināja, identificējot sevi. „Es esmu Grace. Grace ir iemesls, kāpēc es tev zvanīju tik vēlu. Es esmu viņas mamma, Helēna Grīnveja."

„Vai ar viņu viss kārtībā? Viņa taču nav...?" Viņš apklusa, un viņa balss apklusa. Viņš baidījās dzirdēt to, kas sekos. Vai viņš bija viņu nogalinājis? Ja tā būtu, viņš to nevarētu izturēt, lai gan zināja, ka tas nav viņa vaina. Viņš nevarēja to zināt. Viņa prāts atgriezās tagadnē. Viņš bija diezgan pārliecināts, ka Helēna Grīnveja jau bija atbildējusi. Tālruņa otrā galā valdīja pilnīga klusums.

„Vai tu esi tur, Vincente?" viņa jautāja, gaidot viņa atbildi. Viņa bija visu izskaidrojusi, izklāstījusi savu viedokli. Viņš klusēja. Nevēlējās nākt uz slimnīcu? Noteikti nē. Nē, iespējams, viņš vienkārši vēl nebija pilnībā pamodies. Kad atbilde joprojām nebija, viņa pamudināja: „Grace, mana Grace, tevi vajag, Vincente."

Viņš atgriezās ar atvieglojumu, uzzinot, ka viņa joprojām ir dzīva un elpo: „Es būšu tur no rīta."

„Nē, lūdzu, nāc uzreiz. Grace tev tagad ir vajadzīgs. Viņa tevi sauc. Ārsti saka, ka tev jābrauc uz slimnīcu tagad, pirms ir par vēlu."

Vincente galva reibās no tā, ka viņu bija pamodinājuši nakts vidū, un no domām par to, kā viņš nokļūs slimnīcā. Viņam būtu jāpamodina mamma un jāpalūdz viņai aizvest viņu uz slimnīcu, un tad viņa būtu pārpildīta ar visādiem jautājumiem. Nemaz nerunājot par to, kā viņš nokļūs mājās?

„Lūdzu, piekrīti, un es nosūtīšu tev taksometru. Pagaidiet mirklīti," Helēna nolika roku uz tālruņa. Māsa apstiprināja, ka uz Vincente māju nosūtīs automašīnu, lai viņu aizvestu un atvestu atpakaļ mājās. "Uz Vincente māju nosūtīs automašīnu, lai viņu aizvestu. Lūdzu, apstipriniet, ka jūs atbrauksiet uz slimnīcu, lai apmeklētu manu meitu. Viņa lūdz jūs. Lūdzu."

"Labi, bet dodiet man dažas minūtes, lai apģērbtos un atstātu zīmīti mammai."

„Man jāapstiprina jūsu adrese," pēc slimnīcas reģistra pārbaudes jautāja Helēnas telefona otrā galā esošā reģistratore.

„Jā, tā ir pareiza," teica Vincente.

„Mašīna jau ir ceļā, lūdzu, gaidiet."

„Gaidīšu," teica Vincente, noliekot klausuli un sākot uzvilkt melnos džinsus un baltu T-kreklu.

Viņš sakārtoja matus un uzvilka sarkanu kapuci, kas tos atkal sabojāja.

Tad viņš divos soļos nokāpa pa kāpnēm. Viņš uzrakstīja īsu zīmīti mammai un pielīmēja to pie ledusskapja. Pēc dažām sekundēm ieradās automašīna.

Viņš sēdēja automašīnā, piesprādzējies un ceļā uz slimnīcu. Viņš atbalstīja galvu uz rokas un vēroja, kā tumsa lido garām.

Ik pa brīdim sejas mēness virsū šķita aicināt. Vīrietis mēness virsū izskatījās dīvaini pazīstams, kā krustojums starp Marku Tvenu un Albertu Einsteinu.

Viņš koncentrējās uz mēnesi un zvaigznēm, cenšoties neaizmigt.

Viņš gribēja būt nomodā. Viņš gribēja...

Helen bija lepna par sevi, jo bija pārliecinājusi Vincente nākt uz slimnīcu.

Lai gan Helēna bija nedaudz apmulsuši, kāpēc viņas meita sauca viņa vārdu. Kāda ietekme viņam bija uz viņas sirdi, ka viņa viņu tā sauca? Varbūt viņa bija viņu pārvērtējusi. Vai varbūt viņš viņas meitai nozīmēja vairāk, nekā Helēna saprata? Viņš bija tikai vidusskolas zēns, klasesbiedrs, simpātija. Bet, no otras puses, vai viņa pati nebija precējusies ar savu vidusskolas mīļoto?

Helen staigāja uz priekšu un atpakaļ pa koridoru. Kad medmāsa Burns iznāca, viņa teica: „Es to nevaru izturēt! Nezināt, kas tur notiek ar manu meitu! Tas ir pārāk daudz!"

Medmāsa Burns saprata, kādā spriedzē atradās Helen Greenway, bet viņas pārspīlētā reakcija un vispārējā panikas tendence radīja domino efektu uz citiem pacientiem un ģimenes locekļiem, kuri gaidīja ziņas par saviem mīļajiem.

Medmāsa Burns stingri aizveda Helenu uz klusu stūrīti, kur viņai klusi teica: „Jūsu meita ir labākajās rokās. Zinu, ka tas ir grūti, bet jums jācenšas saglabāt mieru.“

„Ja vien es varētu palikt pie viņas, lai sniegtu savu atbalstu,“ teica Helen.

„Grace turas, un ārsti domā tikai par viņu — par to, ko viņa vēlas un kas viņai nepieciešams. Jūsu meitas dzīvības glābšana ir slimnīcas galvenā prioritāte.“

„Jā, bet es esmu viņas mamma! Man taču pienākas kāds paskaidrojums? Man taču šeit ir kādas tiesības?“

„Jā, jums ir tiesības, bet jums ir uzticēts svarīgs uzdevums — atvest Vincente uz šejieni.

Es saprotu, ka viņš jau ir ceļā?“

"Jā, viņš ir ceļā. Bet es varētu palīdzēt savai meitai, ja jūs nebūtu izdzinuši mani no telpas.“

"Helen,“ medmāsa Burns nedaudz aizkaitināti teica, "jūsu meitas stāvoklis mainījās, kad jūs bijāt kopā ar viņu. Šajos brīžos jūs, šķiet, radījāt viņai tikai diskomfortu.“ Viņa vilcinājās. "Ārsti pamanīja šo izmaiņu jūsu meitas stabilitātē. Tāpēc viņi izveda jūs no operāciju zāles. Tas bija Gracas labā.“

"Bet Gracai nav iemesla atteikties — manas dēļ. Es viņu mīlu. Viņa ir mana dzīve.“

"Nu, pierādījumi runāja paši par sevi.“

"Ja mani šeit nevajag," viņa teica, izliekoties. "Es varētu arī doties uz leju un gaidīt Marino zēnu. Man ir kaut kas jādara."

"Tas šķiet ļoti laba ideja," teica medmāsa Burns. Viņa uzsitēja Helen i uz rokas muguras, bet šoreiz Helen atvilka roku. Viņa abas rokas iebāza kabatās un devās prom pa gaiteni. Viņas zābaku papēži atbalsojās, kad viņa aizgāja.

"Lūdzu, lūdziet reģistratūru mums piezvanīt, kad viņš ieradīsies," medmāsa Burns iesaucās, kad liftu durvis aizvēra.

"Tikšu," atbildēja Helen.

Kad lifta durvis atvērās pirmajā stāvā, Helēna izkāpa uzņemšanas telpā. Viņa uzreiz ieraudzīja Vincente. Viņš kustējās pie rotējošajām durvīm, rokas iebāztas džinsu kabatās un pleci salikti.

Helen uz brīdi apstājās, aplūkojot zēnu, kurš bija nogādājis viņas meitu slimnīcā. Viņš izskatījās nekopts un neērti. Tomēr viņš bija ļoti skaists savā sarkanajā kapuces jakā, kas padarīja viņa zilos acis vēl zilākas. Viņš izskatījās kā krustojums starp Džeimsu Dīnu un Robertu Redfordu.

Viņa devās viņam pretim. Viņš vēl nebija viņu pamanījis.

Kad viņš pagriezās un paskatījās viņas virzienā, viņa bija pārsteigta. Uz brīdi viņa nevarēja elpot. Viņš nebija parasts puisis. Viņā bija kaut kas, kaut kas pavisam atšķirīgs.

"Sveiks, Vincente," teica Helēna, pasniedzot viņam roku. Viņa bija nedaudz satraukta, tāpēc iepazīstināja sevi ar viņu, it kā viņi nebūtu iepriekš tikušies.

Vincente šķita, ka iepazīšanās ir nedaudz dīvaina, jo viņi bija tikko satikušies. Viņš to neņēma vērā, jo viņai zem acīm bija lielas maisiņas un izskatījās, ka viņa bija gulējusi apģērbā.

Viņš pieņēma viņas piedāvāto roku un stingri to paspieda. Viņš ļāva viņai savilkt roku zem savas un aizvest viņu uz reģistratūru. Helēna lūdza reģistratūrai apstiprināt viņa ierašanos un paziņot par to astotajā stāvā.

Tad Helēna aizveda viņu uz liftu. Viņi stāvēja blakus pie durvīm, savstarpēji saistīti, bet joprojām gandrīz sveši, kad devās uz augšu.

Pēc pāris stāviem Vincente sajuta vajadzību pajautāt par Greisu, par to, kā viņai klājas, un tā arī izdarīja. Helēna paskaidroja, ka viņai nav ziņots par meitas stāvokli. Tomēr viņa varēja apstiprināt, ka Grace ir jautājusi par Vincente.

"Es esmu priecīgs palīdzēt viņai, kā vien varu," teica Vincente. Tas bija taisnība — viņš bija priecīgs palīdzēt viņai —, bet joprojām nevarēja saprast, kāpēc viņa viņu izsauc atpakaļ uz slimnīcu vidū naktī. Viņam kaut kā bija žēl viņas, ja viņai bija tik skumja un vientuļa dzīve, ka nebija neviena cita, kam viņa varētu zvanīt pēc palīdzības.

Vincente skatījās taisni uz savu atspulgu liftu durvīs. Viņš ar pirkstiem izķemmēja savus sasukušos matus, cerot tos savaldīt, bet viņa mēģinājums bija nesekmīgs.

"Vai tu, Vincente, zini, kāpēc mana meita tevi tā meklē?"

"Godīgi sakot, man tas ir noslēpums. Varbūt viņa ir maldināta..."

"Maldināta kā?"

"Es nezinu. Mēs viens otru gandrīz nepazīstam. Turklāt viņa vienkārši nav mana tipa sieviete."

„Ar to tu domā, ka mana meita nav pietiekami populāra vai pietiekami skaista tev?" Helēna jautāja ar nelabvēlīgu nokrāsu balsī, ko Vincente nepamanīja.

Viņš bija ieslodzīts liftā kopā ar sievieti, kura bija apņēmusies viņu ar roku. Viņas nagus tagad kā ķepas satvēra viņa piedurknes.

„Au. Ē, nē, es to tā nedomāju,"

teica Vincente, kad atskanēja zvans, kas norādīja, ka viņi ir ieradušies astotajā stāvā. Durvis atvēra. Vincente atbrīvojās no Helen's un izkāpa, dodoties uz reģistratūru. Tur bija citi cilvēki un, kas svarīgāk, liecinieki — gadījumam, ja Helen Greenway pilnībā zaudētu savaldību.

Helen palika stāvēt pie lifta, bet viņa joprojām ar skatienu piespieda Vincente palikt uz vietas.

Vincente paskatījās uz Helenu un saprata, ka nav atstājis īpaši labu iespaidu. Bet, no otras puses, bija nakts vidus, viņš vēl bija pusmiega stāvoklī un nemaz nezināja, kāpēc atrodas šeit. Protams, viņš zināja, ka Grace Grīnveja ir iemīlējusies viņā, bet tāpat kā puse no meitenēm skolā. Kad tevi uzskata par vispusīgu sporta zvaigzni, tas ir normāli.

Pēc brīža Vincente tika aizvests pa koridoru, ko pavadīja viens no ārstiem. Helēna sekoja aiz viņiem, stingri fiksējot skatienu uz Vincente galvas aizmuguri.

Ackerman iepazīstināja sevi. Viņš izstāstīja Vincente detaļas, tad viņi nomazgājās un uzvilka nepieciešamo medicīnisko apģērbu.

"Es saprotu, ka jūs esat ļoti labs Grace's draugs?"

"Uh, kaut kā tā."

Doktors Ackerman ignorēja nekonkrēto atbildi. "Grace jau kādu laiku prasa pēc jums. Viņa būs ļoti laimīga, uzzinot, ka esat šeit, lai palīdzētu."

"Uh, prieks, ka varu palīdzēt."

"Dēls," doktors Ackerman turpināja, "Grace's stāvoklis tagad ir stabils. Viņai tur bija grūti, ļoti grūti. Un, nu…"

" Cik grūti?"

"Tas ir, ē, konfidenciāli, bet teiksim vienkārši, ka tas bija uz naža asmens."

"Jūs gribat teikt, ka viņa gandrīz nomira?"

"Es gribu teikt, ka lietas nav bijušas labi. Un, lūdzu, neko neteiciet un nedarījiet, kas varētu viņu satraukt vai izraisīt stresu. Šodien tikai laimīgas domas, labi?"

"Laimīgas domas?"

"Jā," teica doktors Ackerman. "Tagad sekojiet man."

Viņi ieiet operāciju zālē plecu pie pleca, atverot šūpojošās durvis. Medicīnas personāls atbrīvo ceļu Vincente, it kā viņš būtu rokmūziķis.

Viņš uzreiz pievēršas Grace. Viņa atrodas uz galda vidū, un pie viņas ir pieslēgtas vairākas ierīces, kas izskatās kā sūkļi.

Viņš ieelpo dziļi un pietuvojas galda. Viņš baidās, lai gan nezina, kāpēc. Varbūt tāpēc, ka viņu vēroja pāri asi acu pāri. Ko viņi gaidīja, ka viņš izdarīs — brīnumu?

Viņš paskatījās uz Grace's guļošo ķermeni. Viņš redzēja, kā viņas krūtis kustas augšā un lejā.

Grace elpoja. Viņa bija dzīva. Viņš redzēja, kā viņas kastanbrūnie mati krīt pār pleciem. Viņš redzēja, kā viņas plakstiņi trīc, it kā nervozs tik. Viņa bija dzīva kaut kur aiz plakstiņiem.

Viņš piegāja tuvāk, un viņa ķermenis saskārās ar viņas roku. Tā bija tur, pie viņas sāniem, un bija atvērta.

Vincente paņēma Grace's roku savā.

Viņš nosauca viņas vārdu.

Viņas roka bija vēsa un nereaģēja uz viņa pieskārienu. Viņš apņēma viņas roku ar savu un teica: „Grisa." Viņš gaidīja, bet nekas nenotika. Viņa bija bezsamaņā. Viņa nevarēja viņu sajust vai dzirdēt, tad ko viņš te darīja? Ko viņam tagad vajadzēja darīt? Viņš paskatījās apkārt pa telpu, uz tukšajām sejām. Tās nepalīdzēja. Nemaz nepalīdzēja.

Tomēr visas acis joprojām bija vērstas uz viņu. Ko viņam vajadzēja teikt? Ko viņam vajadzēja darīt? Viņš gribēja aizbēgt no telpas.

Vincente gribēja vienīgi atgriezties savas gultas siltumā.

12. NODAĻA

Grace bija atgriezusies savā ķermenī, bet viņas maņas bija apslāpētas. Viņa nespēja sajust, ka Vincente tur viņas roku, lai gan redzēja, ka viņš to dara.

"Grace, es esmu Vincente," viņš teica, cerot, ka viņa kādā veidā atzīs viņa klātbūtni.

Grace viņu dzirdēja, bet viņa balss skanēja citādi. Tā bija attālināta.

"Runājiet ar viņu," mudināja doktors Ešs. "Runājiet ar viņu par jebko!"

Medicīnas komanda pietuvojās. Vienīgās dzirdamās skaņas bija aparātu trokšņi.

Vincente pierē uzsāka veidoties sviedru pērlītes. Viņš teica: „Mums tevis trūkst, Grace. Mums tevis trūkst skolā. Tu esi prom pārāk ilgi." Vincente saprata, ka šis dialogs ir neveikls, bet viņš vienkārši sekoja plūdumam. Viņš centās uzsākt normālu sarunu, diemžēl tā bija vienpusēja.

Grace apšaubīja viņa identitāti. Kas bija šis dīvainais zēns ar īsiem gaišiem matiem, tumšām acīm un sarkanu krekliņu? Ja viņš būtu viņas Vincente, viņš nerunātu ar viņu par skolu. Skolu!? Tur viņi saskārās ar vārnu ēdošo koku!

"Mēs uzvarējām kriketa spēlē pagājušajā dienā!" Vincente teica pārāk entuziastiski.

Viņš atkal pārbrauca ar pirkstiem pa matiem. Viņš mēģināja iebāzt dūres kabatās, bet, ņemot vērā ķirurģiskos piederumus, tas nebija iespējams. Tomēr jau pats mēģinājums izmantot savu parasto problēmu risināšanas mehānismu lika viņam justies atvieglotam.

Grace domāja, vai kāds viņai neizspēlē kādu triku. Viņa paskatījās uz visām nepazīstamajām sejām, uz skatieniem. Viņa nepazina lielāko daļu no viņiem, bet viņi varēja redzēt šo Vincente. Viņi viņu novēroja.

Grace izkāpa no sava ķermeņa un sāka peldēt pa telpu.

No augšas viņa vēroja šo Vincente. Viņš nemaz nelīdzinājās sev. Viņš bija auksts. Viņa nevarēja sajust viņa pieskārienu, bet tik ļoti gribēja to sajust. Kad viņa pamanīja, ka viņš tur viņas roku, viņas sirds sāka dauzīties un pukstēt. Pārāk ātri viņa atgriezās savā ķermenī.

Sirds aparāts reaģēja ar vēl vienu taisnu līniju.

***

Grace skatījās uz gaismu, asaras plūstot pa viņas seju. Zem viņas slimnīcas darbinieki skraidīja pa operāciju zāli, it kā pasaule būtu beigusies. Viņa zināja, ka vienīgā lieta, kas beidzas, ir viņas paša dzīve.

Viņa bija cīnījusies pret zvaigžņu gaismu, kas viņu aicināja. Aicināja viņu.

Tagad tā mirgoja un pamāja, un viņa saprata, ka ir pienācis laiks iet. Laiks doties uz to. Beidzot bija pienācis laiks sadedzināties kopā ar Fibonači zvaigzni.

"Pasaki viņai, ka tu viņu mīli!" kāds iesaucās.

"Bet es nemīlu!" Vincente pazemīgi atbildēja.

Drīz zvaigžņu gaisma kļuva arvien karstāka un karstāka. Tā vairs negaidīja, kad viņa pie tās pienāks. Tā nāca pie viņas.

"Es tevi mīlu, Grace!" viņš iesaucās.

Pārāk vēlu.

***

Kad viņi izveda Vincente no telpas, viņš joprojām kliedza šos vārdus. Patiesībā viņam tie bija bezjēdzīgi, nepatiesi jūtas. Vārdi, ko viņš teica tikai tāpēc, lai būtu laipns, lai glābtu viņu no bezdibeņa.

Viņš tos atkal izkliedza. Šoreiz viņa balss atbalsojās pa koridoriem un izskanēja visā visumā: "Es tevi mīlu, Grace Greenway!"

"Es tevi arī mīlu, Vincente!" viņa atkliedza. Haoss un kņada, kas valdīja, kad viņi mēģināja glābt viņas dzīvību, viņš to nedzirdēja.

Pēkšņi karstā zvaigzne sāka griezties un rotēt. Drīz tā vairs nenāca uz viņu un nededzināja viņu ar savu karstumu. Tā vietā tā izmeta pulsējošas viļņus un kļuva par neitronu zvaigzni.

Zaudējusi savu saikni, "Es gribu dzīvot," Grace Grīnvaja paziņoja sev. "Es gribu dzīvot."

13. NODAĻA

Divus dienus vēlāk Grace Grīnuve pamodās bez asins recekļiem un vairs nebija briesmās. Nākamajā laikā viņa būtu jānovēro uzmanīgi, bet drīz viņa varētu doties mājās.

"Vincente, mamma," viņa teica apmulsuši, asaras tekot pa vaigiem. Tās bija asaras no tīras laimes par to, ka viņa ir dzīva. Asaras no pateicības par to, ka viņai ir šis brīdis, ko dalīt ar diviem cilvēkiem, kurus viņa mīl visvairāk pasaulē.

Viņa izstiepa rokas, lai apskautu abus kopā. Viņi piegāja pie viņas un apskauta. Viņa sajuta viņu ķermeņu siltumu un spēku, gandrīz kā viņa gūtu spēku no viņu apvienotās enerģijas.

Vincente un Helen skatījās viens uz otru, gaidot, kad Grace viņus atlaidīs.

"Vai tev ir kādas sāpes?" jautāja Helen.

"Es jūtos nogurusi, tas ir viss, mamma."

"Es priecājos, ka jūties labāk," teica Vincente. "Es iešu un pasaukšu ārstus — lai viņi zina, ka esi pamodusies."

Viņš pagriezās un izgāja no istabas. Viņš stāvēja tur uz brīdi, jūtot pateicību, ka viņa bija pilnībā atguvusies. Domājot, ka tagad, iespējams, viņš bija izpildījis savu pienākumu un varēja doties mājās. Viņš cerēja, ka viņa bija aizmirusi vai nebija dzirdējusi to, ko viņš bija spiests viņai teikt operāciju zālē. Viņš bija priecīgs, ka Helēna Grīnveja nebija tur, lai dzirdētu viņa piespiedu un nepatiesu paziņojumu.

Viņš pieņēma faktu, ka bija rīkojies pareizi, lai viņai palīdzētu. Tagad viņa vienīgā cerība bija, ka ar to viss beigsies. Viņš gribēja atgūt savu veco dzīvi. Un šajā dzīvē nebija vietas Gracei Grīnvejai.

***

"Nu, mamma, vai viņš tev patīk?" jautāja Grace.

"Viņš ir jauks puisis," teica Helēna. "Es saprotu, kāpēc tev viņš patīk."

"Patīk?" iesaucās Grace. "Man viņš ir vairāk nekā patīk, mamma. Mēs esam precējušies! Skaties!" viņa teica, parādot mātei savu gredzena pirkstu. Tur nebija gredzena.

"Viss ir labi, Grace," Helēna mierināja, pamanot meitas satraukumu. "Viss ir labi, ja tu esi nedaudz apjucusi. Tu esi daudz pārdzīvojusi pēdējo dienu laikā."

"Mamma, tas ir taisnība! Tu man netici, vai ne?"

"Uh, tagad neuzkrīties, mīļā," Helēna teica, uzsitot meitai uz rokas.

"Mēs esam precējušies, mamma. Precējušies!" Grace atkārtoja. Durvis atvērās, un Helēna aizbēga gaitenī, atstājot meitu satrauktu un vienu pašu.

Dīvaini, domāja Grace. Ļoti dīvaini. Kur ir manas gredzenes?

***

Gaitenī Helēna Grīnveja sastapās ar doktoru Akermanu. Viņš bija ceļā, pēc tam, kad bija saņēmis labas ziņas no Vincente, ka viņa ir pamodusies un skaidrā prātā.

"Ak, doktors Ackerman!" iesaucās Helēna.

"Ak, kas noticis? Vai man iet uzreiz iekšā? Vai viņai ir atkārtots uzliesmojums? Vincente teica, ka viņai klājas labi. Viņa ir nomodā un runā. Pilnīgi skaidrā prātā."

"Tā tas ir, doktors Ackerman. Viņa ir nomodā un runā, bet šķiet, ka viņai ir ilūzija, ka viņa ir precējusies ar Vincente Marino!"

"Ak, kā tas var būt?"

"Viņa man teica, ka viņi ir precējušies. Viņa un Vincente. Turklāt viņa mēģināja man parādīt savus gredzenus. Viņa bija ļoti satraukta, kad atklāja, ka tie ir pazuduši."

Vincente izkāpa no atvērtā lifta, nesot paplāti ar kapučīno. Viņš devās uz viņiem.

Doktors Ackerman paskatījās uz Vincente un ar roku pamāja, lai viņš apstātos. Tad viņš aizveda Vincente uz atpūtas zonu, kur lūdza viņam palikt. Ackerman atgriezās pie Helen's.

Vincente apsēdās un sāka dzert no vienas no tases.

"Es gribētu parunāt ar Greisu — vienatnē — uz dažiem mirkļiem," teica doktors Ackerman. "Lūdzu, pagaidiet šeit ar Vincente, Helen, pēc tam es parunāšu ar jums abiem."

Helen apsēdās blakus Vincente. Viņš piedāvāja viņai tasi tējas. Viņa to pieklājīgi atteica un tad apņēma sevi ar rokām.

Vincente saprata, ka kaut kas noticis, bet viņam nebija ne jausmas, kas. Viņš iedzēra vēl vienu malku kafijas un cerēja, ka drīz viņu laidīs mājās. Viņš bija izsmelts un diezgan pārliecināts, ka Helēna vēlas būt ar meitu divatā.

Galu galā, viņaprāt, tā bija ģimenes lieta.

***

Kad doktors Ackerman iznāca no Grace's istabas, viņa satrauktais izskats runāja pats par sevi.

Helēna uzreiz piecēlās un piegāja pie viņa.

Vincente arī uzreiz pamanīja ārsta nopietno izteiksmi. Kas arī nebūtu noticis Grace's istabā, tas noteikti nebija labas ziņas. Viņš domāja, vai kādreiz vispār atgriezīsies mājās.

"Helen," teica doktors Ackerman, "mums jāpārrunā — divatā. Lūdzu, nāciet uz manu kabinetu."

"Par ko?" Helēna novērsa skatienu no vietas, kur sēdēja Vincente.

"Viņš būs drošībā tur, kur ir, līdz mēs atgriezīsimies," teica doktors Ackerman. Tad Vincente: "Ja jūs varētu pagaidīt, mēs jums drīz izstāstīsim visu."

Vincente pamāja ar galvu un sāka dzert otro kapučīno — Helēnas dzērienu. Galu galā viņa to nevēlējās, un viņš par to bija samaksājis. Kāpēc ļaut tam atdzist? Turklāt viņam bija vajadzīga kofeīna deva, lai paliktu nomodā. Viņš izņēma tālruni un spēlēja spēli Bejeweled Blitz, pēc tam pārskatīja Facebook. Viņam bija viena ziņa no Missy Malone. Viņa vēlējās vēlāk satikties. Viņš cerēja, ka nebūs pārāk noguris no visām šīm lietām ar Greisu Grīnu.

Ziņkārīgs, viņš piegāja pie Grace's durvīm un paskatījās caur stiklu. Grace bija dziļā miegā. Dīvaini, domāja viņš, jo viņa tikko bija pamodusies. Vincente atgriezās savā vietā. Domājot par Greisu, viņš iedzēra vēl vienu malku no Helēnas kafijas. Viņš izdzēra arī Grace's tasi, pirms viņi atnāca viņu pakaļ.

14. NODAĻA

„Helen, mēs cerējām, ka Grace's atmiņas zudums būs izlabots. Tomēr šķiet, ka tagad mums ir papildu bažas."

„Tātad viņa to pastāstīja arī tev? Ka viņa ir precējusies ar Vincente?"

„Jā, un viņa ne tikai pastāstīja man, ka viņi ir precējušies, bet arī ļoti sīki aprakstīja visu. Tas bija gandrīz kā viņa to atkal piedzīvotu. Tas bija tik reāli, tik pilnīgs attēls. Es gandrīz varēju dzirdēt to romantisku dziesmu, kas skanēja fonā."

"Kādu romantisku dziesmu?" jautāja Helēna.

"Viņa teica, ka tā bija dziesma no vecas rotaslietu kārbas."

"Jā, es to atceros. Grace's tēvs un es to uzdāvinājām viņai Ziemassvētkos, kad viņa bija maza meitene."

"Ah, bērnības dāvana, ko viņa tagad ir iedomājusies kā savu kāzu dziesmu. Jūsu meitai noteikti ir ļoti spilgta iztēle," teica doktors Ackerman.

„Tad ko mēs darīsim, doktors? Pastāstīsim viņai patiesību? Mums ir jāpastāsta viņai patiesība."

„Prāts ir ļoti trausls. Varbūt, kad Grace cīnījās par savu dzīvību, viņa izveidoja šo situāciju kā izdzīvošanas mehānismu. Lai dotu sev kaut ko, par ko dzīvot, par ko cīnīties. Tā ir primārā tehnika. Kad mēs esam uz nāves sliekšņa, mēs dažkārt izveidojam vai izdomājam alternatīvu realitāti."

„Bet manai meitai jau bija tik daudz, par ko dzīvot!" teica Helēna.

„Jā, jūs tā domājat, un es tā domāju, bet vai Grace piekristu?"

„Tātad, ko jūs sakāt, dakter? Ko mums darīt?"

Pie durvīm pieklauvēja. Dakteris Kristiansons iebāza galvu iekšā. „Atvainojiet, ka traucēju. Dakter, jūs gribējāt parunāt?"

„Jā, ja jūs varētu mums dot vienu brīdi, lūdzu, Helēna," teica Ackerman. Viņš pamāja viņai sēsties, un tad viņš un doktors Christiansson izgāja.

Helēna bezdomīgi pārlapoja vienu vai divus žurnālus. Ārsti privāti apsprieda Grace's nestabilo situāciju.

„Es baidos, ka mums šajā jautājumā nav izvēles," teica doktors Christiansson. „Mums jāpiekrīt Grace's fantāzijai. Viņa šobrīd nav pietiekami stipra, lai spētu pieņemt patiesību. Ja pārāk spiedīsim, sekas var būt ļoti kaitīgas." "Es piekrītu," piebalsoja doktors

Ackerman. "Labākais, ko varam darīt Grace's labā, kamēr viņa nav gatava dzirdēt patiesību, ir atbalstīt viņas paša ilūzijas. Problēma ir tāda, ka mums jāpārliecina Vincente piekrist šim plānam. Mums jāpastāsta viņam viss, ko Grace mums ir stāstījusi.

Mums ir jāpanāk, lai viņš piekristu sadarboties, līdz Grace būs gatava, proti, pietiekami stipra gan garīgi, gan fiziski, lai spētu pieņemt patiesību."

"Jā, Marino zēns jau iepriekš spēja palīdzēt Gracei, un es ceru, ka viņš spēs palīdzēt viņai atkal," teica Kristiansons.

"Un kad viņa būs pietiekami vesela un stipra, mēs viņai pateiksim patiesību," apstiprināja doktors Ackerman.

"Man tas nepatīk," teica Helēna, kad ārsti viņai izklāstīja savu plānu. "Mēs barosim viņas iztēli un veicināsim melus un vēl vairāk melus."

"Bet tie nav meli Gracei. Viņa tic katram vārdam, un viņa ir tā, kuru mums šeit jāliek pirmajā vietā," teica doktors Ackerman.

"Bet kas notiks, ja zēns nepiekrīt sadarboties?" jautāja Helēna.

"Viņam ir jāpiekrīt," teica Ackerman. "Nav citas izvēles. Grace ir tikusi tik tālu, un viņa ir ceļā uz fiziskās veselības atgūšanu. Viņas ķermenis varbūt neizturētu vēl vienu atkārtotu slimības uzliesmojumu. Šobrīd Grace's garīgā stabilitāte ir ļoti svarīga."

"Grace ir radījusi šo sapni, un Vincente ir tās liela daļa. Viņam ir jāpiekrīt viņai palīdzēt. Mums ir jāpārliecina viņu par to, cik svarīgs viņš ir viņai," teica doktors Kristiansons.

"Cik ilgi mums visiem būs jāspēlē šī spēle?" jautāja Helēna.

"Mēs spēlēsim, līdz viņa būs gatava," teica doktors Kristiansons, "un ne mirkli ilgāk."

"Ko tad es teikšu zēnam?" jautāja Helēna. "Kā es varu likt viņam saprast, ja pati to nevaru pilnībā saprast? Man nepatīk doma, ka esmu apkrāpusi savu meitu."

"Viņam būs jāuzticas mums, jāuzticas Gracei. Kad viņa būs gatava sastapties ar realitāti – dzirdēt patiesību – tad un tikai tad viss atgriezīsies tā, kā bija iepriekš," teica Akermans.

„Es darīšu visu, kas manā spēkā, lai viņu pārliecinātu."

„Veiksmi," teica doktors Ackerman.

„Ja jums vajadzīga mana palīdzība..." iejaucās Dr. Christiansson, „...ja jūs vēlaties, lai es ar viņu parunātu, kaut ko paskaidrotu, tad sūtiet zēnu pie manis."

„Paldies," teica Helen.

15. NODAĻA

Helen devās uz sieviešu tualeti un nomazgāja rokas. Pastāvīga atrašanās slimnīcā 24 stundas diennaktī, šķiet, radīja paranoju par baktērijām.

Viņa izstiepa labo roku un pamanīja, ka tā trīc. Viņai nebija ne jausmas, kā pārliecināt zēnu piekrist tik dīvainam melu kopumam. Ikviens, kam ir dzīves pieredze, noteikti saprot, ka patiesība vienmēr ir labākais risinājums. Tomēr šeit viņai bija jāpārliecina Vincente kļūt par līdzdalībnieku, atbalstot Grace's ilūzijas.

Viņa ielika roku rokassomā un, aptaustot to, izvilka divas lūpu krāsas. Viņa uzklāja vienu un kaut kādā veidā tas lika viņai justies nedaudz labāk. Atkal ieliekot roku rokassomā, viņa izvilka smaržas un uzsmidzināja nelielu daudzumu aiz ausīm. Tagad viņa bija gatava iziet ārā un runāt ar Vincente.

Helen aizvēra durvis aiz sevis un izgāja uz noslogoto koridoru. Viņa tika piespiesta pret sienu uz dažām sekundēm, kad slimnīcas personāls ar buldozeru izgrūda ārā nestuves. Viņa ieelpoja dziļi, savāca sevi un sāka iet uz uzgaidāmo telpu.

Viņa ieraudzīja Vincente, un viņš ieraudzīja viņu. Viņa pamāja ar roku un tad nodomāja, vai viņa nav pārāk draudzīga. Viņa savaldīja sevi, uzliekot roku uz savas somas ādas siksnas. Tagad viņa izskatījās kā kāds, kas baidās tikt aplaupīts.

Vincente redzēja, ka Helen Greenway strauji virzās uz viņu. Viņš uz brīdi paskatījās uz viņu, tad paskatījās uz savām kājām. Viņš uzreiz pamanīja, ka viņa bija izrotājusies, un nodomāja, kāpēc. Varbūt viņa bija ievērojusi kādu no ārstiem? Vai tas nebija pārāk drīz pēc viņas vīra nāves? Viņš nebija pārliecināts, bet viņš nebija tas, kurš spriestu par to, ko cilvēki saka vai dara.

Helen apsēdās pretī Vincente un nosauca viņa vārdu. Viņš pacēla acis un gaidīja, ka viņa teiks kaut ko vēl, bet viņa to nedarīja. Viņš atkal noliecās uz savām kājām. Viņš bija tik noguris, pilnīgi noguris, bet trīs lielas kafijas bija uzbudinājušas viņa prātu.

Viņa atkal nosauca viņa vārdu un noliecās uz priekšu, elkoņus atbalstot uz ceļgaliem.

Vincente atlaidās krēslā un izlikās, ka viņam ir nepieciešams izstaipīties un nožāvāties. Klusums kļuva arvien nepatīkamāks.

Helen gaidīja, kamēr viņš pabeigs kustēties, un tad uzreiz piegāja pie lietas. "Vincente, man ir nepieciešama tava palīdzība kaut kādā lietā, kaut kādā diezgan personīgā lietā."

Viņš vilcinājās un nolieca galvu, tagad jau izziņas kārs.

"Vai es varu ar tevi runāt atklāti un brīvi?" viņa čukstēja.

Vincente tagad bija patiesi ieinteresēts. Viņam jau iepriekš bija uzmākušās vecākas sievietes, bet parasti ne tik vecas sievietes un ne sievietes, kas bija viņa skolasbiedru mātes.

Viņš pēkšņi sajuta diskomfortu. Viņa sākotnējā reakcija bija pārtraukt viņu uzreiz un būt pilnīgi atklāts. Tomēr, lai gan viņš nebija visai ieinteresēts, viņam bija interese uzzināt, ko viņa grasās teikt. Kā viņa to darīs. Un viņš domāja, vai varbūt šoks par to, ko bija pārdzīvojusi Grace, bija ietekmējis arī viņu. Tāpēc, neko neteikdams, viņš sēdēja nekustīgi un gaidīja.

Helen noliecās tuvāk: „Tas, ko es gribu tev jautāt, ir diezgan neērti," viņa vilcinājās un nervozi pasmējās. „Es domāju, tas ir absurds! Bet es ceru, ka tu tomēr piekritīsi un palīdzēsi man."

Helen pamirkšķināja skropstas un vilcinājās. Viņa iztaisnojās un atkal noliecās tuvāk. Šoreiz vēl tuvāk Vincente, tik tuvu, ka viņu ceļgali gandrīz saskārās. Tad viņa it kā pamāja ar roku, radot atstarpi starp viņiem, un ļāva savai rokai pavisam viegli pieskarties viņa ceļgalim.

Viņa bija tik tuvu, ka viņš varēja just viņas elpu uz savas sejas.

Vincente neērti atkāpās atpakaļ krēslā. Ievietoja kājas zem sēdekļa. Sakrustoja rokas uz krūtīm. Viņš koncentrēja uzmanību uz grīdu. Viņš cīnījās ar vēlmi izņemt savu tālruni, lai novērstu uzmanību no šīs trakas situācijas.

"Tā ir Grace, Vincente. Šķiet, ka viņai ir. Nu, man ir grūti to pateikt. Jo īpaši kādam tik jaunam kā tu, kādam, kurš, es domāju, jau ir draudzene. Vai varbūt pat vairāk nekā viena draudzene?" Helēna vilcinājās, pirms izmeta šo bumbu, un paskatījās viņam tieši acīs. Viņa centās izveidot saikni ar viņu, sazināties viņa valodā. Ja viņai izdotos pārvarēt vecuma atšķirību starp viņiem, tad varbūt viņš saprastu. Varbūt viņš piekristu.

Vincente domāja, ka tas kļūst neērti. Viņš gribēja atbrīvot viņu no nepatīkamās situācijas: „Man ir draudzene, ē... Mrs. Greenway. Mēs neesam ekskluzīvi, lai gan mums ir savstarpēja sapratne, ja jūs saprotat, ko es domāju?"

Vai viņš tikko pamirkšķināja? Helen bija pārliecināta, ka redzēja, kā viņš pamirkšķināja! Un viņai tas nepatika, ne mazākais.

Vincente vēlējās, lai viņa aizietu. Viņš bija ļoti noguris, un vienīgais, ko viņš gribēja, bija doties mājās. Ne pacietīgs un sašutis, viņš piecēlās.

„Jā, es saprotu, ko jūs domājat, Vincente," Helēna neērti teica, „Lūdzu, sēdies."

Vincente tā arī izdarīja. Viņš atkal sakrustoja rokas, radot fizisku barjeru starp viņiem.

„Vincente, mana meita ir iemīlējusies tevī. Tu to zini, vai ne?"

"Jā, es zinu, ka viņai es patīku. Grace ir lieliska! Viņa ir glābusi manu dzīvību, palīdzot man matemātikā. Bez viņas es jau sen būtu izmests no komandas."

"Tiešām? Es to nezināju. Tātad tu viņu pazini, viens pret vienu?"

"Ne viens pret vienu kā draugs un draudzene, nē. Bet mēs bijām pāris. Draugi."

"Bet tu esi zvaigzne kriketā, un tu esi skaists. Es saprotu, kāpēc viņa bija, äh, iemīlējusies tevī. Bet man ir jājautā tev," viņa apstājās un sāka stostīties, jo bija grūti nonākt pie būtības.

"Atvainojiet, Mrs. Greenway, bet man jāiet uz galveno. Tā ir bijusi ārkārtīgi gara nakts, un es esmu noguris. Man jāsaka, ka esmu glaimots par jūsu... ē... par uzmanību, ko man veltāt, bet, kā jau teicu, man un manai draudzenei Missy ir sava veida vienošanās."

"Esmu pārliecināta, ka viņa neiebilst, ņemot vērā apstākļus, jo jūs palīdzēsiet kādam, kam tas ir nepieciešams. Galu galā, tas ir jautājums par dzīvību vai nāvi," teica Helēna.

„Jūs tagad esat mazliet melodramatiska, vai ne, mis Greenway?" Vincente atlaida rokas un pietuvojās viņai. „Es esmu glaimots un viss, bet, es domāju, vai jūs nevarat atrast kādu, kas ir, jūs zināt, tuvāks jūsu vecumam? Piemēram, kādu no ārstiem?"

„Kā!" Helēna iesaucās, attālinot visu savu ķermeni no Vincente Marino tik tālu, cik vien iespējams, joprojām sēžot viņam pretī. Tad viņa piecēlās un attālinājās vēl tālāk, pagriežot viņam muguru. Viņa ieelpoja dziļi, atguvusi pašsaprotamību, tieši tajā brīdī, kad Vincente viegli uzsitās viņai uz dibena. Viņa izlēca, cīnoties ar vēlmi viņam uzsist pa seju.

„Tava informācijai," viņa tagad dusmīgi laboja, „es tevi nemaz neuzskatu par pievilcīgu, tu muļķīgais, muļķīgais zēn!"

„Protams, protams, es tevi noraidu, un tu kļūsti visai nepatīkama — es redzu, kāda ir tava spēle. Bet pārāk daudz ar mani nespēlē, man tas varētu patikt," viņš pietuvojās viņai vēl tuvāk.

„Tagad pārtrauciet to!" Helēna teica ar trīcīgu balsi, kad Vincente Marino tuvojās viņai arvien tuvāk un tuvāk. Tagad viņa bija stingri piespiesta pret krēsla priekšpusi – un spiesta sēdēt. Viņas seja bija sarkana, un viss ķermenis trīcēja.

„Man ir apnicis šis muļķības," teica Vincente. "Es atnācu šeit vidū naktī, lai palīdzētu jūsu meitai... labi.

Bet tagad viņa ir atpakaļ palātā, un es te stāvu, lai ko? Es nezinu. Lai viņas mamma mani neuzmāktos!"

Helen's seja bija sarkana kā bietes. "Vincente, man vajag tavu palīdzību, tāpēc es ignorēšu šo nesaprašanos un runāšu atklāti. Apiet apkārt nebija gudra ideja!"

Vincente nepacietīgi pamāja ar galvu, bet turpināja klausīties.

"Grace ir pārliecināta, ka tu un viņa esat precējušies."

"Kas?"

"Tā ir taisnība. Viņa pamodās un ir pārliecināta par šo ideju par jums abiem. Viņa ir izveidojusi fantāziju savā prātā."

"Precējušies? Grace Grīna un es, precējušies?"

"Jā, tā viņa uzskata."

"Tad pasaki viņai patiesību. Kāpēc tu man to stāsti?"

"Tāpēc, ka ārsti uzskata, ka mums pagaidām jāpiekrīt."

"Ar "mums" tu domā mani, vai ne? Tu gribi, lai es spēlēju vīru un sievu ar Greisu?"

"Es zinu, ka tas ir liels lūgums, Vincente. Bet, ja tu varētu atrast savā sirdī spēku, lai viņai palīdzētu, tas varētu būt jautājums par dzīvību un nāvi."

„Tas ir pārāk daudz, ko lūgt," teica Vincente, piecēlās un sāka iziet no uzgaidāmajām telpām, „pārāk daudz."

Helen viņu aizturēja, satverot viņa roku.

„Tas ir vismazais, ko tu vari darīt! Tu viņu ievietojai šeit, ar to triecienu galvai. Tu to izdarīji! Noteikti tev kaut kur iekšā ir morālais kompass, sirdsapziņa. Grace nebūtu šeit, ja nebūtu tevis!

Un, kā tu pats teici, Grace palīdzēja tev nodrošināt vietu kriketa komandā.“

Vincente zināja, ka tas viss ir taisnība, lai gan trieciens bija nejaušs. "Ko tieši tu gribi, lai es daru?"

"Rīkojies kā vīrs. Esi viņai blakus. Runā ar viņu. Tur viņai roku. Mana meita ir gudra meitene; viņa tev pateiks, kas viņai vajadzīgs."

"Bet ko darīt, ja viņa vēlēsies, lai mēs darām to, ko dara precēti cilvēki?" Viņš pasmaidīja. "Ko tad?"

"Esmu pārliecināta, ka, pirms nonāksim līdz tam, viņa vai nu sāks atcerēties patiesību, vai es viņai to pastāstīšu."

"Kāpēc neizvairīties no šīs drāmas un nepastāstīt viņai patiesību jau tagad?"

"Protams, es gribētu to darīt, bet ārsti to neiesaka," teica Helēna. „Viņi uzskata, ka Grace ir pārāk trauslā stāvoklī, lai šobrīd viņu šokētu ar tik daudz realitātes."

Vincente jutās, ka viņam nav izvēles šajā jautājumā, viņam bija jāsamierinās ar to. Lai gan viņš pilnīgi nepiekrīta ārstiem, viņš izlikās, ka piekrīt. „Kā būs ar skolu?" viņš jautāja. „Man rīt ir spēle — es domāju, šodien."

"Grace atcerēsies, ka tu esi skolā. Tikmēr tu varētu uzaicināt kādu no skolasbiedriem apciemot viņu. Pazīstamas sejas varētu atsvaidzināt viņas atmiņu."

"Es nevaru uzreiz iedomāties nevienu, ar ko viņa draudzētos, bet es mēģināšu. Tagad, vai es varu iet mājās?"

„Nē, kamēr tu ar viņu neesi runājis. Un atceries, viņa man tikko pastāstīja ziņu — ka jūs abi nesen esat precējušies — un es viņai neticēju. Es izskrēju no istabas un atradau viņas ārstu. Tāpēc es domāju, ka mana meita būs ļoti priecīga tevi redzēt un diezgan dusmīga, redzot mani. Viņa varbūt arī gribēs tevi man iepazīstināt kā savu vīru."

„Es darīšu visu, ko varu, bet es neesmu ļoti labs aktieris un nekad neesmu bijis labs melis."

„Nu, tad padarīsim to par balvas cienīgu sniegumu!" Helēna pamācīja, kad viņi devās uz Grace's istabu.

„Lūk, mēs esam klāt!" teica Vincente, atverot durvis un turot tās atvērtas savai jaunajai fiktīvajai svairai.

16. NODAĻA

Grace pacēla acis un ieraudzīja, ka viņas mamma ienāk istabā, un aiz viņas – Vincente! Viņa sēdās, smaidot no ausīm līdz ausīm, un izstiepa rokas pret viņu. Viņš tuvojās viņai tik lēni, ka viņa intuitīvi saprata, ka kaut kas nav kārtībā.

"Mīļais," teica Helēna, ar dzirkstošu balsi, kas pārsteidza Vincente. "Es parunāju ar Vincente, un viņš man visu pastāstīja. Visu par jūsu kāzām. Vai ne, Vincente?"

Vincente vispirms paskatījās uz Greisu, tad uz Helenu. Viņa viņu izmeta vilkiem, liekot viņam melot. Viņam nebija citas izvēles. "Jā, es pastāstīju tavai mammai visu par mums," viņš teica. Viņš nedaudz pietuvojās Gracei, kura viņu sirsnīgi apskāva.

Kamēr viņa viņu apskāva, Grace sajuta attālumu, ko nekad iepriekš nebija jutusi. Viņai šķita, ka viņa apskauj koka dēli.

Viņi atdalījās, un Grace dziļi paskatījās Vincente acīs. Viņš kaut ko slēpa. Vai varbūt vienkārši bija apjucis? Varbūt tas bija tikai tāpēc, ka viņa bija pārāk mīlīga cita cilvēka klātbūtnē. Iepriekš viņi bija bijuši vieni, tāpēc viņiem bija jāpierod pie tā, ka citi cilvēki redz viņu mīlestību.

Grace izstiepa roku, paņēma viņa roku savējā un teica: "Es pilnīgi saprotu, kā tu jūties, ņemot vērā apstākļus. Mēs neesam pieraduši izrādīt mīlestību šādi — citu cilvēku klātbūtnē."

Vincente jutās kā mēsli. Viņš bija spiests to darīt, un viņam bija žēl Grace's, kura nemaz nezināja, ka viņš tikai izliekas. Bet, spriežot pēc viņa teiktā, viņa izrāde bija atstājusi daudz vēlams. "Jā, tieši tā," teica Vincente. "Tu vienmēr esi bijusi ļoti uzticama manām, ē, jūtām."

Grace turpināja novērot viņa neērtības. Vincente, sajūtot, ka viņa viņu ļoti uzmanīgi vēro, un baidoties, ka viņa varētu sākt uztraukties, pacēla viņas roku pie savām lūpām un noskūpstīja to. Kad viņš pacēla skatienu, viņš skatījās dziļi acīs savai it kā sievai. It kā no viņas puses, bet no viņa puses viņš redzēja tikai Greisu Grīnu — vienkāršu meiteni ar virs vidējā līmeņa, gandrīz ģeniālām matemātiskām spējām. Viņi bija pilnīgi pretstati. Viņš nekad neprecētu viņu, pat ja viņi būtu pēdējie divi cilvēki uz planētas.

Grace pievērsās savai mammai, kas stāvēja fonā un vēroja abus. Jā, tas bija tas. Viņas mamma tagad bija visu apstiprinājusi, bet viņa nepiekrīta viņu izvēlei. Galu galā, viņiem bija tikai sešpadsmit gadi, un bez vecāku atļaujas, iespējams, viņas prātā viņu laulība nebija likumīga. Nemaz nerunājot par to, ka ne ministrs, ne priesteris, ne pat miera tiesnesis to nebija oficiāli apstiprinājis. Viņi bija apmainījušies ar zvērestiem un gredzeniem. Tā nebija īsta kāzas, un mammai vienkārši vajadzētu to anulēt. Varbūt tāpēc Vincente izskatījās tik satraukts?

Grace paskatījās uz Helenu, kas stāvēja tur ar asarām acīs.

"Tu neesi laimīga par mums, mamma?" Grace jautāja.

"Protams, es esmu ļoti laimīga par jums abiem, mīļie," teica Helēna, apkampjot abus.

Tagad, kad viss bija tik tuvu, Grace paskatījās Vincente acīs, un viņš novērsa skatienu. Viņa teica: "Es zinu, ka es, iespējams, izskatos briesmīgi," un asara ritēja pa viņas vaigu. "Tā ir bijusi tik gara pārbaudījumu pilna ceļojuma, ar operāciju un visu pārējo." Viņa ieelpoja dziļi un savāca sevi. Vincente mēģināja viņu iedrošināt ar smaidu, un tad viņa turpināja: "Es nevaru gaidīt, kad mēs varēsim atgriezties pie normālas dzīves. Kad mēs varēsim atgriezties mūsu mājā un peldēties pludmalē, kā mēs to darījām agrāk."

Vincente atkal novērsa skatienu. Kā ieslodzīts žurks, viņa acis nervozi skatījās no vienas puses uz otru.

„Esmu pārliecināta, ka Vincente nevar gaidīt šo brīdi, mīļais," Helen pamudināja.

Vincente izlaida „Humph", ko viņš bija domājis kā atbalsi savā galvā. Diemžēl šo skaņu dzirdēja un pamanīja visi klātesošie. Helen skatījās uz Vincente, it kā viņš būtu izdarījis slepkavību. Grace izskatījās tik sāpināta, ka no viņas acīm izplūda vēl vairāk asaru.

"Tu nevēlies atgriezties tur? Uz Manly? Lai atkal būtu laimīgs?" Grace bija pārliecināta, ka Vincente ir mainījies. Kaut kas viņā bija mainījis viņa mīlestību pret viņu, un šī atziņa salauza viņas sirdi.

Helēna iedūra Vincente sānos ar elkoni. Viņš iesmējās un ieelpoja gaisu, pirms teica: "Ne pirms tu atkal būsi vesela, Grace."

"Tu zini, cik es to ienīstu!"

"Ko? Ko tu ienīsti?" Vincente jautāja. Viņš bija pilnīgi sajaucis un noteikti neveica labu darbu šajā aktieru uzdevumā. Viņš bija brīdinājis Helenu, ka nav labs melis, un tagad viņš visu sabojāja. Sabojāja Greisu. Nabaga meitene.

"Tu zini, ko es domāju!" Grace iesaucās. "Tu zini, ko es ienīstu. Kā man no tā nāk āda uz ādas."

"Ak," teica Vincente, beidzot atceroties. Jā, viņš jau reiz bija viņu saucis par "Gracie", un viņa bija uz viņu uzgāzusies. Tagad viņš to atkārtoja. Kāds idiots viņš bija! "Es ļoti atvainojos, Grace, tas man pilnīgi izslīdēja no prāta. Es esmu tik noguris, es neesmu gulējis. Mana vaina — tas bija tikai prāta apmāns."

Trio sāka smieties, un smiekli turpinājās, līdz Grace tos pārtrauca, sakot: "Ja esi noguris, mīļais, ej mājās. Mēs varam tikties rīt."

Vincente to apsvēra. Viņa glābšanās bija tik tuvu, ka viņš to varēja sajust. Viņš bija izmisīgi vēlējies tikt prom no turienes, beigt šo nožēlojamo izrādi. "Man šopēcpusdien ir spēle, tāpēc es varēšu atnākt ciemos tikai vakarā."

„Nekas, tev ir jāatpūšas pirms lielās spēles," teica Grace.

„Vincente," teica Helēna, „Grace un es esam pateicīgas par visu, ko esi darījis, lai palīdzētu. Mēs saprotam, ja tev tagad ir jāiet mājās. Es pasūtīšu tev taksometru."

„Nav vajadzības," teica Vincente, „mamma pirms brīža zvanīja un teica, ka gaidīs mani ārā.

Viņa redzēja manu atstāto zīmīti un bija noraizējusies."

"Es gribētu kādreiz ar viņu iepazīties," teica Helēna.

"Jā, es arī!" piekrita Grace. "Man šķiet, ka es viņu jau pazīstu, kopš tu man parādīji viņas gleznas. Īpaši tā ainava ar koku un govīm kļuva par sarunas tematu mums abām."

"Tā ar... ko?" Vincente stostījās. Viņš bija pilnīgi sajukums par to, ko Grace tikko teica. Viņš nebija rādījis šo gleznu Grace — vai kādam citam, izņemot savus vecākus un vecvecākus. Faktiski tā bija glabāta kopš viņa bērnības. "Kad es tev rādīju mammas gleznu?" viņš jautāja.

"Tā bija virs kamīna, tavu vecāku mājā."

Vincente atkāpās atpakaļ. Helēna viņu noķēra. Viņa nebija ne jausmas, par ko šī saruna bija, bet Vincente šķita vairāk satraukts par to nekā Grace.

"Vai tu esi kārtībā?" Helēna jautāja, patiesi nobažījusies.

"Es esmu kārtībā," viņš teica, bet noteikti nebija kārtībā. Viņš gribēja aizbēgt, bet tajā pašā laikā viņam bija jāpārliecinās, ka viņi runā par to pašu gleznu. Varbūt Grace vienkārši bija sajukusi. "Un vai ar gleznu bija kaut kas īpašs? Kaut kas īpašs, par ko es tev stāstīju?"

"Jā," Grace teica lietišķi. "Tu man stāstīji, ka bērnībā tev bija bail no gleznas, jo tev šķita, ka kokam ir seja. Tāpēc tavi vecāki to nolika glabāšanā. Bet, kad mēs apmeklējām tavu vecāku māju, tā bija turpat, karājoties virs kamīna."

Vincente bija vairāk nekā pārsteigts. Tas bija taisnība par gleznu, bet ne par to, ka tā karājās virs kamīna. Tas nekad nebūtu noticis. Viņš brīnījās, kā viņa varēja zināt par šo gleznu.

Viņa turpināja: "Bet tagad glezna ir mūsu mājā, mūsu mājā Manly. Tā joprojām ir noliktavā. Mēs abi domājām, ka labāk būtu to nolikt. Jums jāpajautā mammai, vai viņa to grib atpakaļ.”

Vincente klupdams šķērsoja istabu, lai pieietu pie Grace's, un kaut ko nomurmināja par to, ka jā, viņš to izdarīs. Izklaidīgs, viņš kaut ko čukstēja sev un tad Helen i. Viņam nebija ne jausmas, kā Grace varēja zināt to, ko viņa, šķiet, zināja.

“Mamma,” teica Grace, “es domāju, ka tu ļoti labi saprastos ar Vincente mammu, jo jums abām patīk daži vieni un tie paši lietas, piemēram, saulespuķes. Vincente mamma glezno saulespuķes gandrīz visās savās gleznās, un tev saulespuķes ir visā mājā.”

“Tas ir jauki, mīļā,” teica Helēna.

“Un tu redzētu, kādas brīnišķīgas figūras Vincente izgriež!”

Vincente smagi nosēdās krēslā. Viņa seja tagad bija bāli balta.

Grace turpināja: “Viņš ir daudz talantīgāks, nekā liek manīt, arī citās jomās, ne tikai sportā. Viņš pats par sevi ir apbrīnojams mākslinieks. Tas noteikti ir viņa asinīs.”

“Kā, kā tu par to vari zināt?” Vincente jautāja. “Tās ir manā guļamistabā.”

“Tavā guļamistabā!” iesaucās Helēna.

“Un neviens tos nav redzējis — neviens — izņemot manu mammu, tēti un vecvecākus.”

"Tu man tos parādīji, muļķīt, un mēs tos paņēmām līdzi uz mūsu māju Manlijā. Ak, tu noteikti esi ļoti, ļoti noguris, ja esi tik daudz aizmirsis. Tev patiešām vajadzētu doties mājās un izgulēties, Vincente."

Vincente jutās, it kā no viņa ķermeņa būtu izsūknēts asinis, un arī izskatījās tā.

"Vai tu gribi, lai es tevi pavadu līdz tavas mammas mašīnai?" jautāja Helēna. Viņa bija patiesi nobažījusies, jo viņš izskatījās, it kā varētu zaudēt samaņu. "Vai tev vajag pie ārsta?"

Vincente bija vēlme pagriezties un skriet, bet daļa no viņa arī gribēja pieiet klāt un noskūpstīt Greisu Grīnveju.

Noskūpstīt Greisu Grīnu?

Tā bija vajadzība, vēlme, ar kuru viņš bija cīnījies pēdējās minūtēs. Viņš emocionāli atturējās. Viņš domāja, ka varbūt jūt no viņas vilkmi, vajadzību. Varbūt tāpēc, ka viņa gribēja, lai viņš viņu noskūpsta?

Vincente piecēlās un devās uz gultu. Grace skatījās uz viņu, bet viņas acis bija mierīgas, pilnas mīlestības. Mīlestības pret viņu.

Viņš noliecās un mierīgi noskūpstīja viņas pieri.

Bet Gracei bija citi plāni.

Viņa pagrieza galvu, sajūtot viņa apmulsumu viņas mammas priekšā, lai viņš noskūpstītu viņu uz lūpām. Tad viņa pievilka viņu pie sevis, piekļāvās viņam, un viņš atslāba apskāvienā. Viņa turēja viņu tik cieši, ka viņš nevarēja atlaist, un drīz vien viņš vairs negribēja atlaist.

Kaut kādā veidā viņa sasniedza viņa dziļāko būtību. Viņš bija pazudis, pazudis viņā. Kad viņš atguvās un atkāpās, viņš stāvēja un skatījās, it kā viņa sirdī tikko būtu atvērts logs.

Viņš nezina, kā viņa zināja to, ko zināja. Viņš viņai neko no tā nebija stāstījis, bet kaut kādā veidā viņa to zināja. Viņš bija uzbudināts un vienlaikus izbijies. Viņš gribēja un vajadzēja tikt prom no turienes.

Un tomēr daļa no viņa gribēja viņu skūpstīt atkal un atkal. Vēl cita daļa gribēja skriet, un skriet, un skriet, un skriet.

"Dārgais," teica Helēna, "es domāju, ka Vincente tagad patiešām vajadzētu iet." Viņa pamanīja viņa robota uzvedību. Tas bija kā apburts.

"Labu nakti, Marino kungs," piebalsoja Grace.

"Uh, labu nakti, Marino kundze," Vincente teica impulsīvi. Viņa pasmaidīja visplašāko smaidu, it kā debesis būtu atvērušās un uz viņu lietotos zelta saules stari. Viņš ar pirkstiem izķemmēja matus un tad izgāja no turienes.

Kad viņš bija izgājis cauri durvīm, viņš sāka skriet.

Viņš noskrēja astoņus kāpņu posmus.

Un izskrēja uz ielas.

Viņš būtu turpinājis skriet visu ceļu līdz mājām, ja viņa mamma nebūtu viņu pirmā apturējusi.

17. NODAĻA

Vai viss ir kārtībā, Vincente?" Ellen Marino jautāja savam dēlam. Vincente vaigi bija sarkani, un viņš murmināja zem elpas, kad viņa devās viņam pretim. Viņa atvēra rokas, un viņš ar skaļi dzirdamu nopūtu ielēca tajās. Viņa paglaudīja viņam galvu, kā to darīja, kad viņš bija mazs zēns. Šī emocionālā saikne lika viņam nevaldāmi raudāt.

"Nu, nu," viņa teica.

Lai gan Vincente jutās siltumā un drošībā, viņš nevarēja beigt domāt par Greisu. Viņš centās dzīvot šajā brīdī, bet pat mātes mierinošie vārdi nespēja nomierināt viņa prātu.

Kamēr viņš iekārtojās mātes apskāvienos, viņa prātā atkārtojās bērnu dziesma: "Vincente un Grace sēž kokā un skūpstās."

Viņš nevarēja paskaidrot mātei, kā viņš jūtas. Viņš pats to nevarēja saprast.

Tomēr viņš nevarēja izdzēst to skūpstu no prāta. Un tas bija skaists skūpsts. Dziļāks, neaizmirstamāks skūpsts nekā jebkurš cits skūpsts, ko viņš bija piedzīvojis, un tomēr — kāpēc viņš raudāja kā mazs bērns?

Vincente atkāpās no mātes. Viņš centās savākties.

Ellen paskatījās dēlam acīs un ar pirkstiem apņēma viņa zodu. Viņa noskūpstīja viņu uz pieres. Viņš zaudēja kontroli un sāka atkal raudāt!

„Pasteidzies, Vincente, kas noticis? Vai meitene, tava draudzene… Vai viņa ir mirusi?"

„Vincente kliedza „Nē!" skaļāk, nekā bija gaidījis. Viņš atkāpās un stingri atspiedās ar muguru pret sienu. Viņa dūres bija sakļautas, un viņš juta dusmas, skumjas un prieku, it kā visas iespējamās emocijas būtu pārņēmušas viņu kā cunami.

"Runā ar mani!" Ellen pamudināja.

"Es gribu mājās, mamma. Es vienkārši gribu mājās," Vincente teica, apspiežot asaras. Viņš jutās kā muļķis.

Ellen savilka dēla roku savējā, kā viņa vienmēr bija darījusi, kad viņš bija mazs zēns. Līdz tai dienai, kad viņš bija deviņus gadus vecs un vairs neļāva viņai turēt savu roku. Bet šovakar viņš neiebilda, kad viņas pirksti apņēma viņa roku un tad to stingri sasprindzināja. Kas arī nebūtu satraucis viņas dēlu, tas bija kaut kas slikts. Tik slikts, ka viņš nespēja kontrolēt savas emocijas.

Vincente Marino nebija tāds zēns, kas raudāja, pat ja viņš kā mazs zēns bija ievainots. Viņš vienmēr centās izlikties drosmīgs. Jo īpaši, ja citi skatījās. Parasti, kad viņi bija divatā, viss bija citādi. Vismaz tā bija līdz šodienai.

Kad viņi bija piesprādzējušies, Vincente atkal ļāva savām domām atgriezties pie Grace's. Šoreiz ne pie skūpsta. Viņš domāja par to, kā viņa zināja to, ko zināja. Piemēram, par gleznu — kā viņa varēja zināt par šo konkrēto gleznu? Viņai bija neiespējami izdomāt vai uzminēt to, par ko viņa, šķiet, zināja.

"Uzmini, kas notika vakar?" Ellen jautāja.

"Es nezinu, mamma."

„Nu, es pārdevu vēl vienu gleznu!"

„Lieliskas ziņas, mamma! Kura tā bija šoreiz?"

„Es pat neesmu pārliecināta, ka tu to atcerēsies. Es to gleznoju ļoti, ļoti sen."

„Es esmu pārliecināts, ka atcerētos, mamma. Es varu uzminēt, kura tā bija. Es deru, ka tā bija tā ar laukiem, kas pilni ar savvaļas ziediem, tik reālistiska, ka varēja gandrīz sajust to smaržu!"

„ Ak, tu esi brīnišķīgs dēls, paldies. Bet nē, tā bija glezna, ko es uzgleznoju pirms dažiem gadiem, kad tu vēl biji mazs zēns. Es to noliku glabāšanā, jo kaut kas tajā tevi biedēja."

Vincente iztaisnojās. Tagad viņš klausījās uzmanīgi. Tas nevarēja būt.

Viņa turpināja, neievērojot Vincente pieaugušo spriedzi: "Tā ir glezna ar laukiem, lielu koku un govi."

Tā bija tā pati glezna. Tieši tā pati glezna, par kuru viņš iepriekš bija runājis ar Greisu Grīnu. Varbūt pārdošana bija publiskota? Tas izskaidrotu Grace's zināšanas par to. Viņš piesita sev uz pieres. Jā, tas izskaidrotu visu!

„Tas notika tikai vakar vakarā. Privāts tirgotājs par to uzzināja un atnāca to apskatīt, tad uz vietas nopirka savam klientam. Viņš tagad ir devies uz Eiropu un paņems to, kad atgriezīsies."

„Tātad pārdošana nav nekādi publiskota?"

„Nē, es pat tavam tēvam vēl neesmu stāstījis!"

Grace nevarēja par to uzzināt, ja vien viņa nepazina šo vīrieti. Nē, ņemot vērā viņas stāvokli un visu pārējo, tas nevarēja būt.

Braucot pa pilsētas ielām, Vincente bija apņēmies nedomāt par neko. Ne par gleznu. Ne par Greisu. Ne par skūpstu. Jo īpaši ne par skūpstu.

18. NODAĻA

Kad viņi atgriezās mājās, Ellen jautāja Vincente, vai viņš jūtas labāk. Viņš atbildēja ar neskaidru grumbu, kas nozīmēja, ka viņš atkal jūtas kā agrāk. Viņa piedāvāja viņam ēdienu, bet viņš teica, ka nav izsalcis.

"Es esmu izsmelts, mamma," viņš atzinās. "Es gribu mazliet pagulēt."

„Pirms tu ej, man ir jājautā — vai meitene, pie kuras tu devies..."

„Grace?"

„Jā, Grace, vai viņai kļūst labāk?"

„Jā, viņai, ē, kļūst labāk," teica Vincente, pagriežoties ap stūri un uzkāpjot uz kāpnēm. Viņš apgriezās un paskatījās uz Ellenu: „Bet man patiešām vajadzētu palīdzību."

"Vai tu gribi, lai es aizietu pie Grace's?"

"Nē, bet paldies. Es gribētu, lai tu piezvanītu trenerim. Paziņo viņam, ka es nejūtos labi, lai es varētu atpūsties vēl pāris stundas pirms spēles."

"Vincente, tu zini, ko mēs — tava tēvs un es — domājam par sportu. Tev jādodas uz skolu, jāpavada tur parasta diena, citādi tu nevarēsi spēlēt."

"Bet šī nav bijusi parasta diena, mamma!" viņš protestēja, "Es visu nakti biju slimnīcā un esmu ļoti noguris."

"Labi, mīļais," viņa teica, "Šoreiz es to pieļaušu. Tagad ej gulēt!"

Augšā savā istabā Vincente bez rezultātiem meklēja savu pidžamu. Pārāk noguris, viņš uzkāpa gultā, uzvelkot tikai melnas apakšbikses.

Vincente grozījās un pagriezās, ātri saprotot, ka ir pārāk noguris, lai varētu aizmigt. Viņš bija arī diezgan uzbudināts no kafijas un no iepriekšējās ne-Oskara balvas ieguvušās izrādes.

Problēma bija tā, ka Grace nebija tēlojusi. Viņa ticēja katram savam vārdam, un viņš to sajuta viņas skūpstā. Viņa viņam veltīja savu sirdi un dvēseli.

Viņš atvēra aizkarus un skatījās uz koku ārpus loga, kas šūpojās uz priekšu un atpakaļ pēc vēja kaprīzes. Pilieni krīt uz loga un plūst uz leju pa stiklu kā pērļu asaras.

Kad pilieni krīt viens pēc otra, koks šūpojas, un skaņas un kustības šķiet Vincente kā šūpuļdziesma. Pēc dažiem mirkļiem viņš jau bija iemidzis.

19. NODAĻA

Grace? Grace, kur tu esi?" Vincente kliedza, skrienot pa kāpnēm, kas ved uz Sidnejas operas namu. Gandrīz pie mērķa, viņš turpināja viņu saukt, it kā gaidītu, ka atradīs viņu sēžam uz milzīgajiem baltajiem, merengveida burām.

Pēc meklējumiem Rokas rajonā, viņš sāka skriet pa Džordža ielu, virzienā uz Parramatas ceļu. Viņš atkārtoja Grace's vārdu atkal un atkal, līdz Sidnejas karstā saule viņu tik ļoti nogurdināja, ka šķita, ka arī kaijas, kakadu un vārnas kliedz.

Viņam bija jāatrod Grace. Viņam vienkārši bija jāatrod.

Parramatta Road, jauno automašīnu stāvlaukumā, viņa uzmanību piesaistīja sarkana Ferrari. Tā bija kabriolets ar nolaistu jumtu, un viņš iekāpa. Riepas čīkstēja, kad viņš izbrauca no stāvvietas. Kur, pie velna, bija Grace? Viņš nospieda klaksonu. Kur tu esi, Grace?

Vincente ieslēdza stereo, un sāka skanēt dziesma, ko viņš nepazina, sirsnīga mīlas dziesma. Sākumā viņš gribēja mainīt dziesmu, bet kaut kas šajā dziesmā lika viņam to atstāt.

Kad dziesma beidzās, stereo displejs parādīja, ka tā ir divu popdziedātāju duets. Dziesma sāka atskaņoties no jauna. Vincente uzreiz mainīja dziesmu, bet atkal sāka skanēt tā pati dziesma, tikai šoreiz to dziedāja divi ritma un blūza dziedātāji. Viņš atkal nospieda pogu, bet atkal sāka skanēt tā pati dziesma, tikai šoreiz to dziedāja divi kantri dziedātāji. Kas tas par CD? Katra dziesma atskaņoja to pašu dziesmu! Viņš mēģināja izņemt disku, bet ikona rādīja, ka diska slots ir tukšs. Kas, pie velna...?

Vincente strauji nospieda bremzes, kas lika automašīnai veikt 180 grādu pagriezienu, un tad pilnībā apstājās. "Grace," viņš iesaucās, "Grace Marino, kur, pie velna, tu esi?" Viņš izmisumā nolika galvu uz stūres rata, tieši tajā brīdī, kad divu popdziedātāju balsis atkal piepildīja nakts gaisu. Grace joprojām nebija atrodama.

Vincente bija viens pats sporta automašīnā, savā sapņu automašīnā, bet bez Grace's blakus viņam tas neko nenozīmēja. "Viņa pat nav mana tipa!" viņš iesaucās, kad izbrauca. Šoreiz viņš izslēdza stereo, bet tā pati nolādētā dziesma joprojām atkārtojās viņa galvā.

Kad riteņi iebrauca apļveida krustojumā, Vincente zaudēja kontroli pār automašīnu un — bam — ietriecās kokā. Automašīnas kapots bija iespiests iekšā, bet viņš bija dzīvs. Viņš smagi elpoja. No zem kapota plūda dūmi, un viņš klusi čukstēja: „Grace."

Viņa čuksti atbildēja: "Vincente?"

"Grace!" viņš atkārtoja. Vincente sēdēja, tagad modrs, un teica gaisā: "Grace, kur tu, pie velna, esi?"

Viņš turēja kaut ko savā dūri. Tas bija savīts gabals no viņa krekla. Tagad tas bija sarkans, sarkans no viņa bieza, silta asinīm. Un, kad viņš atvēra dūri, tas izveidoja formu: sirds formu.

Un, kad viņš aizvēra dūri un skaļi nodziedāja šīs romantiskās dziesmas refrēnu, un tad atkal to atvēra, tā atkal bija sirds forma.

Tad sāpes sāka viņu mocīt, un viņš pamanīja plankumus. Lielas asins pilītes pilēja uz grīdas, un tās lēnām pārklāja arī sēdekli un grīdu. Pilītes karājās uz atpakaļskata spoguļa un gar priekšējā stikla iekšpusi.

Asinis bija visur – uz grīdas, sienām, griestiem. "Grace!" viņš sauca pēdējo reizi, pirms aizvēra acis un pazuda tumsā.

20. NODAĻA

Kad Vincente pamodās, saules stari iespraucās viņa istabā caur aizkaru spraugu. Sākumā viņš neatcerējās, kur atrodas. Taisnība, viņš bija savā gultā, bet bez segas. Viņš bija drošībā. Tas viss bija bijis traks sapnis! Viņš pasmējās par domu, ka tas varētu būt kaut kas cits.

Viņš uz brīdi paskatījās uz savām sporta balvām, pirms pievērsās izgrieztām figūrām. Viņš pamanīja, ka viena no tām bija pazudusi. Pirmā, ko viņš bija izveidojis: aborigēns. Viņš to meklēja visur, bet tā bija pazudusi.

Kookaburra iesaucās, un viņa smiekli piepildīja gaisu, kamēr Vincente domāja par pazudušo figūru. Ap viņu lidoja muša, ko viņš aizdzina.

Vincente paskatījās uz pulksteni un saprata, ka ir nokavējis. Viņš bija izgulējis skolas dienu, un tagad nokavēs arī spēli, ja neķersies pie lietas. Viņš nevarēja pievilt komandu.

Vincente steidzās uz vannas istabu, uzlēja ūdeni uz sejas, iztīrīja zobus un izstiepa mēli. Viņš izskatījās, it kā nebūtu gulējis jau vairākas nedēļas.

Viņš aptaustīja bārdu uz zoda un atkal paskatījās uz pulksteni. Viņam nebija laika skūties, tāpēc viņš uzklāja pēc skūšanās losjonu un uzsmidzināja dezodorantu. Tad viņš uzvilka melnas džinsas un T-kreklu un vienā lēcienā nokāpa pa kāpnēm.

Vincente nejustās labāk, zinot, cik ļoti komanda viņu vajag. Viņš nelepojās ar to, ka tā ir absolūta patiesība. Bet citi spēlētāji — viņa komandas biedri — nekad nešķita to viņam pārmest. Viņi zināja, ka viņam ir talants, bet dažkārt viņš vēlējās, lai spiediens gulst uz kāda cita pleciem, ne tikai uz viņa.

Nonācis lejā, viņš paņēma pudeli ūdens no ledusskapja un sauca mammu. Kad viņa neatbildēja, viņš neuztraucās. Viņš zināja, kur visdrīzāk varētu viņu atrast — ārā uz verandas, gleznojot.

Protams, viņa bija tur, strādājot, pazudusi savā radošajā pasaulē. Viņš stāvēja tur, brīdi vērojot viņu, uzsūcot viņas radošo garu, pirms viņa sajuta, ka viņš ir tur. Kad viņa to sajuta, bija tā, it kā būtu pārtraukta radošo domu virkne, bet viņa kļuva neticami laimīga, redzot viņu.

"Ah, tu esi pamodies, kā tu jūties, mīļais?" viņa jautāja, kad Vincente noliecās, lai noskūpstītu viņai uz pieres. Tad Vincente pārlēca pār margām un kā kaķis nosēdās dārzā. "Sargā ziedus!" viņa iesaucās. Tad, paskatoties uz drūmo debesi, viņa teica: "Pagaidi, es atnesīšu tev lietussargu."

"Nav nepieciešams," atbildēja Vincente. "Es skriešu, un neviens lietus lāse nespēs mani panākt!" Vincente sāka skriet, ātri, tikai uz brīdi pagriežoties, lai pamātu ar roku uz atvadām.

21. NODAĻA

Atgriezusies slimnīcā, Grace ilgojās pēc Vincente. Viņa vēlējās būt viena pati — kopā ar vīru. Viņa vēlējās, lai viss būtu kā agrāk, kad viņi abi bija vieni pasaulē.

Viņa aizvēra acis un atcerējās viņu visintīmāko skūpstu. Viņš bija atturējies — nē — viņš bija vilcinājies.

Helen guļot nopūtās, tad pamodās un ievērojami plaši nožāvājās. Viņa izstiepās un sēdās taisni, skatīdamās tieši pāri istabai, tikai lai atklātu, ka meita viņu vēro. "Atvaino, ka es pārguļēju," viņa teica. "Kā tev šodien klājas?"

"Man ir labi. Es jau stundām esmu nomodā. Domāju."

„Ko domā? Par Vincente, domāju," teica Helēna.

„Jā, kopš pamodos, es domāju par viņu."

Helēna atkal izstiepa ķermeni un iečukstējās.

„Tu krāci, mamma."

"Es negurku!" viņa teica.

"Tu noteikti gurki, un nākamreiz man būs jāieraksta, kā tu to dari, lai tu saprastu, cik skaļi!"

"Es sapņoju par tavu tēti; man viņš ļoti pietrūkst."

"Man arī viņš pietrūkst, mamma," teica Grace, saprotot, ka šis ir ideāls brīdis lūgt viņas palīdzību.

Grace ieelpoja dziļi un sakrustīja pirkstus.

22. NODAĻA

„Mamma, man pietrūkst laika, ko pavadīt kopā ar vīru."

„Es zinu, ka tu viņu mīli, bet Vincente joprojām ir pienākumi pret savu ģimeni, un viņam ir mācības un sports. Jūs abi esat jauni. Jums ir daudz laika."

„Bet mēs esam jaunlaulāti, un mums vajadzētu pavadīt vairāk laika kopā."

„Vispirms tev jāatveseļojas," teica Helēna, piecelšoties, pieejot pie meitas gultas un ņemot viņas rokas savējās. „Tev jākoncentrējas uz atveseļošanos, lai mēs varētu doties mājās."

„Es gribu doties mājās, mamma, bet es gribu doties uz mūsu mājām."

„Jā, tieši to es domāju, mīļā."

„Nē, ne uz tavām mājām, bet uz mūsu mājām — es domāju, manām un Vincente mājām."

Helen dziļi ieelpoja. Viņa zināja, ka Grace fantazē, un viņai bija jāpiekrīt, bet šī melošana kļuva arvien grūtāka. Helen teica: "Ir pagājušas mazāk nekā septiņdesmit divas stundas kopš tavas operācijas. Tu varbūt neapzinies, cik tuvu tu biji katastrofai, bet es zinu, cik tuvu tā bija, un es negribu riskēt ar tevi. Tu joprojām esi stingrā novērošanā. Tā ir ārsta norādījums."

„Vai viņi kādreiz ļaus man doties mājās?" Grace jautāja.

„Jā, kad būsi pilnībā atguvusies."

„Bet cik ilgi? Cik ilgi tas aizņems?"

„Doktors Ackerman teica, ka šodien viņiem ir jāņem jaunas asins paraugas. Varbūt viņiem būs jāmaina tavi medikamenti. Šeit tu esi labākajās rokās."

„Es zinu, bet es gribu būt kopā ar savu vīru."

Helen mēģināja mainīt tematu. "Pastāsti man mazliet par savu māju. Kur tā atradās?"

"Mūsu māja atrodas Manly, tieši pie pludmales."

"Pie pludmales, tu saki?" Helen zināja, ka nekustamais īpašums šajā rajonā ir vērts miljoniem. Viņa jautāja, vai viņi ir laimējuši loterijā.

"Protams, ka nē, mamma. Nauda nebija problēma. Pirms šīs mājas mēs pārvietojāmies un dzīvojām viesnīcās."

„Un kā jūs pelnījāt iztiku? Jūs strādājāt? Kā jūs pelnījāt iztiku? Pirkāt pārtiku un apģērbu sev?"

„Tā kā nauda mums neko nenozīmēja, mēs vienkārši devāmies pasaulē un paņēmām visu, kas mums bija nepieciešams. Toreiz bijām tikai mēs divi, nauda nebija vajadzīga. Mēs izdzīvojām, pateicoties visam, kas mums bija pārpilnībā, ieskaitot mūsu mīlestību viens pret otru."

Tas nevedās nekur. Helēna teica: „Es eju mājās pārģērbties un domāju, vai tu nevēlies, lai es tev atnesu kaut ko vēl – piemēram, tavu klēpjdatoru? Vai kādas citas grāmatas?"

„Man viss ir labi, mamma. Es nevēlos neko, izņemot savu vīru. Turklāt man šeit ir grāmatu kaudze, ko es lasu. Man joprojām ir grūtības koncentrēties ilgāku laiku. Es nespēju koncentrēties. Kas man patiešām ir vajadzīgs, mamma, ir tava palīdzība, lai pārliecinātu ārstus ļaut Vincente pavadīt nakti šeit kopā ar mani. Tas man ir vajadzīgs vairāk nekā jebkas cits."

„Godīgi sakot, Grace, varētu domāt, ka dzīve pirms Vincente Marino nemaz nav pastāvējusi!"

„Jūtos, it kā mēs būtu bijuši kopā visu mūžu, un tagad esam šķirti, ne savas vainas dēļ," teica Grace. „Man viņš ļoti pietrūkst. Kad tu esi šeit vai ārsti ir blakus, viss ir citādi. Viņš nav pats sevi. Mums ir jābūt vieniem diviem — kā parastiem jaunlaulātajiem."

„Grace, viņš drīz būs šeit, kad beigsies spēle. Bet tev nav labi būt tik satrauktai un uztrauktam. Centies koncentrēt savu enerģiju uz to, lai atveseļotos. Atstāj to man, un es redzēšu, ko varu darīt tavā labā, ja tu tagad būsi laba meitene un aizvērs acis."

Grace atgāzās uz spilvena, un Helēna noskūpstīja abas viņas acis, kā bija darījusi, kad Grace bija maza meitene. Viņas plakstiņi zem viņas pieskāriena pukstēja kā divi tauriņi. Viņa teica: „Vincente atgriezīsies, pirms tu to saproti.”

„Lūdzu, pajautā ārstiem, vai viņš var pavadīt nakti šeit kopā ar mani šajā istabā, mamma. Lūdzu! Vienu nakti. Es lūdzu tikai vienu nakti.”

“Es pajautāšu,” teica Helēna, atkāpjoties no istabas. Sirdī viņa zināja, ka tas nekad nenotiks.

Vincente Marino nekādā gadījumā nepavadīs visu nakti vienā istabā ar viņas meitu. Jo īpaši tad, ja Grace uzskata, ka viņi ir vīrs un sieva.

“Pār manu līķi!” Helēna teica sev, aizverot Grace's istabas durvis.

23. NODAĻA

Abi mīļotie pastaigājās pa pludmali, sadevušies rokās, pilnībā nododoties viens otram. Ik pa brīdim viņi apstājās, lai noskūpstītos. Tad turpināja iet tālāk, apstājoties, lai klausītos viļņu šalkas, kas atsitās pret krastu.

"Es pazaudēju savus gredzenus!" iesaucās Grace.

Vincente teica, lai viņa neuztraucas. Viņš teica, ka viņi tos atradīs, un, ja nevarēs atrast, tad viņš nopirks viņai jaunas gredzenas. Viņš teica, ka, lai gan gredzeniem ir sentimentāla vērtība, tos var aizstāt. Gredzeni bija tukši apļi, bet viņu mīlestība bija pilna un apaļa un atradās dziļi viņu sirdīs.

„Man tie bija, bet tagad tie ir pazuduši! Varbūt kāda no medmāsām tos nozaga? Varbūt tie tika noņemti, kad man veica operāciju?"

„Grace, kāpēc tu tik ļoti uztraucies? Neuztraucies. Mēs tos atradīsim," Vincente mierināja.

„Gredzeni ir pazuduši, un es esmu ieslodzīta šajā slimnīcā kā cietumniece. Man šķiet, ka esmu šeit jau mūžīgi."

„ Tu vari nākt un iet, kā tev patīk, mīļā," teica Vincente.

Viņš gāja viņai priekšā, pagriezis muguru un skatoties uz Greisu. Viņš izstiepa pret viņu atvērtas plaukstas, un viņa paņēma viņa rokas savējās. Atkal savienojušies, viņi gāja tālāk pa pludmali. Tādā veidā viņi uzturēja acu kontaktu, daloties bezvārdu domās.

"Pat ja tu man saki, ka es varu iet, es nevaru. Viņi mani neatlaidīs."

"Vai tev ir slikts sapnis, mīļā?" Vincente jautāja. "Mosties tagad, un viss būs labi. Es solīju."

"Nē," Grace teica. "Ir otrādi. Viss ir apgriezti. Kad es mostos, tu esi citāds. Mēs neesam vienādi."

"Kas mēs tad esam, mīļā?" Vincente jautāja.

Bet atbilde nesekoja.

24. NODAĻA

Helen izdevās atrast doktoru Ackermanu — vai arī viņu ielenkt — atkarībā no tā, kurš stāstīja šo stāstu. Viņa izskaidroja situāciju, ka Grace vēlas pavadīt nakti savā istabā vienatnē ar savu iespējamo vīru.

Doktoram Ackermanam šis ierosinājums nelikās pārsteidzošs. Patiesībā viņš bija gaidījis šādu lūgumu.

"Kāpēc jūs mani nebrīdinājāt?" jautāja Helen.

„Tas varbūt nekad nebūtu noticis," paskaidroja doktors Ackerman. „Un jūs būtu uztraucies, un jūsu reakcija uz Greisu varētu šķist neparasta."

„Tad ko mēs darīsim? Mēs nevaram atstāt viņu vienu visu nakti tajā istabā ar to zēnu! Viņš ir tik iedomīgs, ka varētu izmantot viņu un situāciju."

„Helen, jūsu meita vēl atrodas agrīnā atveseļošanās procesā. Man jāteic, ka vislabāk būtu turpināt spēlēt līdzi šai ilūzijai. Patiesībā pat virzīt to līdz galam, jo tas var būt vienīgais veids, kā Grace var atbrīvoties no fantāzijas un izvēlēties realitāti."

"Tātad tu domā, ka viņš paliek tur ar viņu, un viņa saprot, ka viņš nav tas, par ko viņa domā?"

"Jā, tu esi sapratusi. Ja viņš nav tas, par ko viņa viņu uzskata, ja viņa tēls saplīst viņas prāta spogulī, tad un tikai tad viņa var pieņemt realitāti, noraidīt to, kas ir izdomāts, un atkal kļūt par Greisu.

„Un zēns? Kas viņu pārliecinās? Jo īpaši, ja viņš neredz Greisu tā, kā viņa redz viņu. Viņam nav ko zaudēt, un izlikties, ka viņi ir īsta precēta pāra, varbūt ir pārāk daudz prasīts. "

"Vincentei nav ko zaudēt, bet viņam ir viss, ko iegūt. Kad šis posms beigsies, viņš varēs atgriezties pie sava iepriekšējā dzīvesveida. Viņam vairs nebūs jāspēlē loma, jāiet uz slimnīcu, jāizliekas par kaut ko, kas viņš nav. Tas noteikti būs pietiekams stimuls, lai viņš mums palīdzētu?" ieteica Ackerman.

„Taisnība, es par to tā nebiju domājusi," teica Helēna. „Patiesībā, tagad, kad tu to tā izteici, es esmu noraizējusies, lai tas notiktu — un jo ātrāk, jo labāk. Ir tikai viena problēma. Ko darīt, ja Grace iemīlēs Vincente un vēlēsies, lai viņš dala ar viņu laulāto gultu?"

„Jā, tas varētu būt problēma," apstiprināja doktors Ackerman.

"Nu, zēnam ir jābrīdina, ka Grace, ņemot vērā viņas pašreizējo garīgo stāvokli, varētu būt noteiktas gaidas attiecībā uz vakaru, kurām viņš nekādā gadījumā nedrīkst piekrist," teica Helēna.

"Esmu pārliecināta, ka mēs varam pārliecināt viņu "spēlēt spēli", neaiziet pārāk tālu."

"Bet viņš ir vīrietis," teica Helēna. "Bez aizvainojuma. Viņš ir pieradis, ka meitenes krīt pie viņa kājām, dodot viņam visu, ko viņš vēlas."

„Pēc tam, kad ar viņu būsi runājusi, sūti zēnu pie manis uz sarunu. Es viņam visu izskaidrošu kā vīrietis vīrietim."

„Kādu iemeslu es viņam minēšu?" jautāja Helēna. „Kādu iemeslu, lai tu ar viņu runātu?"

„Vienkārši sūti viņu pie manis pēc jūsu sarunas, Helēna. Es parūpēšos par pārējo."

Helen paskatījās uz pulksteni. "Vincente jebkurā brīdī var ierasties pie Grace. Es ar viņu parunāšu par šo tēmu, tad nosūtīšu viņu pie jums."

"Un kā jūs paskaidrosiet savu divvientulību ar meitu, nemaz nerunājot par viņa pēkšņo pazušanu?"

"Es aizkavēšu Grace. Viņa man lūdza noorganizēt viņam naktsmītni, un es viņai teikšu, ka strādāju pie tā."

„Skan kā labs plāns," teica doktors Ackerman.

„Tad šovakar nosūtīsim Vincente mājās, lai viņš paņemtu savas drēbes utt., un lielā nakts būs rīt."

„Jā."

„Es paļaujos uz jums, ka aizsargāsiet manu meitu."

„Neuztraucieties, es par to parūpēšos," teica doktors Ackerman.

Helen uz brīdi apstājās pie meitas istabas durvīm, lai sakārtotu domas. Kad beidzot bija gatava, viņa ieelpoja dziļi un pirms durvju atvēršanas ieskatījās istabā caur logu.

25. NODAĻA

Grace atvēra atvilktnes un atkal tās aizvēra. Kad Helēna ienāca istabā, Grace teica: „Paldies Dievam, ka tu esi šeit, mamma! Paldies Dievam!"

„Es nekad neesmu tālu," teica Helēna, apņemdama meitu ar roku ap vidukli un vadot viņu atpakaļ uz gultu. Helēna skatījās meitas sejā. Viņai kaut kas iešāva prātā — kaut kas, ko viņa iepriekš nebija pamanījusi — Grace vairs nebija maza meitene.

„Mamma, es nevaru atrast savas kāzu gredzenes!"

„Mīļā, tu jau par to minēji, atceries?" Helēna atkārtoja. „Tās taču nevar būt tālu aizgājušas, vai ne?" Tad viņa sajuta neiedomājamo skumjas. Meita joprojām meklēja lietas, kas nepastāvēja. Viņa nedaudz iesmējās, bet tad atkal savaldījās, pirms Grace varēja sajust viņas noskaņas maiņu.

„Es zvēru, ka nekad tās nenovilku, un tagad tās ir pazudušas!" Grace iesaucās.

Helen uz brīdi iedomājās, kā satricina meitu, piespiežot viņu atgriezties realitātē un pieņemt patiesību. Bet tā bija cīņa, kuru Helen nevarēja uzņemties viena pati. Viņai bija nepieciešams medicīnas personāla atbalsts, lai atklātu meitas fantāzijas.

Telpas otrā galā Grace kliegusi: "Tu nesaproti, mamma, tu vienkārši man jāpalīdz! Varbūt tie ir nokrituši šeit?" viņa jautājusi, noliecoties uz grīdas un meklējot visus stūrus un spraugas.

Kad viņa bijusi viena, Grace pārdomājusi visus iemeslus, kāpēc Vincente attieksme pret viņu varētu būt mainījusies. Viņa nolēmusi, ka tas noticis tāpēc, ka viņa zaudējusi gredzenus. Sajūsmā viņa apsēdās uz grīdas un sāka raudāt.

Helen pieklājās blakus viņai un paņēma viņas rokas savējās. Viņa grasījās kaut ko teikt, bet Grace pirmo atvēra muti un iesaucās: „Man noteikti jāatrod tās, pirms Vincente atgriežas. Kad es tās atradīšu, viņš atkal būs tāds, kāds bija iepriekš. Tad viņš atkal būs mans Vincente."

„Mīļā," teica Helēna, paceldama meitas zodu, lai viņu acis būtu vienā augstumā. „Tavi gredzeni nevar būt tālu. Varbūt tie tika noņemti, kad tevi operēja? Jā, tas visu izskaidrotu," Helēna pamācīja, paceldama meitu. Kad viņa ieraudzīja iespējamības dzirksti meitas acīs, viņa turpināja: „Jā, esmu pārliecināta, ka tie gaida, kad tevi izrakstīs."

"Bet vai tās nevar man atdot tagad?" Grace jautāja. "Es taču neesmu cietumā!"

"Taisnība, tu neesi cietumā, bet dažreiz slimnīcām ir noteikumi, lai nodrošinātu pacientu mantu drošību," teica Helen. "Vai tu gribi, lai es par tām noskaidroju? Lai pajautāju, vai viņi varētu tev izdarīt izņēmumu?"

"Jā, mamma! Jā, lūdzu!"

Helen domāja par to, kā viņa jautās par gredzeniem, kas nepastāv. Acīmredzot viņas meita neaizmirsīs par gredzeniem. Viņai bija jāatgriežas ar atbildi vai ar gredzeniem.

"Grace, es domāju. Atceries, kad tu pirmo reizi ieradies slimnīcā? Vai tev toreiz bija gredzeni?"

"Protams, ka nē!" iesaucās Grace. "Tad mēs vēl nebija precējušies."

„Tātad Vincente tevi atveda atpakaļ uz slimnīcu vēlāk, pēc tam, kad jūs apprecējāties?"

„Jā," teica Grace.

„Varbūt tu varētu man tos aprakstīt, gadījumā, ja man būs jāidentificē."

„Jā, gudra doma. Vai varbūt viņi tos ievietoja seifā ar nepareizu pacienta vārdu, un kāds cits ir manas gredzenas! Ak, ceru, ka nē!"

"Neraizējies par to tagad, pastāsti man, kā tie izskatās. Esmu pārliecināta, ka tie bija skaisti!" Helen mierināja.

"Jā, Vincente ir brīnišķīga gaume. Mans saderināšanās gredzens ir sirds formas ar dimantiem visā ārpusē. Manā kāzu gredzenā ir zelta zvaigznes, un katrā zvaigznē ir dimants. Man vienkārši ir jāatrod tie, mamma."

Helen atkāpās. Viņa apstājās, pirms jautāja: „Un kur tu nopirki šos gredzenus? Tie izklausās dārgi. Mums, iespējams, vajadzētu tos apdrošināt."

„No mazā juveliera Džordža ielā, kas specializējas unikālos, vienreizējos izstrādājumos."

„Kādā Džordža ielas galā? Tā ir ļoti gara iela," Helen jautāja.

„Tuvu Circular Quay galam, netālu no The Rocks."

„Labi, Grace," teica Helēna. „Es parūpēšos par taviem gredzeniem. Ceru, ka tu tos drīz atgūsi."

Helēnai nebija izvēles, viņai bija jādodas uz šo juvelierizstrādājumu veikalu un jāapraksta gredzeni juvelierim. Viņai bija jānoskaidro, vai viņš zina par šādiem gredzeniem vai vai viņam veikalā ir kaut kas līdzīgs.

Helen aizvēra durvis aiz sevis. Viņa stāvēja nekustīgi, ar muguru pret sienu, domājot. Helen Greenway tagad bija skaidras dažas lietas. Pirmkārt, viņas meita uzskatīja, ka viņa bija bijusi slimnīcā diezgan ilgu laiku, daudz ilgāk nekā patiesībā.

Otrkārt, Grace uzskatīja, ka viņa un Vincente bija iemīlējušies un kopā pametuši slimnīcu. Viņi bija apprecējušies un kādu laiku vēlāk atgriezušies. Kādu laiku pēc tam viņi dzīvoja kopā un bija pietiekami daudz laika, lai iekārtotu mājokli.

Un visbeidzot, viņa bija atklājusi, ka minētie gredzeni bija nopirkti vietējā veikalā. Juvelierizstrādājumu veikalā, ko Helēna labi pazina. Juvelierizstrādājumu veikalā, kur tūkstošiem dolāru maksāt par vienu izstrādājumu tika uzskatīts par pieticīgu summu. Ja tas patiešām bija tas pats juvelierizstrādājumu veikals, kā Grace un Vincente bija samaksājuši par tik dārgiem gredzeniem?

Helēna ieelpoja dziļi un cīnījās ar nervu sabrukumu. Viņa gribēja aizbēgt. Viņa jutās vainīga par to, ka gribēja aizbēgt, un viņa jutās vainīga par to, ka nezināja, ko darīt. Viņa atļāva sev aizbēgt.

"Taksi!" Helēna pamāja ārā, un viens piebrauca pie viņas pie ietves. "Aizvediet mani uz The Rocks un izlaidiet kaut kur pie George Street," teica Helēna. "Es meklēju juvelieri, ļoti ekskluzīvu un dārgu juvelieri. Es nezinu adresi, bet tas atrodas George Street."

"Jā, es zinu, kur tas ir," apstiprināja šoferis, braucot prom.

Helen sēdēja aizmugurē un domāja, kāpēc viņa ļāva sev tik ļoti iesaistīties kaut kādā lietā, par kuru zināja, ka tā nav patiesa.

Sēžot sastrēgumā, klausoties klaigājošās sirēnas un klaigājošos klaksonus, viņa nespēja atbildēt uz savu jautājumu.

26. NODAĻA

Kad Vincente Marino tika nests prom no laukuma uz komandas biedru pleciem, atskanēja ovācijas. Vincente atkal bija vadījis savu komandu uz uzvaru. Lai izrādītu savu atzinību, komandas biedri atkārtoti skandēja viņa vārdu.

Vincente bija sajūsmā. Viņa sniegums bija pārsniedzis pat viņa paša cerības.

Kad viņu meta gaisā, viņš uz brīdi pagriezās un saskārās ar Missy Malone skatienu. Viņa lēkāja augšā un leju. Viņš apbrīnoja, cik skaista viņa izskatījās, kad viss lēkāja sinhroni. Viņa viņam nosūtīja skūpstu, un viņš pamāja ar galvu, apliecinot, ka to saņēma.

Kad viņš pirmo reizi ieradās laukumā, Missy skrēja pie viņa. Viņš redzēja, kā viņa nāk uz viņu, sakūstot lūpas. Viņš ļāva viņai sevi satvert. Viņš ļāva viņai skūpstīt sevi ar visu savu spēku, bet viņš neko nejuta pret viņu.

Skūpsts no Grace Greenway pārspēja visus Missy Malone skūpstus kopā. Viņa nekad neticētu šai patiesībai. Viņš pats to gandrīz nevarēja noticēt.

Tomēr, neatkarīgi no tā, ko viņš par viņu domāja, Vincente zināja, ka Missy turpinās pie viņa turēties, pat ja viņš neatbildēs. Kāpēc? Tāpēc, ka Missy Malone uzskatīja sevi par Vincente aksesuāru. Viņa domāja, ka viņi sader kopā kā Lamingtons un kokosrieksts, kā vegemite un grauzdiņš, kā pīrāgs un čipsi.

Ja viņš gribētu viņu atlaist, viņam būtu jābūt nežēlīgam. Viņam būtu jāpasaka viņai tieši, ka vairs nevēlas viņu. Viņam būtu jāpasaka viņai, lai iet prom.

Vincente tagad paskatījās uz viņu, uz to, cik skaista viņa bija. Cik mīlīga un pilna cerību. Tad viņš paskatījās uz saviem komandas biedriem, kuri joprojām sauca viņa vārdu un meta viņu gaisā, un visas domas par Missy izlidoja no viņa prāta. Viņa viņam neko nenozīmēja.

Vincente prāts uz brīdi atgriezās pie slimnīcas, un viņš paskatījās uz pulksteni. Apmeklējuma laiks beidzās. Viņam bija jādodas pie Grace's. Viņš bija apsolījis viņu apmeklēt.

Sliktākais bija tas, ka tagad viņš pat sapņoja par viņu! Viņš domāja, vai nevajadzētu lauzt solījumu. Pamest viņu likteņa varā. Tad varbūt viņš varētu mēģināt viņu aizmirst. Varbūt tad arī viņa mēģinātu aizmirst viņu.

Tomēr tas neko neatrisinātu, jo Grace Grīnvaja bija ieslīgusi romantiskā fantāzijā. Viņa bija ieslīgusi sapnī, kuru šajā brīdī uzskatīja par reālu. Viņas sapņa spēks bija pieaudzis viņā ar to skūpstu. Uz brīdi viņš pat noticēja, ka tas ir reāli. Ka viņš mīl viņu, un viņa mīl viņu. Tas šķita reāli. Tikai uz brīdi.

Vincente nodrebēja, gandrīz liekot saviem draugiem viņu nomest uz asfalta. Viņi pacēla viņu augstāk un turpināja savu deklamāciju.

Apnicis ar to visu, Vincente atgriezās pie domām par Greisu, labi zinot, ka no šādas domāšanas nekas nevar iznākt. Neatkarīgi no tā, kas notika starp viņiem, Grace Grīnveja vienkārši nebija viņam piemērota. Viņa vienkārši nebija viņa tips.

Pūlis pievienojās dziesmai un sāka virzīties uz priekšu. Vincente atdalījās no pūļa un lūdza, lai viņu noliek. Viņš paziņoja puišiem, ka viņam jāaiziet uz pāris stundām, lai izpildītu solījumu draugam.

Vīlušies par šo ziņu, viņi sāka vēl skaļāk skandēt viņa vārdu. Vincente pamāja ar roku un apsolīja, ka vēlāk atgriezīsies.

Viņi lūdza viņam palikt. Viņi apspieda viņu. Ieslodzīja. Ieslodzīja.

Missy Malone arī piegāja tuvāk. Viņa un pārējie bloķēja viņam ceļu.

Vincente jutās, ka viņam ir jāpaskaidro Missy, bet pat sev viņš to nevarēja izskaidrot. Viņš zināja, ka, ja

Missy uzzinātu par Grace, tas radītu problēmas. Ne jau tāpēc, ka viņa būtu greizsirdīga. Viņa nekad neticētu, ka viņš Grace izvēlētos viņai priekšā. Nemaz nerunājot par puišiem – viņi domātu, ka viņš ir pilnīgi zaudējis prātu!

Vincente atkal atcerējās skūpstu, ko viņš un Grace bija dalījuši.

Viņš nodrebēja. "Tas viss ir fantāzija. Un pat es esmu iesaistījies tajā."

Viņš iedomājās, kas notiktu, ja viņš pastāstītu kompānijai, ka Grace Greenway uzskata, ka viņi ir precējušies.

Viņa kļūtu par izsmieklu objektu, un viņš kopā ar viņu. Viņi nekad neļautu viņam aizmirst šo Grace matemātisko stāvokli.

„Līdz vēlāk!" Vincente iesaucās, izspiežoties cauri nevēlīgajai pūlim un izkļūstot no skolas teritorijas.

Tiklīdz viņš bija izgājis cauri vārtiem, viņš skrēja un skrēja, atsakoties palēnināt solī.

Missy skatījās, kā viņš aiziet. Viņa sakrustoja rokas, pilnīgi pārliecināta, ka Vincente Marino atgriezīsies. Atgriezīsies pie viņas – jo viņa zināja, ka Vincente Marino nekad nevarēs viņu apmierināt.

27. NODAĻA

Helen atgriezās slimnīcā bez gredzeniem.

Grace sēdēja gultā, rokas saliktas kopā, acis fiksētas uz durvīm, gaidot Helen's atgriešanos.

Kad Helen ielūkojās caur logu uz savu meitu, šķita, ka viņa aiztur elpu. Tomēr, tā kā viņas āda nebija zila, viņa noteikti elpoja. Tikai ļoti sekli.

Helen pārdomāja, ko viņa gribēja teikt Gracei, kas bija nekas. Viņa gribēja novērst meitas uzmanību uz citām lietām.

Juvelieris bija ļoti izpalīdzīgs. Kad Helen aprakstīja gredzenus, viņš precīzi zināja, kurus gredzenus viņa domā. Viņš teica, ka tie bija pazuduši pirms dažām nedēļām. Viņš un īpašnieks bija atkārtoti pārskatījuši novērošanas kameru ierakstus. Gredzeni vienā brīdī bija tur, bet nākamajā brīdī pazuda. POOF. Bez jebkāda izskaidrojuma. Ļoti dīvaini.

"Paskaties uz saviem matiem, Grace!" iesaucās Helēn. "Vincente drīz ieradīsies, un tev jāizskatās skaisti savam vīram."

Grace paskatījās spogulī. Nolēmusi, ka māte ir taisnība, viņa apsēdās, un Helēna sāka ķemmēt un ieveidot meitas matus, kā to bija darījusi jau daudzas reizes iepriekš.

Grace atslāba. Helēna paņēma savu kosmētikas somiņu un uzklāja vieglu pūderi, pēc tam nedaudz sārtumu. Grace smaidīja, priecādamās par šo mātes un meitas kopā pavadīto brīdi.

Drīz Vincente paziņoja par savu ierašanos, berzējot kurpes.

Viņš ieraudzīja Greisu, kas sēdēja kopā ar Helen, kura viņai kārtoja matus, un šī aina viņu sasmaidīja. Viņš nekavējoties nolēma, ka šo mirkli iegravēs koksnē. Viņš smaidīja Grace's virzienā.

Grace piecēlās un nekavējoties paslēpa rokas. Viņa nevēlējās, lai viņš viņu pieskartos. Viņa nevēlējās, lai viņš pamanītu pazudušos gredzenus.

Viņš viņu notvēra ar savu smaidu, pievelkot viņu pie sevis kā magnēts. Pretoties bija bezjēdzīgi.

Kad viņu lūpas satikās sveicienu skūpstā, dzirksteles lidoja — abām pusēm. Grace piegājās, lai skūpsts pārietu citā līmenī, bet Vincente atkāpās, piesardzīgs par Helēn Grīnvejas klātbūtni.

Vincente atzina Helēn klātbūtni, uzliekot nelielu skūpstu uz viņas vaiga. Viņš nekad iepriekš nebija skūpstījis Helēnu uz vaiga, sveicinoties. Viņam nebija ne jausmas, ko viņš dara. Tas bija kā burvju valdzinājums.

Joprojām atceroties satricinājumu, ko viņš bija saņēmis no Grace's, Vincente atkāpās fonā un abas rokas dziļi iebāza džinsu kabatās. Viņš atspiedās ar muguru pret sienu, kreiso kāju uz grīdas un labo kāju pret sienu, gandrīz kā pozējot GQ žurnālam.

"Mamma, vai tu varētu atstāt Vincente un mani uz brīdi vienus?"

Tu mani izmeti ārā?" Helen jautāja, izliekoties, ka ir aizvainota, lai gan patiesībā viņa bija aizvainota. Patiesībā viņa bija aizvainota līdz sirds dziļumiem, bet viņa arī gribēja runāt ar doktoru Ackermanu, un šī bija ideāla iespēja viņu uzmeklēt.

Viņa bija noraizējusies par to, kā viņi skūpstījās — par to, kā šķita, ka starp viņiem lido dzirksteles. Pat Helen metaforiski izvairījās no viņiem un juta, kā telpā paaugstinās temperatūra. Vai varbūt viņa to tikai iedomājās?

Nē, tas šķita reāli. Tas lika pieņemt lēmumu ļaut abiem palikt telpā kopā nakti. Kaut kā šī fantāzija nelikās vienpusēja.

Tomēr Vincente bija atkārtoti teicis, ka viņa meita nav viņa tipa.

Helen nolēma, ka viņa noteikti ir iedomājusies šo saikni — ļāvusi savai iztēlei aizrauties kopā ar meitas iztēli. Varbūt šis stāvoklis bija lipīgs.

"Es iešu pastaigāties," teica Helēn, tad pagriezās un čukstēja, lai dzirdētu tikai Vincente: "Vai es varu tev uzticēties?" Viņš pamāja ar galvu, un viņa sejā bija redzama patiesa sirsnība. Helēn viņam neuzticējās ne par mata tiesu. "Es drīz atgriezīšos," teica viņa.

Pēc tam, kad viņa bija izgājusi no istabas, Helēn stāvēja pie durvīm. Vincente varēja redzēt, kā viņa skatās caur apaļo logu un novēro viņus. Viņš centās būt mierīgs un rīkoties dabiski.

Grace nebija pamanījusi, ka viņas māte klausās. Viņa piegāja pie neko nenojaušā Vincente un uzlika viņam karstu skūpstu uz lūpām.

Vincente pēdējais skatiens bija uz Helēn seju, kas kļuva sarkana kā nekad agrāk. Tad viņš uz brīdi zaudēja sevi skūpstā, ļāva sev iet.

Grace pēkšņi pārtrauca skūpstu, atkāpās un teica: "Tu vairs mani nemīli. Vai ne, Vincente?"

Vincente galvā skanēja viņa paša balss, kas atkārtojās un atbalsojās: WOW-WOW-WOW-WOW!

Viņa rokas joprojām bija dziļi iegrūstas džinsu kabatās, un tagad tās bija saliektas dūres. Viņš nevarēja dzirdēt, ko viņa teica, ko viņa jautāja. Viss, uz ko viņš varēja koncentrēties, bija šī skūpsta WOW faktors.

"Kas? Ko tu teici?" viņš jautāja, lēnām atgūstot samaņu.

"Vai tev vajag, lai es to atkārtoju?" viņa jautāja, asara ritot pa vaigu.

WOW! WOW! WOW! Vincente galvā saskrējās ar viņa prāta tālākajām sienām un sadrupas, tad apgriezās un pārvērtās vārdos, ko viņa bija teikusi. Viņš tos bija dzirdējis, bet ziņa vēl nebija sasniegusi viņa smadzenes. Tagad viņas vārdi atbalsojās: "Tu vairs mani nemīli." Viņam sāka griezties vēders.

Vincente paskatījās viņas riekstkoka krāsas acīs un iegrima tajās. Tas bija kā lēkt peldbaseinā, tik vilinoši, tik dzīvi.

Tomēr kaut kādā ziņā viņa izskatījās pazudusi, un sliktākais bija tas, ka viņš bija izraisījis šādas sajūtas, lai gan neapzināti.

Redzot viņu tādā stāvoklī, viņš vēlējās viņu mierināt, atgriezt pie sevis. Lai to panāktu, viņš pietuvojās, lai viņu ķermeņi saskartos, un sāka skūpstīt.

Šoreiz tas bija vēl spēcīgāks. Tik spēcīgs, ka viņš vēlējās, lai laiks apstātos. Viņš vēlējās, lai viss apstātos, un tomēr vēlējās, lai tas turpinātos. Viņš vēlējās visu ar šo meiteni, dalīties ar viņu visā — un tomēr viņa pat nebija viņa tipa. Viņš vēlējās viņai dāvāt visu pasauli un padarīt viņu laimīgu. Dalīties ar viņu. Kļūt par viņas pasauli.

Un viņš to visu vēlējās tagad.

Vincente klusēja. Bailes runāt. Bailes no tā, ko viņš jūt. Bailes no tā, ko viņš varētu pateikt un izdarīt. Tā vietā viņš turpināja peldēties Grace's acu baseinā, zaudējot sevi viņas dziļumos.

Viņa klusēšana un apmulsums Gracei lauza sirdi. Viņa sabruka, sadalījās gabalos un raudāja no tām riekstkoka acīm. Lielas, resnas, sāļas asaras ritēja uz leju, krītot.

Viņš pacēla roku un noķēra vienu uz pirksta galiņa. Viņš to maigi pārnesa uz muti, nolika uz mēles gala, kur tā sāļums eksplodēja. Viņš noķēra vēl vienu un vēl vienu, katra no tām uzsprāga uz viņa mēles. Visā šajā laikā Grace turpināja raudāt un raudāt, neticēdama Vincente dīvainajai rīcībai un klusēšanai.

Viņš viņu mīlēja, bet zināja, ka nevar viņu mīlēt. Viņa patiesībā nemīlēja viņu. Viņa mīlēja viņu tikai savās fantāzijās. Bet viņš mīlēja viņu šeit un tagad. Viņa mīlestība bija patiesa.

Viņš pagriezās un skrēja prom.

28. NODAĻA

Koridorā, stāvot ar muguru pret Grace's durvīm, Vincente saprata, ka viņš bija atstājis viņu izmisuma stāvoklī. Viņš zināja, ka viņam vajadzētu pārbaudīt istabu, lai pārliecinātos, kā viņai klājas. Viņš atzina, ka bija rīkojies kā barbaris. Viņš kaunējās par sevi.

"Ah, tieši to puisi es meklēju," teica doktors Ackerman, pamanot, ka Vincente ir aizelpojies, gandrīz elpo smagi. Viņš tēvišķi uzsitēja viņam uz muguras un jautāja: "Vai viss ir kārtībā?"

"Es, es nezinu. Es vairs neko nezinu!" Vincente paziņoja ar trīcīgu balsi.

"Nāc ar mani, jaunekli," teica doktors Ackerman. "Mēs varam parunāt privāti manā kabinetā, un tu vari atgūt elpu."

"Jā," Vincente piekrita. "Bet es negribu par to runāt."

"Nu, es gribu ar tevi parunāt par Greisu."

"Greisu?" teica Vincente un sāka trīcēt.

"Jā, nāc līdzi. Mans kabinets ir ap stūri."

Pēc brīža viņi ieradās. Doktors Ackerman aicināja Vincente sēsties un ielēja glāzi ledusauksta ūdens. Vincente rokas trīcēja, kad viņš pacēla glāzi pie lūpām.

Vincente atcerējās sāļās asaras. Eksplozīvās sāļās asaras.

"Tagad esi mierīgāks?" Ackerman jautāja.

Vincente pamāja.

"Labi, tad parunāsim par Greisu. Tu saproti pašreizējo situāciju, vai ne? Ka Grace Grīnvaja ir sevi maldinājusi, domājot, ka jūs abi esat attiecībās, patiesībā precēti — jaunlaulāti?"

"Jā, es saprotu, ka tā viņa jūtas, bet es nesaprotu, kāpēc. Kāpēc es?"

"Uz šo jautājumu var atbildēt tikai viņa, Vincente. Varbūt mēs to nekad neuzzināsim. Viņa nekad to neuzzinās. Tomēr dokumentētos gadījumos, kā šis, iemesls fantāzijas radīšanai ir balstīts uz kādas realitātes noliegšanu. Iespējams, kaut kas, kas vispār nav saistīts ar tevi. Kāds arī būtu iemesls, viņa ir radījusi pasauli, kurā tu un viņa viens otram nozīmējat visu. Tas ir kā tu un viņa būtu romāna galvenie varoņi, un jūs kopā cīnāties pret pasauli."

„Romāna varoņi? Ak, es nekad par to tā nebiju domājis," Vincente domīgi teica. „Tomēr, kad viņa izveido šo fantāziju, iekļaujot mani tajā, dažreiz tas pat šķiet reāli. Man." Vincente paskatījās uz grīdu. Viņš nevarēja izturēt doktora Ackermaņa skatienu. Ne tad, kad bija atzinis, ka ir iekļuvis tīklā.

Ackerman paskatījās uz zēnu, kas sēdēja viņam pretī. Pēkšņi viņam ienāca prātā, ka šis ir pilnīgi cits zēns nekā tas, ko viņš bija saticis pirmoreiz. "Tu viņu mīli?" viņš jautāja.

"Es domāju, ka nē. Es nezinu. Viņa nav mana tipa meitene. Es pat īsti viņu nepazīstu, bet viņa zina lietas par mani. Zina lietas, ko neviens nevarētu zināt, ja es pats viņai to neesmu stāstījis — ko es neesmu darījis." Vincente apņēma galvu ar rokām. Runāšana par to lika viņam justies fiziski slikti. Telpa griežās ap viņu.

"Ieliec galvu starp ceļgaliem, puis," teica Ackerman. "Tu kļūsti zaļš, kādu es pat esmu redzējis."

Vincente nekavējoties un bez jautājumiem izpildīja norādījumus. Telpa drīz pārstāja griezties, bet tagad visā griestu platībā mirdzēja zvaigznes. Zvaigznes, kuras varēja redzēt tikai Vincente.

Ackerman turpināja: „Es nezinu, kā viņa varēja zināt tik personīgas lietas par tevi. Varbūt, kad viņa atradās starp zemi un vietu, kurā dodas gari, ceļojot starp pasaulēm, varbūt viņas gars kādā veidā savienojās ar tavu garu. Es zinu, ka tas izklausās neiespējami. Bet es esmu dzirdējis stāstus par tuvu nāves pieredzi, kurus pat man — zinātniekam — ir grūti noraidīt."

"Tikko viņa man jautāja, vai es viņu mīlu, un es nevarēju atbildēt. Viņa domā, ka mīl mani, bet tā nav.

Ne realitātē. Es gribēju teikt "jā", kāda traka daļa manī gribēja teikt "jā", bet kā es varēju? Es viņu nesaprotu. Es vairs neko nesaprotu! Dažreiz es domāju, ka viņa noteikti ir ragana, ja zina to, ko zina."

"Tu tici raganām?"

"Ne īsti."

"Es domāju, ka tu pārāk daudz skaties televīziju. Grace Grīnveja nav ragana. Viņa ir iespaidojama, jauna meitene. Meitene, kurai ir sešpadsmit gadi un kura nesen traģiskā negadījumā zaudēja gan tēvu, gan brāli. Meitene, kas kādu iemeslu dēļ ir izvēlējusies tevi par daļu no savas fantāzijas. Viņa ir izvēlējusies tevi par savu vīru. Viņai tagad ir vajadzīgs tu, kā viņas vīrs, kamēr viņa vēl nevēlas pieņemt patiesību."

"Tātad tu saki, ka viņai ir garīgas problēmas un ka man ir jāpiekrīt šai farcei, neatkarīgi no tā, kādas sekas man tas radīs?"

"Grace nekādā ziņā nav ārpus briesmām. Mēs uzraugām viņas dzīvības rādītājus. Uzraugām viņu. Tāpēc viņa vēl nav izrakstīta. Viņa ir mūsu aprūpē. Vincente, tu esi šīs situācijas centrā. Tu esi katalizators. Ja tu viņu tagad pametīsi..."

"Ja es aizietu, tad es būtu atbildīgs par to, kas notiks tālāk. Vai to tu man saki?"

"Viņa tagad ir ļoti neaizsargāta. Viņai ir nepieciešams kaut kas no jums, un, ja jūs to viņai dosiet, piepildīsiet viņas vēlēšanos, tad viņa spēs pieņemt realitāti un atteikties no jums. Viņai ir nepieciešams kāds, kam ticēt, kaut kas, uz ko cerēt, un viņa ir izvēlējusies jūs. Visi ceļi ved pie jums. Es nezinu, kāpēc, varbūt tāpēc, ka jūs viņu atvedāt uz šo slimnīcu.”

“Es viņai nodarīju pāri, bet tas bija negadījums, dakter, es zvēru.”

„Jā, jūs viņai kādā ziņā nodarījāt pāri, bet jūs arī glābāt viņai dzīvību, jo viņa tika atvest uz šejieni, kur viņai tika sniegta vislabākā aprūpe, kad beidzot asins recekļi pārtrūka. Ja tas būtu noticis mājās vai skolā, viņa varbūt nebūtu izdzīvojusi.”

Vincente brīdi sēdēja klusējot, apzinoties, cik lielu ietekmi viņš jau bija atstājis uz Grace's dzīvi. Viņš ilgojās atgriezties pie viņas, lai viss atkal būtu kārtībā. Viņš piecēlās: “Man jāatgriežas pie viņas. Viņa man jautāja, vai es viņu mīlu, un es pagriezos un aizbēgu kā gļēvulis.”

“Jā, ej pie viņas tagad un nesaki, ka tu viņu mīli, ja tu to patiesi nedomā. Ja vien tu nevēlies atdot viņai savu sirdi un būt viņai blakus, kad viņa uzzinās patiesību par tevi un kad burvju lāsts būs atcelts.”

„Nekāda spiediena!” Vincente izsmēja, dodoties uz durvīm.

„Nāc atpakaļ, lai ar mani parunātu jebkurā laikā, Vincente,” teica Ackerman. „Un neaizmirsti, cik tu viņai esi svarīgs. Neaizmirsti, ko tu viņai nozīmē.”

Vincente pamāja ar galvu, pagriezās un skrēja atpakaļ uz Grace's istabu.

S avas istabas gultā Grace gulēja dziļā miegā. Viņš noliecās pār gultu un noskūpstīja viņai pieri. Viņai vēl joprojām bija asaras uz vaigiem, un viņš tās maigi noslaucīja.

Viņš apsēdās blakus viņai uz gultas, un viņa nekustējās un nepiecēlās. Viņš vēroja, kā viņa guļ. Viņš vēroja, kā viņas krūtis ceļas un krīt ar katru elpas vilcienu. Kad viņa miegā sāka raudāt, viņš paņēma viņas rokas savējās un nomierināja, ka viss būs labi. Tumsā, palicis ar viņu divatā, viņš teica, ka mīl viņu. Un tad atkal noskūpstīja viņu uz pieres.

Grace īsi pamodās, it kā viņa teiktie vārdi kādā veidā būtu ietekmējuši viņas sapni, un tad atkal iegrima dziļā miegā.

Vincente atstāja Greisu tur, droši un mierīgi guļam. Viņš atgriezās, lai pateiktos doktoram Ackermanam par visu palīdzību un padomiem, pirms devās mājās uz nakti. Viņš bija izsmelts... tik noguris, un tomēr atdzīvināts tādā veidā, kā nekad agrāk.

Vincente Marino nekad agrāk nebija juties tik dzīvs.

***

Stāvot ārpus doktora Ackermana kabineta, Vincente dzirdēja paceltās balsis. Viņš vilcinājās, pirms pieklauvēja.

Kad balsis nedaudz apklusa, viņš pieklauvēja un tika uzaicināts ienākt.

"Tev vajadzētu kaunēties!" Helēna kliedza, metoties uz viņu un sākot dauzīt viņam ar dūriem pa krūtīm.

"Nomierinies," doktors Ackerman pavēlēja.

Helēna turpināja dauzīt Vincente pa krūtīm.

Vincente ieelpoja dziļi, cerot, ka viņa izdauzīs visu, kas viņu traucē. Tas viņam nesāpēja. Kad viņš saprata, ka viņas dusmas neizzudīs, viņš satvēra abas viņas rokas un turēja tās stingri, līdz viņa bija spiesta nomierināties. Viņa turpināja viņam šņākstēt sejā.

Vincente turēja viņu vēl stingrāk un jautāja: "Kas notiek?", skatoties doktoram Ackermanam, kurš centās nezaudēt savaldību.

"Vincente, kad tu iepriekš atnāci šeit, pēc tam, kad biji atstājis Greisu, Helēna atrada viņu diezgan sliktā stāvoklī. Viņa bija izmisis. Sagrauta. Viņa nespēja komunicēt. Viss, ko viņa varēja darīt, bija raudāt un raudāt."

"Es redzu, no kurienes viņa to ir ieguvusi!" teica Vincente, skatoties Helēnas acīs.

Viņa uz viņu izdvesa.

„Neizjauc situāciju vēl vairāk, puisis," lūdza doktors Ackerman. „Lai nomierinātu Greisu, viņiem nācās viņai dot nomierinošus līdzekļus."

„Es tikko biju tur, un Grace gulēja. Man viņa izskatījās ļoti mierīga."

„Ko tu viņai teici, lai viņa nonāktu tādā stāvoklī?" pieprasīja Helēna.

„Es pieļāvu kļūdu. Es aizbēgu, bet es atgriezos. Es atgriezos."

"Pārāk maz, pārāk vēlu!" Helēna iesaucās.

"Klausieties, es neko tādu neesmu lūdzis!" Vincente norādīja, paceldams rokas kapitulācijas žestā.

"Tagad abi sēdieties un nomierinieties," doktors Ackerman norādīja, "un beidziet šo drāmu. Mums jākoncentrējas uz Greisu. Greisu un tikai Greisu."

"Piekrītu," teica Vincente.

"Piekrītu," Helēna iesaucās.

29. NODAĻA

Kad viņi izveda Vincente no telpas, viņš joprojām kliedza šos vārdus. Patiesībā viņam tie bija bezjēdzīgi, nepatiesi jūtas. Vārdi, kurus viņš teica tikai tāpēc, lai būtu laipns, lai glābtu viņu no bezdibeņa.

Viņš tos atkal izkliedza. Šoreiz viņa balss atbalsojās gar koridoriem un izskanēja visā visumā: „Es tevi mīlu, Grace Greenway!"

„Es tevi arī mīlu, Vincente!" viņa atbildēja. Haoss un kņada, kas valdīja, mēģinot glābt viņas dzīvību, liedza viņam dzirdēt viņas balsi.

Pēkšņi karstā zvaigzne sāka griezties un rotēt. Drīz tā vairs nenāca uz viņu un nededzināja viņu ar savu karstumu. Tā vietā tā izmeta pulsējošas viļņus un kļuva par neitronu zvaigzni.

Zaudējusi savu saikni, Grace Grīnvaja sev paziņoja: „Es gribu dzīvot. Es gribu dzīvot."

30. NODAĻA

Doktors Ackerman jautāja: „Kad tu atgriezies pie Grace's, kā tu juties, es domāju, kad tu viņu atkal redzēji?"

„Es jutu spēcīgu vajadzību par viņu rūpēties, mīlēt viņu, aizsargāt viņu, padarīt viņu par savējo. Dievs, es esmu tik sajukums. Kāpēc es jūtos tā?"

„Jā, izpētiet to, Vincente," teica doktors Ackerman. „Grace liek jums justies citādi, kaut ko jaunu. Pareizi? Citādi nekā citas meitenes jūsu dzīvē?"

„Jā, viņa nav mana draudzene. Man ir draudzene skolā — viņa darītu visu manā labā," teica Vincente.

„Bet vai jūs darītu visu viņas labā?"

„Es, viņa ir viegli apmierināma — ja saprotat, ko es domāju."

„Labi, ļauj man to pateikt citādi," teica doktors Ackerman. „Vai tava draudzene tevi vajag?"

„Viņa ir populāra, un es esmu populārs. Mums ir lemts būt kopā. Liktenis. Visi tā saka. Visi to gaida."

„Sagaida? Kāda saistība citu cilvēku sagaidām ir ar patiesu mīlestību? Mīlestība, patiesa mīlestība, ir starp diviem cilvēkiem. Tikai diviem cilvēkiem. Tagad padomā par to, Vincente, padomā, pirms atbildi. Kā tu patiesi jūties pret Greisu Grīnveju?"

Vincente pārvietoja kājas, nemierīgi kustējās. „Pietiek ar šo — šo psihoanalīzes muļķību. Tas nav par mani. Runa ir par to, lai Grace atveseļotos. Ko tu gribi, lai es tagad daru? Precējos ar viņu?"

"Nē, es negribu, lai tu darītu kaut ko, kas tev radītu diskomfortu. Tomēr Grace ir lūgusi, lai tu būtu klāt. Viņa ir lūgusi mums tev jautāt, vai tu varētu pavadīt nakti viņas istabā kopā ar viņu."

"Ko? Tu runā nopietni?"

"Viņa runā nopietni, tāpēc mums ir jāuztver viņas lūgums ļoti nopietni."

„Un viņas mamma, tā drakoniene, piekrīt?"

„Nevēlīgi, kā tu droši vien jau esi sapratis. Tu dzirdēji, ka es teicu, ka ar tevi parunāšu. Ka es tev izskaidrošu, ka Greisu nedrīkst sāpināt, ar viņu nedrīkst spēlēties un izmantot."

„Tu domā, ka es varētu uz viņu uzmesties? Drīzāk viņa uzmesties uz mani!"

"Ja tev viņa patiešām rūp, un viņa, kā tu saki, "uzlec uz tevi", tad tev būs jāatrod veids, kā viņu maigi noraidīt, nevis atklāti noraidīt."

"Es joprojām nesaprotu, kā nakšņošana vienā istabā ar viņu varētu palīdzēt."

„Tas ir tas, ko viņa vēlas, Vincente."

„Bet nav nekādu garantiju, vai ne?"

„Nav garantiju, Vincente, bet Grace atveseļosies. Tas ir mūsu galvenais mērķis."

„Es esmu par to," teica Vincente.

"Tātad, Helēna pateiks Gracei, ka tev jābrauc mājās, lai paņemtu dažas lietas. Tu atgriezīsies rīt vakarā ar nodomu pavadīt nakti viņas istabā. Kā tu zini, tur ir divas gultas. Gultas nekādā gadījumā nedrīkst salikt kopā, saproti?"

"Jā, doktore," teica Vincente. "Es tagad došos prom, lai mazliet pagulētu, jo rīt naktī es daudz negulēšu!"

"Es patiesi ceru, ka tu to nedomā tā, kā izklausījās!" izsaucās Ackerman.

"Es domāju... oh, tu zini, ko es domāju."

"Labi, tad nāc pie manis rīt vai jebkurā laikā, kad vēlies parunāt. Es visu vakaru palikšu darbā, tev rīcībā, tā teikt."

"Paldies, dakter Ackerman."

"Labu nakti, Vincente."

"Labu nakti, dakter."

31. NODAĻA

Agri no rīta Grace pamodās un uz brīdi aizmirsta, kur atrodas. Viņa miglaini atcerējās, ka Vincente bija viņas istabā. Vienu brīdi viņš bija tur, bet nākamajā jau bija pazudis. Kāpēc viņš tik pēkšņi aizgāja? Vai viņa bija kaut ko izdarījusi, kas viņu sadusmoja? Kaut ko pateikusi?

Viņa cerēja atrast viņu kaut kur istabā, gaidot, kad viņa pamodīsies. Tur bija tikai Helēna, un viņa gulēja.

Grace nokāpa no gultas un devās uz tualeti. Viņa novilka slimnīcas halātu un iegāja dušā. Kad ūdens uzkarsēja līdz gandrīz vārīšanās temperatūrai, viņa aizvēra acis. Viņa ilgojās pēc Vincente pieskārieniem.

Viņa izslēdza ūdeni un paņēma no plaukta jaunu halātu. Viņa to uzvilka, nolemjot, ka neviens nevar izskatīties pievilcīgi šādā halātā.

Kad viņa atgriezās pie gultas, Helēna rosījās pa istabu.

"Man ir labas ziņas!"

"Patiesi? Es taču neesmu vēl sapņos, mamma?"

"Jā, Vincente pavadīs nakti kopā ar tevi."

"Šovakar? Tieši šovakar?"

"Jā."

"Man vajag savas lietas, man vajag manu skaisto naktskreklu un manu smaržu."

„Viss, kas tev nepieciešams, atrodas somā vannas istabas skapītī."

„Es nevaru gaidīt!"

„Vincente, protams, gulēs tajā gultā."

Grace jau iedomājās, kā viņi abas gultas saliek kopā, veidojot vienu gultu. Dalīt gultu ar vīru. Divas gultas izskatās labi, bet viņiem vajadzēs tikai vienu. Grace apņēma sevi, kad uz viņas rokām parādījās zosāda.

"Es došos prom ap tējas laiku, bet, ja tev būs nepieciešama palīdzība, doktors Ackerman būs tavā rīcībā."

"Mēs esam precējušies, mamma!" Grace iesaucās.

Grace skrēja viņai pretim un apņēma māti ar rokām. Helen bija priecīga redzēt savu meitu laimīgu — jebkura māte būtu, bet viņu satrauca meli. Meli un šarāde, par ko viņa nebija laimīga. Viņa jutās kā krāpniece. Divkosīga.

Grace iegāja vannas istabas skapītī un izvilka nakts somu. Tajā bija skaistākā, nevainīgākā balta lina naktskrekls, kādu viņa jebkad bija redzējusi, ar sarkanu siksnu priekšā.

"Mamma, tas ir skaists," viņa iesaucās.

Ieradās medmāsa Burns un pamanīja, ka Grace izskatās nedaudz sarktīga.

"Vai tu jūties labi, Grace?"

Grace bija pārpilna ar satraukumu, gaidot savu nakti ar Vincente. Viņa gribēja, lai laiks pagātu ātrāk, lai viņš varētu būt blakus viņai — tagad.

"Mēģini kaut ko ēst," ieteica medmāsa Burns. "Es saprotu, ka tev būs viesis, kas pavadīs nakti, tāpēc tev ir vajadzīgas visas spēkas."

"Jā, tev vajadzētu kaut ko ēst, mīļā," piekrita Helēna.

Grace paņēma kumosu grauzdiņa un malku kafijas, un tad viņai sāka griezties vēders. "Varbūt vēlāk," viņa teica. Kafijas smarža viņai radīja nelabumu. "Nē, aiznesiet to prom," teica Grace.

"Vai Vincente bija priecīgs, kad tu viņam teici, ka viņš var palikt, Grace?" jautāja medmāsa Burns.

"Es viņam to neteicu, bet esmu pārliecināta, ka viņš bija priecīgs," teica Grace. Tad viņa pārģērbās naktskreklā un sagatavojās Vincente ierašanās.

32. NODAĻA

Pulksten 18:15 Vincente Marino ieradās slimnīcā, rokās turot kasti ar duci garu kātiņu sarkanām rozēm. Tās bija sasietas ar tumši sarkanu lenti.

Kad viņš iegāja Grace's istabā, Helēna nedaudz negribīgi aizgāja.

Vincente uzreiz piegāja pie Grace's un noskūpstīja viņu abās vaigās. Viņš pasniedza viņai kasti, tad vēroja, kā viņas acis kļūst arvien lielākas un lielākas, kad viņa atraisīja asins sarkano lenti.

Viņš jutās nervozs, bet tāpat arī viņa. Gaisā valdīja spēcīga mērķtiecības sajūta.

Pateicoties Vincente par skaistajām rozēm ar skūpstu uz vaiga, Grace lūdza dežūrējošo medmāsu atnest vāzi. Medmāsa atnesa vāzi, un Vincente sāka tajā sakārtot ziedus. Viņš bija redzējis savu māti simtiem reižu sakārtot vāzes ar ziediem.

Viņš sāka ar to, ka izvilka vienu rozi no kastes, tad to neuzkrītoši glāstīja, pirms ielika ūdenī. Grace uzmanīgi vēroja viņu, pamanot kontrastu starp viņa spēcīgajiem, sportiskajiem pirkstiem un plānajiem, dzeloņainajiem rožu kātiem. Kad viņš glāstīja rozi, viņas ķermenis nodrebēja.

Viņa vēroja, kā viņš paņēma vienu rozi, divas rozes, trīs rozes. Pat neapzinoties, ka to dara, viņš viegli glāstīja kātu, uz sekundi sajuta sāpes no dzeloņa pirkstā un tad maigi ielika ziedu vāzē.

Katra kustība aizrāva Gracei elpu. Viņas sirds sāka pukstēt. Tas bija gandrīz tā, it kā viņš turētu viņas sirdi starp saviem pirkstiem.

Vincente centās neizraisīt šļakatas, liekot vienu rozi pēc otras caurspīdīgajā stikla vāzē.

Ik pa brīdim viņš uzlūkoja Greisu. Viņas skatiens bija pievērsts viņam. Viņš bija priecīgs, ka izvēlējās rozes — viņa acīmredzami tās dievināja.

Viņš pēkšņi sāka justies diezgan neērti. Viņš atkal ielika roku kastē un izvilka nākamo rozi, novērojot Grace's elpas trūkumu. Viņš ielika rozi ūdenī un tad atkal ielika roku kastē, lai izvilktu nākamo. Viņa atkal šķita aizelpojusi, tikai šoreiz viņa izskatījās arī vārga.

"Vai jums viss ir kārtībā?" Vincente jautāja.

Greasas vaigi bija sarkanas, un šķita, ka viņai arvien grūtāk ir elpot. Viņš domāja, vai nevajadzētu izsaukt kādu palīgā. Viņš negribēja, lai viņai tagad atkal kļūtu slikti, jo īpaši tagad, kad lietas šķita nonākušas galā.

"Man… man viss ir labi," teica Grace, spēlējoties ar sarkano lenti uz savas naktskreklā. "Pārrunāsim kaut ko, kamēr tu pabeidz ar ziediem."

"Ko tu domā?" viņš jautāja, glāstot vēl vienas rozes kātiņu.

"O," Grace teica, vērojot, kā viņš liek kātiņu ūdenī, un tad viņa varēja runāt. "Kā būtu, ja mēs viens otram pastāstītu kaut ko, ko otrs nezina? Varbūt kādu nepareizu priekšstatu, kas tev bija par mani, un es tev pastāstīšu par nepareizu priekšstatu, kas man bija par tevi."

"Labi," Vincente piekrita, ieliekot ūdenī vēl vienu rozi. "Tu sāc pirmā," viņš teica, kad ūdens pilieni izšļācās no vāzes un nokrita uz viņa plaukstas muguras.

Grace skatījās uz pilieniem, kad viņš devās pie kastes pēc vēl vienas rozes. Viņš pacēla ziedu uz augšu, un ūdens nolaistījās pa viņa apakšdelmu.

Viņš paņēma nākamo rozi un paskatījās uz viņu. Viņai aizrāvās elpa. Laiks šķita apstājies.

33. NODAĻA

"Man kādreiz bija īpašs vārds tev, pirms es tevi patiesi pazinu," atklāja Grace.

Vinsents pagrieza rozi starp pirkstiem. Viņš ielika to ūdenī. Viņš pamanīja, ka Grace tagad elpoja normālāk un viņas vaigi vairs nebija tik sārtas. Viņš pamāja ar galvu, mudinot viņu turpināt.

"Es tevi saucu par savu Zelta vidusceļu."

"Kāpēc?" jautāja Vinsents.

"Atceries, matemātikas stundā, kad mēs mācījāmies par Fibonači zelta vidējo? Nu, tu biji mans zelta vidējais."

"Tu domā, ka jau toreiz tu tā jutos pret mani?" Tagad viņš bija patiešām sajukums. Viņa teica, ka mīlēja viņu, pirms kaut kas no tā visa notika. Viņš zināja, ka viņa bija iemīlējusies viņā, bet tā nebija mīlestība, tā bija iemīlēšanās. Daudzas meitenes bija iemīlējušās viņā. "Atgādini man par Fibonači," viņš teica.

"Tā ir koncepcija, kurā pirmais skaitlis un otrais skaitlis tiek saskaitīti, lai iegūtu trešā skaitļa summu, piemēram, viens, divi, trīs, pieci, astoņi, trīspadsmit un tā tālāk."

"Ak, jā, es atceros kaut ko par to un kaut ko par dabu, piemēram, viļņiem un ziediem?"

"Tieši tā! Redzi, tu atceries!" Grace teica, iemetot ūdenī vēl vienu rozi. "Dabā ir simetrija, viļņi, sniegpārslas un ziedi, kas visi apstiprina Fibonači teoriju par zelta vidusceļu. Tātad tu biji mans zelta vidusceļš."

"Paldies," teica Vincente, nezinot, ko vēl teikt. "Tas ir pārsteidzoši, ka tu joprojām atceries vārdu, ko man devai, ņemot vērā to, ko esi pārdzīvojis. To, kā zaudēji atmiņu. "

"Tas man atgriezās nesen. Es biju aizmirsuši, bet, kad sapņoju par tevi, par mums, viss atgriezās."

Vincente turpināja ar rozēm, un Grace turpināja runāt. "Kad domāju, ka tu vairs mani nemīli, es sapņoju par tevi, un sapnī tu apsolīji, ka nekad mani neatstāsi."

„Es atvainojos, Grace, piedod man," teica Vincente, liekot pēdējo rozi vāzē.

„Šoreiz es tev ticu."

Vincente pacēla vāzi un nolika to uz naktsgaldiņa pie Grace's gultas un teica: „Es atgriezos, tu zini."

„Kad?"

„Vakar vakarā."

„Tu nevarēji. Es būtu zinājusi."

"Tu gulēji, kad es ienācu. Es noskūpstīju tev pieri," viņš noliecās pār viņu.

"Nekā," teica Grace. "Nekā... ja vien tu to patiešām nedomā."

Viņš ieelpoja dziļi un atkāpās. Viņš piegāja pie savas gultas, novilka kurpes un pakāra kājas pār gultas malu. Viņš šūpināja tās uz priekšu un atpakaļ, kā to darītu mazs zēns.

"Tagad ir tava kārta," teica Grace.

"Hmm, redzēsim," Vincente uz brīdi padomāja. "Nu, es domāju, ka tu esi kautrīga, īpaši vīriešu klātbūtnē, bet manuprāt, tu neesi īpaši kautrīga manā klātbūtnē."

"Tas ir viss? Tas ir labākais, ko tu vari izdomāt?"

"Hei, es esmu jauns šajā jomā — atceries, ka tas bija tavs ierosinājums. Es deru, ka tu nevarēsi izdomāt vēl vienu?"

"Varēju gan!" viņa teica. "Šis tevi izsmaidīs, bet reiz, sen sen atpakaļ, es domāju, ka tu esi vampīrs."

"Es? Vampīrs?"

"Jā, es zinu, ka tas ir traki, bet es pat noliecos pār tevi un atklāju tev savu kaklu, lai redzētu, vai tu, tu zini, mani sakostu. Tas bija pirmais reizi, kad mēs skūpstījāmies — atceries? Es noliecos tā, un gaidīju, kad tu iedzīsi zobus."

"Tas ir dīvaini!" viņš teica, skatoties uz viņas balto atklāto kaklu un izjūtot spēcīgu vēlmi to noskūpstīt.

Grace nodrebēja, un viņas krūšu gali sāka tirpt no vienas domas par to.

"Tātad es tev biju īsta vilšanās, kad saprati, ka esi precējies ar vienkāršu mirstīgo?"

"Tas ir smieklīgi. Tu nekad nevarētu mani pievilt," viņa pasmaidīja. "Tagad ir tava kārta."

"Nu, agrāk es domāju, ka tu esi vāja, vāja persona. Bet tagad..."

Grace pārtrauca viņu, jautājot: "Vāja, kādā ziņā?"

"Vāja, kā kliba," viņš teica, meklējot viņas sejā reakciju, ka viņš ir teicis kaut ko nepareizu, bet viņa šķita to pieņemt. "Iespējams, tas bija tāpēc, ka, kad tu mani redzēji vai kad es redzēju tevi, tu vienmēr uz mani skatījies dīvaini. Tagad, kad par to domāju, ja tu domāji, ka es esmu vampīrs, tad varbūt tāpēc tu uz mani tā skatījies. Jebkurā gadījumā tu neesi vāja vai kliba — tu esi stipra sieviete. Un šķiet, ka tu kļūsti arvien stiprāka."

"Nu, tas ir labāk nekā pirmais," teica Grace, atliecoties uz spilvena un aizverot acis.

Ne viens, ne otrs kādu brīdi nerunāja, katrs bija pazudis savās domās.

"Vai mēs varam par to parunāt?" jautāja Grace. "Vai mēs varam parunāt par to, kas tev ir mainījies attiecībā uz mani?"

"Grace, nekas nav mainījies, tikai..."

"Tu jūties ieslodzīts?"

„Kaut kā tā. Varbūt, bet tas nav tavs vainas dēļ. Tas pilnīgi nav tavs vainas dēļ." Viņš ieelpoja dziļi un turpināja: „Vai es varu tev kaut ko jautāt, kaut ko, kas mani uztrauc?"

„Protams, Vincente. Tu vari man jautāt jebko, pilnīgi jebko."

„Kas tev patiesībā pastāstīja par manas mammas gleznu?"

„Tu."

„Patiesi, Grace, tu vari man pateikt patiesību. Kas tev pastāstīja? Tu par to lasīji internetā?"

„Es nemeloju, Vincente. Kā jau teicu, tu man par to pastāstīji un parādīji man šo gleznu, kad mēs bijām tavu vecāku mājā."

„Bet kāpēc es gribētu tev parādīt šo gleznu?"

„Tāpēc, ka tur ir koki!"

„Koki?"

„Godīgi, kurš no mums šeit zaudēja atmiņu?" Grace pagriezās acis. „Koki — tādi kā tie, kas uzsprauda un apēda to vārnu, tie, kuros mani turēja gūstā?" Grace gaidīja, ka Vincente parādīs kādu atpazīstamības pazīmi, bet tādas nebija. Viņa nepacietīgi nopūta.

Vincente bija diezgan pārliecināts, ka Grace ir sajukusi prātā. Viņš nezināja, vai piekrist viņai vai nepiekrist, tāpēc palika kluss.

Pagāja brīdis. Grace sakrustoja un atkrustoja rokas, nevēloties padoties. "Un tāpēc, ka tie koki, tu gribēji, lai es redzētu tavas mammas gleznu."

"Bet es joprojām nesaprotu — kāpēc es gribētu tev parādīt savas mammas gleznu?"

"Tāpēc, ka tu vienmēr baidījies no šīs gleznas. Tāpēc, ka tu teici, ka bērnībā redzēji seju koka stumbrā, un tas tevi biedēja."

"Mana mamma nesen pārdeva šo gleznu. Tā gadiem ilgi bija glabāta bēniņos. Taisnība, kaut kas tajā mani biedēja, bet es to nevienam nestāstīju."

"Tu stāstīji man un parādīji man."

Vincente šķērsoja istabu. Viņš apsēdās pie Grace's. „Ko vēl es tev stāstīju?"

„Daudz ko! Mēs taču pavadījām kopā katru dienu, 24 stundas diennaktī."

„Stāsti," viņš teica.

„Tu tiešām gribi, lai es stāstu?"

„Jā."

„Redzēsim. Tu vienmēr sapņoji par Ferrari, sarkanu Ferrari, un mēs braucām ar tādu pa Princess Highway. Tu biji septītajās debesīs, braucot ar to, un es biju nedaudz greizsirdīgs."

Vincente atcerējās sapni, kurā viņš brauca ar sarkanu Ferrari, meklējot Greisu. Dīvaini. Viņš nolēma mainīt tematu. „Es tev stāstīju kaut ko vēl par savu mammu?"

"Tu man parādīji viņas studiju, un viņa bija pa vidu jauna darba gleznošanai. Tas bija attēls no viņas dārza, bet tas nebija pabeigts."

Vincente ieelpoja dziļi. Tas bija tas pats glezna, pie kuras viņa mamma strādāja šorīt. Viņš atgriezās pie domas, ka Grace noteikti ir ragana. Viņš gaidīja, kad viņa sakustēs degunu kā Samanta Stīvensa seriālā "Bewitched", bet nekas nenotika.

Grace pievilka viņu sev klāt un kaislīgi noskūpstīja uz lūpām.

Vincente tagad bija virs viņas un skūpstīja viņu. Mēģināja attālināties, bet gribēja noliekties tuvāk, kamēr visas uzkrātās emocijas eksplodēja viņa galvā. Viņa turpināja skūpstīt viņu, līdz viņš palika bez elpas.

„Tu esi izkritis no prakses, vai ne?" Grace jautāja, dodot Vincente laiku atgūt elpu.

Viņš nokrita no gultas malas.

"Es beidzot to izdarīju!" viņa iesaucās. "Es beidzot tev izraisīju spageti kājas! Beidzot — tu man tās vienmēr izraisīji!"

"Kur tu iemācījies tā skūpstīties?"

"Ļoti smieklīgi, Vincente, tu man iemācīji visu, ko es zinu."

"Tu man saki, ka es esmu vienīgais vīrietis, kuru tu kādreiz esi skūpstījusi?"

"Jā, tu esi mans vienīgais. Mans vienīgais un neatkārtojamais."

Viņš atkal mainīja tematu. "Ko vēl tu redzēji manā mājā?"

"Tu man parādīji savus skaistos koka izgriezumus, un man joprojām ir šis." Grace ielika roku atvilktnē un izvilka aborigēnu vīrieti.

Vincente prāts strādāja ar milzu ātrumu. Viņam bija jāizbēg. Jāizkļūst no šīs istabas – tūlīt.

„Kur tu to dabūji?" viņš jautāja.

„Es paņēmu to no tavas istabas."

„Tu paņēmi, bet kad?"

„Kad mēs apmeklējām tavu māju. Man tas bija kabatā, un kaut kādā brīdī tas bija tur, bet nākamajā brīdī tas atradās tavas mammas gleznā."

„Gleznā? Tavā kabatā?" viņš iesaucās.

„Jā, atvaino, ka tev nepasaku, ka tas ir šeit. Tas mani arī šokēja – vienā brīdī gleznā, nākamajā brīdī atkal manā kabatā."

„Uh, man ir slāpes, es iešu paņemt dzērienu. Vai tev kaut ko atnest?" Vincente jautāja. Viņš trīcēja.

Viss viņa ķermenis trīcēja. Viņam bija jāizkļūst no turienes. Jāaiziet. Jāskrien.

"Tu ej pēc dzēriena? Tagad?"

"Jā, man vajag dzērienu."

"Labi, bet steidzies atpakaļ," teica Grace. Viņa noskūpstīja viņam un tad atkal ielika aborigēnu vīrieti atvilktnē.

Ārpusē Vincente gribēja aizskriet. Tā vietā viņš devās pa koridoru, lai parunātos ar doktoru Ackermanu.

34. NODAĻA

„Doktors!" Vincente kliedza, atkārtoti pieklauvējot pie Ackermana durvīm. "Doktors, man jums jārunā!"

Doktors Ackerman nolika tālruņa klausuli, kad Vincente ienāca viņa kabinetā.

"Doktors, jums jāpalīdz man izkļūt no šīs situācijas! Es nevaru palikt šeit nakti. Es tur noslīkšu, un viņa ir tik traka, ka sāk man šķist saprātīga!"

"Ko tu ar to domā? Elpo dziļi, Vincente. Nomierinies!"

"Viņa man stāstīja par sarunu. Nu, ne tieši sarunu, bet viņa man stāstīja par kaut ko, kas notika tikai vakar. Viņa zina lietas, ko neviens cits nevar zināt, un tad..."

"Tad kas? Viņa negribēja, lai jūs abi...? Lai...?"

"Nē, doktors, bet viņa ir dedzīga un... viņa man sāk patikt."

„Tu man saki, ka esi iemīlējies viņā? Patiešām?"

„Es nekad agrāk neesmu bijis iemīlējies, bet esmu skūpstījies ar dažām meitenēm. Neviena meitene nekad nav mani skūpstījusi tā, kā viņa, un tomēr viņa man saka, ka es esmu vienīgais vīrietis, kuru viņa jebkad ir skūpstījusi!"

„Tātad tu piedzīvo emocionālu pārslodzi un vēlies doties mājās? Aizbēgt. Tu baidies zaudēt kontroli?"

„Es saku, ka viņa ir uzlikusi man burvju lāstu. Viņa pat nav mana tipa meitene! Tas noteikti ir burvju lāsts!"

„Jā, tu to jau teici iepriekš, draugs, un tas toreiz nebija saprātīgāk nekā tagad. Tātad, ko tu gribi, lai es daru, pateikt viņai, ka esi devies mājās? Ka ir ārkārtas situācija, tāpēc tu nevarēsi palikt?"

„Varbūt tu vari iet iekšā un iedot viņai miega tableti, tad es atgriezīšos un gulēšu. Pirms mēs to sapratīsim, jau būs rīts."

„Es nevaru iedot viņai miega tableti tikai tāpēc, ka tu to lūdz."

„Bet, doktore, viņa man stāsta stāstus par mums. Par lietām, ko mēs esam redzējuši un darījuši kopā. Lietām, kas nekad nav notikušas. Viņa runā par mums no sirds, it kā mēs būtu viena persona, un viņa ir pārliecinoša. Tas ir gandrīz tā, it kā es zinātu, par ko viņa runā."

"Tagad," teica Ackerman, "tas ir nopietni. Tu man saki, ka tevi, bez šaubām, ievelk šajā fantāzijā? Ka viņas apraksti tev dažkārt šķiet pat reāli?"

"Dievs, palīdzi man, jā."

"Labi, Vincente, es tevi saprotu. Tu neesi mans pacients, bet tu palīdzēji Grace, kas ir mana paciente. Šādā situācijā tev jādodas mājās. Es izrakstīšu tev recepti, lai tu varētu gulēt, un, iespējams, nākotnē būtu labāk, ja tu paliktu prom."

"Bet es nevaru!"

"Tev ir jāpaliek, Vincente. Šādā stāvoklī tu nevienam neesi noderīgs."

"Es nevaru iet, nepasakot viņai pats, nepasakot viņai labnakti. Es viņai apsolīju, ka nekad vairs nepalikšu viņu vienu."

„Tu viņu mīli, Vincente."

Vincente pamāja ar galvu, aizverot aiz sevis durvis.

Viņš lēnām gāja pa koridoru, garām Grace's istabai, līdz nonāca pie lifta. Kad viņš nonāca pirmajā stāvā, viņš izgāja no slimnīcas tumšajā naktī. Viņš pastaigājās pa asfalta segumu un atrada koku, kas stāvēja vientuļš. Viņš atspiedās pret to un raudāja.

35. NODAĻA

Grace ar nepacietību gaidīja vīra atgriešanos. Kad durvis atvērās, ienāca doktors Akermans.

"Kur ir Vincente?"

"Kā tev klājas, Grace?"

„Kur ir Vincente? Ko jūs ar viņu esat darījis?"

Viņš pasmaidīja. „Es priecājos, ka jūs varējāt pavadīt ar viņu šo papildu laiku, bet daži jūsu testi ir atgriezušies, un rezultāti ir apšaubāmi. Man ir nepieciešams vēl viens asins paraugs. Tikai, lai pārliecinātos, ka viss ir kārtībā. Es lūdzu Vincente atlikt nakšņošanu, kamēr šie testi tiek pabeigti."

Grace uzlika vislielāko skumjas seju un izstiepa roku, lai viņš varētu atrast vēnu. Viņš bez piepūles ievadīja adatu. Viņa nekrata un nejuta sāpes, jo sāpes sirdī jau bija nepanesamas.

Doktors Akermans pabeidza asins analīžu ievietošanu. "Vinsents bija vīlies, tāpat kā tu, bet mēs to noorganizēsim citā vakarā. Nekas cits nav darāms, Grace. Tava veselība ir vissvarīgākā.”

“Es gribu Vincente!” Grace sauca un sāka raustīties, vērpties un grozīties gultā. Viņa nometa segas un noņēma plāksteru, ko viņš bija uzlikis uz viņas rokas. Vēna atkal atvērsās un asinis izšāva ārā.

Doktors Ackerman viņu noturēja. Viņš nospieda avārijas pogu, lai izsauktu medmāsu. “Es atvainojos,” viņš teica, sedējot viņu.

36. NODAĻA

Doktors Ackerman vajadzēja svaigu gaisu un devās pāri skrejceļam. Tur viņš ieraudzīja Vincente, kurš atspiedās pret koku.

"Tu viņu redzēji?" viņš jautāja.

"Jā, redzēju, un es viņai visu izskaidroju."

"Un kā viņa to uztvēra?"

"Viņa to neuzņēma labi. Man nācās viņai dot nomierinošus līdzekļus."

Vincente sasprindzināja dūres un piecēlās. Viņa seja bija tikai dažus centimetrus no Ackermana sejas. „Es teicu, ka atgriezīšos. Tev nebija jādarī tā. Man bija vajadzīgs laiks. Laiks bija viss, kas man bija vajadzīgs."

„Tev ir vajadzīgs vairāk nekā laiks, Vincente. Tev ir vajadzīga distance.

Es neesmu pārliecināts, kas notiks ar to meiteni, ja tu iemīlēsies viņā un ja viņas radītā fantāzija sadursies ar realitāti. Es neesmu pārliecināts, kas notiks tad."

"Ja viņa to ir sapņojusi un tad tas piepildās, tad viņa uzreiz kļūtu vesela, vai ne?"

"Vincente, tas varētu notikt, bet varbūt arī viss varētu izvērsties citādi."

"Kā tu domā?"

„Grace stāv uz klints malas. Patiesība varētu viņu nogrūst. Viņa varētu saprast, ka viss ap viņu ir meli. Ka mēs visi esam spēlējuši līdzi viņas fantāzijām, un tad, kur viņa būs?"

„Tātad, pat ja es viņu tagad mīlu, man vajadzētu atkāpties, atstāt viņu vienu, atgriezties skolā – pie meitenes, ar kuru visi citi vēlas, lai es būtu kopā, un vienkārši cerēt, ka Grace Grīnveja galu galā pārvarēs savas jūtas pret mani? Es negribu, lai viņa mani aizmirstu! Un viņa domās, ka es atkal viņu pametu, ka es atkal neievēroju savu solījumu."

"Mums ir jāņem vērā tavi jūtas, lemjot, kā rīkoties tālāk, kā rīkoties ar šo, ar to, kas tas arī būtu. Mums ir jāpārdomā, jāpārgrupējas. Tagad ej mājās. Atgriezies rītā. Grace gulēs vismaz astoņas stundas. Kad atgriezīsies, nāc pie manis, un es tevi informēšu. Neej uzreiz pie Grace's. Nāc vispirms pie manis."

"Vienojamies."

Vincente un doktors Ackerman šķērsoja autostāvvietu, kur taksometru rinda gaidīja pasažierus. Vincente iekāpa viena taksometra aizmugurējā sēdeklī un drīz jau bija ceļā uz mājām.

Mājās — kur viņš cerēja gulēt bez sapņiem.

37. NODAĻA

No rīta Grace pamodās tukšā istabā.

Viņa jutās vientuļa un nodota, kad viena no medmāsām uzpūta viņai spilvenu un nolika priekšā brokastu paplāti.

Viņa to atgrūda. Vienkārši tās smarža viņai radīja nelabumu.

"Man nav izsalkums," teica Grace.

Kad viņas istaba atkal bija tukša, Grace atgāzās uz spilvena un aizvēra acis.

Viņa atkārtoti pārspēlēja savu kāzu dienu prātā, līdz atkal aizmiga.

38. NODAĻA

Nākamajā dienā doktors Ackerman izsauca Helen uz savu kabinetu. Viņš mudināja viņu apsēsties, uz sejas izteiksmē atspoguļojot lielu apmulsumu.

Helen saprata, ka viņam ir sliktas ziņas. Viņa arī saprata, ka nevajadzēja atstāt meitu vienu ar to zēnu.

Doktors Ackerman apsēdās pretī Helen, tā, ka viņu ceļgali gandrīz saskārās.

Viņš skatījās viņai tieši acīs un teica: „Grace ir stāvoklī."

Helen pasmējās.

„Grace ir stāvoklī," viņš atkārtoja.

„Kas?"

„Mēs nesen veicām asins analīzes, un rezultāti bija pozitīvi. Vakar vakarā es paņēmu vēl asins paraugu, un tas apstiprināja – jūsu meita ir stāvoklī."

„Tas nevar būt! Es nogalināšu to mazuli!"

„Kā tas palīdzēs?" viņš jautāja. „Jums jānomierinās un jāieklausās manī. Klausieties uzmanīgi."

Viņa ieelpoja dziļi. Atvēra dūres.

„Grūtniecība ir sākuma stadijā, un jūsu pārspīlētā reakcija nepalīdzēs ne jums, ne Gracei.”

„Vai viņa zina?”

„Nē, jūs esat pirmā, kam to stāsta. Es domāju, ka tā ir pareizi. Mums jāapspriež, kā rīkoties tālāk.”

„Kā rīkoties? Nav jēgas par to runāt. Mums tas jāatbrīvojas.”

„Greisei ir sešpadsmit gadi, viņai ir tiesības.”

„Tas noteikti ir Marino!”

„Ne obligāti. Viņa ir bijusi šeit, apjozta ar personālu un apmeklētājiem, katru dienu. Viņš nebija ar viņu divatā līdz pagājušajai naktij, un, starp citu, viņš palika tikai pāris stundas, pirms es viņu nosūtīju mājās.”

„Mana meita iet uz skolu un nāk mājās. Vakaros viņa strādā ar matemātiku un eksperimentiem. Viņa nepazīst citus zēnus. Tas noteikti ir Marino!”

„Bet mums jābūt pārliecinātiem, pirms kādu apsūdzam. Un, kas ir vissvarīgāk, mums jāpastāsta Gracei.”

„Vispirms mums jāapstiprina, ka viņš ir tēvs, un tad mēs varam viņai pastāstīt,” teica Helēna.

„Vincente ļoti rūpējas par tavu meitu. Viņš ir sajukums, un viņš man ir teicis, ka abi nav darījuši neko vairāk kā skūpstījušies. Tomēr Grace tic, ka abi ir precēts pāris. Tāpēc, ja mēs viņai pateiksim, viņa būs 100 % pārliecināta, ka gaida Vincente bērnu.”

„Ja tas nav viņa bērns, tad kas? Neaptraipīta ieņemšana?"

"Viss, ko es zinu droši, ir tas, ka mums jāpastāsta Gracei. Viņai būs nepieciešama tava palīdzība, lai izlemtu, ko darīt," teica Ackerman.

"Ja tas nav viņa bērns, tad pierādījums būs acīmredzams, ka mēs esam nežēlīgi spēlējušies ar viņu, piekrītot viņas fantāzijām," teica Helēna. "Tas varētu būt pārāk liels pārdzīvojums viņai."

"Mums ir nepieciešams apstiprinājums pēc iespējas ātrāk. Es jautāšu Vincente, vai viņš piekrīt veikt dažus testus, kad viņš šodien vēlāk nāks pie manis."

"Un, ja tas nav viņa bērns, tad viņa, visticamāk, piekritīs no tā atbrīvoties."

"Vai jūs vēlaties viņai pateikt, ka viņa ir stāvoklī? Kad Vincente būs veicis testus, mēs varēsim ar viņu apspriest jautājumu par to, kas varētu būt bērna tēvs, pieņemot, ka viņš nav tēvs," teica Ackerman.

"Jā, es domāju, ka mums vajadzētu viņai pateikt. Jo ātrāk, jo labāk."

"Dodies uz viņas istabu un paskaties, kā viņai klājas. Mēs varēsim izvērtēt situāciju un tad izlemt, ko darīt."

"Viņai ir jāzina. Manai meitai ir jāzina."

***

Vincente ieradās Grace's stāvā tieši tajā brīdī, kad Helēna un doktors Ackerman iznāca no viņa kabineta.

"Doktors Ackerman, es gribēju ar jums parunāt," teica Vincente. Un tad: "Sveiki, Helēna."

Viņa uz viņu paskatījās ar naidīgu skatienu.

„Mums jāiet iekšā un jāpārrunā ar Greisu, bet, lūdzu, pagaidiet mani manā kabinetā. Es drīz atgriezīšos, un tad mēs varēsim parunāt."

Vincente ar pirkstiem pārbrauca pa matiem. Viņš noskatījās, kā Helēna un doktors Ackerman lēnā solī aiziet. Kad viņi nonāca pie Grace's durvīm, viņi īsi apstājās un tad iegāja. Viņš domāja, kāpēc viņi apstājās.

Viņš jutās vainīgs, ka atstāja Greisu vienu. Viņš gribēja redzēt viņu, lai izlīdzinātu attiecības starp viņiem.

Ienācis doktora Ackermana kabinetā, viņš aizvēra durvis un ielēja sev glāzi ūdens. Vincente apsēdās un paņēma sporta žurnālu. Viņš to pārlapoja, gaidot, bet viņa prāts bija pārāk izklaidīgs. Viņš nevarēja palikt sēžot, tāpēc atkal piecēlās un sāka staigāt. Viņš iebāza rokas kabatās. Un gaidīja.

***

"Es esmu tik laimīga!" Grace iesaucās. "Tā ir labākā ziņa, kāda var būt Vincente un man. Mums būs bērns!"

Helen apskāva savu meitu, kura no uztraukuma trīcēja.

"Grace, tev jāuzkrāj spēki un jāēd. Ko es dzirdu par to, ka tu neēdi brokastis?" teica doktors Ackerman.

„Tad man nebija apetītes, bet tagad es kaut ko ēšu. Dodiet to man! Es esmu tik satraukta!" Grace iesaucās.

Pēc dažiem dziļiem elpas vilcieniem Grace teica: „Lūdzu, palūdz Vincentei nākt pie manis. Es nevaru gaidīt, lai viņam pastāstītu šo ziņu!"

39. NODAĻA

"Paldies, ka gaidījāt, Vincente," teica doktors Ackerman.

"Kā Grace šorīt jūtas?"

"Viņa izskatās lieliski! Miegs viņai ir ļoti labi nācis, un arī jūs izskatāties atpūtušies. Vai labi gulējāt?"

"Jā, gulēju bez pārtraukuma."

"Es saprotu, ka jūs neesat viens no maniem regulārajiem pacientiem, bet es gribētu lūgt atļauju veikt asins analīzes."

"Asins analīzes. Kāpēc?"

"Jūs vakar vakarā izskatījāties pārguris, un es domāju, ka būtu labi jūs pārbaudīt, lai pārliecinātos, ka esat labā formā."

"Es jūtos ļoti noguris."

"Tad labi, mēs jūs pārbaudīsim," teica Ackerman. "Lūdzu, uzvelciet piedurkni, un es uzreiz paņemšu jums asins paraugu."

Pēc parauga ņemšanas un pudelītes noglabāšanas doktors Ackerman uzrādīja Vincente parakstāmo atļaujas veidlapu. Tā viņam deva tiesības izmantot asins paraugus, lai veiktu visus nepieciešamos testus.

„Vai es varu viņu redzēt?" jautāja Vincente.

„Šodien nē, bet nāciet pie manis rīt. Varbūt tad jūs varēsiet viņu redzēt."

"Bet jūs teicāt, ka viņa izskatās starojoša un labi atpūtušies."

"Jā, un mēs gribam, lai viņa tāda paliktu! Ejiet mājās, atnāciet rīt. Dodiet viņai nedaudz telpas, nedaudz laika. Viņa tagad ir kopā ar savu māti."

"Labi, doktore. Tad rīt redzēsimies."

"Paldies, Vincente," teica doktors Ackerman, steidzoties ārā ar asins paraugiem. Viņš nevarēja gaidīt, kad tos nogādās laboratorijā.

***

Divdesmit četras stundas vēlāk visi bija sapulcējušies Grace's istabā.

Kad doktors Ackerman beidzot ieradās, viņš nesmaidīja. Viņš nerunāja un neskatījās acīs nevienam no trim klātesošajiem. Viņš turēja rezultātus pie krūtīm uz klipbordu.

Grace bija pilna ar uztraukumu.

Helen bija sasprindusi dūres un sakodusi zobus. Viņa izskatījās kā kāds, kam ļoti vajadzēja uz tualeti.

Vincente bija neziņā.

"Labrīt, visi," sāka doktors Ackerman. "Pēc asins analīžu rezultātiem šķiet, ka Grace un Vincente gaida bērnu."

Grace uzspridzinājās no prieka un izpleta rokas pret Vincente.

Vincente stāvēja un skatījās uz Greisu. Viņš bija bālāks par gultas palagiem. "Kā tas var būt?" viņš jautāja sev un tad skaļi teica: "Kā tas var būt, ja mēs esam tikai skūpstījušies?"

Helen zaudēja samaņu un ar troksni nokrita uz grīdas.

40. NODAĻA

"Grace? Pamodosies, Grace. Laiks doties," bērna balss čukstēja.

Grace nodrebēja. Telpa bija ļoti auksta un tumša. Viņa vēroja, kā telpas otrā galā žalūzijas šķita viļņoties uz priekšu un atpakaļ kopā ar vēsmu. Šķita, ka logs ir plaši atvērts.

Slimnīcas logi nevar atvērties, viņa domāja.

Mazā rociņa satvēra Grace's roku un izvilka viņu no gultas.

Grisa, vēl pusmiega un pusnomodā, gāja blakus bērnam. Kopā viņi gāja uz atvērtā loga pusi, it kā transā.

Mazā meitene arī bija tērpta baltā lina naktskreklā ar sarkanu saiti. "Turies cieši," viņa teica, ieliekot mīkstu segas pārklāju Grisas rokās.

Grace instinktīvi apņēma segumu un apņēma to ar rokām.

Viņu naktskrekli plīvoja un čukstēja, kad viņas devās uz logu.

Mēness gaismā Grace atpazina mazo meiteni, kas bija parādījusies divas reizes iepriekš. Vienu reizi ceļa vidū un otro reizi, kad Grace bija iestrēgusi milzīgā kokā. Viņa nodrebēja, kad mazas meitenes naktskrekls mirdzēja mēness gaismā.

Mazā uzkāpa uz palodzes, joprojām turēdama Grace's roku savējā. Viņa velkās, bet Grace's kājas nekustējās.

"Kur mēs ejam?" Grace jautāja.

"Uz pasaules sirdi," mazā paskaidroja.

Grace cieši piespieda segas malu pie krūtīm un paskatījās uz savām kājām. Viņa centās izdzēst no atmiņas to, kas notika pagājušajā reizē, kad viņu izvilka pa logu nakts tumsā.

Mazā meitene turpināja nepacietīgi skatīties uz Greisu. "Es esmu akords," viņa teica. "Tev tagad jānāk ar mani. Viņi gaida."

"Kas, kas gaida?" Grace jautāja.

"Tu redzēsi," teica mazā. "Nāc."

Ar vienu roku Grace turēja segas malu, bet ar otru viņa grieza sarkano auklu riņķī un riņķī. Viņa vilcinājās, lai iegūtu laiku – viņa nevēlējās sēdēt uz palodzes. Viņa nevēlējās iziet naktī. Šoreiz viņai nevajadzēja iet. Viņa nevēlējās iet.

„Pasteidzies, Grace. Viņi tevi gaida jau ļoti ilgi," paskaidroja mazā meitene.

Grace atkāpās.

Kad Grace nevēlējās pievienoties, mazā meitene nokāpa no palodzes. Viņa atkal paņēma Grace's roku savējā. Viņa stingri turēja viņas roku un aizveda pie loga. Pāris sekundes viņu kājas pacēlās no grīdas, un drīz vien viņas sēdēja blakus uz palodzes.

Viņas sēdēja kopā un skatījās uz mēness seju.

„Ieliec dziļi elpu," teica mazā meitene un tad klusi skaitīja: „5, 4, 3, 2, 1!"

Un kopā viņas krita uz priekšu Cimmerijas naktī.

41. NODAĻA

Pēc daudzu minūšu krišanas, kas šķita kā stundas, viņi nosēdās uz gaidošā zvēra muguras.

Šis zvērs nebija tas pats, kas kādu laiku atpakaļ bija nesis Greisu un nolicis viņu augstu kokā.

Šis zvērs nebija ne pūkains, ne spalvains. Tā vietā tam bija metāla spārni, kas atspoguļoja mēness gaismu un zvaigžņu gaismu, kad tas lidoja pāri melnajam debesu velvam.

Gracei bija tik daudz jautājumu, bet vējš rēca, un zvērs ik pa brīdim izlaida pērkona troksni. Grace satvēra segas malu, visu laiku vēloties, lai tā būtu Vincente, pie kura viņa turas.

Mazā meitene atmetuši tumšos matus atpakaļ, pacēla seju pret mēnesi. Viņa aizvēra acis un sāka dziedāt nomierinošu šūpuļdziesmu. Grace atpazina melodiju; tā bija viņu dziesma, viņas un Vincente dziesma. Grace aizvēra acis un iegrima dziļā miegā.

42. NODAĻA

Viņi lidoja ārkārtīgi ilgi, līdz Māte Saule sāka dzemdēt jaunu dienu.

Tas bija signāls, lai sāktu nolaišanos. Grace un mazā meitene cieši turējās pie metāla zvēra, kamēr saules gaisma atspoguļojās no tā ķermeņa, izraisot zibens spērienus visos virzienos. Debesis izgaismoja dienas uguņošana, kad viņi krītot caur mākoņiem.

Tad mākoņi sāka izkliedēties, kad viņi nolaidās uz Zemes sirdi.

Tālākā attālumā Grace varēja saskatīt milzīgu sarkanu akmeni, kas dega saules gaismā. To apņēma smiltis.

Taču, kad viņa vairākas reizes pamirkšķināja acis, okeāns sākās un beidzās ap akmens malām. Viļņi šķita un ritēja, bet nekad nepārkāpa monolīta malu. Tas bija tā, it kā okeāns sāktos un beigtos šeit, pie akmens.

Tagad, tuvojoties, Grace varēja saskatīt koncentrisku apļu rakstu. No gaisa tas, ko viņa redzēja zemāk, izskatījās kā milzīga šautriņu mērķa dēlis.

Tagad, atpazīstot rakstu, Grace varēja sadalīt attālumu starp secīgiem apļiem un atšķirt vienu reģionu no otra.

Ārpusē sarkana smilts, kas sporādiski pacēlās, kad zeme ieelpoja un izelpoja. Nākamais aplis, kā mēs jau izskaidrojām, bija okeāns, kas sākās un beidzās, kad viļņi skāra sarkano klinti, neizplūstot pāri tās malām. Sarkana klints veidoja gredzenu, un no tā izauga koku aplis.

Koki izstiepa savas zaras viens pret otru, bet viens koks pacēlās virs visiem pārējiem: olīvu koks. Tas sasniedza mākoņus tālu virs metāla putna, uz kura lidoja Grace. Blakus olīvu kokam bija normāla izmēra kļavas, palmas un eikalipti — lai minētu tikai dažus. Šī daļa sākās un beidzās ar kokiem, un tad atkal bija redzams sadalošais sarkana smilšu aplis.

Koku iekšpusē bija vēl viena ziedu sekcija. Tā sastāvēja no saulespuķēm, zelta vītoliem, tulpēm, rozēm un daudziem, daudziem citiem ziediem.

Tad atkal sarkana smilts, kam sekoja ļoti gari dzīvnieki, piemēram, dinozauri, žirafes, ziloņi un lāči.

Tur, kur beidzās šī sekcija, sākās nākamā. Sarkana smilts, tad citi ūdens dzīvnieku apļi, piemēram, vaļi, haizivis un medūzas. Ūdens plūda pāri un ap tiem, nepieskaroties nevienai citai sekcijai, jo tās bija aizsargātas un ierobežotas.

Apļveida sekcijā bija visi lidojošie un planējošie dzīvnieki. Tur bija vārnas, lapsas, tauriņi un kakadu. Tie pacēlās un nolaidās gandrīz tā, it kā tos turētu kāds iedomāts leļļu vadītājs. Zvērs, uz kura muguras Grace un mazā meitene bija ceļojušas, ieņēma savu vietu šajā apļveida sekcijā.

Pēc nākamā smilšu apļa sekoja rāpuļu, somaino dzīvnieku un daudzu citu dzīvnieku sekcija, tā ka katra dzīvnieku grupa un suga bija pārstāvēta.

Sekciju bija pārāk daudz, lai Grace varētu tās visas saskaitīt. No tām atskanēja skaņas, kas pacēlās no zemes, gandrīz kā tās runātu vienā balsī.

Tagad, kad viņi tuvojās arvien tuvāk, Grace varēja redzēt arī cilvēku apļus.

Vīrieši un sievietes, gan jauni, gan veci, bija sadalīti sekcijās. Viņi bija ieradušies no visas pasaules, pārstāvot visas aborigēnu un pamatiedzīvotāju kultūras. Daži bija tērpušies tradicionālajos tērpos. Daži nesa šķēpus. Daži nesa bumerangus. Citi bija rotāti ar kažokādām un spalvām, un daži bija nokrāsojuši sejas. Citi spēlēja mūziku ar lietus nūjām un bungām.

Kad viņi tuvojās, visi apļa iemītnieki intuitīvi sajuta Grace's klātbūtni. Sinhroni katrs segments sāka šūpoties. Sarkanais smilšu kalns pacēlās un nokrita apļa robežās.

Viņi lidoja arvien tuvāk un tuvāk, un uz brīdi viņai šķita, ka viņa redz Vincente. Tas bija taisnība. Viņš stāvēja aplī kopā ar citiem zēniem, kuri bija tāda paša vecuma kā viņš. Katram zēnam bija gaiši mati, un viņi bija tērpušies garās, līdz grīdai sniedzošās drānās, kādas valkā mūki.

Vincente acis saskārās ar Grace's acīm. Viņš pamāja ar savu aborigēnu izgriezto vīrieti gaisā, lai apstiprinātu viņas klātbūtni.

Saules gaismā Grace pamanīja, ka viņa ģimenes relikvija gredzens atkal bija atpakaļ viņa pirkstā. Zēni kopā pacēla rokas viņas virzienā. Grace uz brīdi apžilba, kad saules gaisma vienlaikus atspoguļojās katra gredzenā. Viņi visi valkāja tieši tādu pašu gredzenu kā Vincente.

Atgriežoties realitātē, Grace redzēja, kā katrs no zēniem noņēma savu gredzenu un nolika to sev priekšā uz neliela auduma kvadrāta.

Zēnu grupas iekšpusē bija meiteņu aplis. Atkal tās bija tūkstošiem, viena meitene katram zēnam. Meitenes visas bija tērpušās baltās lina naktskreklos ar sarkanām saitiņām ap apkaklēm. Katra meitene turēja rokās segas.

Kad viņi gandrīz nosēdās, Grace redzēja, kā sarkanās lentes plīvoja augšā un lejā vējā, tad apstājās un atkal pacēlās un nokrita.

Vincente acis fiksējās uz Greisu. Viņa gandrīz nokrita no zvēra muguras, bet Vincente novērsa skatienu, it kā viņa būtu mirusi. Viņas kājas pieskārās smiltīm. Viņa būtu skrējusi pie viņa, ja mazā meitene nebūtu to aizkavējusi, satverot viņai roku.

Grace pievienojās aplim, kur meitenes klusēja. Gracei bija daudz, daudz jautājumu, kurus viņa gribēja uzdot un uz kuriem viņai bija vajadzīgas atbildes. Mazā meitene pielika pirkstu pie lūpām un teica: "Šššš."

Grasas sarkanais lakats tagad pacēlās un nolaidās sinhroni ar pārējām meitenēm, kad siltais vējš tās glāstīja. Lai gan viņai bija silti, Grasa nodrebēja.

"Noliec sega uz zemes priekšā," mazā meitene pieprasīja.

Pārējās meitenes aplī sekoja Grasas piemēram.

Atkal Grasa mēģināja uzdot jautājumu, bet, tāpat kā iepriekš, mazā meitene teica tikai: "Šššš."

43. NODAĻA

Tagad tika pievienotas četras jaunas sekcijas. Apļveida sarkana smilšu virkne, kam sekoja auduma aplis ar gredzenu uz tā priekšā zēniem. Tam sekoja vēl viens smilšu aplis un segas aplis priekšā meitenēm.

Tad sākās dziedāšana. Tā sākās ārpusē un pārvietojās no sekcijas uz sekciju. Katrai sekcijai bija savs skaņas signāls, kas kopā veidoja dziesmu. Kopā viņi lidoja melodijas spārnos, kamēr saule arvien augstāk un augstāk pacēlās jaunajā dienā.

Tikpat ātri, kā sākās, dziedāšana apklusa.

Uz brīdi valdīja absolūta klusums. Tad visi kopā skaļi dziedāja vienā balsī, vienā dziesmā.

Tā bija skaista skaņa, nomierinoša un mierinoša, vispār ne tāda, kādu varētu iedomāties, bet tā bija tik skaļa, ka Grace aizklāja ausis.

Mazā meitene redzēja Grace's bailes un viņai ausī čukstēja: "Sāpes ir nesusi Zeme, tik ilgu, ilgu laiku. Tagad Zeme atbrīvojas no sāpēm. No tā ir atkarīga tās izdzīvošana. Nebīsties. Tu esi lieciniece dziedināšanai."

Grace nolaida rokas un aizvēra acis, un, kad vairs nebija bail, viņa varēja to visu sajust un novērtēt.

Māte Saule izlēja savus starus visu klātesošo sirdīs. Šķita, ka viņa izvelk sirdspukstus, sinhronizējot tos. Padarot tos par vienotu visuma sirdspukstu.

„Saki to tagad," teica mazā meitene. „Grace, izrunā vārdus."

Grace samulsusi paraustīja plecus. Viņa nezināja, ko mazā meitene no viņas grib.

„Sakiet to tagad. Sakiet vārdus, vārdus. Vārdus, kurus jums ir iemācījuši. Jūs esat pēdējā. Jums tagad ir jāpasaka tie vārdi. Mēs visi gaidām."

Grace's prāts atgriezās pie dziesmas, ko mazā meitene viņai bija stāstījusi pirms kāda laika. Viņa nebija pārliecināta, vai atceras vārdus. Tomēr kaut kādā veidā viņa instinktīvi zināja, ka tos atceras.

Visi klusēja. Visi gaidīja.

Grace ieelpoja dziļi, bet nespēja izdvest ne skaņu.

„Runā no sirds," teica mazā meitene. „Un vārdi plūdīs."

Grace nomierināja elpu un aizvēra acis. Vārdi plūda no viņas mutes kā dāvana:

„Es esmu sieviete, kas zīmē,

Es esmu sauciens;

Es esmu slepenā balss,
Es esmu nopūta;
Es esmu tā, ko dzird
Zemā krēslas stundā;
Putni atbild ar dziesmu,
Ziedi ar muskusa smaržu;
Es esmu tā sāpīgā auga,
Kas izdod skaņu,
Kad vientuļš putns klīst
Pie tumšajiem ūdenskritumiem;
Es esmu sieviete, kas zīmē,
Neiet garām man;
Es esmu slepenā balss,
Dzirdiet manu saucienu;
Es esmu spēks, ko nakts
zaudē ārzemēs;
Es esmu dzīves sakne;
*Es esmu akords." ***

Meitenes šajā grupā sāka dziedāt. Viena dziesma vienai, viena dziesma visām. Tad viņas sadevās rokās un šūpojās Mātes Saules siltumā.

Mazā meitene pasmaidīja Gracei un tad atkal pārvērtās par vārnu. Viņa aizlidoja uz grupu, kur viņu sagaidīja spārnu vēzienu skaņas.

Kamēr viņas dziedāja, vīrieši un sievietes sāka pulcēties ārpus apļa. Viņi bija tērpušies tradicionālajos tērpos un bija ieradušies pie sarkanā akmens no daudzām, daudzām tālām zemēm. Viņi stāvēja pāriem un turēja rokas. Drīz rokas tika atlaistas, un vīrieši stāvēja rindā, kas veda uz vīriešu apli, bet meitenes stāvēja rindā, kas veda uz meiteņu apli.

Aborigēnu zēns stāvēja priekšā pirmajam blondajam zēnam, un viņi apskāva viens otru. Tad blondais zēns paņēma savu gredzenu un auduma kvadrātu un ielika to aborigēnu zēna atvērtā plaukstā. Aborigēnu zēns uzlika gredzenu uz sava pirksta. Viņi atkal apskāva viens otru, un aborigēnu zēns gaidīja.

Zēna partnere stāvēja priekšā pirmajai meitenei, kas bija tērpusies baltā lina kleitā. Abas meitenes apskāva viena otru, tāpat kā zēni. Meitene aborigēnu meitenei iedeva sarkano lenti no savas kleitas. Viņas atkal apskāva viena otru, tad meitene noliecās, pacēla segas un kopā ar savu partneri devās saules virzienā. Kad pāris iegāja gaismā, viņi pazuda.

Šis pats notikums atkārtojās daudzas, daudzas stundas. Vīrieši un sievietes kopā pārvarēja laika plaisu. Bija daudz raudu un apskāvienu. Drīz vienīgie divi cilvēki, kas palika, bija Vincente un Grace un pāris ārpus apļa.

Pēdējais aborigēnu vīrietis ienāca sekcijā, un viņš un Vincente veica apmaiņu.

Un tad paklājs pie Grace kājām sāka raudāt.

Tas nebija tikai paklājs. Tas nebija tukšs paklājs. Tas bija bērns. Grace un Vincente bērns.

Grace noliecās, lai paglaustu segas, bet aborigēnu sieviete jau bija tur, un ceremonija jau bija sākusies.

Bērns turpināja raudāt pie Grace's kājām.

Viņa paskatījās uz sievietes roku un redzēja, ka tā trīc.

Sieviete apskāva Greisu.

Grace paskatījās pāri plecam, lai pārliecinātos, ka sievietes partneris tagad valkā Vincente gredzenu. Viņš to valkāja, kas nozīmēja, ka Vincente bija devis savu atļauju.

Grasas vaigā ritēja izaicinoša asara.

Nākamais ceremonijas posms bija sarkanās saites dāvināšana. Ja Grasa atteiktos to nodot, darījums netiktu noslēgts. Viņa gribēja redzēt savu bērnu, mierināt savu bērnu.

Sieviete atkal apskāva Grasu.

Un tad tas notika.

44. NODAĻA

Viļņi, kas apņēma sarkano monolītu, cēlās augstāk un augstāk, līdz tie apņēma sarkano klinti un veidoja jaunu daļu no milzīgiem apaļiem kino ekrāniem.

Kad jaunie ekrāni bija izveidoti, zeme zem Grace's kājām sāka kratīties un drebēt, līdz tā sadalījās. Platforma pacēla Greisu un viņas bērnu augstāk un augstāk.

Tur, viņas priekšā, uz ekrāniem sāka mirgot pasaules aborigēnu un pamatiedzīvotāju vēsture. Viņa redzēja, kā bērnus aizveda, nozaga un nodeva svešiniekiem, un vecāki raudāja dienu, gadu un gadsimtu garumā.

Un par katru nolaupīto bērnu olīvkoks savīlās un iecirtās Grace's ķermenī. Sākumā viņa izsaucās no sāpēm, bet, skatoties ievainoto bērnu acīs, kurus bija atrautuši no viņu ģimenēm, viņa atvēra rokas, pieņēma sāpes un apņēma tās kā daļu no sevis. Tagad viņa saprata, ka olīvkoks ir nemainīgs. Saikne starp šeit un tur, starp viņiem un mums, starp pasaulēm.

Kad viņa bija pieņēmusi sāpes savā ķermenī, viņa paskatījās Vincente virzienā. Viņš bija mēģinājis skriet pie viņas, bet viņa kājas to neļāva. Tas bija tā, it kā tās būtu iestrādātas zemē.

Viņa grieza riņķi, asinis pilēja no viņas plīstošajām brūcēm, un viņa sauca Māti Zemi, kas nolaida ekrānus un atgriezās Greisu atpakaļ uz līdzenas zemes, kur gaidīja aborigēnu meitene.

Tiklīdz viņa atgriezās uz cietas zemes, Grace bez vilcināšanās apskāva aborigēnu sievieti, viņai ausī čukstot atvainošanos, un pasniedza viņai sarkano lenti.

Aborigēnu sieviete paņēma savu bērnu. Viņa pamāja ar roku un nepaskatījās atpakaļ, mierinot savu bērnu, un viņas devās siltā saules staru virzienā.

Sākumā bērns atkal sāka raudāt, bet drīz vien viņa nomierinājās, un gaisā valdīja miers, klusums un ievērojama klusuma.

Un tad sākās troksnis, jo visi koki un dzīvnieki sāka sinhroni rēkt.

Vārna nolaidās tur, kur stāvēja pēdējie divi, Grace un Vincente. Viņa atkal pārvērtās par mazu meiteni un izstiepa roku pēc Vincente rokas, tad pēc Grace's rokas.

Tagad līdzsvars uz Zemes bija atjaunots; trīs cilvēki devās saules gaismā.

"Vēl viena lieta," meitene čukstēja un tad atlaida viņu rokas.

45. NODAĻA

Zeme sāka kratīties un trīcēt zem viņu kājām.

Grace un Vincente turējās viens otram pie rokas, kamēr spēki viņus savāca kopā un atkal izšķīra, kopā un atkal izšķīra.

Viņi turēja viens otra roku, kad pacēlās no zemes.

Viņi grieza un grieza melnā tunelī, gandrīz kā būtu iekšā virpuļojošā melnā lietussargā.

Viņi turējās kopā. Viņi skūpstījās.

Skanēja vienots aicinājums.

Acumirklī Māte Zeme atgriezās visu un visus tur, kur tiem bija jābūt.

Un atkal sarkanais monolīts stāvēja viens pats.

EPILOGS

J auns vīrietis sēdēja uz sērfinga dēļa Manly Quay.

Viņš gaidīja lielu vilni.

Tālākā attālumā viņš pamanīja kaut ko mirgojošu un šūpojošos.

Viņš airēja uz to. Tas bija fotoaparāts.

Viņš uzlika siksnu ap kaklu, un, kad beidzot pienāca lielā vilnis, viņš ar sērfingu nobrauca līdz krastam.

Vēlāk viņš kādu laiku staigāja pa pludmali, jautājot, vai kāds nav pazaudējis fotoaparātu. Neviens to nepieprasīja.

Ziņkārīgs, viņš to aiznesa uz vietējo fotoveikalu. Filma tajā nebija bojāta vai samircis. Viņš lūdza to attīstīt.

Pēc dažām stundām, kad filma bija gatava, sērfotājs atgriezās fotoveikalā. Jaunā sieviete aiz letes atvainojās, jo uz filmas bija tikai viena fotogrāfija.

Viņš atvēra aploksni.

Jauns vīrietis ar gaišiem matiem, melnā smokingu jakā, bez krekla un melnos džinsos stāvēja roku rokā ar sievieti ar rudiem matiem, galvā ar tiāru un mežģīņu kāzu kleitu. Viņi izskatījās ļoti laimīgi. Aiz viņiem pasaku gaismas, mēness un okeāns veidoja perfektu fonu viņu kāzām.

Neatpazīstot nevienu no viņiem, viņš izmeta fotogrāfiju un kameru atkritumu tvertnē.

Tālākā attālumā trīs vārnas izkliedza.

PĒC VĀRDA

Kā tas bija
Un kā tas vienmēr būs...
Bērni maksā cenu
Par vēsturi.

PATEICĪBAS

***DAME MARY GILMORE (1865-1962)**

Dame Mary Gilmore dzejolis ar nosaukumu "The Song of The Woman-Drawer" ("Sievietes zīmētāja dziesma") ir iekļauts šajā grāmatā ar izdevēja ETT Imprint, Sidneja, Austrālija, atļauju.

Lai uzzinātu vairāk par Mary darbu, lūdzu, izmantojiet zemāk norādītos saites, kas bija aktīvas publikācijas brīdī:

http://lib.unsw.adfa.edu.au/speccoll/finding_aids/gilmore_mary.html

http://adb.anu.edu.au/biography/gilmore-dame-mary-jean-6391

http://banknotes.rba.gov.au/australias-banknotes/people-on-the- banknotes/dame-mary-gilmore/

http://www.civicsandcitizenship.edu.au/cce/gilmore,9133.html

http://www.portrait.gov.au/portraitofanation/gilmore-biography.html

http://trove.nla.gov.au/people/463377?c=people

LASĪŠANAS IETEIKUMI

Visas saites bija aktīvas publikācijas brīdī:
GADIGAL NO EORA NĀCIJAS UN AUSTRĀLIJAS ABORIGĒNI
http://www.sydneybarani.com.au/sites/aboriginal-people-and-place/
http://www.australia.gov.au/about-australia/australian-story/austn-indigenous-cultural-heritage
http://lib.unsw.adfa.edu.au/speccoll/finding_aids/gilmore_mary.html
SIEVIETU MATEMĀTIČU BIOGRĀFIJAS
http://www.ams.org/women-mathematicians
http://womenshistory.about.com/od/sciencemath1/ss/Women-in-Mathematics-History.htm
SIEVIETES ZINĀTNIEKI:
http://womenshistory.about.com/od/airspacesciencemath/tp/Famous-Women-Scientists.htm

http://www.smithsonianmag.com/science-nature/ten-historic-female-scientists-you-should-know-84028788/?no-ist

LEONARDO FIBONACCI (1175-1250)

https://www.mathsisfun.com/numbers/fibonacci-sequence.html

http://www2.stetson.edu/~efriedma/periodictable/html/F.html

ALBERT EINSTEIN (1879-1955)

http://www.nobelprize.org/nobel_prizes/physics/laureates/1921/einstein-bio.html

AUTORA PIEZĪME

Dārgie lasītāji,

Paldies, ka izvēlējāties lasīt stāstu par Greisu un Vincente. Ceru, ka jums patika to lasīt tikpat ļoti, cik man patika to rakstīt!

Esmu dzimusi Ontārio, Kanādā, bet vairāk nekā piecpadsmit gadus dzīvoju Sidnejā, Austrālijā, kopā ar ģimeni.

Šajā laikā es atklāju Mērijas Gilmores darbus. Šajā romānā iekļautais dzejolis mani ļoti iedvesmoja, un es vēlējos, lai arī citi to atklātu.

Kad man pirmo reizi ienāca prātā varoņi Grace un Vincente, nebija skaidrs, vai esmu gatava uzņemties šo uzdevumu. Viņa bija matemātikas protežē, bet viņš - kriketa spēlētājs, un par abiem man nebija lielas zināšanas. Man bija jādomā, jāpēta un jāveido, pirms es vispār sāku rakstīt pirmo uzmetumu.

Beidzot es biju aizņemta ar pirmā uzmetuma rakstīšanu, kad piedalījos rakstnieku nometnē kopā ar NSW Sieviešu rakstnieku biedrību, un vienā no semināra uzdevumiem es atvēru sevi un devu sev atļauju to uzrakstīt. Pēc šīs atklāsmes stāsts plūda dabiski. Es ceru, ka jums patiks to lasīt tikpat ļoti, cik man patika to rakstīt.

Šobrīd esmu atgriezusies mājās Ontārio, Kanādā, kopā ar vīru, dēlu, kaķi un suni.

Paldies! Kā vienmēr, PRIEKĀ LASIET!
Cathy

ARĪ :

JAUNIEŠU BELETRISTIKA
E-Z DICKENS SUPERVARONIS GRAMATA1 OTRĀ 2
TETOVĒJUMS ANGELIS; TREŠI
E-Z DICKENS SUPERVARONIS GRĀMATAS 3 SARKANĀ
ISTABA
E-Z DICKENS SUPERVARONIS GRĀMATA 4 UZ LEDUS
+ BĒRNU GRĀMATAS

www.ingramcontent.com/pod-product-compliance
Lightning Source LLC
Chambersburg PA
CBHW031153010826
48971CB00012B/21